OH HOLLY
1987

Künstlerquartier | Frankreich

Die junge Doktorandin Annie hat nur eins im Sinn: möglichst viel Abstand gewinnen. Mehr als tausend Kilometer scheinen weit genug entfernt zu sein. Deswegen fährt sie an den Ort zurück, an dem sie viele Sommer ihrer Kindheit verbracht hat: ins Künstlerquartier auf der Halbinsel Crozon.

Schon am ersten Tag trifft Annie einen Mann, der ihr Interesse weckt. Er lebt mit seinen Tieren in einem Bahnhof und erzählt abenteuerliche Geschichten. Außerdem ist er nicht nur attraktiv, sondern auch weitgereist, charmant und geistreich. Rotwein, Strandräuber & ein Leuchtturm – gemeinsam begeben sie sich auf Spurensuche, denn auch er scheint etwas verloren zu haben. Bald wird klar, dass Annie weit mehr mit ihm verbindet, als ihr bewusst ist. Doch bevor sie das Geheimnis lüften kann, verliert die Welt ihren Anker und alles, woran Annie geglaubt hat, fällt in sich zusammen.

Zwischen Himmel und Erde ist Meer.
Eine philosophische Liebesgeschichte.

Diese Geschichte ist reine Fiktion. Nichts davon entspricht der Realität, auch wenn der Realitätsbegriff auf den Kopf gestellt wird. Die Orte existieren, aber die Handlung bleibt ein Märchen. Alle Personen sind frei erfunden.

WIR FINDEN UNS

Anderswo

FSC
www.fsc.org
MIX
Papier aus verantwortungsvollen Quellen
Paper from responsible sources
FSC® C105338

Bibliografische Information der Deutschen Nationalbibliothek: Die Deutsche Nationalbibliothek verzeichnet diese Publikation in der Deutschen Nationalbibliografie; detaillierte bibliografische Daten sind im Internet über dnb.dnb.de abrufbar.

2. Auflage

Holly Oh, c/o AutorenService.de, Birkenallee 24, 36037 Fulda

ohhollyholly@gmail.com

Lektorat: Isabell Melzer

Cover: pixabay.com (editiert)

Herstellung und Verlag: BoD – Books on Demand, Norderstedt.

ISBN: 9783748111955

Merci de tout cœur

Oh Isabell - Du hast diese Geschichte mitgeträumt. Ohne dich wäre Anderswo nicht Anderswo – und schon gar kein Buch. Ich danke dir für alles, Freundin! Du bist Geheimnishüterin, Wellenbändigerin und Herzstück. Wer konnte schon ahnen, was wir alles erleben werden, als ich damals in dein Auto gestiegen bin?
Oh Danke von ganzem Herzen!

Sassi - Du hast dem Ganzen wirklich die Krone aufgesetzt. Vielen Dank für die nächtlichen Korrespondenzen, dein Engagement, deine Beratung und deine Geduld mit mir. *Long-extinguished stars... Love shines brighter! Love is greater!*

Julia – Du hast mich (mitten ins Herz) getroffen. Tausend Dank für deine Illustration. *Insert apple here*

Madame Souris - Ich danke dir für deine liebe Unterstützung und unsere Reisen in eine Zeit vor dem Urknall.

Diese Geschichte ist aber auch **allen anderen Menschen** gewidmet, die ihre Koffer gepackt haben und nach Anderswo gereist sind. Erst durch ihre Leser wird eine Geschichte lebendig und plötzlich stellt man als Autorin fest, dass es nicht nur eine Version der eigenen Geschichte gibt. Ich danke euch von ganzem Herzen für euren lieben Zuspruch und euer Interesse an meinen Hirngespinsten.

Mama, Papa, Schwesterherz, Herr Holly & Hollyhund – Euch habe ich sowieso immer im Herzen.

Holly

Was anderes sind Erinnerungen als Anker,
an denen wir uns festhalten?
Menschen und Momente.

Atlantik

»Ich habe diesen doofen Zettel vergessen und jetzt habe ich keine Ahnung, wohin ich soll«, ächzte Annie und rieb sich die Schläfe.

Seit sie aufgewacht war, als ein Mann mit zwei weinerlichen Kindern in ihr Abteil platzte, wurde sie von Kopfschmerzen geplagt, die es ihr kaum möglich machten, sich auf die Stimme ihrer Mutter zu konzentrieren.

»Monsieur Clément Leroy. Ich schicke dir seine Kontaktdaten schnell aufs Handy«, erklärte Géraldine nun schon zum dritten Mal und endlich verstand Annie, wie der Mann hieß, bei dem sie den Schlüssel für das winzige Ferienhaus abholen musste, das ihre Mutter vor drei Wochen kurzerhand im Internet ersteigert hatte und weswegen die ganze Familie immer noch insgeheim an ihrem Geisteszustand zweifelte.

»Oje, ich hoffe echt, dass sie inzwischen im 21. Jahrhundert angekommen sind und das Netz endlich ausgebaut haben. Das war doch immer das absolute Funkloch«, lachte Annie und verzog im selben Moment das Gesicht, weil ein stechender Schmerz ihren Schädel durchzuckte.

»Funklöcher sind für hyperhektische Menschen doch genau das Richtige«, amüsierte sich ihre Mutter. »Monsieur Leroy hat eine Reederei und ich vermute, dass er irgendwo beim Hafen wohnt. Jedenfalls kannst du dort nach ihm fragen, falls es die Daten nicht auf dein Handy schaffen.«

Annie versuchte das Geschrei einfach auszublenden, das in diesem Moment ausgebrochen war, weil der Junge seiner Schwester einen schokoladenverschmierten Finger ins Ohr gesteckt hatte.

»Ich bekomme das schon hin«, sie legte die Hand auf den Rücken des Dackels, der sich auf ihrem Schoß zusammengerollt hatte und trotz des Lärms friedlich schlummerte. »Und wenn es eine Bruchbude ist, schlafe ich eben doch wie früher im Quartier.«

»Wie oft denn noch? Das ist keine Bruchbude, Annie. Ich habe mir die Bilder im Internet sehr gründlich angesehen. Das war ein Glücksgriff. Monsieur Leroy macht außerdem einen sehr seriösen Eindruck. Wir haben sehr lange telefoniert. Du kannst getrost meiner Menschenkenntnis vertrauen, Kind.«

»Wird schon schiefgehen«, lenkte sie seufzend ein. »Es ist nur völlig abgefahren ein Haus zu ersteigern, das man noch nie mit eigenen Augen gesehen hat.«

»Manchmal muss man spontan sein. Ich habe eine Chance gesehen und sie ergriffen«, Géraldine kicherte vergnügt. »Davon habe ich ja schon immer geträumt, ein eigenes Haus am Meer. Und dann noch zu diesem Spottpreis.«

»Ich hoffe wirklich inständig, dass dieses Haus so traumhaft schön ist, wie du es dir vorstellst, Mama.«

Insgeheim suchte Annie immer noch nach dem Haken, den dieses Angebot hatte. Das Häuschen aus braunem Naturstein befand sich auf einer Anhöhe, von der aus man einen herrlichen Ausblick über die Bucht hatte. Es besaß eine schnuckelige Wohnküche, zwei schnuckelige Schlafzimmer und – das war bei so einem Winzlinghaus nicht selbstverständlich - sogar Strom und fließendes Wasser. Auf den Fotos erkannte man vor dem Haus eine Pferdetränke und eine blaugetünchte Bank. Es war dasselbe Blau, in dem auch die Fensterläden und die Tür gestrichen worden waren. Blau

war die Farbe des Meeres, aber vor allem die Farbe der Heiligen Jungfrau Maria, der Schutzheiligen aller Seefahrer. Das passte natürlich zu einem Häuschen, von dem aus man die Wellen an Land rollen sehen konnte.
»Zut! Ist es schon so spät?«, stieß Géraldine aus. »Ich muss los. Melde dich unbedingt, wenn du angekommen bist, ja? Ich platze fast vor Neugier.«
»Versprochen, Mama. Wenn ich nicht im Funkloch stecke, melde ich mich heute Abend.«
»Und Annie? Denk' dran, dich gut festzuhalten, wenn du in Brest umsteigst. Du kennst doch die Sommerstürme an der Küste«, fügte ihre Mutter scherzend hinzu.
Der Wind an der Küste war tatsächlich nicht zu unterschätzen. Es kam nicht selten vor, dass Ziegel von den Dächern geweht und Fensterläden aus den Angeln gerissen wurden. Annie hatte selbst schon oft genug erlebt, wie die Bewohner des Dorfes ihre Habseligkeiten von den Straßen aufgesammelt hatten. Blumenkästen, die Werbetafel des kleinen Bistros, irgendwelchen Krimskrams aus den Vorgärten.
»Oh, Mama?« Plötzlich regte sich ein sehnsüchtiges Gefühl in ihr. »Was ich euch noch sagen wollte, dir und Martin: Danke für alles. Ohne euch, ich weiß auch nicht, ob ich das geschafft hätte. Ich bin wirklich sehr dankbar für eure Unterstützung, das sollt ihr wissen.«
»Und wir sind mächtig stolz. Martin hat schon jedem das Manuskript unter die Nase gehalten. Selbst den Nachbarn, die gerade nebenan eingezogen sind und keinen blassen Schimmer haben, wer du bist.«
»Das sieht ihm ähnlich. Aber auch unabhängig davon: ich bin echt froh, euer Kind zu sein«, sie räusperte sich und senkte die Stimme. »Glaubst du eigentlich, dass ich ein guter Mensch geworden bin?«
»Natürlich bist du das. Was ist denn das für eine merkwürdige Frage?«, ihre Mutter lachte ungläubig auf. »Was ist los

mit dir? Ist irgendwas passiert?«

»Nein, pardon. Alles gut«, Annie zuckte leicht mit den Achseln. »Ich weiß auch nicht, wie ich darauf gekommen bin.« Wahrscheinlich wurde sie vor lauter Erschöpfung sentimental und eigenartig. Vermutlich sehnte sich ihr Gehirn nach Schlaf – oder zumindest nach ein bisschen medikamentöser Betäubung.

Als Annie aufgelegt hatte, kramte sie in ihrer Handtasche nach einer Kopfschmerztablette und spülte sie schließlich mit einem Schluck lauwarmer Apfelschorle runter.

Der Fahrtwind ließ die Vorhänge flattern. Staubpartikel tanzten in der Luft und wurden immer wieder aufgebwirbelt.

Sie trug zwar ein sommerliches Kleid - mit maritimen Streifen, weil das zum Reiseziel passte - und saß direkt am Fenster, trotzdem stand ihr Schweiß auf der Stirn. Sie griff nach einer Werbebroschüre und fing an, sich Luft zuzufächeln.

Die beiden Kinder saßen nun friedlich nebeneinander und hatten angefangen, in zerfledderten Malbüchern herum zu kritzeln. Der Mann war eingeschlafen. Sein Kopf war leicht nach hinten geneigt und immer wieder drangen röchelnde Laute aus seiner Kehle. Annie lachte still in sich hinein, dann lehnte sie den Kopf an die Fensterscheibe und fing an, Trudi zu kraulen. Die Dackeldame blickte kurz auf, gähnte herzhaft und schmiegte sich dann wieder in ihren Schoß.

Sie waren schon eine halbe Ewigkeit unterwegs. Von Köln nach Paris, von Paris nach Rennes und nun saß sie endlich in dem nostalgischen Bummelzug, der scheinbar direkt aus dem letzten Jahrhundert in dieses gerattert war.

Mittlerweile konnten die Polster der Sitze gar nicht mehr weich genug sein. Ihr Hinterteil schmerzte - nein, schlimmer - eigentlich war es ihr ganzer Körper, der schmerzte.

Ihr Kopf dröhnte, die Muskeln waren verspannt und die Gelenke waren so steif, dass sie sich schon einbildete, bei

jeder Bewegung ein leises Knacken zu vernehmen.
So schlimm hatte sie die Zugfahrten ans Ende der Welt gar nicht mehr in Erinnerung. Früher hatte sie sich einfach Kopfhörer aufgesetzt und versucht, möglichst so lange zu schlafen, bis das Meer in Sicht war. Früher hatte sie sich immer darauf verlassen, dass sie schon rechtzeitig aufwachen würde, aber heute hatte sie aus irgendeinem Grund furchtbare Angst, den Ausstieg zu verpassen.
Obwohl sie unfassbar erschöpft war, wechselte ihr Herz vor lauter Aufregung ständig den Takt. Es war eine besondere Reise. Das hatte vor allem folgende Gründe:
Erstens hatte sie ein sehr zermürbendes Jahr hinter sich, das sie am liebsten ausradieren würde. Zweitens litt sie seit Monaten unter schlaflosen Nächten, eine Tatsache, die Annie unter anderem darauf schob, dass sie – das wäre überdies der dritte Punkt - gerade unter Schweiß und Tränen ihre Dissertation abgegeben hatte.
Und viertens freute sie sich einfach darauf, endlich wieder einen Sommer am Meer zu verbringen. Wegen ihres Studiums und der anschließenden Promotion war sie die letzten Jahre zuhause geblieben, um sich vollkommen der Kunsthistorie und insbesondere der Bruderschaft der Präraffaeliten widmen zu können - das war nämlich ihr Dissertationsthema (um genau zu sein: »Die präraffaelitische Antwort auf William Shakespeare in den Werken John Everett Millais«).
Aber das hatte nun ein Ende. Nun, so hoffte sie, würde ihr ein herrlicher Sommer bevorstehen. Ohne Literaturverzeichnis, ohne einen penetranten Doktorvater und ohne schlaflose Nächte, denen Tage folgten, in denen sie kaum klar denken konnte.

Allmählich ließen die Kopfschmerzen nach, sodass Annie sich ein wenig entspannen konnte. Sie richtete den Blick

hinaus, wo die Sonne leuchtete und die Welt an ihr vorbei rauschte.
Oder andersherum: Annie rauschte an der Welt vorbei.
Diese Welt war eine hügelige Heidelandschaft mit verschlungenen Straßen auf denen hie und da ein Auto tuckerte, mit dunklen Kieferwäldern und mit Wiesen, auf denen Kühe grasten. Graue Steinhäusern, leuchtend gelber Ginster und silberne Bachläufe.
Annie wusste, dass dieser Landstrich noch so viel mehr zu bieten hatte, wenn sie erst zur *Presqi'Île de Crozon* gelangten. Sie konnte es kaum erwarten, das Meer zu sehen. Sie konnte es kaum erwarten, über die Schmugglerpfade die Küste entlang zu wandern - von Leuchtturm zu Leuchtturm - während die Wellen sich an den steilen Felsen brachen. Immer mit diesem Tosen und Rauschen im Ohr. Sie konnte es schon fast hören und drückte ihre Nase an der Scheibe platt, in der Hoffnung, am Horizont das Meer zu entdecken.
»Darf ich den süßen, kleinen Hund vielleicht mal streicheln?«, fragte eine Kinderstimme wie aus dem Nichts. Annie wandte sich verwundert um und blickte in ein grinsendes Gesicht mit blauen Kulleraugen, Sommersprossen und einer riesigen Zahnlücke.
»Ja, klar!«, grinste Annie zurück. Als sie die schokoladenverschmierten Hände sah, die nun über Trudis Fell streichelten, bereute sie jedoch ein wenig, dass sie ohne darüber nachzudenken zugestimmt hatte.
»Und wie alt ist der Hund und wie heißt er?«
»Trudi ist zwei Jahre alt.«
»Ich bin vier. Oh, der Hund ist wirklich ganz lieb«, stellte das Mädchen fest und warf ihrem Bruder ein stolzes Lächeln zu.
»Wohin fahrt ihr denn?«
»Wir fahren bis nach Brest«, kurz überlegte sie, ob sie ihre Antwort noch ein wenig ausschmücken sollte, entschied sich dann jedoch dagegen. »Und ihr?«

»Wir fahren nachhause«, erklärte die Kleine und wickelte sich eine rote Haarsträhne um den Zeigefinger. »Und was macht ihr da, wo ihr hinfahrt?«
»Naja«, Annie wischte sich mit dem Handrücken Schweiß von der Stirn. »Ich will nach Crozon, weißt du? Dort mache ich Urlaub und außerdem gibt es dort ein Künstlerquartier. Dahin kommen auch immer ganz viele Kinder.«
»Hä?«, das Mädchen blinzelte und warf ihr einen kritischen Blick zu. »Aber du bist doch gar kein Kind mehr, oder?«
»Ne, die is' zu alt!«, blökte der Bruder und schaute nicht mal von seinem Malbuch auf.
»Sehr freundlich«, prustete Annie und hielt sich kurz darauf den Kopf, der immer noch nicht so schmerzbefreit war, als dass sie in Gelächter ausbrechen könnte.

Das Künstlerquartier auf Crozon war ein Landgut unweit der Atlantikküste, das eine Freundin von Géraldine vor sehr vielen Jahren geerbt hatte. Diese Freundin - Martha - wollte etwas Sinnvolles daraus machen und das vereinen, was sie liebte: Menschen und Kunst.
Besonders im Sommer zog das Künstlerquartier von überallher kreative Geister an. Und so wurde auf dem ganzen Gelände gemalt und getöpfert, musiziert und gezimmert. Die Philosophie des Künstlerkollektivs war denkbar einfach: In allem steckte Kunst und in jedem steckte ein Künstler. Jeder konnte etwas erschaffen und auf diese Weise zum Weltgestalter werden.
Annie hatte in ihrer Kindheit fast jeden Sommer auf der bretonischen Halbinsel verbracht. Crozon wurde zu ihrer zweiten Heimat und zu einem Sehnsuchtsort.
Géraldine, ihres Zeichens eine waschechte Bretonin, war es immer wichtig gewesen, dass die Verbindung zu Frankreich nicht abriss – und deswegen hieß es auch jedes Jahr: ab in

den Zug, um bis ans Ende der Welt zu reisen.
Finistère, wo sich die Halbinsel befand, bedeutete übersetzt nämlich tatsächlich nichts anderes als dies:

Ende der Welt.

Doch während die Römer den Landstrich am äußersten Zipfel Frankreichs *finis terrae* genannt hatten, beharrten die Bretonen darauf, dass es sich hierbei um den Anfang der Welt handelte. *Penn ar Bed.*

Letztlich war es wohl einerlei, denn wie ließ sich bei einer Kugel mit Bestimmtheit sagen, wo sie ihren Anfang und wo sie ihr Ende nahm?

Wenn Annie zu Besuch im Künstlerquartier war, hatte sie sich immer am liebsten im Atelier aufgehalten. Sie konnte Stunden damit zubringen, mit den Farben herumzuexperimentieren, um die Bilder, die ihr Geist heraufbeschwor, festzuhalten, sodass auch andere sie sehen konnten. Sie liebte den ersten Pinselstrich auf der Leinwand. Das fühlte sich immer unwahrscheinlich bedeutungsvoll an. Jede Spur, die man hinterließ, würde bleiben. Sie konnte allerhöchstens übermalt werden, aber unter den ganzen Farbschichten würde sie da sein. Unsichtbar für das Auge zwar, aber da.

Irgendwann entschied Annie jedoch, dass sie zu alt war, um mit ihren Eltern das Künstlerquartier zu besuchen. Sie verbrachte ziemlich trostlose Sommer im örtlichen Freibad, auf irgendwelchen Partys und auf dem Supermarktparkplatz, wo sich die Jungs mit ihren Mofas trafen. Am Anfang war das ja noch aufregend, aber irgendwann war der erste Kuss geküsst, die erste Zigarette geraucht und der erste Alkoholrausch hinter sich gebracht.

Schließlich schrieb sie einen maßlos übertriebenen Brief an Martha, in dem sie inständig darum bat, im nächsten Sommer im Quartier arbeiten zu dürfen. »Wenn ich nicht wiederkomme, sterbe ich. Übrigens: Ich brauche dringend einen Ferienjob, weil ich für die Ölkreide von *Sennelier* spare!«

Und weil Martha natürlich nicht wollte, dass Annie frühzeitig aus dem Leben schied, durfte sie wiederkommen, um für einen Hungerlohn überall dort zu helfen, wo gerade Not am Mann war – meistens in der Küche. Sobald sie jedoch etwas freie Zeit hatte, verschwand sie im Atelier, um zu malen. Der Raum mit den bodentiefen Fenstern wurde für drei herrliche Sommer zu ihrem Refugium, in dem sie allein den (Farb-)Ton angab.

Sie stand zwischen Staffeleien und Leinwänden, schwang den Pinsel und bekleckerte sich dabei von oben bis unten mit Farbe. Ansonsten ließ sie sich die Mittagssonne auf den Bauch scheinen, verdrückte Unmengen an irgendwelchem Meeresgetier, saß mit einem Kaffee am Hafen und beobachtete die Fischer oder radelte durch die Gegend und genoss die wilde Landschaft.

Ob als Kind oder später als junge Frau – die Sommer an der rauen Felsenküste Frankreichs waren das Herzstück ihrer Zeitrechnung. Doch irgendwann lief ihr die Zeit davon.

Das Studium beanspruchte sie dermaßen, dass sie aufhörte, nach Frankreich zu fahren. Annie hatte keine Zeit mehr, keine Nerven, kein Interesse. Ihre gesamte Aufmerksamkeit galt der akademischen Karriere. Klar, sie war ehrgeizig. Klar, man musste Prioritäten setzen. Schneller sein und weiterkommen. Summa cum laude. Karriereleiter. Konkurrenz ausstechen. Sprungbrett. Ellbogen raus.

Eines Nachts, als sie wieder völlig erschöpft im Bett lag und nicht schlafen konnte, entbrannte in ihr eine unbändige Sehnsucht. Sie hörte, wie das Meer tosend nach ihr rief, sah die heranrollenden Wellen und spürte den Sand unter ihren nackten Füßen. Annie musste unbedingt zurück nach Crozon. Es war kein netter Tipp ihres Verstandes, sondern ein Befehl. Imperativ.

Am nächsten Tag rief sie bei Martha an und flötete ins Telefon: »Braucht ihr für den Sommer zufällig eine überaus talentierte Malerin? Wenn ich die Dissertation abgegeben habe, will ich nämlich unbedingt wiederkommen.«
»Ehrlich?«, Martha lachte freudig auf. »Du warst ja schon Jahre nicht mehr hier, chérie. So eine Überraschung. Aber nein, eigentlich ist es gar keine Überraschung. Weißt du, ich habe zu Géraldine ja immer schon gesagt, dass du irgendwann zurückkommst. Ich hatte es einfach im Gefühl.«
Martha, eine kleine Frau mit den hennaroten Haaren, die an jedem Finger mindestens einen Silberring trug, seufzte inbrünstig auf.
»Ich glaube, ich werde malen und Körbe voller Muscheln sammeln«, sinnierte Annie.
»Oh oui! So wie früher«, Marthas Stimme klang schwärmerisch. »Ach herrje, ich weiß noch ganz genau, wie du bei Ebbe sofort runter zum Strand geschossen bist, um auf den Felsen herumzukrabbeln. Géraldine ist jedes Mal tausend Tode gestorben, die Ärmste. Oder weißt du noch, als Anton diesen alten Omnibus angemalt hat?«
Sie schwelgten eine Weile in gemeinsamen Erinnerungen – in den ganzen Jahren waren einige zusammengekommen – und Annies Feuer war wieder voll entfacht.
»Oh, es wird sich bestimmt anfühlen wie eine Reise in die Vergangenheit«, prophezeite sie, als sie sich schließlich von Martha verabschiedete.
Und ja, es fühlte sich so an, als würde sie geradewegs in ihre Kindheit zurückreisen, als sie in dem alten Bummelzug saß und aus dem Fenster blickte. Sie fuhr in eine Unbeschwertheit, in eine Einfachheit und Freiheit. Annie schloss die Augen und atmete tief durch. Ihr Herz würde sich beruhigen. Sie konnte wieder zu Kräften kommen und dann gestärkt zurückkehren – um die Dissertation zu verteidigen, um den Kampf wieder aufzunehmen.

Es war ein großes Glück, dass Géraldine ausgerechnet jetzt über das kleine Natursteinhaus an der Küste gestolpert war. Man konnte schon fast von Fügung sprechen, denn in diesem Jahr herrschte akuter Platzmangel im Quartier. Drei der charmanten Häuschen, in denen die Künstler sonst wohnen konnten, mussten nach einem schrecklichen Unwetter renoviert werden und Martha suchte händeringend nach Lösungen, um alle irgendwie unterzubringen.
»Wir müssen eben ein bisschen zusammenrücken. Anton und ich wohnen schon seit zwei Wochen im Omnibus.«
»Und ich? Ich habe doch gar keinen Omnibus?«
»Dann könntest du doch ausnahmsweise im Matratzenlager schlafen, oder? Da finden wir bestimmt noch ein Plätzchen für dich«, schlug Martha halbherzig vor. Sie kannte Annie gut genug, um zu wissen, dass Massenunterkünfte für sie der reinste Horror waren. Vor allem, wenn es sich bei den anderen Gästen um wild zusammengewürfelte exzentrische Künstler handelte.
»Oh ne, bitte nicht«, stöhnte sie. »Das ertrage ich keine sechs Wochen. Ich brauche irgendwo einen Rückzugsort ganz für mich allein.«
»Verstehe«, Martha machte eine kurze Pause. »Willst du dir dann vielleicht ein Zelt aufbauen? Anton hat die Wiese hinter dem Haus gemäht.«

»Du?«, das rothaarige Mädchen drehte sich nochmal zu ihr um, riss eine Seite aus ihrem Malbuch und streckte sie ihr hin. »Das ist für euch. Ich habe euch nämlich gemalt.«
»Oh, wow. Das ist aber sehr lieb von dir. Vielen Dank«, sie warf dem Kind ein strahlendes Lächeln zu. »Das kommt über meinen Schreibtisch. Einverstanden?«

Die Kleine nickte mit glühenden Wangen, winkte ihr zu und watschelte dann ihrem Vater hinterher, der ungeduldig auf sie gewartet hatte.
Annie warf einen Blick auf das zerknitterte Bild mit den ungelenken Strichen. Es war eine Frau mit schulterlangem Haar zu erkennen, die ein Tier auf dem Schoß hielt, das verdächtig nach einer Ratte aussah. »Gut getroffen. Trudi, du siehst sehr hübsch aus!«, säuselte Annie und zupfte sanft an einem weichen Hundeohr. Der Frau gegenüber saß ein graugekleideter Mann mit einem Besen in der Hand und einem schwarzen Knäuel, das irgendwie an seinen Füßen hing. »Vielleicht ist ihr Vater ja Straßenkehrer? Oder nein, weißt du was? Er kann mit dem Besen vermutlich sogar fliegen. Vielleicht in der französischen Nationalmannschaft. Das klingt doch gleich viel magischer, oder nicht?«

And therefore as a stranger give it welcome.
There are more things in heaven and earth, Horatio,
than are dreamt of in your philosophy.
{Shakespeare, Hamlet}

Salzkristall

Es war nicht ganz so traumhaft wie erhofft, aber weit entfernt von einer Bruchbude. Das winzige Haus war zwar in die Jahre gekommen, aber offensichtlich ordentlich gepflegt worden. Wenn man durch die blaue Tür eintrat, stand man in einer Wohnküche, in der sich einige Holzmöbel befanden, die schon mehrmals überstrichen worden waren. An manchen Stellen - den Tischkanten beispielsweise - konnte man die vielen Farbschichten erkennen.

»Machen Sie unbedingt den kleinen Ofen an, Mademoiselle. Die Nächte an der Küste sind ungemütlich«, empfahl Monsieur Leroy, als er sie abends zu ihrem Haus begleitete. Er hatte sogar ein paar Holzscheite für sie bereitgelegt und obendrein einen Korb mit den unterschiedlichsten Leckereien auf den Tisch gestellt. »*Kuign amann.* Hat meine Frau heute frisch gebacken. Den gibt's bei uns zum Frühstück.«

An der Wand über der Sitzbank hing ein großer Kalender mit Fotografien von Leuchttürmen. Août 1987 stand auf dem aufgeschlagenen Kalenderblatt - seit nunmehr zwanzig Jahren stand hier die Zeit still. Das Bild zeigte *Le phare de Tévennec*, einen putzigen Leuchtturm auf einer Felseninsel weit draußen im Meer, die von hohen Wellen umkämpft wurde.

»Wir haben ein paar Sachen drin gelassen, damit Ihnen der

Start leichter fällt. Es ist keine Luxusunterkunft, aber man kann gut darin leben«, erklärte Monsieur Leroy und schaltete die große Salzkristalllampe an, die auf der Fensterbank stand.
»Es ist wunderschön, nicht luxuriös, aber das muss es auch nicht sein. Es ist perfekt«, Annie deutete zu dem kleinen Sprossenfenster, hinter dem die Nacht sich schwarz über das Land gelegt hatte. »Ich kann es kaum erwarten, das Meer zu sehen, wenn morgen die Sonne aufgeht.«
»Das Fenster haben wir erst vor zwei Jahren einbauen lassen, wissen Sie, Mademoiselle? Früher hat man die Meerseite der Häuser ja immer zugemauert.«
»Wegen des Windes?«
Monsieur Leroy nickte und deutete zu einem Fensterchen direkt unter dem Dachgiebel, das Annie noch gar nicht wahrgenommen hatte: »Man hatte nur dieses Fensterloch, damit es drinnen nicht stockdunkel war.«
»Zum Glück haben sich die Zeiten geändert. Ich glaube, es gibt kaum etwas Schöneres als hier zu sitzen und aufs Meer hinaus zu blicken.«
»Und wenn man ganz still ist, kann man selbst im Haus noch die Wellen hören«, er funkelte sie aus seinen hellblauen Augen verheißungsvoll an. «Das Meer ist ein lautes Organ, sagen wir immer.«
Annie drückte Trudi an sich und lauschte. Man hörte, wie der Wind um das Haus strich und ja, wenn man ganz genau hinhörte, vernahm man auch das leise Rauschen des Meeres.
Nachdem Monsieur Leroy ihr die beiden Schlafzimmer gezeigt hatte, in denen nicht viel mehr als hölzerne Betten und Schränke standen, nahm er die Mütze vom Kopf und stand etwas unschlüssig vor der Haustür.
»Alors, das ist es nun: Ihr neues Zuhause, Mademoiselle. Die ganzen Papiere habe ich Ihrer Mutter geschickt. Damit müs-

sen Sie sich nicht rumschlagen. Ich hoffe, Sie können sich hier wohlfühlen und leben sich gut ein.«
»Ganz bestimmt, Monsieur Leroy. Ich danke Ihnen«, Annie schenkte dem alten Franzosen mit dem weißen Vollbart ein Lächeln. »Meine Mutter ist bestimmt heilfroh, dass es hier wirklich so hübsch ist wie es im Internet ausgesehen hat.«
»Oh, dieses Internet«, Monsieur Leroy winkte ab. »Das hat alles mein Sohn gemacht. Ich habe davon ja keine Ahnung.«
»Warum haben Sie das Haus denn überhaupt verkauft?«
»Och, früher war das ein Fischerhaus, in dem mein Vater seinen ganzen Krempel aufbewahrt hat. Wir haben es dann umgebaut und fast fünfzehn Jahre lang an Touristen vermietet«, er zuckte gleichmütig mit den Achseln. »Eine Heidenarbeit, sage ich Ihnen. Anreise, Abreise, Wäsche wachen, diese ganze Putzerei. Das ist jetzt im Alter einfach zu anstrengend.«
Als die Haustür hinter ihm ins Schloss fiel, wurde Annie etwas unheimlich zumute. Sie war trotz der bleiernen Müdigkeit, die sie auf der Autofahrt verspürt hatte, nun völlig aufgedreht. Sie war allein und ebenso allein war das Haus, denn es gab keine direkten Nachbarn hier draußen. Der Wind rüttelte an den Läden und Trudi glotzte wie gebannt zu den Fenstern, als würde dort jeden Moment ein bleiches Gesicht auftauchen.
»Das ist doch nur der Wind«, flüsterte Annie und versuchte damit nicht nur Trudi, sondern auch sich selbst zu beruhigen. »Das ist völlig normal an der Küste.«
Sie atmete tief durch, klatschte in die Hände und zog die Haustür auf. »Ich kümmere mich drum!«, verkündete sie und warf Trudi einen vielsagenden Blick zu. «Keine Sorge. Ich komme wieder.« Eine steife Brise schlug ihr entgegen. Sie wickelte sich die Strickjacke noch etwas enger um den Körper und fing dann an, die Fensterläden zu schließen.
Es windete so heftig, dass die Wetterfahne auf dem Dach

rotierte. Obwohl Trudi ihr sonst auf Schritt und Tritt folgte, blieb sie nun mit eingezogenem Schwanz auf der Türschwelle stehen. Auch Trudi war das neue Zuhause nicht so ganz geheuer.

Als Annie kurz darauf wieder in der Küche stand, war sie heilfroh, dass sie Wind und Dunkelheit aussperren konnte. Sie überprüfte gleich zweimal, ob die Tür richtig verriegelt war, dann blickte sie sich um und nickte langsam.

Das war nun also ihr Haus.

Das war ihr Zuhause.

»Wir müssen Mama anrufen«, erklärte sie Trudi, ließ sich auf die Sitzbank plumpsen und fischte nach ihrem Telefon. Eigentlich wusste sie schon, dass es vergebens war. An der Küste war das Mobilfunknetz wie ein Mythos: man sprach zwar davon, aber keiner hatte es je erlebt. Annie war sogar ein bisschen froh, dass sie heute um das Telefonat herumkommen würde. Sie war plötzlich todmüde.

»Bring' mich ins Bett«, jammerte sie Trudi an und legte den Kopf auf die kühle Tischplatte.. »Ich kann nicht mehr.«

Trudi schoss wie immer voraus und zog Stöcke aus den Ginsterbüschen, die sie Annie auffordernd vor die Füße warf. Annie hatte allerdings nur Augen für das Meer, das an den Felsen zu weißer Gischt zersprang, während sich die Wellen dahinter auftürmten, als könnten sie es kaum erwarten, an Land zu rauschen. Obwohl die Sonne schien, war es recht kühl. Der Wind riss ihr die Kapuze vom Kopf, verwirbelte ihr Haar und Annie musste immer wieder stehen bleiben, um sich Haarsträhnen aus dem Gesicht zu fummeln.

»Das nächste Mal: Haargummi«, versprach sie sich, als sie zum fünften Mal stehenbleiben musste, weil sie vor lauter Haar nichts mehr sehen konnte.

Annie kam gerade aus dem Dorf, wo sie nicht nur einge-

kauft, sondern auch ihre Mutter angerufen hatte, der natürlich ein Stein vom Herzen fiel, weil das Haus keine Bruchbude, sondern »so süß, echt, und so behaglich« war.
Nachdem sie Trudi gefüttert und sich mit der zerbeulten Espressokanne einen Kaffee zubereitet hatte, wickelte sich Annie ihre grobgestrickte, rosafarbene Decke - die sie unter größten Anstrengungen zu guter Letzt noch in den Koffer gequetscht hatte - um die Schultern und trat vor das Haus.
»Mein Haus, mein Haus, meins allein«, flüsterte sie zum tausendsten Mal und kam sich irgendwann schon ziemlich bescheuert vor. Annie schüttelte kichernd den Kopf, weil sie es immer noch nicht richtig fassen konnte: Géraldine hatte ein Haus ersteigert. Ihre verrückte, quirlige Frau Mama hatte ein Haus am Meer gekauft.
Die Tür ließ sie hinter sich einfach offen stehen, als sie mit einer Tasse Kaffee zur Klippe spazierte, die ungefähr acht Meter steil hinabfiel. Unten befand sich ein kleiner Strand. Das Meer hatte ganz schön viele Grünalgen angeschwemmt, die als dunkle Berge am Ufer lagen. Möwen stocherten darin herum und suchten nach Krebsen.
Plötzlich entdeckte sie etwas im Wasser. Annie kniff die Augen zusammen. Was war das? Sie trat noch einen Schritt näher an die Klippe heran. Ein Mensch.
Zwischen den Wellen schwamm ein Mensch. Nun entdeckte sie auch den Klamottenhaufen, der auf einem Handtuch im Sand lag. War das etwa einer dieser Wahnsinnigen, denen das Wasser nicht wild genug sein konnte? Natürlich hatte sie schon ganz andere Wellen gesehen, aber auch heute war der Seegang nicht ohne.
Sie nippte an ihrem Kaffee und beobachtete den Schwimmer, der mit kräftigen Zügen zurück an Land schwamm.
Es war ein Mann mit bleicher Haut und dunklen Haaren, der da aus den Fluten stieg. Er stapfte flott durch den Sand zu seinem Handtuch. Bei dem Wind musste es wirklich

fürchterlich kalt sein. Während er sich abrubbelte, trabte er auf der Stelle weiter, um sich warm zu halten. Aus der Ferne war schwer auszumachen, wie alt er war. Es hätte ein Zwölf- oder ein Dreißigjähriger sein können. Annie beobachtete ihn ganz ungeniert, weil sie glaubte, er würde sie hier oben ohnehin nicht sehen.

Er zwängte sich hastig in eine Jeans, schlüpfte in einen Pullover und zog sich schließlich eine weiße Softshelljacke über. Plötzlich steckte der Typ sich zwei Finger zwischen die Lippen und pfiff so laut, dass Trudi wie angewurzelt stehenblieb.

Auf einmal hüpfte ein grauer Hund mit zotteligem Fell hinter den Felsen hervor. Annie lachte entzückt auf und warf Trudi, die beim Anblick des anderen Hundes ganz aufgeregt mit dem Schwanz wedelte und nach Luft schnappte, einen amüsierten Blick zu.

»Na? Hat es gefunkt?«

Sie hatte sich wirklich nur für den Bruchteil einer Sekunde abgewandt, aber als sie sich wieder umdrehte, war der Typ mit seinem drolligen Hund verschwunden. Sie hatten sich einfach in Luft aufgelöst. Annie blickte sich ein letztes Mal suchend um, dann trank sie den letzten Schluck Kaffee und schlenderte zurück zum Haus – zu ihrem Haus wohlgemerkt. Die lange Reise steckte ihr immer noch in den Knochen. Ihr ganzer Körper fühlte sich irgendwie schwer, verkrampft und ungelenk an. Sie beschloss, erst morgen zum Quartier zu gehen, um Martha und die anderen zu besuchen. Es war noch Zeit genug.

Heute würde sie vielleicht noch einen Klippenspaziergang machen. Ansonsten wollte sie jeden Winkel ihres neuen Zuhauses erkunden, einen Eintopf kochen und vor allem: schlafen, lesen, um dann wieder zu schlafen. Erst als Annie schon fast bei ihrem kleinen Steinhaus angelangt war, drehte sie sich um.

»Trudi?«
Doch anstelle ihres Hundes, bot sich ihr ein anderes Bild. Wie hatte er es bloß so schnell hierher geschafft?
Zu ihrem Erstaunen entdeckte sie bei den Klippen nämlich den Mann, den sie gerade noch am Strand beobachtet hatte. Was tat er da? Annie konnte nichts gegen das breite Grinsen machen, das sich unwillkürlich auf ihr Gesicht schlich. Entweder er redete mit dem hüfthohen Strauch, hinter dem er stand, oder Annie wusste, wo ihr Hund abgeblieben war.
»Trudi!«, der Wind riss ihre Stimme fort.
»Trudi!«, versuchte sie es nun etwas lauter. Unsinnigerweise winkte sie, ohne Trudi irgendwo sehen zu können.
»Hallo?«, Annie winkte dem Unsinn zum Trotz nochmal, denn sie konnte einfach nicht pfeifen. Alles, was sie rausbekam, hörte sich an wie Luft, die einem Ballon entwich.
»Och, muss das jetzt sein?«, sie seufzte und setzte sich etwas widerwillig in Bewegung. In diesem Moment blickte der Mann auf, hob die Hand und sagte irgendetwas, das sie nicht verstehen konnte. Annie warf ihm ein hilfloses Lächeln zu, schüttelte den Kopf und deutete auf ihre Ohren.
Als er hinter der Ginsterhecke hervortrat, flammte ein merkwürdiges Gefühl in ihrer Magengrube auf. Annie wurde nervös. Sie wurde in Gegenwart von Männern oft nervös. Der Mann, der ihr nun entgegen kam, besaß ein hübsches Gesicht und schien einige Jahre älter zu sein, als sie zunächst angenommen hatte. Seine dunklen Haare fielen ihm in nassen Strähnen ins Gesicht. Er griff nach dem Handtuch, das er sich um die Schulter gelegt hatte, und wischte sich über die Stirn, bevor er ihr ein mattes Lächeln schenkte.
»Bonjour«, grüßte er sie. «Ist das dein Hund?«
»Ja. Wir wohnen jetzt in dem Haus dort«, erklärte sie, deutete zu dem kleinen Fischerhaus und fragte sich im selben Moment, warum sie einem wildfremden Menschen auf die Nase binden musste, wo sie die nächsten Wochen verbrin-

gen würde. Allein. Einzig bewaffnet mit einem Hund von der Größe eines Fußschemels.

»Sehr schön«, er musterte sie eingehend. »Kennen wir uns?«

»Nein, nein. Wir sind erst gestern hier angekommen«, sie reckte den Kopf in die Höhe. »Trudi? Kommst du jetzt bitte mal?«

Annie hatte sich schon tausendmal geschworen, nicht mehr mit Trudi zu sprechen, als würde der Hund jedes Wort verstehen, aber sie konnte einfach nicht damit aufhören. Manchmal ertappte sie sich sogar dabei, wie sie regelrechte Konversationen mit dem Dackel führte.

»Theo!«, kläffte der Typ, als wollte er ihr demonstrieren, wie man es richtig machte. Natürlich war es auch nicht Trudi, die sofort aus dem Gebüsch gesprungen kam, sondern der graue Hund.

»Na endlich, jetzt aber schnell nachhause. Das Frühstück wartet«, verkündete Annie, als Trudi schließlich erschienen war. Sie nahm den kleinen Dackel kurzerhand auf den Arm und nickte dem Mann über die Schulter zu. »Adieu. Man sieht sich.«

Sie war kaum drei Schritte gegangen, dann wirbelte sie wieder herum und lachte ihn an.

»Warte mal. Eine Frage hätte ich noch: Wie hast du das gemacht?«

»Was gemacht?«

Der Wind trieb die Wolken so schnell über den Himmel, dass Schatten und Licht auf seinem Gesicht tanzten. Im einen Moment leuchteten seine Augen noch hell auf, nur um im nächsten Moment wieder dunkel und abgründig zu wirken.

»Na, wie bist du denn so schnell hier hoch gekommen?«, fragte sie unbekümmert. »Du warst doch gerade noch unten am Strand.«

»Ich bin gelaufen«, lautete seine knappe Antwort.

»Du bist die Steilwand hochgelaufen? Wie das?«, sie lachte hell auf. »Bist du *Spiderman*?«
Jetzt konnte auch er sich ein Lachen nicht mehr verkneifen. Seine Augen funkelten amüsiert, als er den Kopf schüttelte.
»Eigentlich ist es ein Geheimnis, aber ich schätze, dass du es früher oder später sowieso herausfinden wirst«, seufzte er und vergrub die Hände in den Jackentaschen. »Es gibt einen alten Pfad hinter den Sträuchern, der direkt runter zum Strand führt. Sehr steil und rutschig. Sei vorsichtig.«
Annie stellte sich ein wenig auf die Zehenspitzen und linste über seine Schulter zum Rand der Klippen.
»Oh, wie schön. Ich dachte, man käme nur vom Hafen aus dorthin, aber mit dem Geheimpfad ist der Strand so nah, als würde er zu meinem Haus gehören«, schwärmte sie und erntete einen missbilligenden Blick.
«Hier gibt es keine Privatstrände. Und wo wir gerade dabei sind: Räum bloß deinen Müll weg, wenn du gehst«, belehrte er sie. «Die Touristen denken immer, nach ihnen käme die Sintflut und würde den ganzen Müll mitnehmen.«
»Ja, natürlich, pardon«, Annie spürte, dass sich ihre Wangen knallrot färbten. »Das war auch nur ein blöder Scherz. Es ist natürlich nicht mein Privatstrand. Also, ich gehe dann mal.«
Sie wartete nicht ab, bis er antwortete. Sie blickte ihn nicht mal mehr an, sondern machte auf der Stelle kehrt und hastete zurück zu ihrem Haus.
«Was für ein komischer Typ«, wisperte sie dem Dackel in ihren Armen zu. «Und wer, der nicht von allen guten Geistern verlassen ist, geht bei diesem Wellengang schon schwimmen?«
Kaum hatte sie die Tür hinter sich ins Schloss geworfen, kletterte sie auf die Sitzbank und spähte hinter dem Häkelvorhang hervor aus dem Fenster. Der Typ stapfte langsam an den Klippen entlang. Er blickte nicht hinaus aufs Meer, sondern hielt den Kopf gesenkt, während er mit tief in den

Taschen vergrabenen Händen zu Boden stierte. Aus irgendeinem Grund rührte sein Anblick sie an: einsamer Mann, weites Meer.

Sie musste selbst über ihre pathetischen Gedanken schmunzeln. Wahrscheinlich sprudelte er vor Glück gerade über – innerlich. Es war nur das Meer, das melancholische Melodien anstimmte und in vielen Menschen eine unbestimmte Wehmut weckte.

Plötzlich drehte er sich zu ihr um und ihr Herz zuckte erschrocken zusammen. Unbewegt starrte er zum Haus. Annie schämte sich, weil sie wie ein Spion hinter dem Fenster lauerte. Aus Verlegenheit schaltete sie kurzerhand den Salzkristall an, der wie ein kleines Feuer leuchtete.

»Richtig clever. Das war jetzt echt total unauffällig«, schimpfte sie mit sich und stand hastig auf, um es so aussehen zu lassen, als wäre sie rein zufällig gerade am Fenster vorbeigegangen.

Sie bereitete sich schließlich ein Müsli zu und verzog sich damit zurück ins Bett. Es gab zwei Schlafzimmer und sie hatte sich nicht etwa für das schöne Zimmer mit Blick zum Meer entschieden, sondern für die düstere Kammer. Es war vielleicht verrückt, aber die Tatsache, dass allerhöchstens ein Kleinkind durch das Fenster passen würde, beruhigte sie. Vorsichtshalber hatte sie das unbenutzte Zimmer sogar verriegelt.

⚓

Die Sonne strahlte, ließ das Meer funkeln und wärmte die Erde. Annie trug dennoch Jeans und ein leichtes Sweatshirt, als sie schließlich aufbrach, um mit Trudi die Schmugglerpfade bis zum Kap entlang zu wandern. Als Kind hatte sie es geliebt auf diesen verschlungenen Wegen zwischen Felsen und Ginsterbüschen die Gegend zu erkunden. Annie spürte, dass ihr Herz sich freistrampelte. Das Leben, das sie zuhause führte, und die Menschen darin waren weit weg. Das hier war eine andere Welt.

Möwen kreisten am Himmel und obwohl man ihr Gekreische wohl eher als hysterisch und nicht als liebreizend bezeichnen würde, konnte Annie sich zum Tosen der Wellen nichts Schöneres vorstellen. Sie war schon ein ganzes Stück gelaufen, als sie zu einem über die Klippen herausragenden Felsen gelangte. Ihr Gesicht erhellte sich.

»Sieht aus, als hätte die Welt hier einen Knick«, flüsterte sie. Keine Minute später lag Annie auf dem Stein und robbte bis zum äußersten Rand, um in die Tiefe zu spähen. Das Meer umspülte die kleinen Felsen, die überall aus dem Wasser ragten. Weiße Gischt, marmoriertes Grün – mal hell, mal dunkel, bewegt und lebendig. Annie ließ sich eine Weile vom Rhythmus der Wellen hypnotisieren. Gleichmäßig, zuverlässig und berechenbar. Kaum zog sich das Wasser zurück, rauschte es schon wieder gegen die algenbewachsenen Steine. Plötzlich stieg ein Geruch in ihre Nase. Rasierwasser und Zigarettenrauch. Sie hielt den Atem an, rollte sich auf den Rücken und drückte sich beide Hände auf die Brust, in der ihr Herz raste. Gierige Augen, gierige Hände und ein Bild von Kandinsky über dem Schreibtisch. Sie starrte in die Sonne, obwohl das Licht in ihren Augen schmerzte. Der Schmerz war gut, denn er war stärker als die Sequenzen ihrer Erinnerungen. Er war realer.

»Alles gut«, sie lachte über die wiederkehrenden Bilder, als würden sie nichts bedeuten. Es war leichter zu ertragen, wenn sie einfach darüber hinwegging. Annie rappelte sich langsam auf, rieb sich die Hände an den Jeans ab und blinzelte. Mal wieder fehlte von Trudi jede Spur, weshalb sie keinen Gedanken mehr an die Erscheinungen verschwenden konnte, die sie immer wieder heimsuchten. Einzig ihr Herz zitterte noch von ihrem Nachhall.

»Oh Trudi!«, sie stöhnte auf. »Das Theater hatten wir heute

Morgen doch schon mal.«
Entweder hing Trudi die ganze Zeit an ihrem Rockzipfel oder sie spürte irgendwo eine Fährte auf und nichts in der Welt konnte sie davon abhalten, sie zu verfolgen. Annie versuchte sich an einem schwächlichen Pfeifen.
»Trudi!«, brüllte sie in den Wind, schirmte die Augen mit der Hand ab und blickte sich suchend um. »Trudi, verdammt!«
Annie drehte sich im Kreis – unsicher, wohin sie nun gehen sollte? Vielleicht war Trudi nachhause gelaufen? Vielleicht war sie aber auch irgendwelchen Seevögeln nachgejagt? Urplötzlich bekam Annie es mit der Angst zu tun. Vielleicht war Trudi mit ihren kurzen Beinchen ausgerutscht und die Klippen runter gefallen?
»Trudi!«, schrie sie nun noch etwas verzweifelter. Ein schriller Pfiff zerschnitt die Luft. Annie riss ruckartig den Kopf herum.
»Was zur Hölle?«
Sie traute ihren Augen kaum, als sich ein Astronaut aus dem Schatten des Kiefernwäldchens löste. Gemächlich schritt er auf sie zu und zog dabei seine Handschuhe aus, während sie ihm entgegen starrte.
Es war kein Astronaut, stellte sie erleichtert fest, als er nur noch wenige Meter von ihr entfernt war.
»So schnell trifft man sich wieder«, ertönte eine vergnügte Männerstimme, dann lüftete er den Schleier, hinter dem sich sein Gesicht verbarg.
»Oh, aha, ha-hallo?«, sie räusperte sich. »Was ist das?«
»Was ist was?«
»Was hast du an?«
»Ach, meinst du das?«, er deutete auf seine Füße. »Das sind Schuhe.«
Dann brach er in heiseres Gelächter aus. Offensichtlich war seine düstere Stimmung von heute Morgen verflogen.

»Sehr witzig«, sie schüttelte den Kopf. »Hast du Trudi gesehen?«
»Bei den Bienen«, erklärte er und machte keine Anstalten, diesen Umstand näher zu beleuchten. Stattdessen grinste er sie breit an.
»Bei den Bienen?«
»Gelb, schwarz. *Ssssss.* Nein, pardon, aber warum glaubst du, habe ich dieses Teil an?«, er klopfte auf seinen Hut. »Das ist Arbeitskleidung! Ich kümmere mich gerade um meine Bienen.«
»Dann ist Trudi jetzt auch bei deinen Bienen?«, wiederholte Annie alarmiert. »Wo denn? Das ist doch gefährlich?«

⚓

Obwohl er beteuerte, dass alles »ja völlig harmlos« wäre, weil seine Bienen »echt zahme Tierchen« wären, folgte ihm Annie voller Sorge zu den Bienenstöcken, die er am Waldrand aufgebaut hatte.
Hinter den hölzernen Kästen, in denen es laut summte und surrte, lag der graue Zottelhund im Gras und nagte an etwas, das verdächtig nach Honigwaben aussah. Annie stemmte die Hände in die Hüften und schnaubte empört auf, als sie schließlich auch Trudi entdeckte.
»Sag' mal, hast du meinem Hund etwa auch so ein Teil gegeben?«
»Das siehst du doch«, er zuckte mit den Achseln. »Es schadet ihr nicht, glaub' mir. Honig ist wirklich sehr gesund.«
»Dann ist es auch kein Wunder, dass sie nicht gekommen ist, als ich sie gerufen habe. Du kannst doch nicht einfach fremde Hunde füttern.«
»Hm«, er legte den Kopf schief, dann lächelte er. »Doch. Außerdem ist sie gar nicht fremd. Wir kennen uns eigentlich schon ein bisschen länger.«
»Sehr witzig«, sie erwiderte seinen Blick und spürte, dass sich

ihre Wangen röteten und ihre Wut mit einem Mal verpuffte. Seine Augen besaßen eine außergewöhnliche Farbe, nein, sie besaßen mehrere Farben. Sie irisierten. Wie das Meer.

So ere you find where light in darkness lies

Your light grows dark by losing of your eyes.

{Shakespeare, Love's Labour Lost}

Heidekraut

Wenn man über das Meer zum Horizont blickte, dann hatte man nicht das Gefühl, die Welt würde jemals irgendwo enden. Auch nicht hier, am Ende der Welt, in Finistère. Kleine Fischerboote tuckerten über das Wasser, das heute außergewöhnlich still war. Selbst die Möwen saßen andächtig auf den Felsen und wagten es nicht, auch nur einen Ton von sich zu geben. Vielleicht waren sie aber auch einfach noch ein wenig verschlafen? Es herrschte jedenfalls eine friedliche Atmosphäre. Alles war richtig. Alles hatte seinen Platz und es versprach ein wunderschöner Tag zu werden. Der Wind war sanft und die Wolken blütenweiß.

Annie saß im Schneidersitz vor ihrem Haus, hielt eine Tasse Kaffee in den Händen, und sah der Sonne dabei zu, wie sie langsam aus den Wellen aufstieg. Je heller es wurde, desto kräftiger begannen die Farben des Heidekrauts und des Ginsters zu leuchten.

Die Grünalgen, das salzige Wasser und die Flechten, die auf dem nassen Felsen wuchsen, verströmten einen würzigen Geruch. Annie atmete tief durch und streckte sich.

»Haben wir ein Glück, hier zu sein«, flüsterte sie Trudi zu, die an ihrer Seite leise vor sich hin schnarchte. Tatsächlich gab es gerade keinen Ort, an dem Annie lieber wäre.

Heute würde sie ins Quartier spazieren und Martha nach so langer Zeit endlich wiedersehen. Sie gähnte herzhaft, dann

rappelte sie sich auf.
Der Mann, den sie gestern gleich zweimal getroffen hatte, war heute schon sehr früh schwimmen gewesen. Sie hatte ihn am Haus vorbeigehen sehen, als sie gerade aufgestanden war und sich in der Küche einen Kaffee gekocht hatte. Am liebsten hätte sie sich wieder an die Klippen gestellt, um zur Sandbucht hinabzublicken und ihn ein bisschen zu beobachten, aber das kam ihr dann doch reichlich merkwürdig vor.
Annie ließ sich Zeit. Sie schmökerte eine Weile auf der Sitzbank in der Küche und blickte immer wieder geistesabwesend aus dem Fenster, wenn ihre Gedanken sich verselbstständigten. Sie schienen kein konkretes Ziel zu haben, sondern hüpften unruhig hin und her.
Irgendwann, als die Zeiger der Uhr die Zwölf touchierten, legte sie das Buch seufzend beiseite. Wenn sie erst mal im Künstlerquartier angekommen war, würden diese Gedanken schon gebändigt werden.
Nach einer schnellen Dusche – das Wasser, das aus der Leitung kam, wurde einfach nicht richtig warm – sprang sie in ihre Klamotten, band sich die Haare zusammen und schulterte ihren Rucksack, der bis obenhin mit Malermessern, Pinseln und anderem Schnickschnack gefüllt war. Da sie immer noch kein Fahrrad besaß, musste sie laufen, aber das Wetter war so herrlich und ihre Vorfreude inzwischen so groß, dass ihr der Fußmarsch zum Künstlerquartier überhaupt nichts ausmachte.
Kaum hatte sie das große Holzschild passiert, das den Weg zum Quartier wies, fing ihr Herz an, wie wild zu pochen und sie beschleunigte ihre Schritte. Der harzige Duft der Kiefern, die hier überall in die Höhe wuchsen, weckte lebhafte Erinnerungen.
Sie sah Martha schon von weitem auf dem sonnenbeschienen Hof stehen. Das leuchtendrote Haar war ja auch kaum

zu übersehen. Die alte Frau trug ein moosgrünes Kleid und wühlte gerade mit beiden Händen in einem Pflanzenkübel, während neben ihr zwei Männer auf einer Holzplatte herum hämmerten.
»Martha!«, Annie stiegen Tränen in die Augen – so sehr freute sie sich. Martha drehte sich sofort um und jauchzte freudig auf, dann eilte sie ihr entgegen und die beiden Frauen fielen sich in die Arme.
»Oh chérie, du bist endlich wieder hier«, feuchte Marthaküsse landeten auf ihrer Wange, dann wurde sie wieder so fest gedrückt, dass ihr kurz die Luft wegblieb.
»Ich freue mich so, euch endlich wieder zu sehen. Es wurde langsam Zeit, oder?«, fragte Annie und blickte sich nach allen Seiten um. »Wo steckt denn Anton?«
»Schläft im Bus, chérie. Er verträgt den Wein zum Mittagessen überhaupt nicht mehr, aber er kann die Finger nicht davon lassen. Hast du Hunger? Es gibt noch Gemüselasagne«, Martha streichelte mütterlich über Annies Haar.
»Gemüselasagne?«, ihre Augen leuchteten auf, weil es unter der Sonne keine bessere Köchin als Martha gab. »Ich glaube, ich habe unfassbar großen Hunger.«
»Prima. Dann kannst du mir beim Essen alles erzählen, Mademoiselle Docteur, und danach erkunden wir das Quartier. Du hast doch bestimmt vergessen, wie es hier aussieht.«
»Ich erinnere mich an jeden Winkel. Du wirst schon sehen«, lachte Annie und blickte sich um. Die kleinen Natursteinhäuser standen noch an Ort und Stelle – doch der Sturm hatte den Dächern ordentlich zugesetzt. Dunkle Schindeln lagen auf dem Boden und die Löcher, die sie im Dach hinterlassen hatten, waren provisorisch mit Plastikplanen repariert worden.
Auf dem Hof stand ein großes Pferd, das jemand aus Blechtonnen und alten Fahrrädern geschmiedet hatte. Annie schnalzte mit der Zunge und drehte sich zu Martha um.

»Du, hättet ihr vielleicht ein Fahrrad für mich?«

⚓

Annie hätte ihren Rucksack mit den ganzen Pinseln und Lösungsmitteln getrost zuhause lassen können, denn sie verbrachte den ganzen Tag auf einer Picknickdecke in der Sonne. Während Anton ein bisschen auf seiner Gitarre herumklimperte, trank sie Wein, unterhielt sie sich mit Martha und lernte nach und nach auch die anderen Künstler kennen, die gerade im Künstlerquartier wohnten.

Da die drei Häuser gerade nicht bewohnbar waren, hatten sich nur wenige Menschen eingefunden. Ein Ehepaar, das Annie noch von früher kannte, ein junger Pole und zwei deutsche Frauen, die überall in der Umgebung kunstvolle Weidentipis bauen wollten – das war das diesjährige Künstlergrüppchen. Es waren ausgesprochen sympathische Menschen und wahrscheinlich wäre es gar nicht so schlimm gewesen, mit ihnen im Matratzenlager zu schlafen. Annie unterhielt sich eine Weile mit Bartosz. Er kam aus Warschau und gehörte dort dem linken Widerstand an, der mit Street Art gegen den Rechtsruck des Landes vorgehen wollte. Leiser Protest, implizite Wertevermittlung, subtile Volkserziehung. Annie konnte seinen Standpunkt zwar durchaus nachvollziehen, aber als er davon anfing gegen den Kapitalismus und das faschistische System zu wettern, schaltete sie ab.

Als es dämmerte und immer kühler wurde, befeuerte Anton die gusseiserne Schale, die in ihrer Mitte stand, und Martha verteilte Decken, doch Annie beschloss trotzdem den Heimweg anzutreten.

»Morgen komme ich zum Malen«, versprach sie, als sie schon auf dem Fahrrad mit dem knallroten Sattel saß und über den Pfad davon holperte. Trudi kauerte in einem Korb, den Anton mit Draht am Lenker angebracht hatte. Sie sah nicht gerade begeistert aus und wurde ganz schön durchgeschüttelt, aber Annie wollte auf schnellstem Wege nachhause kommen.

⚓

Sie dachte, hier würden die Träume endlich aufhören. Sie hatte geglaubt, hier käme sie zur Ruhe und könnte alles Geschehene weit hinter sich lassen. Weit, ja, weit gefehlt.
In dieser Nacht träumte sie schlimmer und heftiger als jemals zuvor. Schweißgebadet schreckte sie auf und blickte sich panisch um, weil sie zunächst überhaupt keine Ahnung hatte, wo sie sich befand. Ihr Kopf dröhnte und obwohl es in der kleinen Kammer stockdunkel war schossen grelle Blitze durch ihr Blickfeld.
»Du bist hier doch sicher«, stieß sie hervor und tastete nach Trudi, die auf dem Kopfkissen neben ihr lag und sie verdutzt anblickte. »Nur geträumt.«
Manchmal sprach sie zu dem Hund, als spräche sie zu sich selbst. Manchmal half das.
Sie wischte sich mit einem Zipfel ihrer Bettdecke die Tränen aus dem Gesicht, dann stand sie auf, schloss die Schlafzimmertür auf – inzwischen sperrte sie alle Türen ab, wenn sie schlief – und tapste in die Küche, wo sie den Salzkristall anschaltete und sich an den Küchentisch setzte, um ein Glas Wasser zu trinken. Es war ganz still. Man hörte nur das Sprudeln des Wassers und die Wellen, die an die Felsen schlugen.

⚓

Am nächsten Morgen blieb sie lange im Bett liegen und starrte an die Decke, von der nur eine kahle Glühbirne baumelte. Sie fühlte sich wie gelähmt. Ihre Träume besaßen kaum visuelle Aspekte – sie meinte, sich an verschwommene Gesichter zu erinnern, aber es waren vor allem die Gefühle, die ihr an die Gurgel gingen und sie schreiend aufwachen ließen. Annie hatte natürlich eine leise Ahnung, weshalb diese Träume sie quälten, aber sie wollte sich nicht damit konfrontieren. Schon gar nicht jetzt, in ihrem Urlaub.

Irgendwann quälte sie sich aus dem Bett und stellte sich für zwei Minuten unter die eisige Dusche. Das genügte, um sie hellwach werden zu lassen. Als sie die Fensterläden öffnete, begrüßten sie zwei Strandpieper, die auf dem Zaun saßen und munter miteinander schwatzten. Der Tag leuchtete.

Annie schnappte sich ihren Kaffee und ein Stück von dem Butterkuchen, den Monsieur Leroy ihr gebracht hatte, dann trat sie lächelnd vor die Tür. Sie freute sich auf das Atelier, auf die vielen Farben, auf Musik und Martha.

»Bonjour mesdames et messieurs«, grüßte sie – niemanden. Die Strandpieper hoben sich unter lautem Gezwitscher in die Lüfte und segelten davon, als Trudi sie ankläffte. Annie spazierte zu den Ginsterbüschen und blickte auf eine glitzernde Lichtstraße, die von der Sonne über das Meer bis zu den Klippen führte. Die Boote schaukelten auf den Wellen und Fischer warfen ihre Netze aus.

Jeden Tag aufs Neue: wenn man die Tür öffnete, wartet dahinter eine andere Welt. Mal strahlte die Sonne, mal tobte ein Sturm, mal war das Meer spiegelglatt, mal aufgewühlt. Ebbe, Flut. Die Welt wechselte ständig ihre Gestalt.

Manchmal konnte Annie die Schönheit, von der sie umgeben war, kaum begreifen. Mit unsichtbaren Zahnrädern griff alles ineinander, sodass man nur staunenden Blickes davorstand und plötzlich eine tiefe Demut in sich spürte. Kleiner Mensch, große Welt - ein einziges Wunderwerk. Hier draußen an der Küste, wo das Meer herrschte, schien dieses Wunder so verblüffend offenbar. Alles war da – eine unwahrscheinliche Fülle an Lebendigkeit.

Annie beschloss, morgen zum Hafen zu gehen, um ein bisschen einzukaufen. Sie liebte das geschäftige Treiben - es war immer amüsant, sich auf den Pier zu setzen und den Männern eine Weile bei der Arbeit zuzusehen. Es waren raubeinige Kerle, diese alten Seebären. Sie konnten fluchen, dass einem die Ohren schlackerten, und sie konnten so laut lachen, dass man den Bass spürte, der die Knochen durchschüttelte. Außerdem konnte man direkt von Schiff kaufen, was die Männer vom Meer mit nachhause brachten. Am Hafen gab es aber auch Stände mit frischen Muscheln, Garnelen oder Krebsen, denn hier hatte das Gezeitenfischen eine große Tradition. Bei Ebbe sah man die *pêcheurs à pied* - die Gezeitenfischer - mit Körben über das Watt wandern, um die Köstlichkeiten aufzuspüren, aufzusammeln und mit bloßen Händen auszugraben.

Plötzlich sah Annie im Augenwinkel einen Schatten, der an ihr vorbeischoss und aufgeregt bellte.

«Trudi…ach ne.«

Ein grauer Hund schmiss sich auf den Boden und wälzte sich genüsslich, während Trudi freudig um ihn herumtänzelte.

Kurz darauf tauchte schließlich auch sein Herrchen auf. Er trug wieder seine weiße Softshelljacke, doch sie war ganz schmutzig. Er presste sich eine Hand gegen die Stirn und Annie ließ langsam die Kaffeetasse sinken.

Es musste etwas passiert sein! Warum war seine Jacke so schmutzig?

Das Lächeln verschwand aus ihrem Gesicht und alles in ihr zog sich zusammen, als sie das Blut erkannte, das zwischen seinen Fingern hindurch quoll und auf seine Brust tropfte. Die Jacke war voller Blut, voller Erde und voller Blut.

»Oh mein Gott. Ogottogott«, stieß sie erschrocken aus und ließ die Tasse einfach fallen, als sie auf ihn zueilte. Er hob jedoch beschwichtigend die Hand und versuchte, zu grinsen.

»Keine Sorge. Das ist halb so schlimm«, behauptete er mit heiserer Stimme. »Ich habe dir doch gesagt, dass der Pfad

steil und rutschig ist.«
»Oh Gott«, wiederholte sie und überlegte fieberhaft, was sie tun sollte, wenn er jetzt einfach ohnmächtig werden würde. Und was wäre, wenn sie jetzt einfach zusammenklappte? Dieses dunkle Blut. Diese Blutstropfen auf seiner Brust.
»Ich bin ausgerutscht und mit dem Kopf gegen den Felsen gekracht«, erklärte er und drückte sich nun auch die andere Hand auf die Wunde.
»Bitte, wir gehen zu mir, ja?«, sie starrte ihn an und versuchte sich auf etwas anderes als das Blut zu konzentrieren, das in Strömen über sein Gesicht floss. »Ich habe so ein Ding, so einen Kasten, verdammt, wie heißt das? Verbindungskasten, nein. Du weißt schon.«
»Merci, aber ich habe es nicht weit. Ich bin schnell zuhause«, er nickte in eine unbestimmte Richtung.
»Nein, das geht doch nicht«, sie legte vorsichtig ihre Hand auf seinen Rücken. »Du musst dich jetzt ein bisschen hinsetzen. Du könntest eine Gehirnerschütterung haben und...oh Gott, mir wird ganz anders.«
»Kannst du kein Blut sehen?«, er warf ihr einen amüsierten Blick zu. Jedenfalls versuchte er es.
»Ja, doch«, log sie, versuchte sich zusammenzureißen und ihn sanft in ihr Haus zu bugsieren.

»Schönes Teil«, er deutete auf den alten Kalender an der Wand, als er auf der Sitzbank saß und darauf wartete, dass Annie trotz der zitternden Hände den Verbandskasten geöffnet bekam.
»Der Kalender?«, sie wühlte sich durch Pflaster, Dreieckstücher, Mullbinden und goldene Wärmedecken. »Hast du gesehen, wie alt der ist?«
»Ich meine natürlich den Leuchtturm, aber der ist auch alt. Tévennec ist echt eine Legende. Angeblich spukt es da, habe

ich mal gehört.«
Er hielt ein kariertes Geschirrtuch in der Hand, das sich immer mehr mit Blut voll sog. Kopfwunden bluteten heftig – das hatte sie schon oft gehört, aber niemals gedacht, dass es solche Ausmaße annahm.
»Hast du Schmerzen?«, fragte sie besorgt. »Ist dir schwindelig? Wenn du dich übergeben musst, könntest du ja vielleicht vorher kurz Bescheid geben?«
»Ich bin okay«, versicherte er ihr. »Ist wirklich nicht so wild.«
»Nicht so wild? Du solltest dich mal im Spiegel ansehen!«, Annie lachte hell auf, dann griff sie unter die Spüle, wo sie eine Flasche selbstgebrannten Schnaps entdeckt hatte.
»Willst du mich abfüllen?«, fragte er kritisch.
»Ich habe kein anderes Desinfektionsmittel«, erklärte sie und durchtränkte einen Wattebausch mit dem hochprozentigen Alkohol. »So, das müsste genügen. Der wird bestimmt ordentlich brennen.«
Auch wenn es ihr beim Anblick des Blutes fast den Magen umdrehte, bemühte sie sich, souverän und ungerührt zu wirken. Sie trat an ihn heran und nahm ihm das Geschirrtuch aus der Hand. Es roch nach Blut. Okay, sie bemühte sich nicht mehr.
»Oh Gott«, würgte sie hervor und wäre am liebsten aus dem Haus an die frische Luft gestürzt. Aber es half nichts. Sie war alleine mit einem verletzten Mann. Sie musste jetzt Verantwortung übernehmen. Annie warf den Hunden, die auf dem Boden friedlich schliefen, einen vorwurfsvollen Blick zu, dann wandte sie ihre altbewährte Strategie an:
»Keine Panik, Leute. Beruhigt euch. Alles gut. Das sieht schlimmer aus, als es ist. Ich habe die Sache im Gr…«
»Mit wem redest du denn da?«, fragte er lachend.
»Nicht du«, im selben Moment kniff sie die Augen zusammen und drückte den Wattebausch auf die Platzwunde. Er zuckte heftig zusammen und unterdrückte einen Schmer-

zensschrei.
»Zut!«, fluchte er. »Mince alors! Hättest du mich nicht vorwarnen können?«

⚓

»Ich gehe nicht zum Arzt«, presste er etwas später hervor, nachdem Annie einen alkoholgetränkten Wattebausch nach dem anderen auf die Wunde getupft hatte. «Das ist unnötig.«
»Aber ich glaube, das muss genäht werden. Es sieht so tief aus und irgendwie hört es einfach nicht auf zu bluten«, erwiderte sie besorgt und warf einen Blick auf den tiefroten Berg aus Wattebäuschen. »Ich fahre dich in die Stadt, okay?«
»Auf gar keinen Fall«, er griff nach einem frischen Wattebausch und drückte ihn sich auf die Wunde, dann stand er auf. »Ich denke, ich komme jetzt klar.«
»Und was ist, wenn du auf dem Weg in Ohnmacht fällst?«, Annie erkannte an seinem spöttischen Grinsen, dass er mit dieser Option nicht kalkulierte. »Ist es weit? Wo wohnst du denn?«
»Im Bahnhof«, er grinste noch breiter, als er ihren irritierten Gesichtsausdruck bemerkte. »Der ist nicht weit von hier. Die frische Luft tut mir bestimmt gut.«
»Im Bahnhof?«, wiederholte sie ungläubig. »Ist das ein Scherz? Du kannst doch nicht mit diesem blutverschmie…«
»Merci beaucoup, Mademoiselle. Du hast einen tollen Job gemacht.«

⚓

»Gibt es hier in der Gegend eigentlich einen Bahnhof?«, fragte Annie in die Runde, als sie abends zusammen um das lodernde Feuer saßen und noch ein Glas Cidre tranken.
»Quatsch«, Bartosz lachte laut auf. »Noch nicht mal die Straßen sind richtig ausgebaut. Überall diese verfluchten

Schlaglöcher. Ist fast wie in Polen.«

»Aber es gab mal einen, wenn ich mich recht entsinne. Muss ein Relikt aus der Zeit sein, als das Militär hier noch seinen Stützpunkt hatte«, warf Anton ein. »Hinten beim Fort Napoléon. Aber da fahren schon lange keine Züge mehr.«

»Oh, ist das nicht bei dem Wäldchen, wo auch dieser Menhir steht?«, Annie runzelte die Stirn, weil plötzlich Bilder in ihrem Kopf entstanden. »Ich glaube, ich erinnere mich.«

»Wie gesagt: kein Bahnverkehr«, Martha schenkte ihr noch ein Glas Apfelwein ein und tätschelte ihre Schulter. »Das nächste Mal holen wir dich in Brest ab, ja?«

Anstatt nachhause zu radeln, bog Annie auf den verschlungenen Pfad ab, der sie geradewegs zu den Bienenstöcken bringen würde. Inmitten des Kieferwaldes befand sich ein großer Menhir und man sagte, dass er in der Jungsteinzeit als Kultstätte gedient habe. Natürlich war dieser prähistorische Stein an sich auch ein Faszinosum, was Annie als Kind jedoch viel mehr fasziniert hatte, waren die rostigen Gleise, auf denen man schier endlos balancieren konnte. Mit den anderen Kindern hatte sie Stunden damit zugebracht, Seiltänzer zu spielen. Folgte man den Gleisen immer weiter, gelangte man irgendwann zu einem alten Bahnhof aus grauem Naturstein. Es war der pure Nervenkitzel, das verlassene Gebäude zu erforschen. Ein einsamer Bahnsteig und eine einsame Wartehalle, in der die Schritte so gespenstisch hallten. Auch jetzt klopfte ihr Herz ganz aufgeregt, als Annie durch die Dämmerung radelte und schließlich den Rand des kleinen Wäldchens erreichte. Sollte sie ihn wirklich besuchen? Sie kannte ja noch nicht mal seinen Namen.

»Ach, Trudi, jetzt mach' dich mal locker«, raunte sie dem Dackel zu, der unbeteiligt in seinem Korb saß und sich durch die Gegend schaukeln ließ. »Ich will doch nur fragen, ob es ihm gut geht. Mit Kopfverletzungen ist nicht zu spaßen.«

Oh, es war unheimlich zwischen den hohen Nadelbäumen hindurch zu fahren, die so dicht standen, dass man nicht mal mehr den Himmel über sich sehen konnte. Doch Annie beruhigte sich, indem sie beschwichtigend auf Trudi einredete. Sie konnte sich nur noch ungefähr an die Richtung erinnern, in welcher sich der Bahnhof befand, doch zu ihrem Glück stieß sie schon bald auf die Gleise. Das Herz hüpfte in ihrer Brust, als sie nach wenigen Minuten tatsächlich hellerleuchtete Fenster entdeckte. Er hatte sie nicht hereingelegt. Er lebte tatsächlich in einem Bahnhof.

Annie machte große Augen, weil sie das Gebäude kaum wiedererkannte. Der einst so heruntergekommene Bahnhof wirkte gepflegt, wohnlich und hübsch. Selbst im fahlen Licht des Abends erkannte man, dass jemand nicht nur Geld, sondern auch sehr viel Fleiß und Liebe investiert hatte.

Annie stieg vom Rad ab und schob es die letzten Meter. Unter ihren Füßen gab der Boden nach, weil er über und über mit Tannennadeln bedeckt war. Sie kam sich wie ein Eindringling vor – in der Dunkelheit schlich sie sich heran.

»Das ist nicht aufdringlich, sondern nett«, sie atmete tief durch, dann reckte sie das Kinn in die Höhe, lehnte das Rad an die Hauswand und hob Trudi aus dem Korb. »Nur eine Stippvisite.«

Der Kasten, in dem einst wohl Fahrpläne gehangen hatten, war leer. Dafür lagen darauf nun Arbeitshandschuhe neben der Imkerpfeife und einem Stapel bunter Blumentöpfe.

Annie stapfte die Treppe zum Portal hinauf. Es war eine zweiflügelige Bogentür aus massivem Holz, das blau lackiert worden war. Vor den Milchglasscheiben befanden sich gusseiserne Ornamente. Kaum zu glauben, dass diese Tür zu einem alten Güterbahnhof gehören sollte.

Hinter der Tür musste sich die Wartehalle befinden. Annie konnte sich an die Bodenfliesen erinnern. War es ein Blumenmuster? Sie würde es gleich erfahren, wenn sie nur wüsste, wo sich bei einem Bahnhof die Klingel befand?

Schließlich klopfte sie. Erst noch ganz zaghaft, dann etwas kräftiger, etwas mutiger.

»Aber das Licht brennt doch?«, sie warf Trudi einen fragenden Blick zu.

Gerade als sie aufgeben wollte, erkannte sie einen dunklen Schatten, der sich der Tür näherte.

»Wer ist da?«, ertönte eine dumpfe Stimme. Ihm war sein Misstrauen deutlich anzuhören.

»Nur ich«, flötete sie.

»Pardon? Wer?«

»Du kennst meinen Namen nicht«, Annie beugte sich weit nach vorne und hoffte, dass er so ihr Gesicht durch das Milchglas erkennen konnte. »Ich bin die…vom Meer.«

»Ach, die mit dem Hund?«

Sie hörte, wie ein Schlüssel herumgedreht wurde, dann öffnete sich die Tür und er stand in einer beigen Hose aus Twillstoff und einem marineblauen Sweatshirt vor ihr. Seine Stirn war immer noch stark gerötet und geschwollen, doch er hatte sich ein dickes Pflaster über die Wunde geklebt und Annie war erleichtert, dass ihr der Anblick dieses Mal erspart blieb.

»Was machst du denn hier? Wie komme ich zu der Ehre?«

»Ich wollte nur kurz fragen, wie es dir geht?«

»Echt? Deswegen bist du hierher gekommen?«, er hob verblüfft die Augenbrauen.

»Oui? Ich war mir nicht sicher«, sie lachte verlegen und trat einen Schritt zurück. »Aber wie ich sehe, geht es dir gut und deswegen…«

Auf einmal ertönte ein gellender Schrei aus dem Wald. Vor Schreck wirbelte sie herum und stolperte dabei über Trudi. Annie merkte nur noch, dass sie rückwärts die Treppe hinunter fiel und hart auf dem Boden aufschlug.

»Oh verdammt! Pardon«, mit einem Satz war er bei ihr und streckte ihr seine Hand entgegen. »Hast du dir wehgetan?«
Bevor sie antworten oder seine Hand ergreifen konnte, schallte wieder ein markerschütternder Schrei aus dem Dickicht.
»Halt die Klappe, Bruce!«

O wonder! How many goodly creatures are there here!

How beauteous mankind is!

O brave new world! That has such people in't!

{Shakespeare, The Tempest}

Treibholz

»Hier an der Küste?«, sie rieb sich den Ellbogen, den sie sich bei ihrem Sturz ein wenig aufgeschürft hatte. »Ist das Klima nicht viel zu rau?«

»Bruce ist robust. Ich würde ihn dir zeigen, wenn ich wüsste, wo er gerade steckt«, er blickte angestrengt hinauf in die Baumkronen. »Er schläft in den Bäumen.«

»Bruce schläft in den Bäumen«, wiederholte sie, und war immer noch ziemlich irritiert von den markerschütternden Schreien.

Er nickte und Annie folgte seinem Blick hinauf. Der Wind bog die Wipfel der Kiefern und obwohl es den ganzen Tag sonnig und warm gewesen war, erkannte man nun dunklere Wolken am Abendhimmel, der sich inzwischen violett gefärbt hatte.

Eine Weile standen sie einfach nebeneinander, lauschten dem Rauschen und harrten aus, ob Bruce nochmal schreien würde, um auszumachen, wo er sich befand.

»Schreit er denn immer so?«, fragte sie zögerlich.

»Ja, leider. In China sagt man übrigens, dass es bald regnet, wenn der Pfau schreit«, erklärte er ohne den Blick von den Bäumen abzuwenden. »Aber die Wahrheit ist, dass sie vor Gefahren warnen. Das hat mir jedenfalls mal jemand er-

klärt.«
»Sie warnen vor Gefahr?«, Annie verzog das Gesicht.
»Bruce ist sehr ängstlich. Er wittert ständig Gefahr«, er zuckte mit den Schultern, dann lachte er laut auf. »Deswegen ist er eigentlich auch ein besserer Wachhund als Theo.«
Die Hunde schnüffelten nebeneinander den Waldboden ab. Tatsächlich machte der graue Hund keineswegs den Eindruck, Haus und Hof bewachen zu wollen. Im Gegenteil. Er schien sich über jeden Besucher überschwänglich zu freuen.
»Und wie kommst du zu einem Pfau?«
»Er kam zu mir«, er fuhr sich mit beiden Händen durchs Haar. »Ich habe keine Ahnung, wo er vorher war. Irgendwann ist Bruce einfach aufgetaucht und hat sich dafür entschieden, hier zu bleiben.«
»Oh, das klingt nach einem richtigen Mysterium«, Annie lachte erschöpft auf und war froh, dass es heute zu keinem tête-à-tête mit Bruce kommen würde. Obwohl Pfauen mit ihrem prächtigen Gefieder und den Krönchen auf dem Kopf natürlich wunderschön aussahen, waren sie Annie nicht geheuer. Irgendwie unberechenbar. Spitzer Schnabel, spitze Krallen, ruckartige Bewegungen, gellende Schreie.
»Ich glaube, Bruce wagt sich heute nicht mehr aus seinem Versteck«, stellte er schließlich fest und wandte sich zu ihr um. »Was ist? Willst du dir stattdessen den Bahnhof ansehen?«

Tatsächlich besaßen die Bodenfliesen ein filigranes Blumenmuster und es hallte auch immer noch so wie früher, wenn man durch den Warteraum schritt. Ansonsten war er allerdings nicht wieder zu erkennen. Die Wand, aus der früher große Steine herausgebrochen waren, hatte einen neuen Anstrich erhalten und auch das Holz der Vertäfelungen war abgeschliffen und neu lackiert worden. Es roch nach

Steinboden und Rosmarin. Zumindest bildete sie sich das ein.
Annie blieb inmitten der Halle stehen und drehte sich einmal um ihre eigene Achse.
Eine große Bahnhofsuhr mit goldenem Zifferblatt hing über einer Abfahrtstafel. Die *Horaires des trains au départ* kündeten jedoch schon lange keinen Zug mehr an. Auch die Uhr war stehengeblieben - eine stumme Zeitzeugin.
«Oh wow«, stieß sie hervor. «So etwas Schönes. Es sieht wundervoll aus.«
Im Vorbeigehen erkannte Annie, dass sich in dem kleinen Ticketschalter die Koffer stapelten und sie fragte sich, ob das vielleicht Fundstücke waren, die Passagiere in den Zügen vergessen hatten?
»Wie kommt man denn dazu, in einem Bahnhof zu wohnen?«, fragte sie und blickte hinauf zur Decke, von der schwarze Lampen aus emailliertem Blech baumelten.
»Oh, das ist schnell erzählt«, er verschränkte die Arme vor der Brust. »Ich wollte zurück nach Paris, aber mein Zug hatte Verspätung und jetzt warte ich auf meinen Anschluss, um nachhause zu kommen.«
Obwohl er ein ernstes Gesicht machte, sprühten seine Augen vor Vergnügen.
»Tut mir leid, dir das sagen zu müssen, aber hier fahren keine Züge mehr«, sie deutete hinauf zur Abfahrtstafel und musste sich sehr zusammenreißen, um ernst zu bleiben.
»Ach, ist das wahr?«, er kniff die Lippen zusammen und beäugte sie kritisch. »Willst du mir gerade erzählen, dass es gar keinen Sinn macht, hier zu warten?«
»Jedenfalls nicht auf einen Zug«, schmunzelte sie. »Wie lange wartest du denn schon?«
»Darüber muss ich nachdenken«, er kratzte sich am Kinn. »Jedenfalls so lange, dass ich einen Holzboden verlegen, die Wände verputzen und eine Küche einbauen konnte.«

»Och, das geht ja noch.«
Annie konnte nicht mehr an sich halten. Sie brach in schallendes Gelächter aus, das von den hohen Decken zurückgeworfen wurde und merkwürdig verzerrt klang.
»Naja, ich wollte eh damit aufhören, zu warten. Da geht es übrigens zu meinen Wohnräumen«, er nickte zu einer großen Holztür, neben der ein Telefon mit Wählscheibe an der Wand angebracht war.
Sie bemerkte, dass er seine Schuhe entlang der Wand feinsäuberlich aufgereiht hatte. Sneakers, Lederboots, Gummistiefel. Keine Frauenschuhe.
Es war ihr überhaupt nicht in den Sinn gekommen, sich zu fragen, ob er hier alleine lebte. Sie war wie selbstverständlich davon ausgegangen, ohne sagen zu können, woran das lag? Vielleicht entsprach es einfach ihren romantischen Vorstellungen, dass er allein und völlig abgeschieden in einem Bahnhof am Ende der Welt lebte?
So absonderlich das auch sein mochte: erst heute Morgen, als er blutüberströmt in ihrer Küche saß, hatte sie bewusst wahrgenommen, wie attraktiv er war. Sie mochte sein dunkles Haar, das ihm ständig in die Stirn fiel, sodass er immer ein wenig wild aussah. Immer ein wenig durch den Wind. Außerdem machte er nicht den Eindruck, als wäre er auf den Kopf gefallen. Oder doch! Annie schmunzelte, denn das Pflaster auf seiner Stirn erzählte ganz eindeutig eine andere Geschichte.
»Und du?«, er riss sie aus ihren Gedanken, als er abrupt stehenblieb und sich zu ihr umdrehte.
»Wie bitte?«
»Ich bin Paul«, er streckte ihr seine Hand hin. »So langsam könnten wir uns einander doch vorstellen, meinst du nicht?«
»Oh, tatsächlich. Das haben wir wohl irgendwie verpasst. Ich bin Annie.«
»Enchanté«, er musterte sie aufmerksam und obwohl er im-

mer noch lächelte, war ihr sein durchdringender Blick unangenehm. »Und woher kommst du, Annie?«
»Aus dem Künstlerquartier«, antwortete sie und wurde sich im selben Moment darüber bewusst, dass die Frage wohl eher auf etwas anderes abzielte.
»Aha, du kommst also aus dem Künstlerquartier. Dabei hätte ich schwören können, du wärst *parisienne.* Ich habe lange dort gelebt und irgendwie siehst du nach Großstadt aus«, er neigte den Kopf zu Seite und sie hatte das Gefühl, dass sein Blick sich intensivierte - wenn das überhaupt möglich war.
»Aus Paris? Nein, ich...«
Unvermittelt hob er die Hand, griff nach einer Haarsträhne und hielt sie ihr vor die Nase.
»Du hast gemalt, stimmt's? Deine Haare sind noch ganz blau.«

»Hier wohne ich«, verkündete er und breitete die Arme aus. »Entschuldige bitte das Chaos, aber ich habe heute wirklich keinen Besuch mehr erwartet.«
Annie folgte ihm in einen großen Raum mit hohen Decken und hölzernen Dielen, die unter ihren Füßen leise knarrten. Auch hier hingen emaillierte Blechlampen von der Decke und bestrahlten eine lange Tafel, auf der ein wildes Durcheinander herrschte. Bücher, Notizblöcke, ein aufgeklapptes Notebook und diverse Zeitschriften.
An der Stirnseite des Raumes befand sich eine schlichte Küche. Offensichtlich hatte er vorhin gekocht, denn in der Spüle stapelten sich Töpfe und Pfannen. Annie meinte, auch noch einen leichten Essensgeruch in der Luft wahrzunehmen. Es könnte tatsächlich Rosmarin sein.
»Das waren früher Lagerräume«, er deutet zu drei bodentiefen Fenstern - die einzige natürliche Lichtquelle. »Mit direk-

tem Zugang zum Gleis.«
»Ganz praktisch, falls überraschenderweise doch noch ein Zug kommt und du dich beeilen musst, hm?«
»Ich bin jedenfalls bereit«, lachte er, dann verzog er jedoch das Gesicht und betastete vorsichtig sein Pflaster. »Siehst du Blut? Es tut noch höllisch weh.«
Annie beugte sich ein wenig nach vorne und inspizierte seine Stirn.
»Keine Sorge, es hat aufgehört zu bluten. Es ist außerdem völlig normal, dass die Wunde noch wehtut. Du hattest echt Glück, dass nichts Schlimmeres passiert ist.«
»Und ich hatte Glück, dass du zur Stelle warst.«
»Wegen meiner lebensrettenden Maßnahmen?«, Annie zog amüsiert die Augenbrauen hoch und dachte daran, wie sehr ihre Hände gezittert hatten. Dieser typische Blutgeruch und vor allem der Anblick der blutbesudelten Jacke hatten ihr einiges abverlangt. Den ganzen Tag bekam sie die Bilder nicht aus dem Kopf und jedes Mal zog sich ihr Magen vor Unbehagen zusammen.
»Hoffentlich gibt das eine hübsche Narbe«, er tastete wieder über das Pflaster. »Dann könnte ich irgendwelche Geschichten erfinden, um Frauen zu beeindrucken.«
»Piratengeschichten?«, fragte sie hoffnungsvoll.
»Zum Beispiel?«, er drehte sich um und zeigte ihr eine schmale Narbe am Hinterkopf. »Die hier habe ich mir zugezogen, als mir ein Typ in Amsterdam eine Flasche über den Schädel gezogen hat. War so ein britischer Kriegsveteran. Krasse Sache, was?«
»Ach, was du nicht sagst? Eine Kneipenschlägerei? Das ist wirklich sehr beeindruckend.«
»Aber in Wahrheit war es nur die Rah von einem Achtermast. Ich habe vergessen, mich zu ducken und - Dong - lag ich auf dem Deck«, er rieb sich mit einer Hand über den Hinterkopf. »Hat auch richtig heftig geblutet.«

»Die Geschichte ist gar nicht so schlecht. Nicht spektakulär, aber auch nicht schlecht«, Annie fing an, mit ihrem Haar zu spielen, weil sie nicht wusste, was sie sonst mit ihren Händen anfangen sollte. Vorsichtig versuchte sie, die blaue Farbe abzurubbeln.

»Naja, geht so. Amsterdam wäre spannender«, seufzte er und plötzlich schien keiner mehr so recht zu wissen, wo er anknüpfen sollte. Annie blickte aus dem Fenster auf einen verlassenen Bahnsteig. Es war an der Zeit, aufzubrechen.

»Also, ich denke, dass ich jetzt mal wieder...«

»Pardon. Ich bin ein schlechter Gastgeber. Willst du dich vielleicht setzen?«, fiel er ihr ins Wort und kratzte sich am Kinn. »Kann ich dir etwas zu trinken anbieten?«

Hinter einem offenen Bücheregal, das den Küchen- vom Wohnbereich trennte, erkannte sie dunkelrote Polster, die ziemlich weich und samtig aussahen. Trudi hatte es sich auch schon auf dem Teppich bequem gemacht und kümmerte sich um ihre Pfoten.

Es war verlockend, einfach noch ein bisschen hierzubleiben, aber Annie hatte keine Lust durch die Dunkelheit nachhause zu radeln. Die Pfade waren nicht beleuchtet. Es war stockdunkel und so bestand natürlich auch immer die Gefahr, dass man geradewegs auf die Klippen zu radelte.

»Du, ich wollte wirklich nur ganz kurz...«

»Hast du Lust auf ein Glas Wein?«, unterbrach er sie erneut und zwinkerte ihr so charmant zu, dass sie es einfach nicht übers Herz brachte, die Einladung abzulehnen. Ohne ihre Antwort abzuwarten, trabte Paul in die Küche. Um nicht untätig rumstehen zu müssen, trat Annie vor das große Regal und überflog einige Titel der Bücher, die darin standen. Es waren viele Bücher über gesellschaftspolitische Themen, philosophische Schriften, Ratgeber, Biographien und bunte Kunstbände. Sie hatte es sich angewöhnt, die Bücherregale anderer Menschen zu inspizierten, denn Annie war davon überzeugt, dass man auf diese Weise schon recht viel über einen Menschen erfahren konnte. Gerade wollte sie nach einem Buch mit dem Titel: »*Anleitung zum Unglücklichsein*« greifen, als sich Schritte näherten.

Paul kam mit zwei Weingläsern zurück. Es war Rotwein und Annie musste unwillkürlich an die blutdurchtränkten Wattebäusche auf ihrem Küchentisch denken.

»Was ist denn mit dir los?«, wollte er wissen, als er ihren kritischen Gesichtsausdruck bemerkte. »Magst du keinen Rotwein?«

»Nein, ich meine, doch. Ich war nur in Gedanken«, sie nahm ihm das Weinglas aus der Hand und prostete ihm zu. »Auf deinen Bahnhof. Wusstest du übrigens, dass ich ihn noch von früher kenne? Als Kind habe ich manchmal hier gespielt.«

»Du hast hier als Kind gespielt? Genau hier?«, fragte er verblüfft und ließ das Weinglas, das er gerade an die Lippen führen wollte, wieder sinken.

»Wir haben als Kinder die ganze Insel erkundet. Ich glaube, ich kenne wirklich jeden Stein. Früher war der Bahnhof total unheimlich. Die rostigen Gleise, die leeren Zimmer mit den zerschlagenen Fenstern«, Annie deutete in Richtung der Wartehalle. »Manchmal haben dort Obdachlose übernachtet. Manchmal waren aber auch Jugendliche aus den Dörfern hier. Ich kann mich jedenfalls an Wandmalereien und jede Menge Scherben erinnern.«

»Wandmalerei«, er schnalzte mit der Zunge. »So kann man das auch nennen, ja. Hat jedenfalls verdammt lange gedauert, die Farbe abzuwaschen. Dann bist du also auf der Insel großgeworden?«

»Nicht auf der Insel, aber mit der Insel«, sie ließ die Haarsträhne los und zupfte stattdessen am Stoff ihres Kleides. ‚»Meine Mutter kommt aus der Gegend und wir haben eigentlich jeden Sommer im Künstlerquartier verbracht.« Annie betrachtete das bauchige Glas auf der Kommode, in dem sich jede Menge Jakobsmuscheln befanden. Ein stark in sich verschlungenes Treibholz lag daneben. Offensichtlich sammelte er Strandgut. »Und du? Woher kommst du?«

»Meinst du das philosophisch?«

»Ich weiß nicht?«

Paul lehnte sich gegen die Steinwand und fummelte an einem Blatt des Drachenbaums herum, der neben ihm stand. »Von überall und nirgendwo«, antwortete er nach einer Weile, in der er sichtbar angestrengt nachgedacht hatte. »Ich bin echt viel herumgekommen und habe schon an vielen Orten gelebt. Spanien, Irland, Belgien…«

»Wow, klingt so, als wärst du ein waschechter Weltenbummler. Wo warst du denn, bevor du hierher gekommen bist?«

»So ziemlich am anderen Ende von Frankreich. Ich habe in der Nähe von Paris gelebt.«

»Und dann bist du hierher gekommen und hast den Bahnhof renoviert, während du auf deinen Zug gewartet hast?«

»Ja, genau so war es«, er strahlte sie an. »Jetzt bin ich Bahnhofswärter.«

Paul fing an, ihr von den Renovierungsarbeiten zu erzählen. Monatelang war er damit beschäftigt gewesen und auch heute gab es noch viele Baustellen, an denen er herumwerkeln musste.

»Ich wollte den rustikalen Charme bewahren. Vor allem natürlich die Bodenfliesen in der Wartehalle, die Türen und die ganzen Balken«, er deutete zu den hölzernen Stützbalken an der Decke.

»Ich hätte nie gedacht, dass man aus diesem Bahnhof jemals so ein Schmuckstück zaubern könnte. Es ist so schön hier«, Annie blickte sich um, dann neigte sie den Kopf zu Seite. »Aber warum wolltest du denn ausgerechnet in einem Bahnhof wohnen? Klar, es ist sehr charmant, aber das ganze Geld, die vielen Arbeitsstunden?«

»Tja, was soll ich dir darauf antworten?«, er schob die Ärmel seines Pullovers hoch, als würde er sich für etwas bereit machen. »Finanziell gesehen hat es sich wahrscheinlich nicht gelohnt, aber emotional schon. Wie gesagt: ich bin schon immer ein Reisender gewesen. Ein Bahnhof passt ganz gut zu mir, denke ich.«

»Okay, das ist jetzt wirklich philosophisch«, Annie nippte an dem trockenen Wein und betrachtete eine Zugschlusslaterne, die wie zufällig abgestellt neben der Couch stand. »Bist du hier angekommen?«

»Noch nicht so ganz«, das Lachen war leise und sein Blick verhuscht. »Aber wer weiß? Ankommen ist ein Gefühl, denke ich, und Gefühle entwickeln sich mit der Zeit.«

Annie nickte langsam. Bevor sie etwas erwidern konnte, öffnete er eine schmale Tür.

»Soll ich dir zeigen, wie es oben aussieht?«

Paul führte sie über eine schmale Wendeltreppe in das Obergeschoss, wo sich neben seinem spartanischen Schlafzimmer, ein Büro voller Gerümpel und ein großzügiges Badezimmer befanden.

»Ich zeig' dir was«, er winkte sie heran und deutet aus dem Fenster. »Da sind meine Ziegen.«

»Deine Ziegen?«, sie lachte hell auf und warf einen Blick aus dem Fenster. Hinter den Gleisen konnte man trotz der Dunkelheit tatsächlich die schemenhaften Umrisse eines Zaunes sowie die eines Bretterverschlags erkennen. »Du bist Besitzer eines Bahnhofes, du züchtest Bienen, hast einen Pfau und jetzt auch noch Ziegen? Sonst noch was?«

»Gott, nein. Ich bin mit den Tieren, Landévennec und dem Buch echt ausgelastet«, er atmete tief durch und setzte sich auf den Rand der Badewanne, als könnte er sich angesichts der Last auf seinen Schultern kaum mehr auf den Beinen halten.

»Landévennec? Was für ein Buch? Ich verstehe nur Bahn-

hof«, sie hielt inne und runzelte die Stirn, dann lachte sie ihn an.
Nicht genug, dass er den Bahnhof vor dem sicheren Verfall gerettet und ihn in einen Bauernhof verwandelt hatte, nein, obendrein schrieb er ein Buch. Paul entpuppte sich als höchst interessante Persönlichkeit und sie brannte darauf, mehr zu erfahren.
»Ein Buch eben, keine große Sache«, er zuckte gleichmütig mit den Schultern. »Es sind nur meine Reflektionen.«
»Was reflektierst du denn?«, hakte sie nach.
»Ach, Annie. Eine lange Reise und eine lange Geschichte«, er deutete auf ihr leeres Weinglas. »Du wolltest doch gar nicht so lange hierbleiben, wenn ich dich richtig verstanden habe, oder?«
Plötzlich beschlich sie das Gefühl, unsicheres Terrain betreten zu haben. Sie kam sich zu neugierig und zu aufdringlich vor. Hatte sie geglaubt, sie könnte einfach bei ihm reinplatzen und sich von ihm unterhalten lassen?
»Entschuldige, du hast natürlich recht. Ich will dich auch gar nicht länger stören«, Annie wurde knallrot. »Es ist schon fast dunkel und…«
»Versteh mich nicht falsch«, er stand auf und strich den Stoff seiner Hose glatt. »Es ist nur so, dass diese Geschichten nicht in drei Sätzen erzählt sind.«
»Schon gut«, sie lächelte. »Vielleicht haben wir irgendwann wieder die Gelegenheit, uns zu unterhalten. Ich bin ja noch eine Weile hier.«
»Ich muss mich ja noch für deine Hilfe revanchieren, richtig?«, er erwiderte ihr Lächeln, dann nahm er ihr das Weinglas aus der Hand.
»Quatsch, das musst du nicht«, sie winkte ab. »Das war eine Selbstverständlichkeit. Außerdem habe ich das total gerne gemacht.«
»Das hast du total gerne gemacht?«, fragte er spöttisch.

»Also…«, sie grinste und schüttelte schließlich den Kopf. »Um ehrlich zu sein, war es fürchterlich. Ich wäre fast umgekippt.«

»Soll ich dich nicht lieber nachhause bringen? Ich könnte dich mit dem Auto fahren?«, fragte er, als er ihr dabei zusah, wie sie Trudi in den Korb setzte und ihr Kleid hochraffte, um auf das Fahrrad zu steigen.
»Nein, nein«, sie reckte das Kinn in die Höhe, um einen furchtlosen Eindruck zu erwecken. »Das ist überhaupt kein Problem für mich. Außerdem tut mir die frische Luft gut.«
»Okay«, er vergrub die Hände in den Hosentaschen und trat einen Schritt vor. »Danke, dass du vorbeigekommen bist, Annie. Ich hoffe, wir sehen uns bald wieder.«
Bevor er erkennen konnte, dass sie rot anlief, stieß sie sich ab und fuhr davon.
»Au revoir, Monsieur Bahnhofswärter!«, sie hob einen Arm in die Höhe und winkte ohne sich nochmal nach ihm umzublicken.

Annie hatte sich gerade aus dem Bett gerollt und trug immer noch ihr Nachthemd, als sie barfuß zur Tür schlappte, an der Trudi wie verrückt herum scharrte.
»Musst du pinkeln?«, fragte sie den Dackel und gähnte herzhaft. Es musste noch furchtbar früh sein. Draußen war es noch gar nicht richtig hell. Kaum hatte sie die blaue Haustür geöffnet, schoss Trudi wie von der Tarantel gestochen zu den Ginsterhecken und verschwand darin.
»Was ist denn hier los?«, Annie blickte sich blinzelnd um und versuchte mit beiden Händen ihr Haar zu ordnen. In der alten Pferdetränke lag eine prallgefüllte Tüte neben einer Flasche Wein. Vorsichtig zupfte sie an dem Plastik und sofort schlug ihr ein fischiger Geruch entgegen: Miesmu-

scheln. Miesmuscheln und Wein. Sollte das ein Geschenk sein?
Als sie aufblickte, trabte Trudi freudeschwänzelnd heran. Sie kam nicht allein – sie hatte Besuch im Schlepptau.
Offensichtlich war er trotz seiner Wunde wieder im Meer schwimmen gewesen. Sein Haar war noch pitschnass und das Wasser rann über sein Gesicht. Paul grinste sie breit an, als er auf sie zu geschlendert kam. Er trug zu den Jeans eine helle Zopfstrick-Jacke und hatte sich das Handtuch lässig über die Schulter geworfen.
»Bonjour, ça va?«, grüßte er sie, legte seine Hand auf ihre Schulter und küsste ihre Wange. Annie war sich durchaus bewusst, dass sie sich auf französischem Boden befanden und dass diese Küsse so normal waren, wie das Essen mit Messer und Gabel, dennoch machte seine Nähe sie nervös. Ihre Wangen loderten auf.
»Ihr seid aber früh dran«, stellte sie fest, als sie wieder einen Schritt zurückgetreten war. Annie kam sich in ihrem Nachthemd mit den kleinen Röschen und der Spitzenborte ziemlich dämlich vor und schlang schützend die Arme um ihren Oberkörper. »Wie geht es denn deiner Stirn?«
»Ganz gut. Ich hoffe immer noch, dass es eine Narbe wird.«
»Ich drücke dir jedenfalls ganz fest die Daumen«, kicherte sie und deutete dann auf die Plastiktüte in der Pferdetränke. »Sind die von dir?«
»Ah, oui!«, seine Augen leuchteten auf. »Passt dir 20 Uhr?«
»Entschuldigung?«
»Ich habe das Warten aufgegeben. Schon vergessen?«, Paul zwinkerte ihr verschmitzt zu. »Das mit der Zeit ist eine heikle Sache. Man sollte sie nutzen, so lange man sie hat und deswegen würde ich heute Abend gerne vorbeikommen. Ich habe nämlich zufälligerweise Zeit.«

When you do dance, I wish you

A wave o' th' sea, that you might ever do

Nothing but that.

{Shakespeare, A Winter's Tale}

Strandräuber

Bartosz zimmerte schon den ganzen Nachmittag an einer Sitzbank für das *Maison* und pfiff fröhlich vor sich hin, während Martha mit ein paar Kindern, die vom Campingplatz herübergekommen waren, im Hof bastelte. Aus Muscheln, Treibhölzern, Kronkorken und kleinen Glöckchen stellten sie Windspiele her. Man konnte das leise Bimmeln und das dumpfe Geräusch der Hölzer, wenn sie aneinanderschlugen, jetzt schon hören.

Annie saß in der prallen Nachmittagssonne und bemalte Steine für die Blumenbeete. Irgendwie war sie nicht richtig bei der Sache. Ständig vergaß sie, weiter zu malen und saß minutenlang mit dem in der Luft schwebenden Pinsel da, weil ihr Geist durch eine Wartehalle wanderte, in der die Zeit stehengeblieben war.

»Anton?«, rief sie dem Mann zu, der gerade mit einem Werkzeugkoffer über den Hof spazierte. Er trug seinen Blaumann, den er bestimmt schon seit dreißig Jahren besaß. Als Martha das Landgut geerbt hatte, war sie auf der Suche nach einem Handwerker, der für ein warmes Mittagessen eine Wand im *Maison* einreißen würde. Anton arbeitete damals gerade bei einer Reederei und ließ sich sofort von der rothaarigen Mademoiselle anheuern. Er war gekommen und seither nicht mehr gegangen.

»Zu Ihren Diensten«, er stellte den Werkzeugkoffer ab und zerrte einen Tabakbeutel aus der Brusttasche. »Brauchst du Hilfe beim Steinchen anmalen?«

»Du kennst dich hier in der Region doch gut aus, oder?«

»Würde ich so sagen«, er drehte eine Zigarette, steckte sie sich hinters Ohr und zog ein neues Blättchen aus dem Tabakbeutel. Das machte er immer so: eine Reservezigarette und eine, um sie sofort zu rauchen.

»Was sagt dir Landévennec? Was ist das?«

»Ah, Provinznest«, er winkte ab. »Eine halbe Stunde von hier. Lohnt aber nicht.«

»Gibt es da irgendetwas Besonderes?«

»Steine, Staub und Pflanzen«, Anton zündete sich eine Zigarette an und verstaute den Tabak wieder in der Brusttasche. »Hat ein gutes Klima. Die haben einen tollen Garten und ein paar Ruinen, die wohl ganz sehenswert sind, wenn man sich für alte Steine interessiert. Da kannst du Martha mal fragen. Die war schon dort.«

Als er gemächlich davon spazierte, um sich an die Reparatur der Häuser zu machen, versuchte Annie sich vorzustellen, was Paul wohl in Landévennec verloren hatte? Vielleicht war er Gärtner? Ziegenzüchter, Schriftsteller, Bahnhofbesitzer, Imker, Gärtner.

Sie grinste still vor sich hin und tauchte den Pinsel in ein sattes Magenta.

Wenn sie etwas nicht ausstehen konnte, dann waren das aufdringliche Menschen, die nur ihre eigenen Bedürfnisse im Kopf hatten. Menschen die ohne Punkt und Komma von sich redeten und denen keine einzige Frage in den Sinn kam, die sie dem anderen stellen konnten.

Im Grunde war es natürlich ziemlich aufdringlich gewesen, sich einfach bei ihr zum Abendessen einzuladen, aber Paul hatte es so charmant angestellt, dass Annie nicht mal auf die Idee kam, sich darüber aufzuregen. Mehr noch: es würde ihr ausgesprochen gut gefallen, wenn er heute Abend ohne Punkt und Komma von sich erzählen würde.

Als sie etwas später die bunten Steine auf der Fensterbank des Maisons aufreihte, damit sie trocknen konnten, trat Martha zu ihr.

»Bartosz macht heute Piroggen nach Danziger Art für uns«, verkündete sie und deutete auf den Mann, der gerade bei Anton stand und mit einem Kochlöffel herum fuchtelte. Zu seiner zerlöcherten Jeans trug er nur eine Blümchenschürze, die offensichtlich direkt aus dem Kleiderschrank einer bretonischen Oma entwendet worden war. Annie musste grinsen.

»Oh, das ist lieb, aber ich fahre zurück in mein Fischerhaus.«

»Und was machst du in deinem Fischerhaus?«

Annie dachte kurz darüber nach, ob sie Martha einfach davon erzählen sollte, dass sie Paul traf. Allerdings war Martha ein altes Klatschweib und würde vermutlich umgehend bei Géraldine anrufen, um sie davor zu warnen, dass Annie höchstwahrscheinlich schwanger aus Frankreich zurückkehren würde.

»Ich würde gerne bleiben, aber ich muss doch bald die Dissertation verteidigen«, sie verzog bekümmert das Gesicht. »Du glaubst nicht, wie viel Arbeit ich noch vor mir habe. Es gibt noch so viele Dokumente, die ich durchackern muss. Ein riesiger Stapel.«

Das war zwar nicht gelogen, aber heute Abend würden die Dokumente ganz bestimmt in ihrem Koffer liegenbleiben.

Als sie schließlich nachhause radelte, klopfte ihr Herz kräftig gegen ihren Brustkorb. Was hatte sie sich da nur eingebrockt? Kaum war sie angekommen, hatte sie auch schon das erste Rendezvous? Mon Dieu! War es überhaupt ein Rendezvous oder war das nicht maßlos übertrieben? Wenn man die Sache nämlich ganz nüchtern betrachtete – und das übergeschnappte Herz ignorierte, dann war es lediglich ein Abendessen. Nichts weiter.

»Eigentlich ist es doch ganz nett, dass er uns besuchen will. Wahrscheinlich ist er einfach ein geselliger Typ. Außerdem hätte ich heute sowieso noch etwas gegessen«, belehrte sie Trudi, die sich auf dem Rand des Korbes abgestützt hatte und wie eine Gallionsfigur die Nase in den Wind streckte.

Obwohl die Abendstimmung heute besonders schön war, gelang es Annie nicht, sich an dem Meer zu erfreuen, auf dem die goldenen Sonnenstrahlen tanzen. In Gedanken saß sie bereits an dem kleinen Küchentisch. Anstelle der Kerzen brannte der Salzkristall. Muscheln und Wein. Was sollte sie anziehen?

Annie düste an der Pferdekoppel entlang und ging gedanklich die Klamotten durch, die sie eingepackt hatte. Jeans und Sweatshirt. Irgendwelche Baumwollschlüpfer, Wollsocken, noch mehr Jeans und noch mehr Sweatshirts. Schlicht und unaufgeregt. Ganz davon abgesehen, dass sie nichts anderes zum Anziehen dabei hatte, wäre es völlig unangemessen gewesen, Paul in Abendgarderobe zu begrüßen.

Zum Beispiel in ihrem Flamingo-Kleid. Allein die Vorstellung, ihm in diesem Aufzug die Türe zu öffnen, ließ Annie laut auflachen. Paul würde wahrscheinlich schlagartig die Flucht ergreifen und sie könnte es ihm nicht mal verübeln.

Annie besaß das Kleid schon etliche Jahre und obwohl sie es nie mehr tragen würde, konnte sie sich einfach nicht davon trennen.

»Was war denn das Motto? Ein Vogel wollte Hochzeit machen?«, lautete die spöttische Frage, als ihre Mitbewohnerin Tine gerade das Bild der Abiturfeier betrachtete. »Fehlt nur noch, dass du auf einem Bein stehst.«

Warum war Annie damals eigentlich nicht aufgefallen, dass

sie in dem rosafarbenen Cocktailkleid mit dem bauschigen Rock wie ein Flamingo aussah?

⚓

Völlig aus der Puste stürzte sie in die Küche, nur um auf der Stelle wieder kehrt zu machen, weil sie Trudi im Fahrradkorb vergessen hatte.

Sie stieg in die Dusche und stand eine halbe Ewigkeit zähneklappernd unter dem kalten Wasser, während sie versuchte, die Acrylfarbe von den Händen abzuwaschen. Ohne Bürste war das wirklich ein schwieriges Unterfangen.

Als sie schließlich in voller Überzeugung, noch ausreichend Zeit zu haben, einen Blick auf die Uhr warf, die über der Haustür hing, schreckte sie auf. Zehn Minuten. Eincremen. *Hoffentlich kam er zu spät.* Anziehen. *Viel zu spät.* Zähne putzen. *Schon mal ein Glas Wein?* Wimperntusche. *Oh Gott!* Parfüm und Ohrringe. *Durchatmen.*

»Jetzt beruhig dich mal, Trudi«, zwitscherte Annie und tätschelte ihre Wangen, als sie sich auf die Sitzbank fallen ließ. Sie fragte sich, ob sie etwas hätte einkaufen sollen?

Dachte Paul, das Essen stünde wie bei Mutti auf dem Tisch, wenn er kam? Erst jetzt fiel ihr auf, dass sie sich noch gar keine Gedanken darüber gemacht hatte, wer das Essen kochen sollte, das sie heute Abend verspeisen wollten. Paul würde doch nicht einen Sack Muscheln vor ihr Haus werfen, in der Erwartung, dass sie – wie es sich für eine Frau gehörte – daraus ein Mahl zauberte?

Nein, sie würde sich nicht den Kopf wegen eines lockeren Abendessens zerbrechen.

Annie schloss die Augen und atmete tief durch, dann bemühte sie sich so strahlend wie nur möglich zu lächeln.

Fake it, until you make it!

In einer Zeitschrift hatte sie nämlich gelesen, dass man seinem Gehirn auf diese Weise vorgaukeln konnte, dass es

glücklich war - et voilà - man wurde tatsächlich ein bisschen fröhlicher. Was war zuerst da: das Glück oder das Lachen? Während sie sich darüber Gedanken machte, griff sie nach dem Weinglas und...es klopfte.
Annie stand sofort auf den Füßen. Sie wollte nicht kichern, aber tat es trotzdem.
Das lag am Wein. Vielleicht aber auch ein wenig an dem Mann mit dem Pflaster auf der Stirn, der sie angrinste, während hinter ihm die Sonne ins Meer tauchte.
Auch wenn er sich zuhause vielleicht die Haare gekämmt hatte, sah man davon nicht mehr allzu viel. Der Wind, der Wind...
Zu ihrer großen Überraschung trug er tatsächlich ein Jackett über dem geringelten Shirt. Paul sah gut aus und er roch auch so, stellte Annie fest, als sie sich begrüßten. Limette, Sandelholz, Bergamotte - was auch immer - es erinnerte sie an Meer.
»Vielen Dank für die Einladung«, er zwinkerte ihr zu und drückte ihr noch bevor sie protestieren konnte ein kleines Glas in die Hand. »Ich hoffe, du magst Honig?«
»Oh wow, ist der von deinen eigenen Bienen? Mensch, das ist ja toll«, sie hielt sich das Glas vor die Nase und inspizierte es so eingehend, als hätte sie noch nie in ihrem Leben Honig gesehen. »Vielen Dank.«
»Wenn's klappt, bringe ich dir das nächste Mal Ziegenkäse mit.«

Das Jackett landete über der Stuhllehne, der Jutebeutel auf der Sitzbank. Annie reichte ihm ein Glas Wein und deutete auf den Herd, auf dem weder Topf noch Pfanne standen.
»Wie du siehst, habe ich kochtechnisch noch nicht allzu viel hinbekommen«, gestand sie.
»Noch nicht allzu viel?«, er blickte sich ausgiebig in der Küche um, dann lachte er. »Du meinst: nichts?«

»Ja, genau, nichts«, sie grinste schief und verfluchte sich, weil sie die Hitze in ihrem Gesicht spürte und ganz genau wusste, dass sie knallrot geworden war.
»Glück gehabt«, er schnappte sich den Jutebeutel und drückte ihn ihr in die Hand. »Ich habe Zeug mitgebracht.«
»Zeug?«, sie linste in den Beutel und erkannte unter einem Bund Petersilie, zwei Karotten und den Hals einer Weinflasche. »Du meinst: Zutaten?«
»Ja, genau, Zutaten.«

Sie saßen sich gegenüber, während auf dem Herd die Muscheln köchelten und einen wunderbaren Geruch verströmten. Theo wuschelte um ihre Beine herum, als er Trudi hinterher jagte. Der Wein war süffig, der Salzkristall leuchtete und Annie erzählte ein wenig von ihrer Dissertation.
Der Präraffaelitischen Bruderschaft ging es darum, die Welt so zu zeigen, wie sie wirklich war und kein einziges Detail auszulassen. Auch die Menschen sollten so lebendig aussehen, dass man der Illusion erlag, sie würden sich jeden Moment bewegen und aus dem Gemälde steigen. Obwohl die Darstellungen allesamt mystisch und romantisch waren, besaßen sie eine beeindruckende Authentizität, die Annie begeisterte. Mit dieser Begeisterung erzählte sie nun auch von Ophelia, dem wohl bekanntesten Gemälde Millais.
»Die Frau, die für Ophelia Modell gestanden ist, wäre fast gestorben, weil Millais sie stundenlang in einer kalten Badewanne liegen ließ.«
Es war wohltuend, dass sie in ein Thema eintauchen konnte, dessen sie sich sicher war. Paul hörte sehr aufmerksam zu und stellte hin und wieder ein paar Fragen. Es waren keine plumpen Fragen - *»Wie viel hat so ein Bild gekostet? Hat Millais auch mit seinen Modellen geschlafen?«* – sondern wohl durchdachte. Durch sein aufrichtiges Interesse fiel es ihr leicht,

sich in seiner Gegenwart wohlzufühlen. Allmählich wich die Nervosität und es fühlte sich fast schon ganz natürlich an, mit ihm in der Küche zu sitzen und zu plaudern.
»Verrätst du mir jetzt vielleicht, was es mit Landévennec und dem Buch auf sich hat? Ich habe heute wirklich den ganzen Tag darüber nachgedacht.«
Anstatt zu antworten schnupperte er in die Luft, dann stand er auf und krempelte die Ärmel seines Shirts hoch.
»Ich glaube, die Muscheln sind fertig.«

»Ich habe die Frage übrigens nicht vergessen«, raunte sie ihm über die Schüssel mit Muscheln hinweg zu und brach sich ein Stück Baguette ab.
»Ich auch nicht«, er wischte sich die Hände an den Oberschenkeln ab und lehnte sich zurück. »Du musst dich entscheiden: Landévennec oder Buch?«
»Landévennec«, antwortete sie wie aus der Pistole geschossen.
»Da arbeite ich.«
Unverdrossen tunkte er ein Stück Brot in den Sud und steckte es sich in den Mund.
»Das ist alles?«, sie lachte auf. »Kannst du nicht noch ein bisschen mehr erzählen?«
»Da gibt es eine große Benediktinerabtei und ich helfe den Brüdern. Du weißt schon: *ora et labora*. Das ist das benediktinische Grundgesetz.«
»Och, jetzt stell' dich nicht so an. Ich will noch ein bisschen mehr wissen«, forderte sie augenzwinkernd. «Was machst du dort? Wobei hilfst du den Brüdern?«
Während er sich gemütlich zurückgelehnt hatte und das Weinglas in seiner Hand wiegte, erzählte Paul, dass er sehr oft zur Abtei fuhr, um dort auszuhelfen. Meistens sei er im Krankenflügel. Dort lebten diejenigen Brüder, für die es

kein *labora* im eigentlichen Sinne mehr gab. Brüder, die schlichtweg zu gebrechlich waren, um zu arbeiten.

»Frère Guillaume wird bald 101«, er blies die Wangen auf. »Über 100 Jahre leben. Über 100 Jahre auf dieser Welt. Das muss sich wie eine Ewigkeit anfühlen.«

Annie neigte den Kopf zur Seite und hob die Augenbrauen. »Hm, aber wie hat Freddie Mercury es so schön ausgedrückt? *Who wants to live forever anyway?*«

Das Lied hatte sie zum ersten Mal gehört, als sie gerade mit ein paar Kindern auf den Tischtennisplatten des Spielplatzes saß. Es gab Eiscreme und sie mussten sich beeilen, weil das Eis in der Hitze sofort schmolz und klebrig süß an ihren Händen hinablief.

Ein älterer Junge reichte währenddessen seinen Walkman herum. Damals waren die Dinger, mit denen man Musik hören konnte, ohne mit einem Kabel am Strom zu hängen, noch ein richtiges Statussymbol. Jeder war scharf darauf, sich die Kopfhörer aufzusetzen, um der Musik zu lauschen.

»Das ist ein Lied von *Queen*. Das heißt übersetzt Königin, obwohl ein Mann singt.«

Annie konnte sich noch sehr gut daran erinnern, wie schon die ersten Takte sie tief berührt hatten. Ihr kamen sogar die Tränen und sie musste sich den Kopfhörer schnell wieder runterreißen, um nicht vor den anderen zu weinen. Dabei besudelte sie die Polster der Kopfhörer versehentlich mit Vanilleeis und der Junge wurde fuchsteufelswild.

»Das ist eine verdammt gute Frage, Annie Mercury«, riss Paul sie aus ihren Erinnerungen.

«*Who wants to live forever?*«, sie blinzelte und musste sich nochmal vergegenwärtigten, wovon sie gerade gesprochen hatten. »Und was antwortest du darauf? Wer will schon ewig leben?«

Paul strich sich eine Haarsträhne aus der Stirn und bedachte

sie mit einem Lächeln, bevor er antwortete.
»Naja, viele Menschen wünschen sich das, aber ich glaube, dass niemand ewig leben sollte. Jedenfalls nicht in dieser Welt. Das wäre doch grausam. Wenn hier alles ewig wäre, wäre doch nichts mehr von Bedeutung. Alles würde verkommen und die Menschheit wahrscheinlich vollends verrohen.«
»Könnte sein«, sie nickte langsam. »Wahrscheinlich wäre alles gleichgültig, alles irgendwie egal.«
»Das ist es! Und wer will schon so unberührt leben? Ist doch sterbenslangweilig«, er griff nach der Weinflasche. »Man genießt es viel mehr, mit jemandem zusammen zu sein, wenn man weiß, dass man sich wieder verabschieden muss.«
Ihr Kopf fing an sich zu drehen, als sie seine Worte rekapitulierte. Nein, es war nicht der Versuch, zu kokettieren. Es war lediglich eine allgemeine Feststellung, die obendrein der Wahrheit entsprach.
»Weißt du, was ich denke?«, Annie hob Trudi auf ihren Schoß. »Es ist auch ganz gut, dass wir gelegentlich vergessen können, dass wir endlich sind. Wenn man immer das Ende im Blick hat, liegt auch ständig ein Schatten über den Momenten. Dann ist nichts mehr wirklich hell. Manchmal muss man sich wohl der Illusion hingeben, alles wäre ewig.«
Ihre Blicke begegneten sich für einen kurzen Moment. Annie wartete darauf, dass er etwas erwiderte, doch er nickte bloß und ließ seinen Zeigefinger über den Rand des Weinglases wandern.
»Erzählst du mit jetzt von deinem Buch?«
»Noch nicht«, er musterte sie aus dunklen Augen und ihr Herz fing heftig an zu schlagen, weil er den Blick auch nach Sekunden nicht abwendete. Gerade wollte Annie wieder das Wort ergreifen, als er sich vorbeugte.
»Soll ich dir sagen, worauf ich jetzt Lust hätte?«, er senkte die Stimme und sprach so leise, als würden ringsum Menschen

sitzen, für deren Ohren nicht bestimmt war, was er ihr gleich verraten würde.
»Nein«, sie blinzelte benommen, schüttelte den Kopf. »Doch.«

Während der Wind über die Heide peitschte und die Ginsterbüsche zur Erde drückte, hörte man das Schäumen des Meeres. Die Nacht war nicht leise, sie war laut und lebendig. Annie wartete darauf, dass sich ihre Augen an die Dunkelheit gewöhnten. Noch war es stockdunkel, noch reichte das Licht der Sterne nicht aus. Sehnsüchtig warf sie einen Blick zurück zu ihrem Haus, wo der Salzkristall im Fenster glühte.
Eine Weile gingen sie still nebeneinander her. Annie versuchte am Anfang noch darauf acht zu geben, dass ihre Arme nicht aneinander stießen, doch irgendwann gab sie es auf. Die Schmugglerpfade waren einfach zu eng, um unberührt nebeneinander her zu gehen.
»Hey, weißt du was? Ich könnte dir eine Geschichte von Strandräubern erzählen«, schlug Paul mit einem verheißungsvollen Grinsen vor, knöpfte das Jackett zu und verlangsamte seinen Schritt.
Er war ein Märchenerzähler wie er im Buche stand. Selbst in der Dunkelheit funkelten seine Augen, als er von den Strandräubern erzählte, die in die Leuchttürme an der Küste eingestiegen waren, um das Licht umzulenken, das die Schiffe durch gefährliche Meeresengen lotsen sollte. »Die Schiffe sind dann entweder auf Grund gelaufen – hier gibt's ja überall Sandbänke - oder sie sind an den Felsen hängen geblieben.«
»Das ist ja richtig clever«, bemerkte Annie nicht ohne Begeisterung. »Und die Strandräuber konnten das Schiff dann in aller Seelenruhe ausräumen, oder?«
»Exakt!«

»Aber die armen Leuchtfeuerwärter«, bedauerte sie. «Das muss ja sowieso schon ein Knochenjob gewesen sein, so einsam, und dann auch noch so gefährlich.«

»Du hast ja diesen uralten Kalender in der Küche hängen, ne?«, er stieß ihr sanft den Ellbogen in die Seite. »Über diesen Leuchtturm, Tèvennec, gibt es eine gute Geschichte. Mein Vater hat sie mir erzählt. Willst du sie hören?«

»Klar. Ich liebe Geschichten«, sie strich sich mit beiden Händen die Haare aus dem Gesicht und grinste ihn an. »Von mir aus kannst du mir jede Geschichte erzählen, die du kennst.«

«Darüber muss ich erst noch nachdenken.«

In der Ferne erkannte sie schon das Leuchtfeuer des Turmes, der exponiert auf einem Felsenvorsprung vor der Küste stand. Das Licht umkreiste den Turm ruhig und gleichmäßig.

Wie eine Leuchtkrone, dachte Annie entzückt, bevor sie sich wieder darauf konzentrierte, was Paul erzählte.

»Tévennec ist da draußen«, er deutete dorthin, wo man außer dem Nachthimmel nur noch das Meer sehen konnte, das glänzte und wogte. »Und da gibt es nur drei Dinge: den Turm, das Wasser und den Mann.«

Annie kniff die Augen zusammen und strengte sich an, um in dem Schwarz etwas zu erkennen – vergebens.

»Das Meer kann ziemlich grausam sein«, er räusperte sich und setzte sich dann wieder in Bewegung. »Und die Einsamkeit auch. Viele Männer sind da draußen verrückt geworden. Sie haben behauptet, dass es auf Tévennec spuken würde.«

»Das haben sie sich wahrscheinlich eingebildet, weil sie so einsam waren, oder?«, Annie verzog bekümmert das Gesicht.

»Ja, klar, so hat man sich das jedenfalls immer erklärt!«, er blieb stehen und trat einen Schritt auf sie zu. »Aber jetzt haben Taucher herausgefunden, dass es in dem Felsen Höh-

len gibt. Je nach Seegang, hört es sich wirklich so an als würde jemand schreien. Das muss richtig gespenstisch sein.«
»Oh nein, ehrlich?«, sie schlug sich die Hand vor den Mund und konnte sich gerade noch ein Lachen verkneifen. »Die armen Männer. Wer würde da nicht durchdrehen? Und ich dachte immer, auf einem Leuchtturm zu leben wäre unbeschreiblich romantisch.«
»Ich denke, das kommt ganz auf den Turm an«, Paul hob den Blick zu dem Leuchtfeuer, das über ihren Köpfen über den Himmel wanderte.

For you and I are past our dancing days.

How long is't now

since last yourself and I

Were in a mask?

{Shakespeare, Romeo & Juliet}

Augenlicht

Kaum hatte sie die Tür hinter sich ins Schloss fallen lassen, schlich sich ein dämliches Grinsen auf ihr Gesicht. Es war ein ausgesprochen schöner Abend mit einem ausgesprochen angenehmen Menschen: Paul war zurückhaltend, aber nicht schüchtern. Interessiert, aber nicht aufdringlich.

Annie wollte sich gerade das letzte Stück Baguette in den Mund stecken und in einen Monolog verfallen, als es zaghaft am Fenster klopfte. Erschrocken drehte sie sich um.

Hinter dem Salzkristall, der immer noch leuchtete, war sein Gesicht erschienen, das ihr nun mindestens ebenso strahlend entgegen blickte. Er deutete ihr, das Fenster zu öffnen.

»Hey, hast du etwas vergessen?«

»Ne, ne. Ich wollte nur noch etwas wissen«, erklärte er und beugte sich dabei so weit vor, als wollte er zurück in die Küche klettern. »Hast du eigentlich schon mal einen Nagel in die Wand gehauen, Annie Mercury?«

»Wie bitte? Du meinst, mit einem Hammer?«, gluckste sie. »Nein, so etwas habe ich noch nie getan.«

»Okay, das klingt echt vielversprechend«, er kratzte sich am Kinn und musterte sie. »Ich will nämlich einen Zaun bauen und...«

»Und ich soll dir dabei helfen?«, schlussfolgerte sie und spürte, wie sich ihr Herz aufplusterte.
»Genau, das wäre echt der Hammer. Hast du Zeit?«
Eigentlich wollte Annie morgen mit Bartosz nach *Camaret-sur-Mer* radeln, um dort ein paar Utensilien für das Atelier zu besorgen. Sie brauchte neue Leinen, um die Rahmen zu bespannen, Naturschwämme für ihre Tupftechnik, aber vor allem Blau und Grün für das Meer. Eigentlich wollte sie morgen auch das erste Weidentipi bestaunen, das nun in der Nähe des Künstlerquartiers auf einer Wiese stand. Eigentlich, wenn sie ganz ehrlich war, wollte sie jedoch am allerliebsten einen Zaun bauen.
»Morgen?«, die Frage klang hoffnungsvoll.
»Morgen bin ich den ganzen Tag unterwegs, pardon, aber danach?«
»Du meinst, morgen, nachdem du unterwegs gewesen bist? Am Abend?«
»Hast du es eilig? Ich wusste nicht, dass du von Zäunen so begeistert sein würdest«, er lachte auf , zog einen dünnen Schal aus der Jackentasche und wickelte ihn sich um den Hals.
Schließlich verabredeten sie sich für den kommenden Dienstag, denn wie sich herausstellte, musste Paul erst noch das Kastanienholz besorgen, das er für den Zaun verwenden wollte.
»Und ich sollte auch etwas für ein *dîner* im Haus haben, schätze ich«, er schenkte ihr ein letztes Lächeln, dann verschwand er in der Dunkelheit.

⚓

Alle Fensterläden waren geschlossen, alle Türen des kleinen Häuschens abgesperrt. Der Geruch von Meerwasser, Petersilie und feuchter Erde, die an den Schuhsohlen klebte, hing in der Luft. Trudi hatte alle Glieder von sich gestreckt und schlief schon tief und fest, während Annie noch ziellos auf ihrem Smartphone herum tippte. Es hatte überhaupt keinen Sinn, weil sie weder ins Internet konnte, noch irgendeine Verbindung ins Funknetz aufbauen konnte. Schließlich schaltete sie das Gerät aus und kuschelte sich unter die Decke. Seit dem Abendessen hatte sie einen Ohrwurm: *Who wants to live forver?* Das war das erste Lied, das sie nicht nur hören, sondern auch fühlen konnte, und deswegen war es für sie auch etwas ganz Besonderes. Wie hatte Paul sie genannt? *Annie Mercury*. Das gefiel ihr. Sie musste immer wieder still in sich hineingrinsen, wenn sie daran dachte, wie er vorhin versucht hatte, an die Leiter zu kommen, die hinauf zum Leuchthaus führte.

»Verdammt. Früher ging das«, fluchte er, als er die unterste Sprosse zum vierten Mal nur knapp verfehlte, und tätschelte seinen Bauch. »Ich habe wahrscheinlich zu viel gegessen.«

»Nein, nein. Sie haben die unterste Sprosse abgesägt«, kicherte sie und reichte ihm sein Jackett, das er ausgezogen hatte, um es nicht schmutzig zu machen.

»Sie haben eine Sprosse abgesägt? Aber warum? Ist etwas passiert?«

»Nicht, dass ich wüsste. Wahrscheinlich war das eine reine Vorsichtsmaßnahme. Weißt du, als Kind bin ich nämlich auch sehr oft hoch ins Leuchthaus geklettert. Das war ein richtiges Abenteuer.«

»Und verdammt gefährlich. Vor allem bei starkem Seegang.«

»Och, als Kind kannte ich keine Gefahr. Nichts war vor mir sicher. Ich war einfach überall.«

»Du warst überall?«, spöttisch hob er die Augenbrauen. »Kaum zu glauben.«

Bevor sie einschlief, dachte sie an den alten Bahnhof, der zwischen Wald und Meer in Vergessenheit geraten war. Doch eines schönen Tages stolperte Paul über den Trüm-

merhaufen und hatte darin etwas gesehen, das andere Menschen nicht sehen konnten. Irgendetwas – Annie nahm sich vor ihn danach zu fragen – irgendwas ganz Besonderes.
Was sagte das über ihn aus? Dass er unkonventionell leben wollte? Dass er die Ärmel hochkrempeln und ordentlich zupacken konnte? Dass er etwas riskierte?
Ihre Gedanken wanderten zu dem Tisch, auf dem zwischen Büchern und Papierhaufen sein aufgeklapptes Notebook gestanden hatte. Schrieb er vielleicht Geschichten über Strandräuber? Es würde irgendwie zu ihm passen, wenn er Kinderbuchautor wäre. Annie dachte an sein verschmitztes Grinsen – ja, sie würde ihm die Rolle sofort abkaufen.
Bestimmt schrieb er Abenteuergeschichten. Unterirdische Gänge, Schatztruhen, einsame Inseln, stürmische See. Jeden Abend saß Paul mit einem Glas Wein vor seinem Computer, überlegte sich Gaunereien für seine Strandräuber und für die Kinder, die diese Geschichten irgendwann lesen würden. Annie war entzückt. Je länger sie darüber nachdachte, desto größer wurde ihre Lust, seine Geschichten zu hören und ihn kennenzulernen. Es fühlte sich an, als stünde sie kurz davor, eine neue Welt zu entdecken. Annie wurde Columbus und Paul wurde ihr Amerika. Eine Welt voller Menschen, und ein Mensch wie eine Welt. So viele Geschichten und Geheimnisse.
»Am Dienstag gibt es ein neues Kapitel des Monsieurs aus dem Bahnhof, Trudi«, flüsterte sie verheißungsvoll, streckte die Hand aus, und tippte auf eine warme Hundeschnauze.

⚓

Das Wetter war furchtbar. Graue Wolken, graues Meer.
»Adieu, Camaret-sur-Mer«, seufzte Annie, als sie mit einer Tasse Kaffee vor dem Fenster saß. Gedankenverloren spielte sie mit dem Schalter des Salzkristalls. Licht an, Licht aus, Licht an, Licht aus. Es regnete seit Stunden. Der Boden war

schlammig, rutschig und die Pfade mit dem Fahrrad unpassierbar, weswegen sie heute nicht ins Quartier gehen würde. Irgendwann raffte sich Annie trotzdem auf und stapfte hinab ins Dorf, um ein bisschen einzukaufen und um bei Géraldine anzurufen.

Als Annie sich mit einer großen Tüte zurück nachhause kämpfte, hatte es obendrein noch angefangen zu stürmen. Der Wind blies ihr ins Gesicht und schien sie geradewegs zurück ins Dorf schieben zu wollen.
Das Land war einsam und grau. Keine Menschen in den Straßen. Kein einziges Boot auf See. Annie biss die Zähne zusammen und stapfte unbeirrt weiter. Ihre Sneakers waren Matschklumpen, die Jeans völlig durchnässt und das Haar klebte samt Kapuze nass an ihrem Kopf. Der olivgrüne Parka war natürlich nicht so wasserdicht, als dass man damit unverdrossen durch den Sturzbach hätte spazieren können, der sich gerade aus den Wolken ergoss. Dennoch schob Annie das Baguette in die Innentasche und schloss den Reißverschluss. Zumindest würde der Stoff den Regen davon abhalten, das Weißbrot komplett aufzuweichen.
«Ach verdammt«, fluchte sie, als sie so tief in den Matsch einsank, dass sie augenblicklich das Wasser spürte, mit dem sich ihre Socken voll sogen. Trudi schien sich an dem Mistwetter nicht im Geringsten zu stören Im Gegenteil: sie war begeistert, suhlte sich voller Wonne im Dreck und wurde nicht müde, im Kreis um Annie herum zu flitzen. Sie bemerkte erst, dass ein Auto heranfuhr, als es schon fast auf ihrer Höhe angelangt war. Trotz des Regens blieb sie stehen und erkannte einen weißen Kleintransporter, der nun ebenfalls anhielt. Ein Fenster wurde heruntergekurbelt und ein Hund streckte ihr hechelnd seinen Kopf entgegen.
»Ach ne? Theo? Das ist aber eine Überraschung. Bonjour«, Annie lachte auf und wischte sich umständlich mit dem

Mantelärmel über das Gesicht.
»Bonjour! Soll ich dich nachhause bringen?«, Paul linste hinter seinem Hund hervor.
»Oh nein. Ich bin doch ganz nass und dreckig.«
»Macht nichts. Das kenne ich von Theo«, feixte er und winkte sie heran. »Los jetzt. Steig' schon ein. Wir müssen sowieso noch etwas besprechen.«
Das ließ sich Annie nicht zweimal sagen. Ein paar Sekunden später saß sie auf dem Beifahrersitz, trocknete ihr Gesicht so gut es ging an dem Strickpullover ab, der im Grunde auch schon völlig durchnässt war, und kämmte dann mit den Fingern durch ihr Haar, sodass es wenigstens ein bisschen Volumen bekam und nicht wie eine Duschhaube an ihrem Kopf klebte.
Im Laderaum klapperten leere Flaschen aneinander und im Fußraum lagen zusammengeknüllte Papiertüten der Boulangerie Méribel. Offensichtlich legte Paul nicht allzu großen Wert auf ein sauberes Gefährt. Vom Rückspiegel baumelte ein winziger Rosenkranz aus abgegriffenen Holzperlen neben einem Duftspender, der laut Aufschrift nach Lavendel riechen sollte. Das tat er allerdings nicht. Stattdessen roch es im Wageninneren nach nassem Hundefell, nach alten Polstern und der Erde, die in den Ritzen der Fußmatten hing.
Enttäuscht und ein wenig angewidert zog Annie das aufgeweichte Baguette unter ihrem Parka hervor.
»Das kann ich wohl vergessen«, maulte sie, kurbelte das Fenster hinab und warf das Brot in hohem Bogen hinaus. »Die Möwen freuen sich.«
»Musst du jetzt verhungern?«, fragte er lachend.
»Wahrscheinlich.«
»Soll ich dich schnell zurück ins Dorf fahren?«
»Nein, nein. Nicht nötig. Ich bin gut versorgt«, sie klopfte auf die prall gefüllte Tüte. »Jetzt aber raus mit der Sprache, Monsieur Paul: Was müssen wir denn besprechen?«

Er trug eine schwarze Funktionsjacke, deren hochgeschlagener Kragen ihm fast bis zur Nase reichte. Sein Blick war unverwandt auf den Weg gerichtet.
»Bei dem Wetter können wir natürlich keinen Zaun bauen.«
»Ach, aber morgen regnet es doch bestimmt nicht mehr. An der Küste ist das Wetter so wechselhaft. Wahrscheinlich braten wir morgen in der Sonne und verfluchen die Hitze.«
»Aber der Boden ist dann doch noch viel zu feucht. Das funktioniert nicht«, brummte er. »Ich wollte heute eigentlich nach Landévennec, aber dann bin ich wieder umgekehrt, weil…«
Paul deutete nach draußen. Die Scheibenwischer jagten über die Windschutzscheibe, Regen prasselte auf das Dach und die Reifen drehten nun schon zum zweiten Mal durch.
»Okay, dann muss der Zaun eben noch ein bisschen warten«, sie versuchte keinen allzu enttäuschten Eindruck zu machen. Vermutlich hätte sie ihm vorgeschlagen, stattdessen die Wände neu zu tapezieren oder Fliesen zu verlegen, wenn sie ein wenig mutiger gewesen wäre.
»Der Zaun kann warten, klar. Und wir?«, sein Blick streifte sie, dann lachte er. »Du weißt doch, wie das mit dem Warten ist.«
»Und wir? Das verstehe ich irgendwie nicht«, Annie hob die Schultern und spürte, dass die Nervosität wiederkehrte und ihre Wangen erhitzte.
»Naja, ich dachte, du hättest womöglich trotzdem Lust morgen zu kommen?«, er hielt vor dem kleinen Fischerhaus an, zog die Handbremse und wandte sich zu ihr um. »Vielleicht locke ich Bruce sogar von den Bäumen, damit ihr euch mal persönlich kennenlernen könnt.«
»Oh, das klingt wirklich sehr verlockend«, schmunzelte sie und schlang die Arme um den Oberkörper, weil ihr in den nassen Klamotten allmählich kalt wurde. »Ich komme gerne. Soll ich etwas mitbringen?«

Anstatt zu antworten, fummelte Paul an den Knöpfen des Armaturenbretts herum.
»Standheizung«, vermeldete er triumphierend. »Wird gleich warm hier drin.«
Er lehnte sich zurück und machte nicht den Anschein, als wollte er in den nächsten Minuten nachhause fahren.
»Also, was hast du nochmal gefragt?«, er tastete über das weiße Pflaster, das immer noch auf seiner Stirn klebte, dann grinste er sie an. »Ob du mir etwas mitbringen sollst?«
»Ja?«, Annie kniff die Lippen zusammen und funkelte ihn amüsiert an.
»Bring' mir etwas mit, das du magst«, antwortete er schlicht. »Irgendwas.«
Trudi war inzwischen auf seinen Schoß geklettert und rollte sich dort zusammen. Was war nur los mit diesem Mann? Annie wusste nicht, was es war, aber er hatte etwas an sich, das nicht nur sie selbst, sondern offensichtlich auch ihren Hund in seinen Bann zog. Ihr Geist spann aus silbernem Faden Traumnetze. Leuchttürme und Strandräuber.
»Da kommt ein Sturm«, er deutete aus dem Fenster. »Könnte richtig heftig werden. Siehst du, wie dunkel es dort hinten geworden ist?«
In der Tat: die Welt ging unter – jedenfalls sah es so aus. Das Meer verschmolz mit den Wolken zu einer grauen Front, die langsam zur Küste vorrückte. Regentropfen prasselten wie ein Kugelhagel auf das Wasser nieder, der Wind heulte und zerrte mit unsichtbaren Händen an allem, das sich ihm in den Weg stellte.
»Ich hoffe, mein Dach hält das aus«, Annie warf einen besorgten Blick auf die grauen Schindeln. Der letzte Sturm, der über die Halbinsel hinweg gefegt war, hatte die Hütten im Künstlerquartier ziemlich auseinander genommen.
Paul beugte sich vor, um mit angestrengtem Gesicht ihr Dach zu inspizieren. Sie wusste zwar nicht, was er vom Auto

aus erkennen wollte, aber seine Mimik machte durchaus einen fachmännischen Eindruck.

»Keine Sorge. Das wird schon halten«, versprach er. «Aber du musst die Fensterläden zu machen, ne? Sonst gibt's ein Scherbenmeer.«

Während Paul ihr von dem letzten Sturm erzählte, der so heftig war, dass er die Ziegen vorsichtshalber in die Wartehalle bugsiert hatte, weil der Holzverschlag viel zu unsicher war, versuchte Annie sich nicht anmerken zu lassen, wie sehr sie fror. Es war natürlich unvernünftig, in den nassen Klamotten in seinem Wagen sitzen zu bleiben, aber sie konnte sich nicht losreißen. Obwohl ihre Knie schlotterten, war es irgendwie behaglich, zusammen im Auto zu sitzen und zu plaudern, während sich draußen ein Unwetter zusammenbraute.

»Ich weiß nicht, wo Bruce war«, Paul schüttelte lachend den Kopf. »Er ist zwei Tage später wieder aufgetaucht. Ich habe echt keine Ahnung, wo er gewesen ist und wie er diesen Sturm überlebt hat.«

»Scheint ein ziemlich robuster Kerl zu sein«, sie stimmte in sein Lachen ein und stellte sich einen völlig zerfledderten Pfau vor, dessen Federn in alle Richtungen abstanden.

»Naja, Augustinus hat ja gesagt, Pfauen wären unsterblich.«

»Ja, da scheint offensichtlich was dran zu sein«, sie hob die Augenbrauen und dachte an die unzähligen Bücher, die sie während ihres Studiums gewälzt hatte, um die Gemälde, mit denen sie sich beschäftigte, wirklich verstehen zu können. »In der Kunst symbolisieren Pfauen auch oft die Auferstehung. Naja, oder die Verbannung.«

»Die Verbannung aus dem Paradies?«

»Warum glaubst du, können Pfauen nicht singen?«

»Ist das so eine Art Strafe?«, Paul blickte sie skeptisch an.

»Genau. Schönes Gefieder, schöner Gesang - das war wohl zu viel des Guten. Die Pfauen waren sehr eitel und überheblich und da Eitelkeit eine Todsünde ist, mussten die Pfauen dafür bestraft werden. Seither können sie nicht mehr singen.«

»Das leuchtet mir ein. Wenn ich so darüber nachdenke: Bruce ist schon ziemlich speziell und wirkt ein bisschen frustriert.«

»Bruce wurde aus dem Paradies vertrieben und ist unsterblich. Wer wäre da nicht frustriert?«

»Das ist wahr und ich kann auch irgendwie verstehen, dass er so abgehoben ist«, er machte ein ernstes Gesicht. »Wenn sich ein Rockstar wie Bruce Springsteen nach mir benennen würde, wäre ich wahrscheinlich auch nicht auf dem Teppich geblieben.«

»Allerhöchstens auf dem roten, oder?«

⚓

Sie dachte daran, dass er bei seinem Besuch ein Jackett getragen hatte und so entschied sie sich für eine blütenweiße Bluse – das einzige Kleidungsstück, das nicht nach *Ich-bin-schließlich-im-Urlaub* aussah. Sie würden heute schließlich nicht bis zu den Knien im Matsch stehen und einen Zaun bauen, sondern miteinander zu Abend essen.

Über der Bluse trug sie einen knielangen Strickmantel, den Géraldine sich mal für einen Wucherpreis auf den *Aran Islands* gekauft hatte. Er war aus grauer Merinowolle und deswegen auch genau das richtige Kleidungsstück, um Küstenspaziergänge zu machen.

Lächelnd stellte sich Annie vor den Spiegel, um sich zu begutachten und die Ohrringe anzustecken. Sie freute sich auf den Abend – ihre Wangen waren jetzt schon gerötet, ihr Herz fing jetzt schon an, lauter als sonst zu pochen.

Die Ohrringe bestanden aus den weißen Deckeln einer Meeresschnecke. Man nannte diese schnörkeligen Steinchen auch die Augen der Heiligen Lucie. Angeblich hatte das

Mädchen ihre Augen versprochen, wenn nur ihre Mutter von einer tödlichen Krankheit geheilt würde. Doch anstatt dem Mädchen tatsächlich das Augenlicht zu nehmen, schenkte die Gottesmutter ihr als Belohnung für ihre Opferbereitschaft Augen, die noch viel schöner und schillernder waren als zuvor: die berühmten Augen der Heiligen Lucie.

Paul hatte sich gewünscht, dass Annie ihm etwas mitbrachte, das sie mochte. Deswegen war Annie heute nochmal ins Dorf geradelt und hatte Zutaten für Galettes besorgt. Neben Galettes gab es natürlich noch tausend andere Dinge, die Annie mochte. Dinge, zum Anfassen und Dinge, die ungreifbar waren und für die ihr die Worte fehlten. Gerne hätte sie ihm etwas mitgebracht, das hinter sich eine Welt aus Geschichten aufspannte. So wie die Augen der Heiligen Lucie.

Nun lag jedoch ein faustgroßer Stein in ihrem Rucksack. Sie hatte heute feinsäuberlich tosende Wellen darauf gemalt. Vielleicht war die Idee ein bisschen plump, aber ihr war einfach nichts Geistreiches eingefallen. Immerhin konnte sie behaupten, dass der Stein zwei Dinge verkörperte, die sie von ganzem Herzen liebte: Kunst und Meer.

⚓

»Was mache ich hier eigentlich?«

Die Frage hatte sie den ganzen Tag begleitet. Sie musste ständig an ihn denken und je vehementer sie versuchte, ihn aus ihren Gedanken zu verscheuchen, desto deutlicher sah sie ihn vor sich. Dabei wusste sie doch kaum etwas von ihm. Er war ein Fremder und es bestand durchaus die Möglichkeit, dass er pervers, psychopathisch – jedenfalls gefährlich und unberechenbar – war. Doch Annie konnte sich nicht helfen. Ihr Verstand war furchtsam, aber ihr Herz unbedacht.

Wie war es möglich, dass sie einem Mann, den sie nicht kannte, ein solches Vertrauen entgegen brachte? Sie wusste doch, wie sehr man sich täuschen konnte. Kandinsky, Zigarettenrauch, Hände. Urplötzlich wurde ihr speiübel, als sie an ihren Doktorvater dachte. Alexander war ein hochgewachsener Endvierziger. Leicht übergewichtig. Käsige Haut. Kein Blickfang und schon gar nicht der Typ Mann, der Annie gefiel. Das Haar war blond und schütter. Sie vermied es, hineinzugreifen. Sie vermied es ohnehin, ihn anzufassen oder anzusehen, wenn er ihr zu nah kam. Was sie allerdings mochte, war sein Lächeln und der Klang seiner Stimme. Sie mochte es, ihm zuzuhören. Auch wegen der Dinge, die er erzählte. Alexander verfügte über ein großes Wissen. Noch dazu war er charmant und machte geistreiche Witze – manchmal jedenfalls. Doch im letzten Jahr hatte er sie in einen anderen Menschen verwandelt. Eine Fremde mit vertrautem Antlitz, die sich selbst vergessen und verbogen hatte. Sie war wie betäubt gewesen - sie hatte sich auch betäuben müssen, um nicht durchzudrehen. Kandinsky, Zigarettenrauch, Hände.

Das Gespür kehrte nur langsam zurück.

Die wöchentlichen Besprechungen im Institut wurden mit der Zeit zu Alpträumen. Annie ekelte sich vor seinem selbstgerechten Lächeln, vor seinen Händen und vor sich selbst. Niemals hätte sie geglaubt, sich mit der Einreichung des Dissertationsthemas in so eine Abhängigkeit zu begeben. Nur zu gut erinnerte sie sich an den ersten Termin: völlig eingeschüchtert saß sie vor seinem Schreibtisch über dem *»Das bunte Leben«* von Kandinsky hing. Alexander nahm ihr die Nervosität, indem er sich locker auf den Tisch setzte, ihr eine Zigarette anbot und sie darum bat, ihn beim Vornamen zu nennen. »Ich bin da nicht so. Dieses ganze elitäre Gehabe ist doch affig. Augenhöhe - das ist meine Devise.«

Es dauerte nicht lange, bis sie zu dem Mann, den sie schon

jahrelang bewundert hatte, Vertrauen fasste. Alexander war international renommiert und pflegte Beziehungen zu den besten Häusern. Er war eine Koryphäe, ein Mäzen und er ließ Annie wie eine Marionette für sich tanzen. Die kleine Doktorandin und der große Professor. Am Anfang hatte sie noch geglaubt, es wäre nur ein Spiel – sie hatte gekichert, anstatt seine Avancen abzuschmettern. Sie hatte seine Hand ignoriert, anstatt sie von ihrem Oberschenkel zu schieben. In ihrer Blauäugigkeit hatte sie geglaubt, es käme ihr bestimmt zugunsten, dass Alexander sie so mochte. *Scheiß Kandinsky.*

Er hatte sich einfach genommen, was er wollte. Und sie hatte sich einfach gegeben – ohne zu wollen. Das war der Unterschied.

Das, was sie wollte, waren sein Wohlwollen und seine Unterstützung. Sie wollte keine Küsse, die nach Zigaretten schmeckten. Keine gierigen Hände, die sie überall berührten. Keine unersättlichen Blicke, die sie einfingen und festhielten. Kein erregtes Röcheln. Nichts davon hatte sie je gewollt und trotzdem hatte sie es ertragen.

Annie kniff sich in den Oberarm. Das half ihr, die Gedanken ziehen zu lassen. Paul wartete in seinem Bahnhof. Ein Lächeln schlich sich auf ihre Lippen.

⚓

Die Heidekräuter strahlten in den buntesten Farben, als Annie schließlich mit Trudi im Korb und dem Rucksack auf dem Rücken losradelte. Das Meer wellte ruhig an die Felsen und ließ in der goldenen Abendsonne das Unwetter vergessen, das gestern noch gewütet hatte. In der Sonne, die heute den ganzen Tag geschienen hatte, war der Boden schnell getrocknet. Es gab allerdings viele große Pfützen, die Annie mit hochgezogenen Beinen durchfuhr. Sie lachte vergnügt, sog die salzige Luft tief in sich auf und trat noch kräftiger in die Pedale, um mit ihrem Herzschlag Schritt zu halten, der ihr vorauseilte.

»Beruhig dich«, flüsterte sie Trudi zu, die ihre Schnauze kühn in den Wind streckte.

Als Annie zu der Lichtung gelangte und den Bahnhof vor sich aufragen sah, erfüllte sie ein warmes Gefühl. Die Sonne stand zwar tief am Himmel, doch tauchte das Gebäude in ein sanftes Licht. Es roch nach Harz und Tannennadeln. Annie sprang fast lautlos vom Fahrrad und setzte Trudi ab, dann ging sie zu der großen Eingangstür, vor der ein Paar Gummistiefel standen, die so schmutzig waren, dass man nur noch am Schaft ihre grüne Farbe erkennen konnte.

Sie atmete tief durch und hob gerade die Hand, um anzuklopfen, als sie hinter sich ein Schnalzen vernahm.

Paul stand mit einer leeren Plastikschüssel hinter ihr und grinste sie breit an. Seine Wangen waren so gerötet, als habe er sich gerade sehr angestrengt. Oder war er womöglich ein wenig nervös? Er trug ein weißes Hemd, das er sich in die hellen Jeans gestopft hatte. Darüber trug er eine lange Jacke aus grauem Zopfstrick – kurzum: nebeneinander mussten Annie und Paul aussehen, als wären sie geradewegs aus einem Werbekatalog für stilbewusste Naturliebhaber spaziert. *Mode für sie und ihn. Egal, ob Hipster in Berlin oder Schafshirte in Galway - in unseren angesagten Strickdesigns machen Sie immer eine gute Figur.* Annie lachte hell auf und wollte gerade einen Witz machen, als sich Paul den Zeigefinger auf die Lippen legte und sie heran winkte. Stumme Küsse auf die Wange. Obligatorisch französisch. Er hatte Parfüm aufgelegt.

»Ein Überraschungsgast«, flüsterte er ihr zu, griff nach ihrer Hand und zog sie hinter sich her. Sie gingen um das Gebäude herum und standen schließlich vor den Gleisen, zwischen denen ein imposanter Pfau stand und etwas vom Boden aufpickte.

»Wow. Das ist also Bruce«, entfuhr es ihr und sie konnte

sich gerade noch Trudi schnappen, die sofort auf den Vogel zustürmen wollte. Sein azurblaues Brustgefieder schillerte in der Abendsonne und die Schleppe mit den Pfauenaugen sah aus wie eine Blumenwiese.
»Ich habe ihn gerade gefüttert«, Paul klopfte auf die Schüssel. »Ist leider unwahrscheinlich, dass er jetzt seinen Fächer zeigt. Pardon.«
»Das macht nichts. Er ist auch so wunderschön.«
»Pssst, Annie. Nicht so laut. Er ist schon eitel genug.«

Annie wurde einfach nicht müde, die Blumenfliesen, die alte Uhr und die Holzvertäfelung zu bewundern. Man könnte in diesem Ambiente tolle Vernissage veranstalten. Sie sah die Stehtische schon vor sich. Leinwände, die aus kleinen Lampen angestrahlt wurden, interessierte Gäste in schwarzen Rollkragenpullovern, die sich die Bärte kraulten, an ihrem Sekt nippten und sich die Brillen gerade rückten, während sie die Werke in Augenschein nahmen.
»Schläfst du, Annie Mercury?«, Paul lehnte in der Tür.
»Die Schnitzereien dort oben sind ein Traum«, sie deutete hinauf zu einem dunklen Holzbalken, in den Ornamente geschnitzt worden waren.
»Pardon? Ich bin ein Traum, meinst du wohl«, verbesserte er sie und zwinkerte ihr munter zu.
»Ich meine, du bist auf den Kopf gefallen«, sie tippte sich kichernd an die Stirn. »Ich habe übrigens Zutaten für Galettes dabei!«
Schwatzend standen sie nebeneinander in der Küche und bereiteten die Pfannkuchen zu. Aus den Lautsprechern drangen leise Töne und wenn Paul nicht gerade redete, pfiff oder sang er. Annie ergriff die Gunst der Stunde, als sie sich mit einem Glas Cidre zuprosteten, um ihn nach seinem Buch zu fragen.

»Eigentlich weiß ich ja schon längst, was du schreibst. Es liegt auf der Hand«, behauptete sie und grinste ihn an.

»Ach? Es liegt auf der Hand?«, er trat einen Schritt zurück. Obwohl er ihr Lächeln erwiderte, hatten seine Augen ihr Funkeln verloren.

»Ich habe lange darüber nachgedacht. Meine Theorie«, hob sie an und kletterte etwas umständlich auf den Küchenschrank, um darauf Platz zu nehmen. »Du bist ein sehr berühmter Autor. Deine Fans sind im Kindergartenalter. Vielleicht aber auch schon in der Grundschule.«

»Pardon?«, Paul hatte die Arme verschränkt.

»Und sie lieben deine Strandräubergeschichten! Stimmt's?«, Annie strahlte ihn begeistert an. «Es sind Kinderbücher und du schreibst von tollpatschigen Strandräubern. Sie sind nicht wirklich böse, sondern lustig und sie wohnen in einem Leuchtturm. Oder nein - wohnen sie vielleicht in einem Bahnhof?«

»Ähm, also«, er kratzte sich am Kinn und wurde rot. »Naja, wenn es dir gefällt, kann ich Kinderbücher schreiben«, er hob die Schultern und grinste schief. »Wichtig ist ja nur, dass du daran glaubst.«

»Was soll das denn heißen?«, sie blickte ihn zweifelnd an. »Ist es wahr? Schreibst du wirklich Kinderbücher?«

We are such stuff

As dreams are made on, and our little life

Is rounded with a sleep.

{Shakespeare, The Tempest}

Schatztruhe

Nachdem sie sich die Bäuche mit Galettes vollgeschlagen hatten, saßen sie nebeneinander auf dem Bahnsteig und ließen die Beine baumeln, während die Hunde bei den alten Gleisen herumschnüffelten.

»Das klingt schön. Könnte mir gefallen«, stellte er fest, als sie ihm gerade vom *Maison des Artistes* und ihrem Atelier erzählt hatte. »Kunst ist nämlich genau mein Ding. Immerhin bin ich Lebenskünstler.«

»Ach ne? Was bist du eigentlich nicht, du Tausendsassa?«

»Ich weiß nicht, wie das bei dir ist, Annie Mercury, aber ich definiere mich über das, was ich bin. Nicht über das, was ich nicht bin«, er hob spöttisch die Augenbrauen.

»Weißt du, was ich bin? Verdammt neugierig.«

Schummriges Licht fiel aus dem Wohnzimmer auf den Bahnsteig und auch hier draußen konnte man die Musik vernehmen, die Paul aufgelegt hatte. Friedlich und sanft - wie dieser Abend. Doch ihr Herz wurde mit einem Mal aufgescheucht, als er sich so weit zu ihr beugte, dass sie in seinem Atem den Wein riechen konnte, den er getrunken hatte.

»Über mein Leben«, raunte er ihr zu. »Ich schreibe über mein Leben. Kein Kinderbuch, tut mir leid.«

»Ich erinnere mich: lange Reise, lange Geschichte«, murmel-

te sie. »Aber bist du denn wenigstens ein Strandräuber?«
»Früher mal, heute bin ich nur noch das«, er lachte auf und deutete mit beiden Händen auf sich. »Bist du jetzt sehr enttäuscht?«
»Nicht wirklich«, sie winkte ab. »Wichtig ist doch nur, was ich glaube, wer du bist, oder nicht? Eigentlich bist du nämlich alles, was ich will.«
«Ach, bin ich das?«
»Nein, nein. Ich meinte, dass du es sein kannst«, Annie wurde knallrot. »Du bist, was ich glaube, und wenn ich glaube, dass du ein Strandräuber bist und in Felshöhlen lebst, dann...oh nein, ich weiß nicht, was ich da rede.«
»Schon gut. Ich verstehe schon. Ich bin ein Strandräuber, weil du daran glaubst. Es ist wahr, wenn du es als Realität akzeptierst. Stimmt's?«
Seine Lippen bebten. Es war ihm deutlich anzusehen, dass er sich zusammenreißen musste, um nicht laut loszulachen. Annie wäre am liebsten im Erdboden versunken. Was redete sie nur für einen Unsinn?
»*Con-te-nance*, Annemarie«, sie richtete sich kerzengerade auf und blickte ihn mit der größtmöglichen Ernsthaftigkeit an, zu der sie imstande war. »Und jetzt zu Ihnen, Monsieur: Ich fordere weitere Informationen zu dem geheimnisvollen Buch, das Sie schreiben.«
»Okay, ich sehe schon: das kann dauern. Dann hole ich uns mal lieber noch eine Flasche, hm?«, Paul rappelte sich auf. »Bin gleich zurück.«
Bevor er verschwand, legte er kurz seine Hand auf ihre Schulter und Annie wünschte, es wäre der Alkohol, der ihr in diesem Moment die Sinne verdrehte.
Eigentlich war nun der Zeitpunkt gekommen, an dem sie aufstehen und gehen sollte. Es war ein Zwiespalt. Im Grunde hatte sie genug Blödsinn geredet – andererseits jedoch noch nicht genug erfahren. Es gab noch so viele Fragen, die

sie ihm stellen wollte. Annie blieb sitzen, lauschte dem Zirpen der Grillen, dem Wind in den Bäumen und der Musik, die sie ein wenig besänftigte.

»Ist dir kalt? Willst du eine Decke?«, drang seine Stimme an ihr Ohr. Paul stand wie ein Torero in der Tür und schwang eine rote Decke.

Annie schüttelte lachend den Kopf. Nachdem er ihr die Decke trotzdem um die Schultern gelegt hatte, setzte er sich neben sie, wiegte das Weinglas in seiner Hand und schwieg.

»Also, lange Reise, lange Geschichte«, half sie ihm auf die Sprünge, winkelte ein Bein an und stützte das Kinn darauf ab. »Du schreibst über dein Leben.«

»Ich denke, es müsste eher heißen: lange Reise und viele Geschichten«, er wiegte nachdenklich den Kopf und taxierte sie, als würde er abwägen, welche dieser Geschichten er heute Abend erzählen konnte.

»Dann schreibst du eine Autobiografie?«

»So etwas in der Art?«, er befeuchtete seine Lippen. »Ich hatte eine schräge Kindheit und schräge Eltern. Darüber schreibe ich zum Beispiel. Aber auch über meine Zeit in Paris.«

»Oh là là, was hat Monsieur denn in Paris gemacht? Warst du etwa am Varieté?«

»Monsieur war im Kloster.«

Um ein Haar hätte Annie sich an ihrem Wein verschluckt. Argwöhnisch blickte sie ihn an und wartete darauf, dass er lachte, doch Paul erwiderte ihren Blick mit ernster Miene.

»Kloster?«

Das Wort klang fremdartig und irgendwie unpassend. Er hätte ebenso erzählen können, dass er als Seiltänzer mit einem Wanderzirkus unterwegs gewesen war. Das hätte Annie wahrscheinlich noch eher glauben können.

»Was machst du denn für ein Gesicht? Vor dir sitzt nur ein Mann, der eine Auszeit gebraucht hat. Ich war nicht im Gefängnis oder so.«

»Aber Kloster? In einer Kutte, mit Tonsur? Pardon, aber das kann ich kaum glauben«, sie schüttelte den Kopf.

»Es ist ja auch eine Glaubenssache«, er zwinkerte ihr zu.

»Aber warum?«

»So kompliziert ist es gar nicht. Mein Leben war sehr stürmisch und ich musste mal eine Weile abtauchen. Zur Selbstfindung und so. Es war eine sehr heilsame Zeit.«

»Das Kloster hat dich geheilt?«, sie runzelte die Stirn. »Wie meinst du das?«

»Ich musste eben herausfinden, wohin die Reise geht. Aber das ist eine andere Geschichte für einen anderen Abend, okay? Nicht für heute.«

Annie versuchte vergebens die Enden all dieser Fäden miteinander zu verknüpfen. Plötzlich wirbelten so viele Fragen durch ihren Kopf, dass es ihr nicht gelingen wollte, sich auf eine davon zu fokussieren.

»Ach Paul«, sie lachte mit einer gewissen Verzweiflung. »Was bist du nur für ein Paradiesvogel?«

»Ich bin doch kein Paradiesvogel«, er tippte sich mit dem Zeigefinger an die Stirn. »Ich bin ein ganz normaler Typ. Strenggenommen sogar gähnend langweilig.«

»Du bist alles andere, aber ganz sicher nicht langweilig«, sie stieß ihm den Ellbogen in die Seite. »Ständig erfahre ich etwas über dich, das mir zu denken gibt. Du schreibst ein Buch. Schon allein diese Tatsache ist so unglaublich spannend. Hast du heute denn schon etwas geschrieben?«

»Ein bisschen?«

»Liest du mir vor?«

»Ausgeschlossen.«

»Dann erzähle mir davon. Nur ein paar Stichworte?«

»Interessiert dich das so sehr, ja?«, er funkelte sie herausfordernd an.
»Mhm, ich liebe Geschichten, das weißt du doch inzwischen.«
»Das weiß ich.« Paul schenkte ihr ein warmes Lächeln und nahm einen Schluck Wein, bevor er die Stimme hob: »Okay, Annie, dann hör jetzt mal gut zu. Heute habe ich über einen Sommer geschrieben, der viele Jahre zurückliegt. Wir waren eine Weile hier auf dem Campingplatz am *Place d'Ar Porzh*. Kennst du den?«
»Was ist das für eine sonderbare Frage? Natürlich. Direkt daneben ist doch das Künstlerquartier.«
Kaum hatte er die ersten Worte ausgesprochen, hing Annie an seinen Lippen. Sie hatte sich sogar ein wenig vorgebeugt, damit ihr auch ja kein Wort entging.
»Wie gesagt: meine Eltern waren ziemlich schräg und haben immer sehr unkonventionell gelebt. Künstler, Hippies - was auch immer. Jedenfalls haben sie sich während des Sommers ein bisschen Geld dazu verdient, indem sie die Touristen unterhalten haben.«
»Womit? Haben sie Musik gemacht?«
»So haben sie es jedenfalls genannt, ja«, er lachte hell auf. »Sie haben musiziert und wir Kinder konnten solange tun und lassen, was wir wollten. Das war eine verdammt schöne Zeit. Wir waren eigentlich den ganzen Tag am Strand und haben dort irgendwelchen Unfug getrieben.«
»Hast du Geschwister?«, fragte sie und wurde im selben Moment von Erinnerungen überflutet. Es waren trübe Bilder aus den Tagen, die sie selbst als Kind hier verbracht hatte.
»Ja, eine jüngere Schwester und einen älteren Bruder. Elaine und Jérôme. Ich bin also die goldene Mitte.«
»Dann seid ihr drei Kinder?«

»Du scheinst mathematisch sehr begabt zu sein«, feixte er, doch Annie hatte anderes im Sinn, als über die Neckerei zu lachen. Sie war längst schon auf Spurensuche.

»Und deine Eltern haben Musik gemacht, sagtest du? Genau hier?«

»Unten am Hafen«, er verzog das Gesicht, als wäre ihm allein die Erinnerung peinlich. »Sie haben gesungen. Mein Vater konnte ein bisschen Gitarre spielen und meine Mutter hat dazu im Takt Löffel aneinander geschlagen.«

»Ihr habt also auf dem Campingplatz am *Place d'Ar Porzh* gewohnt. Direkt neben dem Künstlerquartier«, resümierte sie und nagte konzentriert an ihrer Unterlippe. Da war etwas – etwas in ihrem Kopf: Bilder und Geräusche, die sich zu einer Melodie verdichteten.

»Sag mal, hast du vorhin geschlafen, oder bist du wirklich so vergesslich?«

»Das klingt vielleicht komisch, aber kann es sein, dass deine Eltern mal im Fernsehen aufgetreten sind?«, fragte sie irritiert.

»Später, ja. Vielleicht hast du mal von den *Deux Moureaux* gehört? Sie haben mit seichten Chansons Karriere gemacht und wir Kinder wurden kurzerhand bei unseren Großeltern abgeladen, weil es plötzlich keinen Platz mehr für uns gab. Wir haben unsere Eltern eigentlich nur noch in den Ferien gesehen. Wenn überhaupt.«

»Ist das wahr?«, ihre Augen weiteten sich und ihr Herz klopfte ungestüm in ihrer Brust, weil sie plötzlich mit untrüglicher Gewissheit wusste, wer er war. »Du bist doch nicht...«

»Na, doch. Der bin ich«, Paul schien nicht weiter darauf eingehen zu wollen. »Jedenfalls waren wir hier auf dem Campingplatz. Das war unser letzter gemeinsamer Urlaub als Familie."

Noch während er sprach und von einem orangefarbenen Campingwagen erzählte, beschwor ihr Geist verschwomme-

ne Bilder herauf: Aufgeschürfte Knie. Krebse, die über Kinderhände krabbelten. Tropfen geschmolzener Eiscreme auf einer Tischtennisplatte. Wilde Kinder, die selbst bei Dunkelheit noch alleine unterwegs waren, eine gertenschlanke Frau mit flachsblondem Haar und ein Mann mit einem schmalen Schnauzbart, der stets einen Strohhut mit Krempe in den französischen Nationalfarben trug.
»Ist das alles wahr?«, Annie schluckte und musste sich daran erinnern, den Mund wieder zu schließen.
»Mhm, alles wahr«, er schenkte ihr ein Lächeln, das ihr direkt ins Herz kroch, weil es keinerlei Stolz besaß.
»Ich bin's. Ich bin Annie«, sie sprang auf die Gleise, um sich direkt vor ihm aufzubauen. Sie strich sich das Haar hinter die Ohren und suchte seinen Blick. Er starrte jedoch so verständnislos zu ihr hinab, als würde er an ihrem Geisteszustand zweifeln.
»Ich weiß doch, wer du bist.«
»Nein, nein«, sie legte beide Hände auf seine Knie und blickte ihn eindringlich an. »Ich erinnere mich.«
»Wovon redest du? Woran erinnerst du dich?«, seine Augen wanderten zu ihren Händen und glitten dann forschend über ihr Gesicht.
»Wir waren hier. Wir haben uns schon mal getroffen. Ich weiß nicht mehr, wann das war? Irgendwann in den Achtzigern?«
Es vergingen einige Sekunden, ehe er antwortete.
»1987«, Paul beugte sich so weit hinab, dass sich ihre Nasenspitzen fast berührten. Man konnte seinem Gesicht zwar ansehen, dass jede Synapse angefangen hatte zu glühen, doch er blieb regungslos sitzen, kein Lächeln, kein freudiges Aufblitzen seiner Augen. Sie starrten einander an.
Annie hatte damals keine Ahnung, wer die Kinder waren und woher die Kinder kamen, mit denen sie spielte - vermutlich war ihr das auch völlig einerlei. Sie war sechs Jahre alt

und alles, woran sie denken konnte, waren Pferde, Gummitwist und Abenteuer. Anreise. Abreise. Eine wilde Horde Kinder, die gemeinsam herum stromerte, um die Gegend zu erkunden. Anreise, Abreise. Bunt zusammengewürfelte Menschen.

»Ach, erinnert ihr euch noch an diese Familie aus Toulouse?", hatte Géraldine gefragt, als der Urlaub lange vorbei war und sie abends beisammen am Tisch saßen. "Ja, dieser große Mann mit dem Strohhut, der immer über den ganzen Campingplatz nach seinen Kindern gebrüllt hat. Herrgott. Der hatte vielleicht ein gewaltiges Organ. Den Kindern haben jedes Mal die Knie geschlottert, wenn sie dann angeschlichen kamen und sich erst mal eine ordentliche Standpauke anhören mussten. Aber das waren auch richtige Lausbuben, diese Kinder. Ein Sack Flöhe wäre leichter zu bändigen gewesen. Die haben doch immer eimerweise Süßkram aus dem Kiosque geklaut. Richtige Rabauken. Oh, aber an einem Abend – ich weiß es noch so genau, weil es mein Geburtstag war – haben die Eltern Mistral Gagnant gesungen. Mistral Gagnant, ihr wisst ja, was mir dieses Lied bedeutet. Noch nie habe ich so eine schöne Interpretation gehört wie an diesem Abend. Noch nie. Klar, wir saßen am Lagerfeuer und ich hatte vielleicht auch ein bisschen zu viel Wein getrunken, aber als ich ihnen zugehört habe, musste ich ein Tränchen verdrücken, weil ich davon so berührt war. Ich liebe dieses Lied. Ich liebe es einfach.«

Es war eine Anekdote, die Géraldine gerne erzählte, doch Annie kam es vor, als wäre sie nie dabei gewesen - damals am Lagerfeuer, das vor dem Maison loderte und um das sich die Menschen versammelt hatten. Die Sommertage aus dem Jahr 1987 staubten ein und waren zwischen den ganzen anderen Erinnerungen kaum noch zu erkennen.
Doch jetzt stand Annie vor einem Menschen, mit dem sie damals dort gewesen war: in diesen Sommertagen. Ihr Herz

quoll über und erfüllte sie mit Gefühlen, die ihre Knie butterweich werden ließen.
»Annie«, Paul kratzte sich an der Stirn und schien angestrengt nach einer Erinnerung zu suchen.
»Ich habe deine Kopfhörer mit Eis vollgeschmiert.«
Behutsam griff er nach ihrer Hand, die immer noch auf seinem Oberschenkel ruhte, und neigte den Kopf zur Seite. Trotz der Dunkelheit leuchteten seine Augen auf.
»Du warst das? Du warst also dieses kleine freche Ding, ja?«
»Ja«, sie strahlte ihn triumphierend an. «Das war ich.«
Paul sprang vom Bahnsteig hinab und stand plötzlich ganz dicht vor ihr. Ihr Herz wechselte den Takt.
»Verrückt. Ich kann mich noch ganz genau an diese Kopfhörer und an das Eis erinnern«, er tätschelte seine Schläfe, als könne die Erinnerung nur auf diese Weise in sein Bewusstsein zurückkehren. »Die Dinger waren ganz neu. Mein Vater hat sie mir gekauft.«
»Du warst auch wirklich böse auf mich«, sie bemühte sich zu lächeln, doch ihre Lippen wollten ihr nicht recht gehorchen.
»Das ist einfach unglaublich, Annie, weißt du das? Es muss eine Fügung sein, dass wir uns hier begegnen. So viele Jahre später stehen wir wieder hier. Gibt es noch etwas, woran du dich erinnern kannst?«
Seine Wangen waren feuerrot und auf seiner Stirn glitzerten Schweißperlen. Er griff nach seinem Weinglas und trank es in einem Zug leer.
Tatsächlich erinnerte sich Annie noch an ein Mädchen mit flachsblondem Haar, das barfuß über die scharfkantigen Felsen kraxelte, den Strand entlang pirschte und unermüdlich nach Seesternen suchte. Sie sammelte sie in einem Plastikeimer, um sie stolz herumzuzeigen und dann wieder freizulassen.
»Deine Schwester hat sich an den Felsen verletzt. Sie hatte eine Muschel im Fuß stecken, glaube ich, und dein Vater

hat mit uns allen geschimpft, weil wir keine Schuhe angezogen haben. Er war ganz schön furchteinflößend.«

»Das klingt ganz nach meinem Vater. Oh Mann. Das haut mich echt um, weißt du das?«, er lehnte sich an den Bahnsteig und raufte sich das Haar, während er sie nicht aus den Augen ließ. »Ich kann mich an die Zeit damals nicht mehr richtig erinnern, aber als ich dich das erste Mal bei den Klippen gesehen habe, hatte ich so ein eigenartiges Gefühl. Irgendwas an dir war mir so merkwürdig vertraut.«

»Vielleicht bin ich noch in irgendeinem Winkel deines Unterbewusstseins gewesen?«

»Ja, ganz bestimmt. Dann warst du auch dabei, als wir damals auf den Leuchtturm geklettert sind?«

In ihrem Kopf kreisten Bilder um Worte und Worte um Bilder.

»Gut möglich. Ich weiß es nicht mehr«, sie nahm einen Schluck Wein und behielt die Flüssigkeit kurz im Mund, bevor sie schluckte.

»Ich auch nicht. Es gibt nicht viele Erinnerungen an diesen Sommer, von denen ich dir erzählen könnte. Ich würde es gerne, aber ich habe in den ganzen Jahren so viele Menschen getroffen. Ich vergesse Gesichter und Namen.«

»Das ist doch ganz normal. Wir waren so jung und der Sommer so kurz.«

Plötzlich breitete er die Arme aus und drückte sie an sich.

»Annie aus dem Sommer 1987! Es ist wirklich schön, dass wir uns endlich wiedersehen. Wirklich schön.«

Annie blinzelte ihn an und konnte das Herz, das wild in ihrer Brust schlug, kaum noch zähmen.

»Sollen wir uns vielleicht gegenseitig kurz kneifen? Dann wissen wir ganz sicher, dass es kein Traum ist.«

»Aber es ist doch ein Traum?«, er zwinkerte ihr zu.

»Kneifst du mich trotzdem?«

»Pardon. Ich kneife nicht.«

Gemeinsam versuchten sie, den Sommer 1987 zu rekonstruieren. Wahrscheinlich hatten sie nur wenige Tage miteinander verbracht. Wenn überhaupt. Tage, Monate, Jahre sind kleine Ewigkeiten, wenn man ein Kind ist. Erst wenn man älter wird, fängt die Zeit an, schneller zu vergehen.
Annie war einige Jahre jünger als Paul. Wahrscheinlich hatte er damals wenig übrig für das kleine Mädchen mit den Segelohren, das so gerne Pferdecomics las, Freundschaftsbänder knüpfte und dann auch noch seine Kopfhörer mit Eis besudelte.
»Was ist denn jetzt eigentlich mit deinem Buch?«, wollte sie schließlich wissen, als Trudi sich müde auf ihrem Schoß zusammengerollt hatte. »Schreibst du einfach über alles, was du so erlebt hast? Und das Kloster – warst du in Landévennec? Nein, du hast etwas von Paris erzählt, oder?«
»Glaubst du, wir sehen uns irgendwann wieder, Annie Mercury?«, er streichelte Trudi über den Kopf, doch dann legte er seine Hand auf ihre und blickte sie fragend an.
»Ich denke schon?«
»Super«, er sprang lachend auf und streckte ihr seine Hand hin. »Dann bringe ich dich jetzt nämlich nachhause.«
»Schmeißt du mich gerade raus?«, sie verzog das Gesicht. »Echt jetzt?«

Sie schlichen nebeneinander über die Pfade, während das Meer in der Dunkelheit toste und der Wind über das Heidekraut rauschte. Es war stockfinster und so mussten sie achtgeben, wohin sie traten, und kamen nur langsam voran.
»Ich wollte schon immer irgendwo sein, wo es ruhig ist. Viel Natur, wenig Mensch«, raunte er ihr zu.
»Fühlst du dich nicht einsam hier draußen?«
»Überhaupt nicht. Ich weiß wie es ist, sich unter Menschen

einsam zu fühlen. Das hier ist keine Einsamkeit. Das ist selbst gewählt«, er lächelte sie an. »Wenn ich jemanden sehen möchte, kann ich das jederzeit tun. Ich habe Freunde an vielen Orten.«
Annie erwiderte sein Lächeln. Sie war völlig verzaubert.
War es nicht pure Magie, dass sie sich schon als Kinder begegnet waren? Und auch wenn es kein Zauber war, dann fühlte es sich immerhin so an. Es machte den Anschein, als würden alle Geschehnisse einer großen Fügung folgen. Als wäre nichts zufällig. Alles vorbestimmt. Vielleicht war Annie aber auch nur betrunken und hoffnungslos romantisch. So entzückt, dass sie nicht genau sagen konnte, ob sie schlief oder wachte.
»Wann erzählst du mir die anderen Geschichten?«, sie blieb stehen und war froh, sich auf ihrem Fahrrad abstützen zu können. Ihr war schwindelig.
»Wie viel Zeit bleibt uns denn noch?«

»Annie? Hallo? Was ist los mit dir?«, Martha wedelte mit einem karierten Geschirrtuch vor ihrer Nase herum.
»Ich bin echt verdammt müde«, sie grinste selig.
»Du scheinst dieses Gefühl zu mögen«, brummte Anton und warf ihr über den Brillenrand hinweg einen forschenden Blick zu.
Obwohl der Abend bei Paul wirklich schön gewesen war, hatte sie in der Nacht wieder einen Alptraum gehabt, der sie schreiend aufschrecken ließ. Sie hatte im Schlaf geweint und als sie aufgewacht war, hielten ihre Hände die Bettdecke so fest umklammert, dass ihre Gelenke schmerzten. Es dauerte eine Ewigkeit, bis sich ihr Herz einigermaßen beruhigt hatte. »Reiß' dich zusammen!«, herrschte sie sich an. »Jetzt reiß' dich verdammt nochmal zusammen. Es sind doch nur Träume.« Doch für den Träumenden war der Traum die

Welt, in der er lebte – darüber war sich Annie bewusst. Wenn sie doch nur wüsste, wovon sie träumte?

Geistesabwesend griff Annie nach einem Teller und trocknete ihn so lange ab, bis Martha ihn ihr schließlich seufzend aus der Hand nahm.

»Du bist echt durch den Wind. Die Dissertation setzt dir ordentlich zu, was?«

»Was?«, Annie lachte auf. »Durch den Wind? Ja, die Dissertation.«

Heute Morgen hatte sie einen Zettel auf der Türschwelle gefunden, der mit einer hübschen Jakobsmuschel beschwert worden war.

Paul schrieb, dass er am Abend gerne vorbei kommen würde. Wenn Annie das nicht wollte oder keine Zeit hatte, solle sie sein Klopfen einfach ignorieren – er wäre auch nicht böse. Allerhöchstens ein bisschen.

Voller Entzücken starrte sie auf den Papierfetzen. Das Blut rauschte in ihren Ohren und sie musste sich beherrschen, um nicht selig aufzuseufzen. Annie war immer noch völlig verzaubert von der Tatsache, dass sie sich schon als Kinder begegnet waren.

Zwar hatte Paul sie auch vor dieser Erkenntnis irgendwie berührt, aber jetzt potenzierte sich dieses Gefühl. Auch wenn Annie von sich behauptete, ein rationaler Mensch zu sein, glaubte sie daran, dass es außerhalb ihres Verstandes mächtige Dinge geben musste.

Im Grunde war es sogar eine logische Konsequenz, denn ihr Verstand war begrenzt. Würde man eine Ameise fragen, ob es jenseits ihrer Wahrnehmung eine Welt gab – was würde sie wohl sagen? Der Mensch wusste, dass es jenseits dieser kleinen Ameisenwelt noch so viel mehr gab, doch auch die Welt des Menschen war nur eine begrenzte.

Nun saß sie bei den Klippen, hörte Musik und blickte über das Meer zum Horizont. Es sah aus, als würden die Wolken glühen, weil sie von der Sonne beschienen wurden, die sich hinter ihnen versteckte. Seevögel saßen auf den Felsen, die wie Pfeilspitzen aus dem Wasser ragten, und hoben sich immer wieder in die Lüfte, um über der Bucht ihre Kreise zu drehen.

Gelegentlich nippte Annie an ihrem Kaffee, den sie sich in einen Thermobecher gefüllt hatte, weil heiße Getränke bei dem Wind sofort auskühlten.

Sie wusste nicht genau, wann Paul kommen wollte – Abend war eine vage Zeitangabe – doch sie verließ sich darauf, dass er sie schon finden würde. Außerdem hatte sie es sich ohnehin abgewöhnt, im Urlaub die Zeit zu messen und jede Minute zu kontrollieren, die verstrich. Und wer keine Uhr trägt, hat plötzlich alle Zeit der Welt. Annie orientierte sich lieber an der Sonne und an ihren Bedürfnissen, als am Sekundentakt. Aber manchmal war es schwer, sich seiner eigenen Bedürfnisse bewusst zu werden. Vor allem, wenn man sie so lange geflissentlich ignoriert hatte wie Annie.

Seit sie vorhin aus dem Künstlerquartier zurückgekommen war, spürte sie jedoch ein deutliches Unbehagen, wenn sie daran dachte, dass Paul sie besuchen wollte. Obwohl sie vor wenigen Stunden noch hellauf begeistert gewesen war, fing sie nun an zu zweifeln. Manche Gefühle brannten wie Streichhölzer ab – zu schnell, um ein Feuer zu entfachen und so schnell, dass man hektisch die Hand schütteln musste, bevor man sich verbrannte.

Ihr Herz verharrte. Es rührte sich nicht, wenn sie an Paul dachte. Annie schlang die Arme um ihre angewinkelten Beine und nagte an ihrer Unterlippe, während sich ihr Blick irgendwo zwischen den Wellen verlor. Vielleicht lag es daran, dass sie schon vor diesem Urlaub emotional völlig über-

frachtet gewesen war? Sie war hierher gekommen, weil sie gehofft hatte, einen klaren Kopf zu bekommen, und jetzt fühlte sie sich überfordert, weil Paul aus einem längst vergangenen Sommer aufgetaucht war.
Sie konnten sich doch ohnehin nur aus zwei Gründen aneinander erinnern: Paul erinnerte sich wegen des Ärgers über die besudelten Kopfhörer und Annie erinnerte sich, weil sie sich deswegen so sehr geschämt hatte. Und wegen ihrer Ergriffenheit. *Who wants to live forever?* Ärger und Scham gehörten zu denjenigen Emotionen, die an die Substanz gingen und sich tief eingruben. Es war also nicht ungewöhnlich, sich an diese Sequenz erinnern zu können. Fast schon banal. Annie musste aufhören, darin etwas Besonderes sehen zu wollen. Es war ganz nett, aber am Ende des Tages...
Plötzlich spürte sie einen Körper neben ihrem und blickte in ein dunkles Augenpaar, das ihr zuzwinkerte. Paul griff nach einem Kopfhörer, doch anstatt etwas zu sagen, steckte er ihn sich selbst ins Ohr und richtete den Blick hinaus aufs Meer. Annie öffnete den Mund und schloss ihn wieder. Scheinbar hatte er beschlossen, einfach neben ihr zu sitzen und Musik zu hören. Das Herz in ihrer Brust regte sich und sie lachte leise, weil die Zweifel sich mit einem Mal einfach in Luft auflösten.
Sie saßen still nebeneinander, lauschten der Musik und beobachteten wie Wellen an den Felsen zu weißer Gischt zersprangen. Die Sonne sank. Wolken rotteten sich zusammen. Es wurde dunkler und windiger. Sanft tippte sie ihn an.
»Oh, bonjour. Du auch hier?«, grüßte er sie, als hätten sie sich soeben erst getroffen.
»Kommst du mit?«, sie deutete auf das Fischerhaus. «Es wird langsam ungemütlich hier draußen, findest du nicht?«
In diesem Moment fing es an zu tröpfeln. Sie blickten hinauf zum Himmel und sprangen lachend auf.

»Ich finde, wir sollten sowieso damit aufhören, so viel Alkohol zu trinken, wenn wir uns treffen«, kommentierte sie seinen enttäuschten Blick, als sie ihm eröffnete, keinen einzigen Tropfen Wein im Haus zu haben.

»Damit wir nicht den Kopf verlieren?«, er fuhr sich mit dem Zeigefinger vorsichtig über die Wunde auf seiner Stirn und grinste schief. Annie stellte eine Teekanne in die Mitte des Tisches, schaltete den Salzkristall an und krabbelte dann auf die Sitzbank.

»Ha!«, Paul deutete auf den Kalender über ihrem Kopf. »1987. Das ist irgendwie unheimlich. Wenn du mir jetzt noch erklärst, dass wir uns im August getroffen haben, dann...«

Annie drehte sich um und studierte das vergilbte Kalenderblatt:

Août 1987.

»Keine Ahnung. Daran kann ich mich beim besten Willen nicht erinnern«, sie griff nach der Kanne und füllte ihre Tassen.

»Es war der August«, seine Augen wanderten über ihr Gesicht und fanden schließlich ihren Blick. »Wir haben uns im August getroffen.«

»Und was sagt uns das?«, sie stützte den Kopf auf die Hand und grinste ihn an.

»Zwischen uns besteht eine magische Verbindung seit unserer Kindheit, die unsere Wege immer wieder zusammenführt«, antwortete er prompt.

»Ja, natürlich«, sie stand wieder auf, um nach der Suppe zu sehen, die auf dem Herd köchelte. »Du bist ein Träumer.«

»Mag sein. Hey, dein Stein liegt jetzt übrigens auf meiner Fensterbank im Schlafzimmer«, Paul fischte nach seiner Jacke. »Und ich habe dir heute auch etwas mitgebracht.«

Er legte einen rostigen und verbogenen Schlüssel auf die Tischplatte.

»Was ist das?«, Annie ließ den Löffel, den sie gerade zum Mund führen wollte, wieder sinken. Sie griff nach dem Schlüssel und betrachtete ihn von allen Seiten.

Er besaß keine Gravur, die etwas verraten hätte. Er war nur alt und scheinbar schon oft benutzt worden.

»Das ist ein Schlüssel«, er verschränkte die Arme, lehnte sich zurück und betrachtete sie mit einem selbstgefälligen Lächeln. »Pass gut darauf auf, Annie Mercury. Du wirst ihn noch brauchen.«

»Und wofür?«

»Ich verrate kein Wort«, Paul hob die Hand und drehte sie vor dem Mund, als würde er ihn abschließen. »Du erfährst es noch früh genug.«

»Wann ist noch früh genug?«, sie starrte auf den Schlüssel und hob dann den Blick. Seine Augen blitzten und funkelten. Offensichtlich bereitete es ihm allergrößtes Vergnügen.

»Für den Bahnhof?«, sie beugte sich zu ihm und wedelte mit dem Schlüssel vor seiner Nase herum. »Oder für dein Auto?«

»Ne«, er schnappte sich ihre Hand und hielt sie fest. »Ich verrate es…«

»Für eine Schatztruhe?«, kicherte sie und hatte Mühe seinem Blick standzuhalten. »Für eine Tür, die zu einem Geheimgang führt?«

»Ich verrate es dir noch nicht«, erwiderte er sanft. »Aber du wirst es mögen. Da bin ich mir ganz sicher.«

Paul nahm ihr den Schlüssel aus der Hand und schob ihn unter den Sockel des Salzkristalls.

⚓

Annie streckte die Beine auf der Sitzbank aus, wickelte sich eine Haarsträhne um den Zeigefinger und beobachtete Paul, der zwischen den Hunden auf den Dielen saß und gleichzei-

tig zwei Bäuche kraulte.
»Das ist schön«, sie lächelte ihn an, als er aufblickte.
»Mhm, das stimmt«, er rappelte sich auf, wischte die Hände an seiner Jeans ab und setzte sich ans andere Ende der Sitzbank. »Ich weiß, es ist schon spät, aber erzählst du mir noch etwas, bevor ich gehe?«
»Was soll ich dir denn erzählen?«
»Bist du verheiratet?«
»Ne, bin ich nicht«, sie zeigte ihm ihre ringlosen Finger. »Und du?«
»Auch nicht«, er schürzte die Lippen, bevor er fortfuhr. »Hast du Kinder?«
»Ich bin unverheiratet und kinderlos.«
»So, so«, er reckte das Kinn in die Höhe und grinste verschmitzt. «Und gibt es gerade jemanden in deinem Leben? Vielleicht irgendeinen Künstler, irgendeinen Doktor?«
Künstler, Doktor - beide Worte ließen Annie zusammenzucken. Bei ihrer Antwort machte sie einen großen Bogen um Alexander. Sie verschwieg, dass sie sich immer noch beschmutzt fühlte und dass sie nicht wusste, ob die Scham jemals vergehen würde. Stattdessen erzählte sie von bedeutungslosen Liebschaften und versuchte, die Geschichten irgendwie amüsant klingen zu lassen.
Paul hörte ihr aufmerksam zu. Er schien jedes Wort aufzusagen, das sie von sich gab. Manchmal lachte er leise und erzählte von seinen eigenen Erfahrungen. Zu ihrer Verwunderung waren das weniger, als sie bei einem Mann wie ihm vermutet hätte.
»Naja, allerdings bist du dann ja auch eine Weile ins Kloster gegangen und musstest enthaltsam leben«, sie hob den Zeigefinger. »Übrigens, Monsieur! Du schuldest mir noch eine Geschichte.«
»Aber wenn der Regen aufgehört hat, gehe ich, ne?«, er drehte sich um und warf einen prüfenden Blick aus dem Fenster,

dann fing er an, aus seinem Leben zu erzählen. Erst noch zögerlich, dann mit zunehmender Sicherheit.

»Ich war ständig unterwegs, habe flüchtige Bekanntschaften geschlossen und mir die Nächte um die Ohren geschlagen. Alles nur, um mich von mir selbst abzulenken. Aber nichts hat geholfen. Nichts hat mich berührt oder getröstet. Ich habe mich einfach vollkommen leer gefühlt. Dieses Nichts in mir – das war kaum auszuhalten.«

»Und dann bist du ins Kloster gegangen, um Erfüllung zu finden«, schlussfolgerte sie und stellte sich vor, wie Paul in einem schwarzen Gewand und mit gefalteten Händen durch düstere Gänge wandelte, während er lateinische Gebete vor sich hin murmelte. Die Kapuze hatte er sich tief ins Gesicht gezogen und... Annie zügelte ihre Phantasie, sonst hätte sie vermutlich über die Gedankenbilder gelacht.

»Ich wollte vor allem einen Weg für mich zu finden. Aus Schulzeiten kannte ich einen Frère, den ich manchmal dort besucht habe. Irgendwann bin ich einfach geblieben«, er fokussierte sie aus zusammengekniffenen Augen, als wollte er in ihrem Gesicht lesen, was sie dachte, doch ehe sie das Wort ergreifen konnte, fuhr er fort: »Den Spruch kennst du bestimmt: Pflanzen brauchen tiefe Wurzeln, um in die Höhe zu wachsen. Jeder will wachsen und dazu muss man eben erst mal Wurzeln schlagen. Die hatte ich früher nicht. Jetzt schon. Ich habe echt verdammt viel gelernt. Das Leben im Kloster war das komplette Kontrastprogramm zu dem, was ich kannte...«

Annie rückte näher an ihn heran, weil er so leise sprach, dass sie ihn kaum verstehen konnte. Das Leben, von dem Paul berichtete, klang fremdartig und faszinierte sie. Besinnlich, einfach, arbeitsam, wesentlich und still - heilsam für einen wurzellosen Menschen, der aus der Welt gefallen war, weil sie sich zu schnell drehte.

»Aber warst du nicht unfassbar traurig, als du gegangen

bist?«, fragte sie mitfühlend und legte ihre Hand auf seinen Unterarm. »Die Brüder – ihr ward doch wie eine Familie.«
»Klar, war ich traurig, aber gleichzeitig wusste ich ganz genau, dass ich dort nicht finde, wonach ich suche. Aber ich habe mich gerüstet«, er hob den Blick und schenkte ihr ein mattes Lächeln. »Außerdem bin ich ein Reisender. Das ist mein Naturell. Ich bin an Abschiede gewöhnt.«
Diese Feststellung klang nicht gleichmütig, sondern traurig. Annie hätte am liebsten über seine Hand gestreichelt, um ihn zu trösten.
»Gehst du so oft nach Landévennec, weil du dich einsam fühlst?«
»Bestimmt auch, ja.«
»Dann gibt es etwas, das du vermisst?«
"Du willst wissen, was ich vermisse?", Paul straffte die Schultern und bedachte sie mit einem argwöhnischen Blick. Die Worte klangen scharf wie Pfeilspitzen – am liebsten hätte sich Annie geduckt, doch sie nickte kaum merklich.
»Ich finde keine Antwort.«

The undiscover'd country from whose bourn
No traveller returns, puzzles the will
And makes us rather bear those ills we have
Than fly to others that we know not of?

{Shakespeare, Hamlet}

Kastanie

Seine Worte hallten noch immer durch ihren Kopf, als sie die Tür hinter sich schloss und den Schlüssel ganz leise umdrehte. Obwohl sie zu ihm Vertrauen gefasst hatte, konnte sie sich nicht beherrschen. Annie musste sich in ihrem Schlafzimmer einsperren, weil sie sich nur dann sicher genug fühlen konnte, um die Augen zu schließen und den Schlaf kommen zu lassen.

Trudi sprang sofort auf die Matratze und blickte sie erwartungsvoll an. Seufzend ließ Annie sich sinken und streichelte über das warme Fell, während sie in die Dunkelheit lauschte. Der Sturm rüttelte an den Fensterläden und der Regen prasselte so laut auf das Dach nieder, dass sie die Geräusche aus dem anderen Zimmer nicht hören konnte.

Als Paul vorhin in der Tür stand und den Kragen seines Mantels hochschlug, hatte sie ihm spontan angeboten, zu bleiben. Draußen stürmte es und sie wollte nicht, dass er bei diesem Wetter in der Dunkelheit nachhause irrte.

»Lädst du mich gerade ein, bei dir zu schlafen, Annie Mercury?«

»Keine Sorge, es gibt hier zwei Schlafzimmer«, schob sie nach und lachte unsicher. »Ich finde es nicht gut, wenn du jetzt zu Fuß nachhause gehst. Solche Stürme können unberechen-

bar sein.«
»Das stimmt, aber meine Ziegen...«, er spielte eine Weile mit dem Karabiner der Leine, dann schenkte er ihr ein sanftes Lächeln. »Ach, was soll's. Sie haben ja einen Stall.«
Langsam knöpfte er die Jacke wieder auf und blickte sie dabei so aufmerksam an, als würde er erwarten, dass sie ihn im nächsten Moment doch noch vor die Tür setzte. Er zog auch die ledernen Boots aus und stellte sie neben die Eingangstür.
Nun war es also besiegelt – Paul würde bleiben. Und tatsächlich lag er in diesem Moment nur wenige Meter entfernt von ihr im Bett. Wenn sie daran dachte, schlug ihr Herz etwas kräftiger und ihre Lippen verzogen sich unwillkürlich zu einem Lächeln. Annie war Columbus und ihr gefiel die Welt, die sie entdeckte, denn alles an ihr war außergewöhnlich. In dieser Welt gab es marode Gemäuer, rostige Gleise und geblümte Fliesen, liturgische Choräle, Strandräuber, Kreuzgänge, alte Leuchttürme und Räume für Stille.
»Und wo warst du glücklicher?«, hatte sie ihn irgendwann gefragt.
»Ich weiß es nicht.«
Jetzt war Paul hier gelandet und lebte in einem Bahnhof ohne Abfahrt, ohne Ankunft. War er jetzt glücklich?
Annie fragte sich, ob er manchmal mit Frauen aus den umliegenden Dörfern ausging? Spazierte er mit ihnen die Küste entlang und erzählte ihnen währenddessen seine Strandräubergeschichten, um sie zum Lachen zu bringen? Lud er sie in den Bahnhof ein, weil er wusste, dass es ihnen dort gefallen würde? Schenkte er ihnen selbstgemachten Honig?
»Warum machst du dir eigentlich so viele Gedanken? Wir müssen jetzt schlafen«, sie zupfte an Trudis Ohr, drückte einen Kuss auf die warme Schnauze und wälzte sich dann auf die andere Seite. Ihr letzter Gedanke wanderte von Paul zu ihrer Zimmertür. Abgeschlossen.

»Alles gut«, murmelte sie, atmete tief durch und kuschelte sich unter die Decke.

Annie schreckte schweißgebadet auf. Ihre Beine waren merkwürdig verdreht, die Bettdecke auf den Boden gerutscht. Es sah aus, als hätte sie gekämpft. Wahrscheinlich hatte sie das auch. Ihr ganzer Körper schmerzte. Wenn sie einatmete, fühlte es sich an, als hätten sich ihre Lungen an ihrem Brustkorb wund gescheuert. Gott im Himmel, was war das nur? Ihr Herz hatte seinen Takt verloren, pochte panisch. Mit zitternden Händen betastete sie ihr Gesicht. Tränen. Plötzlich riss sie den Kopf herum, als sie einen dumpfen Knall vernahm. Etwas schlug auf Holz.

»Mach' auf, verdammt!«

Jemand rüttelte an der Tür. Annie schlug sich beide Hände vor den Mund, um sich am Schreien zu hindern, als die Klinke hinabgedrückt wurde. Trudi stand schwanzwedelnd vor dem Bett, dann trabte sie zur Tür und kratzte mit der Pfote am Holz.

»Annie, bitte!«

Nur langsam klarten ihre Gedanken auf. Nur langsam wurde sie sich gewahr, wer vor ihrer Tür stand.

»Paul?«, fragte sie mit erstickter Stimme.

»Wer sonst?«

Annie blickte sich prüfend um, bevor sie es wagte, einen Fuß auf den Boden zu setzen. Wahrscheinlich hatte sie geschrien. Warum zur Hölle hatte sie vorhin nicht an diese verfluchten Alpträume gedacht? Wie konnte sie das vergessen? Ihr Herz hatte sich immer noch nicht beruhigt. Im Gegenteil - je näher sie der Tür kam, desto wilder schlug es. Mit klammen Fingern drehte sie den Schlüssel um und öffnete.

»Annie, um Gottes Willen, was ist denn passiert?«

Obwohl es stockdunkel war, erkannte sie, dass er bestürzt

den Kopf schüttelte.
»Ich...Alptraum«, würgte sie hervor.
»Oh, ehrlich? Okay, okay«, er klang erleichtert.
«Es tut mir leid, ich wollte dich nicht wecken. Ich...«, Annie seufzte gequält auf und verstummte. Für ein paar Sekunden herrschte eine gespenstische Stille, dann spürte sie eine warme Hand, die nach ihrer griff.
»Küche«, flüsterte er und ging voraus. Paul bugsierte sie zur Sitzbank, schaltete den Salzkristall an und verschwand wieder.
Annie fühlte sich mit einem Mal völlig leergepumpt. Ihr fehlte sogar die Kraft, sich darüber Gedanken zu machen, was Paul nun wohl von ihr dachte. Am liebsten hätte sie den Kopf einfach auf der Tischplatte abgelegt.
Bevor sie das jedoch tun konnte, tauchte er mit ihrer Bettdecke im Arm wieder auf. Fürsorglich legte er sie ihr um die Schultern.
»Ich mache Tee.«

Sie beobachtete ihn. Paul war barfuß. Er trug Jeans und ein zerschlissenes Shirt, dessen Farbe sie im fahlen Licht nicht erkennen konnte. Offensichtlich hatte er die Hose hastig angezogen, denn der Gürtel baumelte offen von seiner Hüfte hinab. Die Schnalle klackerte leise, sobald er sich bewegte.
Nach wenigen Minuten stellte er die emaillierte Teekanne auf den Tisch, dann zog er sich einen Stuhl heran, sodass er direkt vor ihr saß.
»Annie«, seine Augen suchten ihren Blick. »Du hast so laut geschrien, dass ich dachte, jemand würde dir wehtun. Ich hatte echt Schiss, Verdammt. Ich dachte, da wäre jemand.«
»Entschuldige. Es tut mir leid«, sie hob hilflos die Schultern.
»Ich wollte dich nicht wecken.«
»Weiß ich doch«, er umschloss ihre Hände mit seinen und

rückte noch etwas näher. »Es ist nicht wegen mir, sondern wegen dir. Ich habe mir echt Sorgen gemacht, dass dir etwas passiert ist.«

»Ach, es sind ja nur Träume«, Annie wich seinem Blick aus. Stattdessen betrachtete sie ihre Hände und konzentrierte sich auf die Wärme seiner Berührung.

»Ja, nur Träume«, er lachte leise. «Aber das Gefühl ist echt. Du schreist, weil du im Schlaf nicht weißt, dass du träumst. Die Angst ist doch real.«

Lächelnd versuchte sie, die Tränen wegzublinzeln. Vergebens.

Paul stand wortlos auf und drückte sich neben sie auf die Sitzbank. Obwohl sie sich geschwächt und völlig nachgiebig fühlte, verkrampfte sich ihre Muskulatur. Er war ihr so nah, dass sie seinen Körper spüren konnte. Annie hielt den Atem an, als eine Hand anfing, ihr tröstlich über den Rücken zu streicheln. Es war nicht mehr und nicht weniger. Nur Trost.

»Verrätst du mir, was du träumst?«, fragte er nach einer Weile.

»Ich weiß es nicht genau. Alles ist so verschwommen«, Annie räusperte sich. »Nur verschwommene Gestalten, Gesichter. Grelle Blitze und das Gefühl, endlos zu fallen. Ich weiß nicht, was das ist.«

»Träumst du oft davon?«

»Fast jede Nacht«, gestand sie. »Aber es ist nicht immer so schlimm. Nur manchmal.«

Seine Hand hatte aufgehört sie zu streicheln und ruhte nun wie ein Wärmekissen auf ihrem Rücken. Annie entspannte sich allmählich. Sie hatte nichts zu befürchten, nicht von ihm. Paul meinte es gut.

Es war beruhigend, dass jemand zu ihr sprach und es war wohltuend, die Nähe eines anderen Menschen zu spüren, der sich um sie sorgte.

Sie hatte noch nie mit jemandem darüber gesprochen, weil

noch nie jemand mitbekommen hatte, dass sie von Träumen dieser Art gequält wurde, und weil sie sich davor scheute, zu viel Aufmerksamkeit darauf zu lenken. Die Träume waren ohnehin schon groß genug.

»Wieso?«

Sie blickte in schwarzglänzende Augen. Das Licht des Salzkristalls ließ die Konturen verschwimmen, ließ alles samtig weich erscheinen und sie spürte ein Kribbeln, das sich von ihrem Magen ausgehend in ihrem ganzen Körper ausbreitete.

»Warum hast du diese Träume?«

»Man sagt ja, dass Träume Botschaften aus unserem Unterbewusstsein sind. Aber ich will gar nicht herausfinden, was sie mir sagen wollen. Manche Dinge müssen einfach ruhen, bis sie verschwinden.«

»Vielleicht stimmt das«, er griff nach einer Tasse und ließ zwei Würfel Kandiszucker hineinplumpsen. Der Kristall knisterte wie brennendes Holz, dann hielt Paul ihr die Tasse unter die Nase. »Tee?«

Während sie an dem Früchtetee nippte, streichelte er ihren Rücken. Es hätte eine merkwürdige Situation sein können, wenn Paul nicht angefangen hätte, ihr eine Geschichte zu erzählen. Es war eine Strandräubergeschichte und sie war ziemlich schlecht, wodurch sie wiederum ziemlich unterhaltsam wurde und Annie tatsächlich auf andere Gedanken brachte.

⚓

Sie standen sich etwas unschlüssig im Flur gegenüber – jeder vor seiner Tür, jeder befangen und ein wenig verlegen.

»Du musst keine Angst vor mir haben.«

»Wie bitte?«, Annie neigte den Kopf zur Seite.

»Deine Tür war abgeschlossen.«

»Oh, das meinst du«, ihre Wangen glühten. »Ich schließe

immer ab. Das lag nicht an dir.«
»Du schließt immer ab?«, er deutete auf ihre Schlafzimmertür. »Jede Nacht?«
»Es ist irgendwie unheimlich so alleine in diesem Haus zu sein. Die Dielen knarren, der Wind heult«, sie verzog das Gesicht.
»Wenn du keine Angst vor mir hast, könnte ich vielleicht bei dir warten, bis du eingeschlafen bist? Würde das helfen?«, schlug er mit verhaltener Stimme vor. Das Herz schlug ihr bis zum Hals, als sie realisierte, was er da gerade vorgeschlagen hatte.
»Hm, ich glaube nicht«, sie streckte die Hand aus und strich flüchtig über seinen Oberarm. »Aber vielen Dank, wirklich, vielen Dank. Du bist ein lieber Mensch.«
»Ja, ein lieber Mensch«, wiederholte er hölzern. Man merkte deutlich, wie unangenehm ihm die Situation war. »Wahrscheinlich bin ich das irgendwie.«
»Jedenfalls war es sehr lieb von dir, dass du mir mitten in der Nacht einen Tee gemacht hast«, sie lächelte ihm zu und legte die Hand auf die Klinke. Plötzlich hatte sie es eilig, alleine zu sein. Sie wollte nicht, dass zwischen ihnen eine Spannung entstand, mit der sie nicht umgehen konnte. »Jetzt lass uns noch ein bisschen schlafen, ja?«
»Du, Annie?«
Sie hatte die Tür schon fast hinter sich geschlossen, als sie sich zu ihm umwendete und in ein schimmerndes Augenpaar blickte.
»Du musst nicht abschließen, wenn ich hier bin. Wirklich nicht.«

⚓

Am nächsten Morgen war er fort. Annie hatte damit gerechnet, denn bestimmt wollte Paul so schnell wie möglich nach den Ziegen sehen. Sie trottete in die Küche, um sich

einen Kaffee zu machen. Während die Espressokanne auf dem Herd anfing zu kochen, setzte sie sich ans Fenster und blickte verschlafen hinaus.
Die Sonne strahlte und es kam ihr vor, als würde die Luft über dem Boden sogar ein wenig flimmern. Strandpieper saßen auf dem Rand der Pferdetränke und schimpften miteinander, Bienen surrten und in der Ferne erkannte man kleine Fischerboote friedlich auf dem Meer treiben. Es versprach ein heißer Tag zu werden. Natürlich dachte sie daran, etwas mit Paul zu unternehmen, aber er hatte erzählt, dass er die nächsten Tage in der Abtei aushelfen würde. »Ich muss morgen mit Frère Guillaume zum Orthopäden nach Brest.« Annie ertappte sich dabei, darüber enttäuscht zu sein, Paul vorerst nicht wieder zu sehen, doch bestimmt würden sie sich bald wieder über den Weg laufen – spätestens, wenn er ihre Hilfe benötigte, um einen Zaun für die Ziegen zu bauen. Außerdem war es gut, mal durchatmen zu können, um etwas nüchterner an die Sache ranzugehen.
Août 1987. Sie wollte sich nicht in einem trügerischen Gefühl verlieren, das Vertrautheit vorgaukelte, wo keine Vertrautheit sein konnte. Sie kannten sich erst seit wenigen Tagen.
Vielleicht war Bartosz heute für einen Fahrradausflug zu begeistern? Annie hatte Lust bei dem herrlichen Wetter etwas zu unternehmen und ein Ausflug nach Camaret-sur-Mer käme ihr sehr gelegen. Sie wollte ohnehin noch Acrylfarben kaufen.
Als sie aufstand, um sich eine Tasse Kaffee einzuschenken, fiel ihr Blick auf den Kalender. *Août 1987.* Ihr Herzschlag beschleunigte sich, weil sie sofort wieder die Hand auf ihrem Rücken spüren konnte, die ihr Trost spendete und die einem Jungen gehörte, der mit ihr auf einer Tischtennisplatte in der Vergangenheit gesessen hatte.

Obwohl Bartosz unterhaltsam war und sie immer wieder zum Lachen brachte, war sie gedanklich woanders. Sie konnte den Moment in der Küche einfach nicht vergessen. Allein der Gedanke daran erfüllte sie mit Wärme. Sollte sie Paul einfach besuchen oder sollte sie darauf warten, dass sie sich zufällig über den Weg liefen?
»Du weißt doch, wie das mit dem Warten ist«, kicherte sie. Irgendwie hatte sie kein einziges Mal daran gedacht, ihn nach seiner Telefonnummer zu fragen. Dabei wäre es wirklich schön gewesen, wenn sie sich Nachrichten hätten schicken können.
»Boah, Schluss jetzt! Hör' auf zu träumen«, ermahnte sie sich selbst und stöhnte genervt auf.
»Wie bitte?«, Bartosz drehte sich zu ihr um und wäre fast hingefallen, als er mit dem Fuß an einer Parkbank hängen blieb.
»Ich rede mit Trudi«, sie wurde knallrot und deutete auf den Dackel, der brav neben ihr her trabte. »Sie ist manchmal wirklich unvernünftig.«
»Unvernünftig?«, Bartosz bedachte sie mit einem skeptischen Blick. »Sie ist ein Tier. Wie soll sie denn je vernünftig sein?«
»Sie könnte sich doch wenigstens anstrengen«, lachte Annie und verdrehte die Augen.

Nach ihrem Ausflug begleitete sie Bartosz ins Künstlerquartier, wo sie die Einkäufe im Atelier verstaute, mit Anton eine heimliche Zigarette rauchte und danach Martha bei den Vorbereitungen für ein Picknick mit den Kindern vom Campingplatz half.
Als Annie schließlich erschöpft aber glücklich nachhause radelte, wäre sie am liebsten abgebogen und zum Bahnhof gefahren. Es hatte sie noch nie gestört, alleine zu sein, doch

heute Abend sehnte sie sich nach Gesellschaft. Natürlich hätte sie einfach im Quartier bleiben können. Martha wäre bestimmt noch für einen Spaziergang zu haben gewesen. Irgendwer hätte bestimmt ein Glas Wein mit ihr getrunken, aber es ging Annie nicht darum, mit irgendwem Zeit zu verbringen.

»Jetzt mach' aber mal halblang, du Träumerin«, rief sie sich zur Raison und sah sein schelmisches Grinsen vor sich.

Annie dachte an den verbogenen Schlüssel, der nun unter dem Sockel des Salzkristalls lag, und darauf wartete, eine Tür zu öffnen. Ein Lächeln erklomm ihre Lippen. Sie war nach Frankreich gefahren, um hier zur Ruhe zu kommen. Stattdessen hatte sie sich jedoch auf eine höchst bewegende Entdeckungsreise begeben.

Nach wenigen Minuten erkannte sie in der Ferne ihr kleines Fischerhaus, das von der Abendsonne in goldenes Licht getaucht wurde. Dahinter glitzerte das Meer. Der Anblick erfüllte sie mit einem tiefen Frieden. Annie sog die würzige Luft in sich auf und fing an, fröhlich vor sich hin zu trällern.

Sie saß schon seit geraumer Zeit neben dem Salzkristall, spielte mit dem Schlüssel in ihrer Hand und versuchte sich zu konzentrieren. Eigentlich wollte sie den Abend nutzen, um ein wenig zu arbeiten. Die *Pierpont Morgan Library* hatte ihr nämlich noch kurz vor ihrer Abreise einige Schriftstücke zugeschickt, die sie unbedingt lesen wollte. Es waren Briefe und persönliche Notizen verschiedener Künstler, aus denen sie sich einen weiteren Erkenntnisgewinn für ihre Dissertation erhoffte. Doch es half nichts. So sehr sie sich auch anstrengte – es war einfach unmöglich, sich zu konzentrieren.

The nights are wholesome
then no planets strike
No fairy takes
nor witch hath power to charm
So hallow'd and so gracious is the time.
{Shakespeare, Hamlet}

Phantom

Alles tot. Alles dunkel. Egal, welchen Schalter sie betätigte, die Glühbirnen baumelten völlig unbeeindruckt von der Decke. Der Salzkristall zündete nicht mehr und der Kühlschrank hatte aufgehört zu brummen. Stromausfall. Und das schon seit zwanzig Minuten. Annie wurde langsam unruhig und fing an, hektisch nach Kerzen oder zumindest einer Taschenlampe zu suchen. Außer ein paar Aluminiumschalen von abgebrannten Teelichtern fand sie nichts. Der Gedanke, die ganze Nacht in völliger Finsternis zu verbringen, trieb sie an, weiterzusuchen. Ohne Licht würde es auch keinen schnell wirksamen Trost geben, wenn sie wieder aus einem quälenden Traum hochschrecken sollte. Sie brauchte ein Licht!
Und tatsächlich: irgendwann entdeckte sie zwischen ein paar Tonkrügen hinten auf dem Küchenschrank eine Petroleumlampe, die so eingestaubt was, dass man kaum noch durch das Glas sehen konnte. Vorsichtig schwenkte sie die Lampe und glücklicherweise schwappte darin noch etwas Petroleum. Nachdem Annie den Staub abgewischt hatte, schloss sie

sich im Schlafzimmer ein, stellte die Lampe auf den Nachttisch und entzündete ein Streichholz.
«Immerhin. Ich glaube, so kommen wir heil durch die Nacht«, flüsterte sie Trudi zu und beobachtete, wie die Flamme aufloderte und das Zimmer in ein warmes Licht tauchte.

⚓

Als Annie heute durch das Maison spaziert war, hatte ein überquellendes Bücherregal im hintersten Winkel des Flures ihre Aufmerksamkeit erregt. Sie kannte es noch von früher. Darin befanden sich wandernde Bücher, wie Martha zu sagen pflegte. Immer wieder fehlte ein Buch, immer wieder tauchte ein neues auf.
Annie hatte den dunkelgrünen Wälzer mit den goldenen Lettern sofort wiedererkannt. Er musste schon seit Jahren zwischen all den anderen Büchern stehen. *Les mythes bretonne*. Annie hatte das schwere Buch kurzerhand in ihren Fahrradkorb gepackt, um heute Abend darin zu schmökern. Als hätte sie es geahnt: die Ablenkung kam wie gerufen. Anstatt in Panik zu verfallen und ständig zu kontrollieren, ob der Strom wieder floss, würde sie in die Märchenwelt abtauchen, von der das Buch erzählte. Es waren Geschichten von Druiden, Feen und dem geheimnisumwitterten Tal ohne Wiederkehr.
Als Kind hatte Annie diesen Sagen gebannt gelauscht. Sie liebte die Fée Morgane, deren Tränen angeblich über die Felsen geflossen waren und tiefe Furchen darin hinterlassen hatten. Wegen dieser Tränen war das Meerwasser salzig, so erzählte man sich.
Nachdem sie ein letztes Mal in die Nacht gelauscht hatte, schlug Annie die erste Seite auf. Das Papier war vergilbt und abgegriffen. Schon hunderte von Kinderhänden hatten in dem Buch geblättert. Zerknitterte Seiten, abgerissene Ecken.

Die erste Geschichte handelte von Brocéliande, dem Zauberwald. Alle Orte und Namen waren Annie wohl vertraut, weil sie aus ihrer Kindheit stammten und immer wieder zum Inhalt ihrer Träume geworden waren. Auch in einigen Gemälden der Präraffaelitischen Bruderschaft fanden sich diese Mythen wieder. Womöglich war das auch der Grund, weshalb Annie sich so tief mit diesen Werken auseinandersetzte. Uralte Geschichten, die den Geist aufwühlten und staunen ließen.

Annie war Feuer und Flamme, als sie die ersten Zeilen las. Lebhafte Bilder entstanden vor ihrem geistigen Auge. *Il était une fois...*

Moosbewachsene Steine am Ufer eines dunklen Sees, auf dessen Grund ein gläserner Palast stand. Dichte Nebelschwaden, aus denen sich langsam ein Boot löste. Darin saß eine Gestalt in ein blaues Gewand gehüllt, das im Wind flatterte und...

»Was hast du denn?«

Trudi war vom Bett auf den Boden gesprungen und scharrte wild an der Tür. Tatsächlich hatte Annie sie heute Abend nicht mehr hinaus gelassen, weil es so stark geregnet hatte.

»Pardon, du hast ja recht.«

Sie legte das Buch beiseite und stand auf. Gähnend schloss sie die Schlafzimmertür auf und trat in den kühlen Flur.

Plötzlich vernahm sie ein lautes Klopfen, das sie heftig zusammenzucken ließ. Mit einem Mal war der Zauber verflogen, der sie gerade noch eingefangen hatte, und die Angst kehrte zurück.

»Alles gut, Annie: ich bin's nur!«, drang eine Stimme dumpf durch die Haustür und bescherte ihr augenblicklich eine Gänsehaut. Sie war erleichtert und erschrocken zugleich.

»Du?«, fragte sie atemlos, nachdem sie den Schlüssel umgedreht und die Tür geöffnet hatte. Wind und Regen schlugen ihr entgegen. Paul stand in der Dunkelheit und hielt eine

Taschenlampe in der Hand, deren Lichtkegel er auf den Boden gerichtet hatte. Für einen Moment dachte sie an den kleinen Schlüssel unter dem Salzkristall, doch sie verwarf den Gedanken sofort wieder. Zu spät. Zu dunkel. Zu stürmisch.

»Bonsoir! Kann ich kurz reinkommen?«, ohne ihre Antwort abzuwarten, drängte er hinein und stieß die Tür hinter sich zu. Obwohl er eine Kapuze getragen hatte, war sein Haar nass und hing ihm strähnig ins Gesicht. »Ich wollte nur nachsehen, ob bei euch alles okay ist«, erklärte er, nahm den Rucksack ab und hob ihr kurz darauf zwei Packungen mit langstieligen Kerzen unter die Nase. »Für dich. Der Strom ist seit zwei Stunden weg. Muss am Sturm liegen.«

»Das passiert hier an der Küste manchmal. Gerade habe ich im Bett gelesen. Auf dem Schrank stand noch ein altes Sturmlicht«, Annie deutete zum Schlafzimmer, als könnte er durch die geschlossene Tür den Schein der Petroleumlampe sehen, die auf dem Nachttisch stand.

»Als ich vorhin aus Landévennec zurückgekommen bin, habe ich gesehen, dass im Dorf alles stockfinster ist«, umständlich versuchte Paul sein regennasses Gesicht mit den Ärmeln der Jacke zu trocknen. »Und auch im Bahnhof funktioniert nichts mehr. Kein Licht, keine Musik. Der Akku von meinem Notebook ist komplett leer.«

»Dann war es dir zuhause also zu langweilig und du bist gekommen, um dir ein bisschen die Zeit zu vertreiben?«

»Falsch, Mademoiselle«, er hob den Zeigefinger und lachte sie an. «Ich will die Zeit nicht vertreiben. Wer würde so etwas tun? Ich will sie nutzen.«

Annie wickelte sich in ihren Strickmantel ein und fing an, die Kerzen anzuzünden und in der Küche zu verteilen. Unterdessen schlüpfte Paul aus der Jacke, schüttelte sie aus und befahl Theo im Flüsterton, sich hinzulegen. Mit jeder Kerze,

die entflammte, wurde es heller. Die letzte Kerze platzierte sie mitten auf dem Tisch.
»Et voilà! Bleibst du noch ein bisschen hier?«
Annie war glücklich über das Licht, aber vor allem freute sie sich über den nächtlichen Besuch, der die Zeit nicht vertrieb, sondern nutzte.
»Aber nur kurz, um mich ein wenig aufzuwärmen«, erklärte Paul, als er sich auf einem Stuhl niederließ. Er trug wieder seinen gestreiften Sweater mit den winzigen Löchern, die wohl Motten in den Stoff gefressen hatten.
»Das sieht schön aus«, Annie betrachtete die kleine Küche, die im sanften Schein der Kerzen noch behaglicher und heimeliger wirkte, dann wandte sie sich Paul zu: »Es ist echt nett, dass du hierher gekommen bist, obwohl es draußen so stürmt.«
»Ich wollte dich nicht im Dunkeln sitzen lassen und sichergehen, dass du alles hast, was du brauchst.«
»Danke«, sie hielt kurz den Atem an und spürte, wie Hitze in ihr aufwallte. »Danke, dass du an mich gedacht hast.«
»Tja, so bin ich eben. Ein lieber Mensch«, er lehnte sich zurück. »Und? Was hast du heute so gemacht?«
»Nicht viel. Ich war den ganzen Tag im Künstlerquartier und habe dort ein bisschen rumgewirbelt: Farben sortieren, Pinsel reinigen, Rahmen bespannen. Es gibt immer etwas zu tun. Und dann habe ich mit Martha noch gezaubert«, Annie beugte sich zum Küchenschrank hinüber, auf dessen Ablage eine Dose stand, die sie nun Paul reichte. »Nach einem alten Geheimrezept.«
Er hob den Deckel und schnupperte an dem Kuchen.
»Soll ich ihn nur angucken oder darf ich auch probieren?«
»Du darfst nicht nur, du musst sogar.«
Es war ihr ein Rätsel, warum ihr Herz nun anfing, in den höchsten Tönen zu schlagen. Es war ihr ein Rätsel, weshalb sie dermaßen entzückt darüber war, ihm dabei zuzusehen,

wie er den kompletten Apfelkuchen verdrückte, den sie morgen eigentlich zum Frühstück hatte essen wollen.
Während Paul aß, erzählte sie ihm, dass Martha früher immer behauptet hatte, Kinderhände müssten die Äpfel pflücken, damit der Kuchen auch schmeckte.
»Ist das so?«, er leckte sich Krümel von den Lippen. »Weil Kinder so süß sind, oder was?«
»Vielleicht aber auch, weil Martha nicht selbst auf die Bäume klettern wollte? Jedenfalls musste ich die Äpfel heute selbst ernten, weil gerade keine Kinder in der Nähe waren. Deswegen könnte es sein, dass der Kuchen nicht ganz so...«
»Du bist doch auch ziemlich süß«, er lachte kehlig und wischte sich die Hände an seiner Jeans ab. »War nämlich echt verdammt lecker.«
»Dann hat sich der Marsch durch die Nacht gelohnt?«
»Kann man so sagen. Aber nicht wegen dem Kuchen, jedenfalls nicht nur. Es hat sich gelohnt, um dich zu sehen. Ich bin echt gerne mit dir zusammen.«
In Gedanken wiederholte sie seine Worte und spürte ein Kribbeln, als ihr klar wurde, was sie bedeuteten.
»Geht mir auch so.«
Paul blies sich dunkle Strähnen aus der Stirn und kniff die Lippen zusammen, ohne den Blick von ihr abzuwenden. Er musterte sie aus dunklen Augen. Die Kerzen ließen Schatten über die Wände tanzen. Stille. Hatte er das wirklich gesagt? Der Marsch hatte sich gelohnt, weil er gerne mit ihr zusammen war? Annie konnte nicht aufhören, ihn anzusehen und das Flackern in seinen Augen zu beobachten. War das der Kerzenschein? Sie konnte es nicht mit Gewissheit sagen.
Das war ihr Freund aus den Sommertagen 1987. Als Kind war ihr sein Haar heller vorgekommen, viel heller und länger, doch seine Augen waren damals schon so dunkel und forschend gewesen.

Sie mochte sein Gesicht. Die Zeit hatte Spuren darin hinterlassen: feine Linien auf der Stirn, die sich je nach Mimik tiefer gruben. Auch um seine Augen und seinen Mund herum konnte man kleine Fältchen ausmachen. Im schummrigen Licht der Kerzen wirkte er… Plötzlich schob er seine Hand über die Tischplatte. Es war viel mehr eine Feuerwand, die Annie heiß ins Gesicht schlug. Immer näher. Du musst jetzt etwas sagen, dachte sie. Irgendwas sagen, damit es nicht so still ist. Nicht so wortlos.

»Wann haben wir wohl wieder Strom?«, fragte sie hölzern und wusste, dass sie gerade etwas zerstört hatte, das noch gar nicht entstanden war. Paul wendete den Blick ab und fing an, Wachs von der Tischplatte zu kratzen, das von der Kerze hinabgetropft war.

»Keine Ahnung. Morgen früh, schätze ich. Kommst du solange mit den Kerzen klar oder soll ich noch schnell ein Notstromaggregat besorgen?«, er lehnte sich zurück und verschränkte die Arme vor der Brust.

»Wo denn? Es ist fast Mitternacht?«

»Vor dir sitzt ein Strandräuber.«

Das Lächeln, das nun seine Lippen umspielte, wirkte aufgesetzt. Was auch immer durch die Luft schwirrte – es erzeugte eine Spannung, mit der Annie überfordert war. Während sie ihm gegenüber saß, ratterte ihr Kopf. Wie nah war zu nah? Was hatte er im Sinn? Schließlich griff Paul zum Salzkristall und hob ihn ein wenig an. Gerade so weit, dass er den Schlüssel darunter sehen konnte.

»Ah, genau, Monsieur Strandräuber«, Annie war dankbar, einen anderen Ton anstimmen zu können. »So langsam könntest du mich einweihen.«

»Noch nicht«, er ließ den Schlüssel wieder unter dem Salzkristall verschwinden. »Aber was hältst du davon, wenn wir am Freitag den Zaun bauen? Für die nächsten Tage ist Sonne angesagt, dann wird der Boden trocken genug sein.«

»Ach, der Zaun. Klar, von mir aus.«
Ihre Antwort klang enttäuscht, obwohl sie versucht hatte, sich nichts anmerken zu lassen. Auch Paul war die Intonation nicht entgangen.
»Hast du es dir anders überlegt?«
»Nein, ich wollte nur wissen, wann ungefähr…«, sie deutete auf den Salzkristall, dann schüttelte sie den Kopf. »Ach, ich muss ja sowieso noch ein paar Dokumente durcharbeiten. Siehst du?«
Wie zum Beweis klopfte sie auf das Bündel Papier, das neben ihr auf der Sitzbank lag.
»Was ist das?«, er beugte sich so weit über den Tisch, dass er ihrem Gesicht bedrohlich nahe kam. Annie fingerte hektisch an der Kordel herum, die das Papier zusammenhielt.
»Briefe.«
»Und wer hat sie dir geschrieben?«
»Sie sind nicht an mich adressiert. Leider. Die lese ich nur, um mich auf die Verteidigung vorzubereiten. Vielleicht lerne ich noch etwas, das ich als Ass aus dem Ärmel schütteln kann.«
Paul blickte sie fragend an, dann hielt er ihr seine Hand entgegen. Ohne darüber nachzudenken, legte sie ihre Hand auf seine und registrierte dann mit Entsetzen, wie irritiert er darüber war.
»Pardon«, nuschelt sie, nachdem sie ihre Hand fast schon panisch weggerissen hatte.
»Ich wusste nicht, dass ich heute tatsächlich noch deine Hand halten darf«, witzelte er. Schnell gab sie ihm ein paar Papiere, um von dem Fauxpas abzulenken, und drückte dann ihren Rücken ins Polster. Am liebsten wäre sie hinein gekrochen und darin verschwunden.
»Das sind echt ganz schön viele Briefe«, stellte er fest, nachdem er kurz durch die Seiten geblättert hatte.

»Gelegentlich stehen sogar ganz interessante Sachen drin. Im letzten Brief wird gerätselt, ob Shakespeare in Wahrheit nicht dem englischen Hochadel angehörte oder gar eine Frau war?«
»Wie bitte? Ist seine Identität denn nicht geklärt?«
»Man kann es nicht mit Sicherheit sagen. Dieser Mensch muss jedenfalls sehr gebildet gewesen sein. Er hat über einen unglaublich großen Wortschatz verfügt. Nicht gerade typisch für den Sohn eines Handschuhmachers. Vielleicht war Shakespeare ja wirklich eine adelige Frau, die sich nicht öffentlich zu ihren Werken bekennen durfte?«
»Dann lesen wir die Werke eines Phantoms?«
»Möglich. Ein literarisches Phantom. Ein Mysterium, das nie aufgeklärt werden wird. Ist das nicht total spannend?«
«Irgendwie schon«, er wiegte nachdenklich den Kopf. «Aber es geht doch vor allem darum, was geschrieben wurde, nicht darum, wer geschrieben hat?«
«Ja, das stimmt natürlich, aber es ist doch klar, dass man mehr über dieses Genie wissen möchte.«
Für einen Moment verstummte das Gespräch und Annie wickelte die Kordel sorgfältig um den Stapel Briefe. Man hörte Krallen über den Holzboden kratzen, als Trudi im Schlaf mit den Beinen zuckte.
«Aber eins steht fest: es ist echt verdammt schade, dass man sich heutzutage keine Briefe mehr schreibt«, Paul unterdrückte ein Gähnen. «Die einzigen Briefe, die ich noch bekomme, sind irgendwelche Rechnungen. Nichts Persönliches, nichts Handschriftliches.«
«Ja, so geht es mir auch«, sie seufzte wehmütig auf. «Früher habe ich ganz viele Briefe geschrieben und war dann immer völlig aufgeregt, wenn ich zum Briefkasten gerannt bin, um nachzusehen, ob schon eine Antwort da ist.«
«Man hatte immer etwas zum Auspacken. Eigentlich sollte man wieder damit anfangen, sich Briefe zu schreiben.«

»Oh, das finde ich auch. Wenn ich wieder zuhause bin, könnten wir doch Brieffreunde werden, oder nicht?«
Ruckartig hob er den Kopf und blickte sie so verdutzt an, als wäre ihm jetzt erst klargeworden, dass Annie wieder abreisen würde.
»Brieffreunde? Du kommst doch wieder?«
»Klar, aber das wird sicher noch eine Weile dauern. Bis ich zurückkomme, könnten wir uns doch gelegentlich schreiben? Ganz altmodisch. Mit Briefmarken und so.«
»Hm. Mal sehen«, er schloss den Reißverschluss seines Sweaters bis zum Kinn, dann stand er auf. Annie beschlich das Gefühl, ihn verprellt zu haben, ohne zu wissen, womit.

»Danke für die Kerzen und den Besuch«, sie lehnte im Türrahmen und deutete hinab zum Dorf. »Unheimlich, dass es da unten so dunkel ist. Wie in einem Geisterdorf. Als würde keiner mehr dort leben.«
Dort, wo sonst die Lichter der Straßenlaternen glommen, war alles finster. Schemenhaft erkannte man die Umrisse von Häusern, doch die Fenster waren schwarz. Keine Kerzen, kein Kaminfeuer.
»Morgen ist alles wieder beim Alten«, Paul trat einen Schritt auf sie zu. »Darf ich?«
Er griff einfach nach ihrer Hand, dann zog er sie zu sich. So nah, dass sie trotz der Nachtkälte die Wärme seines Körpers spüren konnte. So nah, dass Unbehagen in ihr aufkeimte. Küsse auf die Wangen. Französisch und harmlos, wie immer, aber nicht flüchtig. Seine Lippen berührten ihre Haut sanft und bedächtig. Bevor er sich von ihr löste, suchte er ihren Blick. Die Spannung war sofort zurück und knisterte in ihren Adern. Annie war völlig elektrisiert und blickte ihn gebannt an. Jetzt, dachte sie. Er wird dich jetzt küssen.

»Wir sehen uns. Bonne nuit«, raunte er stattdessen, drückte ihre Hand ein letztes Mal und verschwand dann in der Dunkelheit.

⚓

Am nächsten Tag glühten die Birnen, brummte der Kühlschrank und brodelte der Kaffee in dem Espressokännchen auf dem Herd. Der Strom floss wieder und Annie fing an, die Kerzen einzusammeln, die noch überall herumstanden. Alles war beim Alten. Aber nur scheinbar, denn etwas hatte sich verändert: seit gestern spürte Annie, dass es eine bestimmte Richtung gab, in die sich ihre Beziehung zu Paul entwickelte. Als sie sich das erste Mal bei den Klippen getroffen hatten, war noch alles offen. Es hatte noch unzählige Richtungen gegeben, die sie hätten einschlagen können – jetzt nicht mehr. Etwas lag in der Luft, wenn sie zusammen waren. Etwas, das Annie zu Herzen ging. Paul besaß die Gabe, sie vorbehaltlos werden zu lassen. Sie schenkte ihm ihr Vertrauen, ohne die Bewährungsproben, denen andere Bekanntschaften standhalten mussten. Sie vertraut ihm einfach, als wäre dieses Vertrauen selbstverständlich. Annie dachte an diesen merkwürdigen Moment, als das Gespräch verstummt war und ihre Blicke ineinander versanken. Seine Hand, die nicht sicher war, wonach sie greifen sollte. Merkwürdig, ja, seltsam und intensiv. Genauso wie der Abschied. Seltsam intensiv.

⚓

Keine Wolke hing am Himmel. Stattdessen leuchtete ihr die Sonne ins Gesicht und kitzelte sie auf der Haut. Neben dem leisen Rauschen des Meeres war aus allen Richtungen Gezwitscher zu vernehmen. Möwen ließen sich durch die Lüfte gleiten, spielten mit dem Wind oder trieben zwischen sanften Wellen auf dem Wasser. In dem Holunderbusch neben dem Haus saßen zwei gurrende Tauben, während auf dem Zaun mal wieder Standpieper Platz genommen hatten und das taten, was sie am liebsten machten: miteinander schimpfen. Zumindest klang es so.

Das Meer hatte sich weit zurückgezogen und einen Boden voller Seegras, Schlick, Algen, aber vor allem voller Steine und Muscheln freigegeben. Annie konnte Stunden damit zubringen, mit gesenktem Kopf über das Watt zu spazieren. Trudi vergrub die Schnauze tief im Sand, buddelte Löcher und schleppte immer wieder einen Stock an, den Annie dann in hohem Bogen von sich warf. Sie sammelte Steine. Schneeweiße, rundgewaschene Kiesel, die so klein waren, dass man sie sich in die Hosentasche stecken konnte. Und sie sammelte Jakobsmuscheln, die manchmal bergeweise zwischen den Felsen zu finden waren. Als Kind hatte sie es immer auf stumpfe Scherben abgesehen gehabt, mit denen sie die Sandburgen verzierte, die sie mit Géraldine gebaut hatte. Manchmal hatten sie auch Steine aufeinander gestapelt, sodass hohe Türme entstanden.

Das war ein alter Brauch, wie Anton ihr erzählt hatte. Wenn dichter Nebel über dem Land lag, dienten diese Steinmännchen den Wanderern als Orientierung, damit sie nicht vom Pfad abkamen und wohlbehalten ins nächste Dorf fanden.

Insgeheim hatte Annie jedoch immer davon geträumt, irgendwann eine Flaschenpost zu finden. Eigentlich träumte sie heute noch davon, zwischen den Steinen eine Flasche zu entdecken, in der sich ein zusammengerolltes Schriftstück befand. Es musste keine Schatzkarte sein. Ein Brief und der Gedanke, dass ihn jemand tausende Seemeilen von hier ins Meer geworfen hatte, würden vollkommen ausreichen, um sie glücklich zu machen.

Annie dachte daran, wie Paul gestern auf ihren halbherzigen Vorschlag reagiert hatte, Brieffreunde zu werden. Erschien es ihm abwegig? Vielleicht. Bekanntschaften, die man im

Urlaub schloss, zerfielen oft genug zu vagen Erinnerungen und rückten in weite Ferne, sobald man wieder zuhause angekommen war. Das war der Lauf der Dinge. Aber manchmal, in äußerst seltenen Fällen, veränderte sich der Lauf der Dinge.

Die Tage zogen unaufgeregt an ihr vorbei. Annie hatte endlich begonnen, ein Bild zu malen. Tiefes Wasser, weiße Gischt, Wirbel auf dunklem Blau und Fäden aus Licht. Oft saß Martha mit einer Tasse Tee bei ihr und sie plauderten über Gott und die Welt. Sie sprachen über die Dissertation und vertieften sich in Diskussionen über die Präraffaeliten. Es war schön, Zeit mit Martha zu verbringen, weil Annie so viele Erinnerungen mit ihr verband, die warme Gefühle weckten – man konnte bei Menschen zuhause sein. Martha war so ein Mensch, der ein Zuhause war.
Obwohl Annie die Zeit im Künstlerquartier genoss und es immer etwas zu tun gab, war sie gedanklich woanders. Ihre Gedanken drifteten ab, sobald sie nicht willentlich versuchte, sie zu zähmen.
Jeden Tag überprüfte sie, ob der Schlüssel noch unter dem Salzkristall lag. Jeden Tag wog sie ihn in der Hand und fieberte dem Schloss entgegen, das er öffnen würde. Sie dachte an die innigen Blicke und daran, was gewesen wäre, wenn Paul...nein, sie verwarf die Phantasien, sobald sie zu eindringlich wurden und übte sich in Geduld.

Am Freitagmorgen erspähte sie keinen wagemutigen Schwimmer zwischen den Wellen, als sie auf der Klippe stand und zum Strand hinabblickte. Nur dunkle Algenteppiche und Seevögel. Gerade dachte sie darüber nach, am Nachmittag einfach zum Bahnhof zu radeln, um Paul zu

besuchen, als sich etwas Nasses an ihre Wade drückte.
»Huch!«, Annie hüpfte erschrocken zur Seite. »Theo?«
Kaum hatte sie den Hund begrüßt, war er auch schon wieder in einer Ginsterhecke verschwunden, um Trudi nachzujagen. Mit klopfendem Herzen blickte sich Annie um.
Tatsächlich saß Paul auf der Pferdetränke vor ihrem Haus, fummelte an einem Stiefel herum und schüttete ihn schließlich vor sich aus.
»Oh, guten Morgen, Monsieur«, sie winkte ihm zu. »Hast du etwa ein Steinchen im Schuh?«
Hektisch zog er den Stiefel wieder an, dann trabte er ihr grinsend entgegen. Er trug grüne Shorts und einen Wollpullover, der bestimmt zwei Nummern zu groß war. Wie gewohnt war kaum eine Frisur zu erkennen, weil die Haare völlig zerzaust waren und aussahen, als wäre er stundenlang vor dem Triebwerk eines Flugzeugs gestanden. Paul sah blendend aus.
»Ich wollte dich abholen. Hast du Zeit?«
Annie versuchte den Eindruck zu erwecken, über seine Frage erst noch nachzudenken zu müssen. Als säße sie nicht schon auf glühenden Kohlen, als hätte sie nicht sehnsüchtig darauf gewartet, ihn zu sehen. Prüfend warf sie einen Blick in die leere Kaffeetasse.
»Suchst du etwas?«
»Ach, nein«, sie lachte verlegen. »Also, ja. Ich habe Zeit. Was hast du denn vor?«
»Naja, heute ist Freitag und wir wollten den Zaun bauen, schon vergessen?«, Paul schirmte die Augen mit einer Hand ab und blinzelte sie an. »Das Wetter ist exzellent.«
»Brauche ich dazu vielleicht auch den kleinen Schlüssel?«
»Mais non, Mademoiselle. Ich wüsste nicht, wofür du einen Schlüssel brauchst, um Holzpflöcke in den Boden zu hämmern?«
»Und was ist danach?«

Paul schnappte sich Trudi, die gerade an seinem Bein geschnuppert hatte, und nahm sie auf den Arm, dann schüttelte er schmunzelnd den Kopf.
»Soll ich den Schlüssel nicht lieber vorsichtshalber mal mitnehmen?«
»Nein«, er zwinkerte ihr zu.
»Oh Paul«, jammerte sie. »Ich bin furchtbar neugierig. Das ist in meinem Fall wahrscheinlich sogar eine Krankheit. Ich halte es kaum aus, nicht zu wissen, was du mit dem Schlüssel vorhast. Nur ein kleiner Hinweis. Bitte!«

Paul ließ sich nicht erweichen. Obwohl sie ihm den ganzen Weg zum Bahnhof in den Ohren lag, blieb er hartnäckig und schwieg sich aus. Die einzigen Reaktionen, die sie ihm entlocken konnte, waren ein süffisantes Lächeln und ein Zeigefinger, der immer wieder an seine Stirn tippte, sobald ihre Ideen zu abgedreht wurden.
»Das ist der Schlüssel zu einer keltischen Ruhestätte, oder? Bist du Grabräuber? Oder nein, ich weiß es: Das ist der Schlüssel zu einem Postfach, in dem du Pakete aus Marseille empfängst, oder? Du willst, dass ich den Drogenkurier spiele? Nein, das kannst du unmöglich von mir verlangen, Paul.«
»Bist du still, wenn ich dir einen Tipp gebe?«, er blieb abrupt stehen und drehte sich zu ihr um. Annie wäre fast in ihn hinein gelaufen. Sie nickte.
»Du weißt ja, dass ich den Bahnhof gekauft habe«, er senkte die Stimme und trat noch einen Schritt auf sie zu. So nah, als würde er ihr ein Geheimnis verraten, und als säße jemand in den Bäumen, der ihnen hätte lauschen können. »Wenn man so etwas tut, lernt man Leute kennen, die etwas zu sagen haben. Bürgermeister und so.«
»Weiter!«, flüsterte sie.
»Geduld!«, flüsterte er zurück.

Als sie auf die Lichtung traten, stolzierte Bruce ihnen mit aufgespanntem Federfächer entgegen. Die Farben seines Gefieders leuchteten und schillerten in der prallen Sonne.
»Oh, wow«, Annie konnte Trudi im letzten Moment davon abhalten, sich bellend auf den Vogel zu stürzen. Nun saß der Dackel zitternd auf ihrem Arm und hechelte vor Aufregung.
Unbeirrt blieb der Pfau vor ihnen stehen. Er reckte seinen Kopf mit der Federkrone so stolz in die Höhe, als wäre er der rechtmäßige Gebieter dieses Anwesens.
»Na, beeindruckt dich das?«, Paul warf ihr einen amüsierten Blick zu und verschränkte die Arme vor der Brust.
»Ja, ziemlich«, sie trat einen Schritt zurück. Auch wenn der Pfau wunderschön aussah, schüchterte er sie ein. »Mit dem Rad ist er wahnsinnig imposant, muss ich sagen.«
»Oh oui! Aber warte ab, bis du mein Auto siehst«, er hob vielsagend die Augenbrauen. »Das hat sogar vier Räder.«
Paul brach in schallendes Gelächter aus, legte den Arm um ihre Taille und deutete zu seinem Transporter, der vor dem Haus parkte und einen ziemlich ramponierten Eindruck machte. Obwohl Annie seinen Witz erst viel zu spät kapierte, musste auch sie lachen. Sie lachte vor allem, weil sie seinen Arm spürte und urplötzlich wieder furchtbar nervös wurde.

⚓

Mit einem Glas Wasser in der Hand standen sie vor den Holzpfählen, die an der Hauswand lehnten. Es war naturbelassenes Kastanienholz, das einseitig gespitzt worden war, sodass man es leicht in die Erde würde treiben können.
»Das ist wirklich so, als würde man einen Nagel in die Wand hauen, oder?«, Annie lachte hell auf, weil ihr das Vorhaben so lächerlich einfach erschien. Sie hatte sich schon mit einem Helm auf dem Kopf und einer Motorsäge in der Hand vor einem Baum stehen sehen.

Allerdings stellte sich heraus, dass es keineswegs lächerlich einfach war, einen Zaun zu bauen. Aus ihrer naiven Vorstellung *Mal-kurz-den-Zaun-aufbauen-und-danach-noch-was-Schönes-unternehmen*, wurde eine schweißtreibende Plackerei.
Sie verbrachten fast den ganzen Nachmittag damit, die Holzpfähle in das Erdreich zu treiben, Draht zu wickeln, Querstreben anzunageln und ein kleines Tor zu bauen. Am Anfang hatten sie noch eifrig miteinander geplaudert und sich immer wieder mit blöden Sprüchen zum Lachen gebracht, doch bald schon arbeiteten sie nur noch still nebeneinanderher, weil sie endlich fertig werden wollten.
»Hey Paul, was ich dich schon die ganze Zeit fragen wollte«, Annie stützte sich erschöpft auf einem Holzpfahl ab. »Nimmst du mich irgendwann mal mit nach Landévennec?«
»Oh, in die Abtei?«, er blickte sie entgeistert an und kratzte sich am Kinn. »Das ist schwierig, Annie. Gäste dürfen nämlich nicht in die Klausur. Frauen dürfen wahrscheinlich nicht mal ins Refektorium.«
»Verstehe«, sie seufzte auf. »Es hätte mich einfach interessiert, wie es dort so ist.«
Auch wenn sie es niemals zugeben würde, war Annie darüber enttäuscht, dass er nicht mal angeboten hatte, ihr wenigstens den Klostergarten oder die Kirche zu zeigen. Wahrscheinlich hätte sie sich sogar damit zufrieden gegeben, wenn sie einfach nur um das Kloster herum spaziert wären. Lustlos machte sie sich wieder an der Drahtspule zu schaffen, um die Pfähle zu fixieren.

Dreckig und verschwitzt saßen sie nebeneinander auf dem Bahnsteig und betrachteten ihr Werk.
»Für deine Ziegen ist es jetzt zwar immer noch ein Gefängnis, aber wenigstens ein schönes«, scherzte Annie und nahm einen Schluck Bier. Tatsächlich sah der hölzerne Zaun im

Vergleich zu dem Maschendrahtzaun, der zuvor dort gestanden hatte, sehr hübsch aus.
»Kannst du vielleicht mal versuchen, ob du das Ding raus bekommst?«, Paul hielt ihr seine Hand hin. Sie hatten sich heute unzählige Spreißel zugezogen, weil die Arbeitshandschuhe aus unerfindlichen Gründen verschwunden waren. Während sie seine Hand untersuchte und schließlich mit spitzen Fingern versuchte, den Holzspreißel zu entfernen, konnte sie seinen Blick auf der Haut spüren. Er saß dicht bei ihr und schien sie unverwandt anzusehen, was sie so nervös machte, dass ihre Hände anfingen zu zittern. Wie sollte sie so jemals diesen hauchdünnen Spreißel erwischen?
»Weißt du, worüber ich gestern den ganzen Tag nachgedacht habe?«
Als sie aufblickte, zuckte ihr Herz erschrocken zusammen, weil sein Gesicht viel näher und das Blau seiner Augen viel stechender waren, als sie es erwartet hatte. Annie hatte das Gefühl, einfach zu zerfließen. Die Abendsonne tanzte über sein Gesicht. Er blinzelte.
»Hat es vielleicht etwas mit dem Schlüssel zu tun?«, fragte sie unbeholfen.
»Nein«, er lächelte. »Ich wollte dir nur sagen, dass du auch zu mir kommen kannst, wenn du nicht alleine in deinem Haus bleiben willst.«
Ihr Herz pochte so heftig gegen ihren Brustkorb, als würde es am liebsten daraus ausbrechen. Annie rückte von ihm ab und ließ seine Hand los.
»Das ist lieb, vielen Dank, aber ich komme schon klar«, sie zupfte das Etikett ihrer Bierflasche ab.
»Ich weiß, dass du klar kommst, Annie Mercury, aber vielleicht wäre es einfacher, wenn du nachts nicht alleine wärst?«, er lachte leise. »Nur zur Erinnerung: Du schließt dich ein und du bist....«
»Ich weiß, ich weiß«, unterbrach sie ihn und warf ihm einen

düsteren Blick zu. »Ich bin ein Angsthase.«
»Ein Angsthase?«, er funkelte sie an. »Ich habe ein Händchen für Tiere, wusstest du das?«
Als hätte Paul einen stummen Zauber gesprochen, tänzelten die Hunde heran und legten sich zu ihren Füßen auf den Steinboden in die Sonne.
»Versteh' mich bitte nicht falsch. Ich weiß dein Angebot sehr zu schätzen«, Annie atmete tief durch und straffte die Schultern. »Aber wir kennen uns doch gar…«
»Wir kennen uns seit 1987«, er schnalzte mit der Zunge. »Aber wie du willst. Mein Angebot steht jedenfalls.«
Während sie in Gedanken seine Worte wiederholte, betrachtete Annie mit einem gewissen Ekel den Dreck, der sich unter ihren Fingernägeln gesammelt hatte. Sie musste sich sofort waschen und sie konnte keine Minute länger damit warten, weshalb sie mit einem Satz auf den Beinen war.
»Ich muss jetzt wirklich dringend unter die Dusche«, sie rümpfte die Nase. »Deswegen gehe…«
»Soll ich schnell eine Pizza in den Ofen schieben? Hast du Hunger?«
»Ich wollte lieber zuhause duschen.«
»Ne, das geht heute leider nicht«, er zwinkerte ihr zu, stand auf und stemmte die Hände in die Hüften.
»Aber ich brauche doch frische Kleidung«, Annie blickte an sich hinab und zupfte an ihrer verdreckten Jeans.

Nachdem sie geduscht hatte und gerade auf dem Weg zur Treppe war, linste sie ganz kurz in sein Schlafzimmer. Auf dem großen Bett lagen ein paar Klamotten verstreut, die Paul vorhin wohl hektisch herausgerissen hatte, als er für Annie etwas Passendes gesucht hatte. Die Türen des Schrankes standen immer noch offen. Auf dem Boden, halb unter dem Bett, standen zwei lädierte Schuhkartons. Für

einen kurzen Moment, dachte Annie darüber nach, was er wohl darin aufbewahrte, doch dann wurde ihr Blick abgelenkt, denn auf dem Nachttisch stapelten sich Bücher aufeinander und daneben lag der Stein, den sie ihm mitgebracht hatte. Der Anblick berührte sie. Paul hatte ihn nicht bloß auf der Fensterbank abgelegt, sondern auf seinem Nachttisch platziert. Der Nachttisch war schon immer ein Ort für Wesentliches: Bilder der Liebsten, Rosenkränze, Schlaftabletten. Dinge, die man brauchte, um gut durch die Nacht zu kommen.
Vielleicht gehörte diesem Stein der letzte Blick, bevor abends das Licht gelöscht wurde?
Annie grinste immer noch, als sie schließlich in einer längsgestreiften Pyjamahose aus leichtem Baumwollstoff und einem quergestreiften Pullover die Treppe hinab stapfte.
Paul stand gerade mit einem Papierstapel im Arm vor dem Esstisch. Offensichtlich versuchte er, Platz zu schaffen. Als er sie erblickte, biss er sich auf die Unterlippe und unterdrückte ein Lachen.
»Ich sehe mit den ganzen Streifen aus wie ein Häftling. Stimmt's?«, sie kicherte und ging in die Hocke, um Theo zu kraulen, der ihr sofort entgegen gesprungen war.
»Ich habe dich in Gewahrsam genommen«, Paul verfrachtete das Papier kurzerhand auf der Sitzfläche eines Stuhles. »Das habe ich raffiniert angestellt, was?«
Annie hob lachend die Schultern, tätschelte ein letztes Mal den weichen Hundekopf und rappelte sich schließlich auf.
Während Paul die Spülmaschine ausräumte und die Pizza aus dem Ofen schon einen herrlichen Duft verströmte, blickte sie sich neugierig um. Annie achtete auf jedes noch so kleine Detail. Sie liebte es, Dinge aufzuspüren, die etwas über den Menschen verrieten, der sie aufbewahrte. Annie stellte sich vor eine Pinnwand, die neben dem Kühlschrank an der Wand hing. Postkarten aus aller Herren Länder,

Tickets, abgegriffene Visitenkarten, Quittungen, eingerissene Konzertkarten.
»Du warst in Rennes?«, sie tippte auf ein zerknittertes TGV-Ticket. Paul spähte in den Backofen, dann nickte er.
»Scharf beobachtet. Ich habe mich mit einem Freund aus Paris getroffen, der geschäftlich dort zu tun hatte.«
»Und du bist wirklich mit diesem Zug gefahren?«
»Ähm, ja, das bin ich?«, er trat neben sie und warf nun auch einen Blick auf das Ticket. «Warum lachst du so? Ist das witzig?«
»Oh, wer weiß, wie oft wir uns schon hätten treffen können.«
Das Herz schlug ihr bis zum Hals, als er den Kopf zur Seite neigte und sie fragend anblickte.

By my modesty

The jewel in my dower

I would not wish any companion in the world but you.

{Shakespeare, The Tempest}

Käuzchen

Paul hatte erzählt, dass er oft in der Wartehalle auf dem Boden lag, Musik hörte und seinen Gedanken nachhing, während er an die Decke starrte. »Das ist wirklich meditativ. Man erkennt irgendwann sogar Formen und Muster. Wie bei Sternbildern.«

Und so lagen sie nun nebeneinander auf den geblümten Fliesen, ließen die Zeigefinger durch die Luft wandern und versuchten, in dem Deckengewölbe mit den Holzstreben irgendetwas zu erkennen. Tatsächlich sah es stellenweise so aus, als würde ein Gemälde durchscheinen, das man vor vielen Jahren weiß überpinselt hatte. Annie bildete sich sogar ein, sie könne schemenhaft das Konterfei einer Frau erkennen. »Nein, ich glaube, das sind nur Verfärbungen. Feuchtigkeit, Rauch, Dreck – keine Ahnung.«

Irgendwann gingen sie dazu über, das zu tun, was sie ohnehin ständig taten: Sie unterhielten sich über den Sommer 1987, weil sie hofften, gespeist aus Erinnerungen eine gemeinsame Geschichte erzählen zu können.

»Erinnerst du dich noch an diese grünen Papiertütchen mit dem Brausepulver?«

»Mistral Gagnants? Oh, aber natürlich«, Annie lachte begeistert auf. »Und wenn man Glück hatte, konnte man damit noch ein weiteres Tütchen gewinnen, weißt du noch?

Madame Blanchard hat immer geschimpft und gesagt, dass wir ihr noch alle Haare vom Kopf fressen, wenn wir ständig gewinnen.«

»Ach, stimmt. Mistral Gagnants, gewinnen oder verlieren. Das ist so lange her, aber ich weiß noch genau, wie das Zuckerzeug geschmeckt hat«, er schmunzelte. »Die gibt es wahrscheinlich gar nicht mehr, oder?«

»Leider nicht«, bedauerte sie. »Aber wo wir gerade beim Kiosque sind, Monsieur: erinnerst du dich noch an diesen gruseligen Typen, der immer betrunken am Kiosk stand und jedem, der vorbei kam, Geld abknöpfen wollte?«

»Ne, keine Ahnung. Aber weißt du was? Ich erinnere mich noch an ein wunderschönes Mädchen«, er hielt kurz inne. Nicht lange, aber lang genug, um ihr Herz in Aufruhr zu versetzen. »Sie sah irgendwie ein bisschen wild aus. Braune Haut, glänzende Haare. Es waren Locken, glaube ich. Jedenfalls habe ich sie immer beobachtet, wenn sie mit den älteren Jungs am Strand saß. Wahrscheinlich war ich ein bisschen verliebt, weil sie so schön und unerreichbar war«, Paul rollte sich auf die Seite, stützte den Kopf ab und betrachtete sie. »Warst das du?«

»Ich? Oh nein. Wahrscheinlich nicht.«

Annie dachte daran, dass Géraldine sie immer in Gummistiefel und unförmige Latzhosen gesteckt hatte. Während andere Mädchen Blumen im Haar trugen, fand man bei Annie allerhöchstens ein Büschel Seegras.

»Das wäre irgendwie schön gewesen«, er ließ sich zurück auf den Rücken sinken. »Und du bist dir sicher, ja?«

»Tut mir leid«, sie warf ihm einen amüsierten Blick zu. »Das war ich ganz bestimmt nicht.«

»Dafür bist du es jetzt«, Paul tätschelte ihre Hand, doch dann – es war, als würden augenblicklich alle Geräusche verstummen - umschloss er sie und streichelte mit dem Daumen sanft über ihren Handrücken. Annie hielt die Luft an und wartete darauf, dass er noch irgendetwas sagen würde, doch nichts geschah. Ihr Herz klopfte so heftig, dass sie glaubte, er müsse es hören. Obwohl sie aufgeregt war und das Blut in ihren Adern rauschte, fühlte es sich an, als wären sie dort angekommen, wo sie hätten ankommen sollen. Vielleicht hatte sie schon von Anfang an gewusst, dass es passieren würde?

»Bist du eigentlich schon weit mit deinem Buch?«, fragte sie irgendwann, weil ihre Gedanken immer verworrener wurden und weil sie spürte, dass die Zweifel wiederkehrten.

»Nein«, er seufzte gequält auf. »Weißt du, ich will eine Geschichte schreiben, die Tiefe hat. Eine Geschichte, die zeigt, wer ich wirklich bin. Alle meine Erlebnisse, Gedanken und Gefühle – meine Wahrheit. Das ist echt verdammt schwierig.«

»Weil es dir zu persönlich ist? Weil dir die Worte fehlen oder weil du nicht genau weißt, was du fühlst?«

»Oh, keine Sorge. Ich weiß, was ich fühle«, er drücke ihre Hand und es war hätte er sie im selben Moment unter Strom gesetzt. Ihr Mund war ganz trocken und ihr fehlten die Worte.

»Ja?«, war alles, was sie herausbekam.

»Mhm. Und du?«

Sie dachte daran, dass Kandinsky über seinem Schreibtisch hing und dass sie sich manchmal vorgestellt hatte, dass Alexander sie für jeden anderen Mann verderben würde. Sie hatte sich vorgestellt, nie wieder zärtliche Gefühle entwickeln zu können, weil sie immer diesen Ekel in sich tragen würde. Vor allem den Ekel vor sich selbst.

Und jetzt? *Und du?* Sie spürte seine warme Hand, die ihre immer noch festhielt. Vor allem spürte sie jedoch zärtliche Gefühle.

»Ich auch«, wisperte sie. »Ich weiß es auch.«

Stunden später machte Annie das, wofür dieser Raum ursprünglich vorgesehen worden war: sie wartete. Paul wollte sich noch umziehen und sie dann nachhause begleiten.
Annie war aufgeregt, denn sie wusste, dass der Weg sie nicht nur zu ihrem kleinen Fischerhaus führen würde.
Während sie wartete stand sie vor dem Ticketschalter, in dem sich die ganzen Koffer stapelten. Erst beim genaueren Hinsehen fiel ihr auf, dass es sich dabei ausnahmslos um Gitarrenkoffer handelte. Saß er manchmal mit der Gitarre auf dem Bahnsteig und machte Musik? Noch ehe sie sich hierüber Gedanken machen konnte, trat er gefolgt von den Hunden in die Wartehalle. Er trug seine schwarze Funktionsjacke und zu ihrer Verwunderung einen Rucksack.
»Was hast du denn vor?«
»Na, ich dachte, wir machen jetzt eine Nachtwanderung?«, er reichte ihr einen dicken Wollcardigan. »Zieh' das an. Ist bestimmt kalt draußen.«

Sie liefen eine Weile schweigend nebeneinander her durch den kleinen Nadelwald. Über ihnen bogen sich die schwarzen Tannen im Wind und in der Ferne hörte man das leise Rufen eines Kauzes. Der Waldboden ließ harzige erdige Gerüche aufsteigen. Zugleich schluckte er jedes Geräusch, sodass sie sich fast lautlos vorwärts bewegten.
Schließlich traten sie hinaus auf die Heide und standen unter einem nächtlichen Himmel, der mit Sternwolken übersät war und am Horizont ins Meer tauchte. Aus den Gräsern war das Zirpen der Heuschrecken zu vernehmen – so beruhigend wie ein Wiegenlied. Annie atmete tief durch und lauschte für einen Moment in die Nacht. Ihr Herz war groß und offen – jedenfalls fühlte es sich so an. Sie wusste nicht, woher sie den Mut nahm, aber als sie neben Paul den

Pfad betrat, der sich hinab zu den schroffen Felsen schlängelte, schob sie ihre Hand in seine.
»Hast du Angst, dass du von den Klippen fällst?«
»Nein, nein. Eigentlich fühlt es sich so an, als wäre ich das schon längst«, Annie kicherte nervös.
»Ne, das hätte ich bestimmt gemerkt«, er verstärkte den Griff seiner Hand und warf ihr ein Lächeln zu, das selbst in der Dunkelheit strahlte.
Irgendwann, als das Fischerhaus sich schwarz vor dem Sternenhimmel abhob, verlangsamte Paul seine Schritte.
»Ich habe heute übrigens meine Zahnbürste dabei«, erklärte er unvermittelt.
»Ach so?«, Annie blieb stehen. Sie konnte nicht sagen, woher das Rauschen kam – Blut, Meer, Herz. Als er sich umdrehte und sie aus glänzenden Augen ansah, hatte sie das Gefühl, den Boden unter den Füßen zu verlieren.
»Ich weiß, du wolltest nicht bei mir bleiben, aber ich dachte, dass ich stattdessen vielleicht bei dir bleiben kann? Heute Nacht?«
»Oh, heute Nacht? Ja, also, gerne«, stammelte sie. »Sehr gerne.«
Paul wollte sich gerade wieder umwenden, als er inne hielt, tief durchatmete und noch einen Schritt näher an sie heran trat.
»Ich will wirklich nicht mehr warten«, er strich ihr vorsichtig eine Haarsträhne aus der Stirn. »Aber ich brauche ein Signal, Annie. Ich will es nicht vermasseln.«
Ihr Herz hatte aufgehört zu schlagen, aber dafür drehte sich die Welt so schnell, dass hinter Paul alles verschwamm. Annie starrte ihn paralysiert an. Ein Signal. Es verstrichen einige Sekunden, in denen sie nicht fähig war, den Mund zu öffnen, um etwas zu erwidern. Er nickte schließlich – Okay – und wollte den Weg fortsetzen, als Annie mit zitternder Hand seine Schulter berührte.

»Ich bin nicht gut in solchen Dingen.«
Es war ihr, als würden seine Augen stumm nach ihr rufen. Sie wagte es kaum zu atmen, als er wieder einen Schritt auf sie zu trat und ihre Hand ergriff. Im fahlen Mondlicht schien seine Haut silbrig zu glänzen. Er blickte hinab auf seine Hand, die ihre fest umschlossen hielt, dann zog er sie zu sich. Seine Stirn lehnte an ihrer – kühl und vielleicht ein wenig feucht. Annie schloss die Augen.
»Ich doch auch nicht«, flüsterte er zurück. Seine Hand wanderte langsam über ihren Rücken. In diesem Moment hatte Annie schon längst losgelassen: irgendwas losgelassen, um jetzt irgendwohin zu fallen. Ihr Herz tobte. Sie spürte wie sein Atem über ihre Wange strich, dann die Berührung seiner Lippen. Kurz verharrte er, dann küsste er sie zärtlich auf den Mund.

Obwohl der Wind vom Meer her wehte und es ziemlich kühl war, fühlte es sich an, als würde ihr Körper lichterloh brennen. Sie war so aufgeregt, dass es ihr kaum gelang, einen klaren Gedanken zu fassen.
Mit zitternden Händen fummelte sie den Schlüssel aus ihrer Hosentasche – sie trug immer noch die gestreifte Pyjamahose – und schloss schließlich die Tür zum Fischerhaus auf. Paul trat hinter ihr ein und stand dann etwas unschlüssig im Raum. Er zeichnete mit dem Zeigefinger die Wunde auf seiner Stirn nach, blickte sich suchend um und nahm schließlich den Rucksack ab.
»Willst du vielleicht noch einen Schlummertrunk?«, fragte sie mit piepsiger Stimme.
Annie wollte den Moment des Zubettgehens noch hinaus zögern. Sie fühlte sich hilflos und überfordert, weil sie nicht wusste, wie sie sich verhalten sollte.
Vorhin hatte Paul eingeräumt, dass er seit Jahren keine Frau

mehr geküsst hatte. Stand er nun hier, weil er ausgehungert war?

Dieser Kuss veränderte alles. Er war das erste Geständnis, das sie einander machten. Es war nicht nur Küssen, nicht nur Nähe.

»Willst du denn auch?«, er zog seine Jacke aus und hängte sie an die Garderobe, dann setzte er sich an den Tisch und rieb die Handflächen aneinander.

»Es tut mir leid. Ich bin irgendwie wahnsinnig nervös«, gestand sie, als sie sich mit zwei Weingläsern zu ihm setzte.

»Und ich fühle mich, als wäre ich wieder ein zehnjähriger Junge«, er lachte verhalten. »Als wäre es das allererste Mal.«

»Ich weiß auch nicht so genau, was mit mir passiert ist«, sie kicherte und strich sich mit beiden Händen das Haar aus dem Gesicht.

»Naja, es passiert jedenfalls nichts, was du nicht möchtest.« Paul schob seine geöffnete Handfläche über die Tischplatte und suchte ihren Blick. *Das war eine Frage.*

»Danke«, sie lächelte ihn mit klopfendem Herzen an, dann verschränkte sie ihre Finger mit seinen. *Das war eine Antwort.*

Der Wind trug die Geräusche des Meeres bis in die kleine Küche, doch Annie nahm davon keine Notiz. Sie versank in einem anderen Blau, bis sich Bilder aufdrängten, die sie nicht wieder fortschieben konnte.

»Warum so grimmig? Woran denkst du denn, Annie Mercury?«, er betrachtete sie mit einem warmen Lächeln auf den Lippen.

»Magst du Kandinsky?«

»Wen?«

Auch wenn sie es für unwahrscheinlich hielt, dass Paul nicht mal den Namen des expressionistischen Künstlers kannte, machte sie seine Antwort glücklich.

»Nicht so wichtig«, sie stützte sich auf der Tischplatte ab, lächelte ihn an und beugte sich zu ihm. »Du? Ich möchte dir irgendwann etwas von mir erzählen.«

»Hm, warum nicht jetzt?«, er befeuchtete seine Lippen und kam ihr entgegen. Ihre Gedanken verflüchtigten sich, bevor sie dafür Worte fand.

»Nein, noch nicht. Irgendwann.«

Sie sprach so leise, dass es ein Wunder war, dass er sie überhaupt verstand. Vielleicht las er die Worte auch von ihren Lippen ab, schwer zu sagen.

⚓

Annie saß auf dem Bettrand und blickte nachdenklich auf die Schlafzimmertür. Obwohl Paul sich einfühlsam und zurückhaltend verhielt, hatte sich alles in ihr gesträubt, ihn zu sich einzuladen. In ihr Schlafzimmer.

Jetzt tat es ihr leid, dass sie nicht über ihren Schatten gesprungen war. Ihr Herz wusste längst, was ihr Verstand noch nicht kapierte.

»Nicht so lange warten«, flüsterte sie in die Dunkelheit und knetete ihre Hände. Annie wollte ihm von Alexander erzählen. Sie wollte, dass er sie verstehen konnte – also straffte sie die Schultern und stand entschlossen auf.

»Gib' dir einen Ruck.«

Barfuß tapste sie über die Dielen, die leise knarrten, dann legte sie die Hand auf die Klinke, drückte sie hinab und öffnete die Tür.

Kaum hatten ihre Augen die Umrisse des Bettes in der Dunkelheit ausgemacht, da zischte Trudi an ihr vorbei ins Zimmer und sprang einfach mitten auf das Bett.

Im selben Moment ertönte ein ersticktes »*Ugh?*«.

»Oh, Entschuldigung«, kicherte sie. »Wir wollen nur…ich wollte nur…«

»Komm' her«, hörte sie ihn wispern. Er klopfte mit der Hand auf die Matratze. Ihr Herz überschlug sich fast, als sie auf die andere Seite des Bettes kroch und sich die Bettdecke bis zum Kinn hinauf zog. Die Baumwolle war noch ganz steif und roch nach Staub. Wahrscheinlich war schon lange niemand mehr in diesem Bett gelegen.

Trudi hatte es sich wie selbstverständlich zwischen den Kopfkissen bequem gemacht, doch Paul setzte sie kurzerhand auf den Boden zurück.

»Ab zu Theo, du freches Ding. Hunde gehören nichts ins Bett.«

Man hörte Krallen über den Holzboden scharren und dann ein frustriertes Ächzen, als Trudi sich hinlegte. Paul lobte sie leise, dann ließ er sich wieder zurücksinken.

Sein Gesicht war ganz nah.

»Und nun zu dir«, flüsterte er und tastete nach Annies Hand. »Schläfst du heute bei mir oder wie darf ich deinen Besuch verstehen?«

»Du sollst nicht denken, ich würde das nicht wollen. Deswegen bin ich hier«, sie atmete tief durch. »Kann ich dir jetzt etwas erzählen?«

»Natürlich. Du kannst mir alles erzählen«, er verstärkte den Druck seiner Hand.

Zögernd fing sie an, von der Zeit mit Alexander zu erzählen. Es war mühsam, die Worte auszusprechen, doch irgendwann reihten sie sich wie von selbst aneinander und formten ein Zeugnis. Paul streichelte ihre Hand. Obwohl es dunkel war, erkannte sie in seinem Gesicht, dass er mit ihr fühlte, dass er ganz bei ihr war.

Annie erzählte von der Verpflichtung, die sie ihrem Doktorvater gegenüber empfand, weil sie von seinem Wohlwollen, doch vor allem von seiner Bewertung abhängig war. Sie erzählte, wie sehr er sie eingeschüchtert hatte und dass sie am Anfang noch dachte, es sei ein Privileg, dass er sich so intensiv mit ihr beschäftigte.

»Hat er dir wehgetan?«, fragte Paul tonlos, als sie ihm schließlich von Kandinsky und den sogenannten Bespre-

chungen im Büro des Professors erzählte.
»Nein, nicht so«, sie seufzte gequält auf. »Aber ich hatte irgendwie das Gefühl, dass es gar keine Alternative dazu gibt.«
»Du wolltest es?«
»Ich hatte das Gefühl, ich müsste es«, sie schluckte trocken. »Es war wie ein Tauschgeschäft. Ich weiß, wie das klingt und ich fühle mich wirklich schmutzig deswegen.«
Plötzlich kam das Schuldgefühl zurück und Annie senkte den Blick, weil sie seinem entgehen wollte und weil sie sich für ihren Selbstverrat schämte.
»Du bist nicht schmutzig. Meine Güte. Er ist schmutzig. Er hat dich ausgenutzt, Annie«, er fuhr mit den Fingern durch ihr Haar. »Deine Abhängigkeit und seine Macht.«
»Aber ich hätte ja jederzeit gehen können, weißt du?«, sie lachte bitter auf. »Aber nein, stattdessen habe ich es einfach geschehen lassen, weil ich nicht wollte, dass er meine Karriere gefährdet. Ich habe es schöngeredet, habe es bagatellisiert, aber eigentlich fühle ich mich seit Monaten erbärmlich.«
Sein Blick glitt über ihr Gesicht. Er schwieg und schien über ihre Worte nachzudenken, dann zupfte er sanft an ihrem Ohrläppchen.
»Und jetzt? Ist die Sache mit diesem Mann vorbei?«
»Ja, vorbei«, sie nickte. »Nur mein Fundament, mein Selbstverständnis, ist dadurch ziemlich ins Wanken geraten. Es dauert bestimmt noch eine Weile, bis ich das Gleichgewicht wiedergefunden habe.«
»Alles kommt ins Lot. Du musst nicht mehr dorthin zurück«, versprach er und küsste ihre Hand. »Und irgendwann kannst du dir verzeihen, weil du verstehst, dass er der Schuldige ist, nicht du. Er hatte Macht und du warst von ihm abhängig. Jedenfalls hast du das geglaubt.«
»Vorbei«, wiederholte sie, als wollte sie sich selbst davon überzeugen, dann suchte sie seinen Blick. »Genug davon. Er gehört nicht hierher. Kannst du mir nicht etwas erzählen?

Irgendwas?«
Paul nickte, dachte einen Moment nach und fing dann an, ihr etwas von seinen Bienen zu erzählen – von Nektar und Honigtau, Königinnen und flüssigem Gold. Es war schön, die Hand auf seine Brust zu legen und nicht nur den Herzschlag, sondern auch die Resonanz seiner Stimme zu spüren, wenn er sprach. Es war beruhigend.

⚓

»Was hast du denn eigentlich da?«, sie streichelte mit den Fingerspitzen über die Haut seiner Brust.
»Das ist verbrannt«, erwiderte er mit heiserer Stimmt und blickte an sich hinab. »War ein kleiner Unfall in meiner Kindheit.«
»Oh, und was ist passiert?«
»Jérôme sollte den Tisch im Garten decken und als er die Suppe durch den Flur getragen hat, stand ich im Weg. Das war wohl ein heftiges Drama. Zum Glück war ich so jung, dass ich mich kaum mehr daran erinnern kann.«
»Herrje, Paul. Das muss aber eine ziemlich große Verbrennung gewesen sein, oder?«
Sie ließ den Zeigefinger über seine Haut wandern. Man spürte deutlich, wo sie unversehrt, weich und samtig, und wo sie vernarbt war.
»Ach, halb so wild. Ich muss eben in der Sonne aufpassen. Zum Glück kann man das gut verstecken.«
»Nicht vor mir«, sie lächelte ihn an.
»Strandräuber, ne? Du magst es, weil es so verdammt gefährlich aussieht.«
»Ich mag dich.«
»Dann sollte ich mir dazu keine spannendere Geschichte einfallen lassen?«, fragte er belustigt. »Meinst du, das reicht, um dich zu beeindrucken?«
»Naja, weißt du, die Vorstellung, dass du dich bei einer See-

schlacht von einem brennenden Schiff retten musstest, ist auch nicht schlecht«, räumte sie lachend ein.
Er nahm ihre Hand und legte sie dorthin, wo sie seinen Herzschlag fühlen konnte. Eine Weile lagen sie schweigend nebeneinander. Irgendwann hatte sie das Gefühl, ihre Herzen hätten einen gemeinsamen Takt gefunden. Obwohl Annie die Aufregung in ihrem Körper als leises Knistern wahrnahm, fühlte sie sich geborgen – warm und behütet. Irgendwann schlief sie ein.

»Wir treffen uns später.«
Nachdem sie trotz der morgendlichen Kälte auf der Bank vor dem Fischerhaus gefrühstückt hatten, schulterte Paul seinen Rucksack und streichelte ihr liebevoll über die Wange. »Ich denke, ich bin bis heute Abend in Landévennec, aber danach komme ich hier vorbei und hole dich ab.«
»Und dann nehme ich den Schlüssel mit und wir erleben ein Abenteuer, ja?«, sie deutete auf den Salzkristall.
»Mhm, du kannst es ja versuchen, Annie Mercury«, er zwinkerte ihr zu und hängte sich die Leine um den Hals. »Vielleicht hast du Glück.«
Sie trug immer noch den Streifenpyjama und darüber seinen Wollcardigan, in den sie sich fest eingewickelt hatte. Alles roch nach ihm und ein wohliger Schauer lief ihren Rücken hinab, als sie daran dachte, was gestern zwischen ihnen geschehen war.
»Also dann?«, sie blinzelte ihn mit geröteten Wangen an.
»Hattest du früher eigentlich Segelohren?«
»Was? Oh nein«, jammerte sie und legte sich beide Hände auf die Ohren. Tatsächlich hatte Annie als kleines Mädchen Segelohren gehabt, die irgendwann jedoch korrigiert worden waren, weil Géraldine schließlich eingesehen hatte, dass man die Hänseleien nicht unbedingt provozieren musste.

»Ich erinnere mich nämlich an ein Kind«, erklärte er amüsiert. »Ich dachte, es sei ein Junge gewesen, aber manchmal kann man das bei Kindern ja nicht so genau sagen.«
»Ja, das war bestimmt ich. Na toll. Ich war der Junge mit den Segelohren«, sie seufzte gequält auf und verzog das Gesicht. »Dabei wäre ich auch gerne das Mädchen gewesen, an das du dich erinnerst, weil es so schön war.«
»Hey, ich kann mich sehr gut an dich erinnern, schönes Mädchen«, er legte seine Hand in ihren Nacken und küsste sie zärtlich, dann drehte er sich um und spazierte gemächlich an den Klippen entlang, während Theo neben ihm her tänzelte und voller Stolz einen Stock im Maul trug, den er Trudi abgeluchst hatte.
Annie blickte ihnen mit einem seligen Lächeln auf den Lippen nach. Ihr Herz war so weit wie das Meer und sie konnte nicht sagen, wann sie das letzte Mal so glücklich gewesen war? Dieser Ort – es musste daran liegen, dass dieser Ort verzaubert war. Schon als Kind hatte sie hier die schönsten Momente ihres Lebens verbracht und auch jetzt hatte sie das Gefühl, von etwas Magischem umgeben zu sein.

Obwohl Annie heute den ganzen Tag damit beschäftigt war, das *Maison des Artistes* auf Vordermann zu bringen und dabei lautstark von den anderen Künstlern unterhalten wurde, konnte sie nicht aufhören, an Paul zu denken. Sie sah ihn ständig vor sich und ihr Herz reagierte allein auf diese Phantasien mit aufgeregtem Pochen.
Nachdem er sie bei den Felsen geküsst hatte, erzählte er ihr, dass er auch nach der Zeit im Konvent keine Frau mehr geküsst hatte. »Ich glaube, ich weiß gar nicht mehr richtig, wie das funktioniert«, er deutete lachend auf seine Lippen. Tatsächlich war sein erster Kuss noch ein wenig ungelenk und schüchtern, aber er besaß eine Unschuld, die Annie

berührte - und beruhigte.
»Ich weiß nicht, ob dir das klar ist, aber du siehst irgendwie dämlich aus«, riss Bartosz sie aus den Gedanken. Annie stand schon eine ganze Weile vor der geschlossenen Küchentür und wickelte sich gedankenverloren eine Haarsträhne um den Zeigefinger.
»So charmant«, sie streckte ihm die Zunge raus und sprang beiseite, um ihn mit dem Geschirrkorb vorbei zu lassen.
Nach ihm betrat sie die Küche. Schwere Gerüche lagen in der Luft. Auf dem Herd stand ein großer Topf mit Cotriade, einer bretonischen Suppe. Thymian, Knoblauch, Majoran und fangfrischer Fisch, den Anton heute Morgen direkt vom Schiff gekauft hatte. Annie lief das Wasser im Mund zusammen und sie stellte sich neben Martha, um in den Topf zu linsen.
»Du kommst doch auch, ma chérie?«
»Hm?«, Annie lächelte die Freundin ihrer Mutter an und brach sich ein Stück Baguette ab, um es in die Suppe zu tunken.
»Wir machen wieder einen Tanzabend mit den Kindern vom Campingplatz.«
»Und ich spiele Blockflöte«, verkündete Bartosz und verbeugte sich. »Was ist?«, er glotzte sie ungläubig an, als er ihre entgeisterten Gesichter bemerkte. »Jede Art von Musik ist Kunst und ich bin Künstler.«
Annie dachte an den Ticketschalter, in dem sich die Gitarren stapelten, und daran, dass es endlich an der Zeit war, Paul mit ins Quartier zu nehmen. Wenn er sie später abholte, würde sie mit ihm darüber sprechen.

⚓

Annie trug ihr weißes Leinenkleid mit dem Glockenrock und ja, möglicherweise sah sie so aus, als wäre sie bereit, augenblicklich zum Traualtar geführt zu werden. Vergnügt

summte sie vor sich hin, wedelte sich mit einem Ticket Luft zu und beobachtete Trudi, die gerade versuchte, Mäuse auszubuddeln.
Die Sonne war kurz davor ins Meer zu tauchen. Wiedermal wusste sie nicht genau, wann Paul hier ankommen würde, aber das störte sie nicht. Sie genoss die letzten Sonnenstrahlen und den Blick auf ein funkelndes, wogendes Meer.
Ein Hupen ließ sie herumwirbeln. Langsam fuhr der weiße Transporter den Hügel hinauf. Annie schob das Ticket in die Rocktasche, schnappte sich ihren Korb und flog ihm förmlich entgegen.
»Oh là là. Bonsoir Mademoiselle. Du siehst toll aus«, er küsste ihre Wange, als sie mit Trudi schließlich neben ihm saß und ziemlich erfolglos versuchte, den schmutzigen Hund von ihrem Kleid fernzuhalten, dann beugte er sich nochmal zu ihr und legte seine Lippen auf ihre. Erst noch zaghaft, dann entschlossener.
»Was für eine Begrüßung«, sie strahlte ihn an. Paul hatte wildes Haar, gerötete Wangen und trug ein dreckiges Baumwollshirt, dessen Farben zwischen Braun und Beige changierten.
»Bist du bereit?«, er legte seine Hand auf ihr Knie. »Wir fahren kurz bei mir vorbei, ich werfe den Ziegen ein bisschen Heu in den Stall und dann geht's los.«
»Ich bin schon lange bereit«, Annie öffnete ihre Faust und hielt ihm den kleinen Schlüssel unter die Nase.
»Nicht so lange wie ich. Ganz sicher nicht.«

⚓

Sie wusste es in dem Moment, in dem sie den Fuß auf den Waldboden gesetzt hatte.
»Paul«, flüsterte sie ihm zu und schüttelte ungläubig den Kopf. »Wer hat dir den Schlüssel gegeben? Du hast ihn aber nicht geklaut, oder?«

»Strandräuber bleibt Strandräuber«, er zuckte mit den Achseln, dann lachte er laut auf. »Ich sagte doch, dass ich ein paar Leute im Ort kenne.«

Er nahm sie bei der Hand. Sie stapften über einen schmalen Pfad, der von schulterhohen Ginsterbüschen flankiert wurde. Schon bald erreichten sie die Klippen und ihnen eröffnete sich die *Rade de Brest*, die den Atlantischen Ozean einschloss und seine Wellen zähmte. In der Ferne erkannte man das Glimmen der goldenen Hafenlichter.

Hie und da schaukelten kleine Schiffe auf dem Wasser. Ihre Lichter flackerten wie Glühwürmchen und Annie stieß einen entzückten Seufzer aus.

»Oh, sieh' nur. Das ist so schön«, überschwänglich drückte sie ihm einen Kuss auf die Wange.

»Warte, bis wir oben sind, Annie Mercury.«

Paul stieg vor ihr die Felsentreppe hinab.

If you say that you can't, then I shall reply
Parsley, sage, rosemary and thyme
O let me know that at least you will try
Or you'll never be a true love of mine.

{Scarborough Fair}

Rosmarin

Annie kam aus dem Staunen nicht mehr heraus. Es fühlte sich genau so an wie früher, als sie sich kopfüber in jedes Abenteuer gestürzt hatte, das sich ihr bot. Sofort entdeckte sie das Logbuch, das in der ersten Etage auf dem Tisch lag. Die Wärter der letzten Jahre hatten kurze Notizen hinein gekritzelt – unkenntlich und verblichen. Gemeinsam versuchten sie darin zu lesen, aber außer einigen Wörtern, die aus dem Kontext gerissen keinen Sinn ergaben, konnten sie nichts entziffern. In jeder Etage gab es etwas zu entdecken. Obwohl der Leuchtturm schon lange nicht mehr bemannt war, stand immer noch ein Bett neben dem Waschbecken, gab es immer noch eine kleine Küchenzeile mit dem nötigsten Geschirr und ein Regal mit abgegriffenen Büchern. Tatsächlich sah es so aus, als würde jeden Moment die Tür aufgehen und der Leuchtturmwärter mit einer Sturmlaterne hereinspazieren. Annie hätte zu gerne jede einzelne Schublade aufgezogen und durchforstet.

»Aber wer hat dir denn jetzt den Schlüssel gegeben?«, erkundigte sie sich neugierig, als sie gerade in der zweiten Etage vor dem runden Fensterchen standen und hinaus auf die Bucht blickten.

»Eine alte Freundin. Ihr Mann war früher für den Turm zuständig.«
»Und jetzt nicht mehr?«, sie ließ sich auf das Bett plumpsen, stand jedoch sofort wieder auf, weil es unter ihr bedrohlich laut ächzte.
»Er ist vor ein paar Jahren gestorben. Ich glaube, die Leute haben völlig vergessen, dass sie immer noch einen Schlüssel für den Turm hat«, Paul zwinkerte ihr zu und deutete nach oben. »Kommst du mit?«
Sie kletterten die enge Wendeltreppe weiter nach oben, bis sie schließlich im Leuchthaus standen. Da der Raum seinem Namen alle Ehre machte, mussten sie ihre Augen abschirmen und den Blick auf den Boden richten. Es umgab sie ein einziges Leuchten, das auch noch viele Seemeilen weit entfernt zu sehen war.
»Oh wow! Das ist fast wie früher, als wir hier hochgeklettert sind«, Annie stürzte zu den Fenstern, die den Raum ringsum umgaben. »Aber bei Dunkelheit ist es viel magischer. Mir fehlen die Worte, um zu beschreiben, wie schön es hier oben ist.«

Sie saßen nebeneinander auf der Plattform und hatten sich eine Decke um die Schultern gelegt, die Paul in weiser Voraussicht mitgenommen hatte. Hinter ihnen drehten sich mit einem leisen Brummen die Linsen um das Licht, das über ihre Köpfe hinweg in die Dunkelheit leuchtete. Vor ihnen schmiegte sich das Meer in die Bucht. Inzwischen war es Nacht geworden. Die Straßen auf der anderen Uferseite woben leuchtende Netze, Sterne flackerten am Himmel – der Moment war perfekt und Annie kam es vor, als würde sie schweben. Mit glänzenden Augen blickte sie Paul an, der sich zurückgelehnt hatte und ganz ruhig geworden war.
»Danke, dass du mich hierher gebracht hast. Weißt du, wie unglaublich romantisch das ist?«

»Natürlich weiß ich das«, schmunzelte er. »Was glaubst du, warum wir hier sind, hm? Am liebsten wäre ich schon viel früher mit dir hierher gekommen.«
»Wie du weißt, war ich schon immer bereit«, gluckste Annie und dachte daran, wie lange sie darum gebettelt hatte, endlich zu erfahren, welches Schloss dieser kleine, rostige Schlüssel wohl öffnen würde.
»Aber ich wollte noch ein bisschen damit warten«, Paul legte den Arm um ihre Schulter und zwinkerte ihr zu.
»Ach, du wolltest warten? Ich dachte, damit hättest du aufgehört?«, sie hob die Augenbrauen.
»Es sollte etwas ganz Besonderes sein. Du und ich. Wir waren schon als Kinder hier oben auf dem Turm und vielleicht saßen wir ja sogar wie jetzt nebeneinander? Genau an dieser Stelle?«
»Ja, wer weiß? Die Vorstellung ist jedenfalls sehr schön«, Annie ließ die Hand in ihre Rocktasche gleiten und tastete nach dem Ticket. Sie wollte nur spüren, dass es noch da war.
»Du auch. Du bist auch sehr schön, wirklich ganz besonders«, er strich ihr behutsam eine Haarsträhne hinters Ohr, um sie besser betrachten zu können. Obwohl sie sich gerade noch souverän und erhaben gefühlt hatte, breitete sich nun ein nervöses Kribbeln in ihrem Körper aus.
»Bin ich das?«, sie grinste verlegen und spürte Hitze in sich aufwallen.
»Für mich schon.«
Ihr Herz schlug Kapriolen, als sich ihre Blicke begegneten. Annie atmete tief durch, dann setzte sie sich kerzengerade hin.
»Du, ich habe vorhin etwas in meinem Koffer gefunden und ich muss es dir zeigen«, ihre Stimme überschlug sich. »Es ist...keine Ahnung...ein Wunder?«
Sie zog das Ticket aus ihrer Rocktasche – eine kleine Reise in die Vergangenheit.

»Oh?«, er runzelte die Stirn. »Was ist denn das?«
Eigentlich war sie viel zu hibbelig, um still sitzen zu bleiben, doch Annie versuchte, sich zu beherrschen und beobachtete ihn mit zusammengekniffenen Lippen.
»Das ist ein Zugticket?«, er hob hilflos die Schultern. Offensichtlich wusste er nicht, was er mit dem alten Fahrschein anfangen sollte.
»Die Fahrt von Rennes nach Brest. Weißt du noch, als ich das Ticket bei dir entdeckt habe? Du hattest dich mit einem Freund in Rennes getroffen«, sie funkelte ihn an.
»Jaha?«
Auch wenn Paul immer noch verwirrt dreinblickte, meinte sie in seinen Augen zu erkennen, dass er langsam begriff – aber Annie konnte beim besten Willen nicht mehr abwarten, bis die Erkenntnis zu seinem Verstand durchgesickert war. Es fühlte sich an, als habe sie höchstpersönlich die Weltformel entdeckt. Annie platzte fast.
»Und weißt du was? Ich bin an dem Tag auch mit dem Zug gefahren«, rief sie aus und klatschte vor Begeisterung in die Hände. »Mit diesem Zug! Um diese Uhrzeit! Von Rennes nach Brest!«
Paul schnappte ihr das Ticket aus der Hand und hielt es sich unter die Nase, um die Buchung zu studieren.
»Ach ne?«, er schüttelte ungläubig den Kopf. »Wir saßen im selben Zug, oder was?«
»Das ist noch nicht alles«, sie griff nach seiner Hand. Vermutlich tat sie das, weil sie das Gefühl hatte, sich irgendwo festhalten zu müssen. »Wenn du dich nicht im Abteil geirrt hättest, dann wären wir uns schon viel früher begegnet. «
»Was sagst du da?«, er ließ seine Augen immer wieder über den Fahrschein wandern, dann glotzte er sie an. Seine Füße wippten nervös. »Das ist doch verrückt, Annie Mercury.«
»Wir hätten uns ganz bestimmt schon ein bisschen früher kennengelernt«, säuselte sie und war so ergriffen, dass sie die

Hände vor der Brust wie zum Gebet faltete. »Und wer weiß, wie oft wir uns davor schon nah gewesen sind, ohne es zu wissen? Weißt du…«

»Wir hätten uns bestimmt schon früher kennengelernt, wenn du ein besseres Gedächtnis hättest«, er straffte die Schultern und wedelte mit dem Ticket durch die Luft. »Ich saß am Fenster. Aber wo warst du?«

»Offensichtlich hast du dich im Abteil vertan«, zwitscherte sie unverdrossen. »Ich saß ganz sicher auf dem richtigen Platz.«

»Ne, das kann nicht sein«, er zog sie in seine Arme und küsste sie zärtlich. »Du warst von der langen Reise bestimmt ganz durch den Wind und hast da etwas durcheinander gebracht.«

»Vielleicht?«, seufzte sie und legte ihre Hand auf seine Wange, die sich von der Nachtluft eisig kalt anfühlte. »Einer von uns muss sich ja geirrt haben. Aber wie auch immer – ich habe das Gefühl, dass zwischen uns etwas ist, etwas – ich weiß nicht….«

»Etwas Traumhaftes vielleicht?«, er küsste ihre Hand.

»Oh, geht die Leier wieder los? Du willst entweder ein Traum oder ein Strandräuber sein. So viel habe ich schon verstanden.«

»Naja, eigentlich will ich einfach nur das sein, was du willst.«

»Du kannst alles sein, aber bitte kein Traum«, kicherte sie und kuschelte sich an ihn. Als Paul das Ticket beiseite legen wollte, griff der Wind nach dem Papier und riss es fort.

»Oh nein!«, mit einem Satz war Annie aufgesprungen. Sie versuchte danach zu fassen, doch der weiße Fahrschein wirbelte schon durch die Lüfte. »Oh bitte nicht!«

Annie beugte sich weit über das Geländer. Das Ticket wurde immer weiter weggeweht, bis es von der Dunkelheit verschluckt wurde und nicht mehr zu sehen war.

»Aber das war doch mein Beweis«, jammerte sie. «Das war

der Beweis, dass...«

»Du brauchst doch gar keinen Beweis, Annie Mercury«, hörte sie eine Stimme ganz nah an ihrem Ohr, dann spürte sie Arme, die sich um sie legten und einen Körper, der sich an sie drückte. »Das hier ist doch Beweis genug.«

Eine ganze Weile standen sie da, folgten dem Lichtkegel mit ihren Blicken und träumten vor sich hin, bis Annie sich schließlich umdrehte, weil sie kaum noch wusste, wohin mit ihren überschäumenden Gefühlen. Sie stand unter Strom und es kam ihr vor, als könne man das Knistern trotz des Windes deutlich vernehmen.

»Kalt?«

Paul lächelte sie an, doch anstatt ihm zu antworten, küsste sie ihn so leidenschaftlich, dass sie selbst davon überrascht war. Alles schien sich zu drehen, schien zu leuchten und wild umher gewirbelt zu werden, als Paul ihr Kleid hochraffte und anfing, sie zu streicheln. Das grelle Licht des Leuchtturms, das unentwegt über ihre Köpfe hinweg wanderte, war ihr Scheinwerferlicht. Die Wellen ihr Publikum. Annie konnte den rauschenden Applaus hören. Über ihnen ein lautloses Sternenmeer, unter ihnen ein Meer, das toste und sprudelte. Und in ihnen? Ein anderes Meer. Sie lachte. Völlig surreal.

Er ließ seine Hände über ihre Taille gleiten, dann presste er sie mit dem Rücken an die kühle Steinwand. Sie standen hoch oben auf einem Turm, von dem aus sie die Welt sehen konnten, die dunkel vor ihnen lag. Annie hatte das Gefühl den Boden unter den Füßen zu verlieren, als Paul ihren Namen flüsterte – sie ließ sich einfach fallen.

»Du frierst doch.«

Vorsichtig tastete sie nach seiner Gürtelschnalle.

»Nicht kalt«, flüsterte sie und bemerkte erst jetzt, dass sich die Härchen ihres Körpers aufgestellt hatten.

»Schwindlerin!«

Er schob sie vor sich her ins Leuchthaus, schnappte sich im Vorbeigehen die Decke und breitete sie schließlich auf dem staubigen Holzboden aus.

»Ich weiß, es ist nicht gerade…«

»Es ist perfekt«, Annie küsste ihn zärtlich auf die Lippen, dann ließ sie sich auf der Decke nieder. Ohne zu zögern kniete er sich hin und beugte sich über sie, sodass ihm das Haar ins Gesicht fiel. Für einen kurzen Moment ließ er seine Augen über ihren Körper wandern, dann berührten seine Lippen ihren Mund. Annie konnte die Hände spüren, die nach den Knöpfen ihres Kleides griffen. Es dauerte eine Weile, bis er es geschafft hatte, sie zu öffnen. Er küsste sie mit geschlossenen Augen. Er küsste ihren Hals, ihre Schultern und ließ seine Hände tiefer wandern, bis sie unter ihren Slip glitten. Annie erschauderte. Nur für den Bruchteil einer Sekunde dachte sie an Alexander, doch dieses kurze Innehalten genügte, um Paul aufblicken zu lassen.

»Alles okay?«

Entschlossen griff sie nach dem Saum seines Shirts und schob es so weit nach oben, dass er nur noch hinausschlüpfen musste. Seine Haut sah seidig aus. Schneeweiß, aber glühend. Annie streichelte über seine Brust und das feste Narbengewebe der Brandwunde.

Langsam ließ sie den Zeigefinger über die dunklen Haare wandern, die um seinen Bauchnabel herum sprossen und sich nach unten zu einer Linie verdichteten.

»Pardon«, japste er und blickte prüfend an sich hinab. »Ich habe so oft daran gedacht, wie es wäre, dir so nah zu sein. Ich habe es mir so oft vorgestellt.« Plötzlich schlugen tausend Herzen in ihrem Körper. Sie versuchte sich jedes seiner Worte einzuprägen. Sie wollte keine einzige Silbe jemals wieder vergessen. »Da gibt es noch so viele Dinge, die ich dir sagen will. Ich will dir noch so viel erzählen, Annie, weil…«

»Ja«, hauchte sie. »Erzähl' mir alles.« In diesem Moment fuhr sie mit den Fingern unter den Bund seiner Jeans. Paul lachte.

»Später. Wir haben noch Zeit«, raunte er, öffnete seine Gürtelschnalle, den Knopf seiner Hose und den Reißverschluss – schließlich landete die Hose irgendwo hinter ihnen auf dem Boden. Annie legte die Hand in seinen Nacken und zog ihn zu sich, um ihn zu küssen. Seine Haut auf ihrer Haut. Sein leises Seufzen in ihrem Ohr und seine Hände, die sie zärtlich streichelten. Voller Entzücken blinzelte sie in ein erhitztes Gesicht, das ihr inzwischen so vertraut geworden war, als wäre es eine Reflexion ihrer selbst. Ihr Herzschlag beschleunigte sich, als er sich auf sie schob. Alles war Rhythmus. Ihre Bewegungen, der Takt ihrer Herzen und ihrer Atemzüge. Wie Wellen. Obwohl sie engumschlungen dalagen und kein Blatt zwischen sie gepasst hätte, war zwischen ihnen mehr als Annie jemals für möglich gehalten hatte. Mehr als alles, was sie jemals zuvor mit einem anderen Menschen erlebt hatte. Die Luft schien lichterloh zu brennen, während draußen finstere Nacht herrschte und sich der Wind gegen die Fensterscheiben drückte. Etwas pulsierte durch ihre Adern – es war dieses warme Gefühl, nicht einfach nur mit jemandem zusammen zu sein, sondern sich mit einem anderen Menschen auf allen erdenklichen Ebenen zu verbinden.

⚓

»Du, Paul? In der Wartehalle gibt es doch dieses Kabuff mit den ganzen Gitarrenkoffern«, sie schmiegte sich an ihn. »Kannst du darauf spielen?«

»Willst du ein Lied hören?«, er hauchte einen Kuss auf ihre Schulter, dann zog er fürsorglich die Decke darüber. »Das

wolltest du doch bestimmt fragen, oder?«
»Ja, bitte. Das wäre echt toll.«
»Gibt es besondere Wünsche?«
Annie drehte sich um, sodass sie ihm ins Gesicht blicken konnte. Sie dachte kurz an die Kopfhörer und an die Tischtennisplatte – *Who wants to live forever?* - doch dann fiel ihr wieder ein, dass sie Columbus war und dass es immer noch unbekannte Landstriche zu entdecken galt. Amerika, dessen Haar in alle Himmelsrichtungen von seinem Kopf abstand.
»Irgendein Lied, das du sehr magst und mit dem du etwas verbindest«, antwortete sie nach einer Weile. »Ein Lied mit einer Geschichte.«
Er betrachtete sie ruhig und schien eingehend darüber nachzudenken.
»Es gibt da ein sehr altes Lied, das mich irgendwie schon immer fasziniert hat«, seine Hand glitt unter die Decke, um ihr Bein zu streicheln. Mit leiser Stimme erzählte er von einem Duett, bei dem sich ein Mann und eine Frau gegenseitig unlösbare Aufgaben stellten.
»Nur wenn du mein Hemd, in einem trockenen Brunnen wäschst, kann ich glauben, dass deine Liebe echt ist«, er zwinkerte ihr zu.
»O Romeo, aber das ist doch unmöglich?«, sie machte eine theatralische Geste und kicherte. »Was kann man da nur tun?«
»Du musst das Unmögliche wagen. Darum geht's«, er senkte den Blick und bewegte lautlos die Lippen als würde er in Gedanken etwas formulieren, dann schüttelte er seufzend den Kopf.
»Ich glaube, ich habe schon wieder die ganzen Strophen vergessen. Aber den Refrain kennst du vielleicht: *Are you going to Scarborough Fair?*«
»*Parsley, sage, rosemary and thyme?*«, ihre Augen weiteten sich.
»Genau, das ist's!«, Paul lachte auf. »Früher habe ich nie

kapiert, warum man in dem Lied immer von irgendwelchen Kräutern singt. Ich fand das total schräg, aber irgendwann hat mir ein Freund erklärt, dass es da eigentlich um einen Liebeszauber geht. Jedes Kraut hat eine besondere Bedeutung. Rosmarin steht für…«

»Es muss Liebe sein«, schloss sie den Satz und bedachte ihn mit einem entzückten Lächeln. Ihr Herz fing an zu galoppieren, als er ihren Blick erwiderte und langsam nickte. »Ophelia hat Hamlet jedenfalls einen Rosmarinkranz als Zeichen ihrer Liebe geschenkt.«

»Rosmarin steht für Liebe. Und für Erinnerung.«

Sein Lächeln wurde breiter und das Leuchten seiner Augen intensivierte sich. Es war so glühend, dass Annie sich einbildete, es warm auf ihrer Haut spüren zu können.

Als Paul ihr die Melodie des Liedes vorsummte, kniff sie die Augen zusammen und konnte nicht anders, als leise zu lachen. Sie lag auf einem Leuchtturm in den Armen eines Mannes, der ihr mit ernster Miene von einem Liebeszauber erzählte. Sie lag in den Armen eines Mannes, mit dem sie als Kind über schroffe Felsen geturnt war. Annie fand dorthin zurück, wo Rosmarin nicht nur ein Küchenkraut war. Rosmarin stand für Liebe und für Erinnerung.

⚓

»Würdest du mit mir ins Künstlerquartier kommen?«, fragte sie ihn und spielte mit den Kordeln seines Sweaters, der unter ihrem Kopf lag. »Wir feiern mit den Kindern vom Campingplatz gegenüber nämlich ein großes Tanzfest.«

»Oh pardon, ich bin echt kein guter Tänzer. Das sieht immer ziemlich komisch aus«, er zog die Nase kraus. »Du würdest dich an meiner Seite nur blamieren.«

»Aber wenn du nicht tanzen kannst, dann könntest du vielleicht ein bisschen Musik für uns machen?«

»Meine Finger sind eingerostet und meine Stimmbänder

nicht geschmeidig«, er hustete demonstrativ. »Das würde furchtbar klingen.«
»Das kann ich mir nicht vorstellen«, sie stupste ihn an. »Weißt du, Bartosz hat damit gedroht, Blockflöte zu spielen. Das wird bestimmt alle Gäste vergraulen. Du musst uns einfach helfen. Es wäre unverantwortlich, wenn du nicht kommen würdest!«
»Boah, Annie«, er raufte sich das Haar und grinste schief. »Ich bin eigentlich überhaupt nicht der Typ, der gerne vor Publikum spielt. Wann soll dieses Fest denn stattfinden?«
»Erst nächste Woche«, sie küsste ihn sanft. »Du hast also noch genug Zeit zum Proben. Und ich helfe dir.«
»Aha? Wie denn? Spielst du das Publikum? Und, was noch wesentlich wichtiger ist: was bekomme ich eigentlich dafür, wenn ich zu diesem Tanzfest komme?«
»Du bekommst Besuch von mir und vielleicht sogar ein leckeres Abendessen auf dem Bahnsteig, wenn du dir Mühe gibst?«
»Hm, das klingt zwar ganz nett, aber weißt du…«, er ließ seine Fingerspitzen langsam ihren Arm entlang wandern. »Könntest du wieder ein bisschen näher kommen?«
»So vielleicht?«, Annie krabbelte rittlings auf seinen Schoß und zog die Decke über sich. »Ist das nah genug?«
»Aber jetzt kannst du das Meer gar nicht mehr sehen?«, Paul funkelte sie an und legte seine Hände auf ihre Hüften.
»Das stimmt nicht, Monsieur! Ich sehe jetzt viel mehr als davor«, lachte sie leise und fuhr mit beiden Händen durch sein Haar.

Seit zwei Tagen verspürte Annie einen eigenartigen Druck. Es war kein Schmerz, sondern ein konstantes Surren, das in ihrem Schädel oszillierte. Wahrscheinlich war sie völlig berauscht von den ganzen Endorphinen, die ständig durch

ihren Körper jagten, so dass ihrem Verstand ganz schummrig wurde.
Obwohl noch ein paar Wochen vor ihr lagen, dachte Annie schon jetzt mit bangen Gefühlen an ihre Heimkehr. Wie sollte das nur funktionieren? Paul hatte kein Mobiltelefon und eine Internetverbindung, die so langsam war, dass man den Ziegenstall ausmisten konnte, während sich die Startseite aufbaute. Annie hatte es selbst ausprobiert.
Es war ihr immer noch ein Rätsel, weshalb sie sich so verdammt sorglos in die Arme eines Menschen fallen lassen konnte, den sie im Grunde kaum kannte. Je größer Paul wurde, desto mehr schrumpfte Alexander. Er war kaum noch zu sehen und – was wesentlich wichtiger war – kaum noch zu spüren. Stattdessen füllte Paul jeden Winkel ihres Herzens aus. Wahrscheinlich war es das, was es so einfach machte.
Hier in Frankreich war alles weit weg. Annie verschwendete kaum noch einen Gedanken an ihre Dissertation und die ungewisse Zukunft – sie war hier, *seulement ici*. Manchmal ertappte sie sich sogar dabei, wie sie sich Tagträumereien hingab, in denen sie in einem Bahnhof lebte und mit einer Imkerpfeife um Bienenstöcke herumtänzelte. Es war eine Gedankenspielerei, die ihr einerseits Vergnügen bereitete, sie andererseits jedoch daran erinnerte, dass die Zeit begrenzt war. Natürlich würde sie nachhause fahren – und dann war alles ungewiss.

Es war seit dem Ausflug zum Leuchtturm kein Tag vergangen, an dem sie sich nicht gesehen hatten. Mehr noch – es hatte keine Nacht mehr gegeben, in der Annie nicht an seiner Seite schlief. Keiner stellte die Frage, ob es zu viel oder zu schnell war. Es war einfach so.

Es kam vor, dass Annie mitten in der Nacht mit einem Fuß im Gesicht aufwachte, weil Paul wieder durchs Bett turnte. Er schlief sehr unruhig. Manchmal wachte sie auf und merkte, dass sie auf seinem Arm lag, weil er es mochte, seine Hand unter ihren Körper zu schieben. Es genügte im Grunde schon der kleine Finger, aber Paul wollte sie nachts bei sich spüren, ohne dass er selbst erklären konnte, warum er diese Berührung brauchte. Er zuckte nur grinsend mit den Schultern, wenn sie ihm am nächsten Morgen wieder von seiner nächtlichen Akrobatik erzählte.
»Vielleicht will ich sicherstellen, dass du nicht heimlich abhaust?«

⚓

Eines Nachts – sie hatte schon tief und fest geschlafen – schreckte sie auf. Nein, es war nicht möglich. Sie fuhr mit beiden Händen über ihre Kehle. Woher kam dieses ächzende Geräusch? Erst als sie spürte, wie eine Faust auf die Matratze einschlug, wandte sie den Kopf um.
Paul lag mit verzerrtem Gesicht neben ihr und schien sich unter Schmerzen zu winden. Sein ganzer Körper hatte sich verkrampft.
»Wach' auf, Paul«, flüsterte sie ihm ins Ohr und streichelte liebevoll über seine Wange. Die Haut war nass und Annie wusste nicht, ob es Schweiß oder Tränen waren. Paul schrie kurz auf, dann starrte er sie aus weit aufgerissenen Augen an. Der Atem rasselte durch seine Lungen und er brauchte eine Weile, bis er sich orientiert hatte.
»Sind wir sicher?«, fragte er sie mit brüchiger Stimme.
»Alles ist gut. Du bist zuhause«, Annie schlang die Arme um ihn. »Du hast nur geträumt.«
»Was war das? Ein Traum? Mein Gott«, er wischte sich mit dem Handrücken über die Augen und blickte sich um, dann setzte er sich auf und atmete tief durch.

»Was hast du denn geträumt?«

Paul griff zu der Wasserflasche, die sie ihm reichte, und trank in großen Schlucken, bevor er den Kopf in die Hände stützte und mit belegter Stimme antwortete.

»Alles war so schnell und ich dachte die ganze Zeit, dass wir langsamer machen müssen. Ich hatte echt Angst, dass wir sterben, wenn wir weiter so rasen. Ich habe dich nicht gesehen, aber du warst auch da. Ich weiß, dass ich dein Ticket in der Hand hatte«, er fuhr sich durchs Haar und blies die Wangen auf. »Und plötzlich - «, Paul klatschte in die Hände. »Irgendwas ist mir an den Kopf geknallt. Da waren irgendwelche Lichter. Blitze. Alle haben geschrien. Es war so laut. Ich wusste nicht, wo du bist. Das war schrecklich. Einfach nur schrecklich.«

Annie kroch in seine Arme und streichelte seine Brust, die immer noch unter heftigen Atemzügen bebte.

»Sind wir in einem Zug gefahren?«

»Ich glaube, dieser Bahnhof wächst mir langsam über den Kopf«, er lachte hell auf und tippte sich an die Stirn. »Der Bahnhofswärter dreht durch. Wie die Männer auf Tevénnec, weißt du noch?«

»Aber eigentlich müsste doch ich die wirren Träume haben, oder? Ich bin doch für den Nachtschrecken zuständig.«

»Du hast mich wahrscheinlich angesteckt. Das war Traumübertragung. Hast du das absichtlich gemacht?«, Paul rollte sich auf sie und drückte seine Lippen auf ihre. Er schmeckte salzig.

⚓

»Nein, so ein Mensch ist er nicht«, Annie schüttelte den Kopf und steckte sich eine Weintraube in den Mund. »Wenn Paul sagt, dass er kommt, dann kommt er auch. Er verspätet sich nur.«

»Aber wir können nicht so lange warten. Die Gäste wollen

tanzen«, Martha warf einen Blick auf die Uhr, dann deutete sie auf die Menschen, die an einer Tafel unter der üppigen Eiche saßen und sich gegenseitig zuprosteten. »Sonst muss Bartosz flöten.«

»Nein, nein. Das wäre grob fahrlässig. Weißt du, Paul hat für heute Abend sogar ein paar Lieder einstudiert«, erklärte sie unbeirrt. »Wahrscheinlich kann er sich nicht entscheiden, welche Gitarre er mitnehmen soll. Er kommt ganz bestimmt.«

»Wie war das nochmal, chérie? Du kennst ihn vom Strand?«

Gerade als Annie mit glühenden Wangen zu einer Antwort ausholen wollte, kam ein Mädchen angerannt und hängte sich an Marthas Rockzipfel.

»Ach, er soll es mir einfach selbst erzählen, wenn er kommt«, Martha ließ sich lachend fortführen, um den Kindern mit dem bunten Schwungtuch zu helfen.

Annie blieb zurück und nagte angespannt an ihrer Unterlippe. Und wenn nicht? Auch wenn sie noch keinen einzigen Moment daran gezweifelt hatte, dass Paul kam, wurden nun doch die ersten Zweifel laut. Er war schon fast eine Stunde zu spät.

»Das ist doch Blödsinn«, sie lachte spöttisch auf, weil es einfach abwegig war.

Gestern hatte Paul seine Gitarre sogar mit ins Bett geschleppt, um noch ein bisschen darauf herum zu klimpern, während Annie bereits vor sich hin döste. Sie war abends neben ihm auf dem Bahnsteig gesessen und hatte die Beine baumeln lassen, während er ihr ein paar Lieder vorspielte. Paul hatte sich vorbereitet und er würde kommen, weil er es ihr versprochen hatte.

Als ihr Blick auf das Mikrophon fiel, das vor dem *Maison des Artistes* auf ein paar Paletten stand, die als provisorische Bühne dienten, seufzte sie inbrünstig auf. Er würde kommen.

Doch er war nicht gekommen und Annie war ziemlich betrunken. Ihr Gemüt stolperte von Wut, über Sorge zu absolutem Unverständnis. Hatte sie sich nicht klar genug ausgedrückt? Was zur Hölle war los mit diesem Mann?
Martha bedachte sie mit einem bekümmerten Blick, als sie spät in der Nacht auf ihr Fahrrad stieg, um nachhause zu fahren.
»Und du meinst wirklich, dass das eine gute Idee ist?«
»Ja! Ich muss diesem Idioten morgen ordentlich die Leviten lesen«, erwiderte Annie aufbrausend. »Einfach nicht aufkreuzen. Ha! Nicht mit mir.«
Sie schaute sich nicht um, als sie auf ihrem Fahrrad über den Pfad davon sauste. Trudi wagte es nicht, die Nase in den Wind zu strecken, sondern lag zusammengekauert in ihrem Korb.
»So ein Mistkerl«, schnaubte Annie, nur um sich im selben Moment zu fragen, ob ihm vielleicht etwas zugestoßen war.
»Ach Quatsch. Du brauchst jetzt gar kein Mitleid haben, ja? Ich laufe ihm ganz bestimmt nicht hinterher. Wenn er meint, er könnte mich einfach versetzen, dann bitte. Aber er soll nicht glauben, dass ich ihm jemals wieder dabei helfe einen Zaun zu bauen.«
Annie fuhr schimpfend durch die Dunkelheit. Der Wein hatte sie so erhitzt, dass sie gar nicht merkte, wie kalt der Wind war, der über das Meer wehte.
Plötzlich spürte sie einen stechenden Schmerz und griff sich an die Stirn.
»Das war eindeutig zu viel Rotwein«, stöhnte sie.
Annie verlangsamte ihr Tempo und atmete tief durch. In der Ferne hörte sie den vertrauten Ruf des Käuzchens, das in dem kleinen Wald lebte, in dem auch der Bahnhof stand. Es rief lauter als sonst, obwohl Annie sich bereits weit davon

entfernt hatte.
Trudi rappelte sich auf und schnupperte in die Luft.
»Das ist das Meer«, seufzte Annie und tätschelte den Kopf des kleinen Hundes. »Es riecht nach Fisch, hm? Du bekommst zuhause eine ganz große Por...«
Mit einem Satz sprang Trudi aus dem Korb und zischte in die Dunkelheit. Annie vernahm nur noch ihr schrilles Bellen.
»Komm' sofort zurück«, schrie sie und spürte sofort, wie sich die Angst in ihrer Kehle festkrallte. Die Klippen waren steil, der Felsen schroff und das Meer tobte.
Annie traute ihren Augen kaum, als sich auf einmal zwei Hunde aus der Schwärze der Nacht lösten und auf sie zu schossen.
»Theo?«, sie bremste scharf und beugte sich hinab, um den zotteligen Hund zu begrüßen. Sein Fell war ganz nass und er hechelte so stark als wäre er schon weit gerannt.
»Was ist denn?«, sie glotzte ihn irritiert an. »Was ist denn passiert, Theo?«
Der Hund kläffte, dann rannte er davon, nur um wenige Meter weiter stehenzubleiben und sich nach ihr umzusehen.
»Was denn?«, Annie schüttelte den Kopf und blickte sich suchend um. »Wo ist Paul?«
Theo kläffte, kam zu ihr zurück, machte wieder kehrt und kläffte nochmal.
«Sollen wir mitkommen?«
Als Theo anfing kläglich zu winseln, zog sich ihr Magen schmerzvoll zusammen. Annie setzte Trudi zurück in den Korb und kletterte auf den Sattel. Ihr Herz raste, als sie Theo über die Pfade folgte. Obwohl die Kälte mittlerweile bis in ihre Knochen gekrochen war, stand Schweiß auf ihrer Stirn. Etwas lag in der Luft.
Sie spürte, dass sich die Atmosphäre verändert hatte. Paul musste etwas zugestoßen sein. Er hätte sie niemals versetzt.

Er hätte sie niemals allein gelassen. Wie konnte sie nur geglaubt haben, dass er so etwas tun würde?
Annie musste fest in die Pedale treten, um Theo nicht aus den Augen zu verlieren, was in der Dunkelheit ohnehin schwer genug war. Ihre Lungen schmerzten.
Plötzlich hatte sie Angst, plötzlich kamen die Tränen und dann stand sie in völliger Finsternis im Wald, dessen Boden jedes Geräusch verschluckte. Das Käuzchen rief aus dem dichten Geäst der Bäume und irgendwo klackerte ein Hundehalsband.
»Hallo? Ist da jemand?«, rief sie zaghaft, doch nur der Wind antwortete mit einem leisen Heulen, das ihr Mark erschütterte.
Sie tastete nach Trudi, die in ihrem Korb saß. Warmes Fell. Alles war gut. Annie atmete tief durch und sammelte all ihren Mut zusammen, um sich wieder auf den Sattel zu setzen und weiter zu fahren.
Sie würde ihn finden. Ihr Kopf dröhnte, aber ihr Herz dröhnte lauter.
»Hilfe!«, gellte ein Schrei durch die Nacht. Andere Richtung. Sie blickte sich panisch um.
»Wo bist du? Ich komme! Wo bist du?«
Sie fuhr so schnell sie konnte in die Richtung, aus der sie seine Stimme vermutete. Bald schon erkannte sie, dass es zwischen den schwarzen Baumstämmen heller wurde.
»Wo bist du?«
Als sie die Heide erreichte, schmiss sie das Rad in die Gräser und drehte sich suchend im Kreis. Ihr war schwindelig. Es fühlte sich an, als wären ihre Knochen gummiartig und kaum fähig, sie zu tragen. Annie rannte.
»Paul!«, weinte sie. »Wo bist du verdammt?«
Plötzlich spürte sie wieder diesen stechenden Schmerz in ihrem Schädel, doch dieses Mal taumelte sie nach hinten und fiel. Sie versuchte, irgendwo Halt zu finden, aber sie

griff ins Leere. Annie fiel und obwohl sie damit rechnete, jeden Moment hart auf dem Boden aufzuschlagen, fiel sie weiter.

Wohin?

Die Welt verrauschte vor ihren Augen.

Alles wurde tief. Alles wurde dunkel.

Irgendwo hörte sie ihren Namen.

Vielleicht.

Sie fiel in irgendwelche Zwischenräume.

Dann wurde alles still.

Oh, woe is me

T' have seen what I have seen - see what I see!

{Shakespeare, Hamlet}

Ophelia

»Ich bin's: die Mama, mein Schatz.«
Geschwollene Lider. Ein fremdes Gesicht mit glitzernden Tränen und blonden Haaren. Gurrende Tauben. Piepsen.
Und weg.

»Te raconter enfin qu'il faut aimer la vie, et l'aimer même si le temps est assassin et emporte avec lui les rires des enfants, et les mistrals gagnants.«
Eine vertraute Melodie. Eine Stimme ganz nah an ihrem Ohr. Schritte und ein klackernder Schlüsselbund. Desinfektionsmittel.
Und weg.

»Ich bin Ihr Arzt, Annemarie. Sie sind verletzt.«
Dunkler Bart, der im ganzen Gesicht wuchs, fremde Augen und ein Kruzifix an der Wand gegenüber. Backsteinpflaster, Sandalen und roter Nagellack.
Und weg.

»Ich wasche Sie, Annemarie. Das Wasser ist warm. Sie werden es mögen.«
Pfoten auf der Bettdecke – tapps, tapps - eine warme Hundeschnauze, die sich an ihre Wange drückt und der Geruch frischen Kaffees. Pupillenreflex. Salzkristall.
Und weg.

»Wir reduzieren die Narkose. Sie wachen langsam auf. Das sind gute Nachrichten, was?«
Hell. Dunkel. Das geöffnete Fenster auf der linken Seite des Zimmers. Straßenlärm und Stimmengewirr. Muscheln im Sand, Felsen und Algen.
Und weg.

»Ich bin's: Maman. Du bist in Rennes in einem Krankenhaus und ich bin so froh...«
Eine Hand, die sie streichelt. Große Zähne und ein Lächeln. Wieder glitzernde Tränen. Flatternde Lider. Zitternde Lippen.
Und weg.

»Wenn Sie mich verstehen können, machen Sie bitte mit der Hand eine Faust, Annemarie.« Der Gedanke, der langsam zur Hand wandert. Welche Muskeln waren das?
»Sehr gut, Annemarie. Das machen Sie wunderbar und jetzt können Sie...sisisisi«
Vogelgezwitscher. Sonne. Eine Jalousie wird runtergelassen. Schattenstreifen auf der Decke.
Und weg.

»Hat sie denn Schmerzen?« – »Nein, keine Sorge. Sie träumt nur. Halluzinosen sind in dieser Phase ganz typisch - pisch – pisch – pisch- sch - sch.«
Tropfender Wasserhahn, gurgelnder Abfluss. Eine eiskalte Hand auf der Stirn. Gänsehaut. Geschirrgeklapper auf dem Flur.
Und weg.

Das waren die schönen Fragmente, an die sich Annie erinnern konnte, doch meist quälten sie Alpträume. Sie waren klarer, als jemals zuvor: Irgendwelche Fratzen und stechende Kopfschmerzen, vorbeirasende Lichter, ohrenbetäubende Schreie und das Gefühl, in einen Strudel geraten zu sein, der sie immer tiefer in ein schwarzes Loch zog.
Sie verstand nur langsam, was um sie herum geschah, weil die Medikamente ihre Sinne immer noch benebelten. Manchmal fühlte es sich an, als wäre ihr Herz gelähmt, als lägen Felsbrocken auf ihrer Brust. Und trotzdem wurde die Welt jeden Tag heller und ihre Konturen schärfer.
Annie hatte inzwischen verstanden, dass sie verletzt war und dass man sie in eine tiefe Narkose gelegt hatte, damit sich ihr Körper erholen konnte. Inzwischen wusste sie, dass die Ärzte ihr Bewusstsein kontrollierten.
»Habt ihr ihn gefunden?«, war die erste Frage, die sie ihrer Mutter stellen konnte, bevor sie wieder wegdämmerte.
Géraldine saß jeden Tag an ihrem Bett. Sie sang Lieder, die Annie als Kind gerne gehört hatte, sie las ihr vor oder erzählte ihr irgendwelche Geschichten. Auf dem Nachttisch stand ein Blumenmeer und an einer der Vasen lehnte eine Postkarte. Annie kannte das Gemälde von Millais, das darauf abgebildet war, sehr gut: Es zeigte Ophelia, die auf dem Rücken in einem dunklen Gewässer trieb – den Blick aus stumpfen Augen ins Nichts gerichtet. Das weiße Kleid wurde vom Wasser aufgebauscht und in der Hand hielt sie ein paar Blumen. Der Mohn symbolisierte den Schlaf. Bald schon würde Ophelia weggleiten und sie würde nie wieder zurückkommen.
Annie war das Bild so wohltuend vertraut, dass ihr Herz jedes Mal höher schlug, wenn sie kurz aufwachte und ihr Blick auf die Postkarte fiel. Es war vertraut. Jeder Farbkleks. Jeder Pinselstrich. Ophelia.
Annie hatte kein Zeitgefühl. Manchmal wachte sie auf und

es war hell, manchmal wachte sie auf und es war stockfinster. Einzig der Monitor blinkte, einzig das leise Piepsen irgendwelcher Geräte, die wie Wachsoldaten an ihrem Bett standen, war zu vernehmen. Es gab Schläuche, die von irgendwo kamen und in ihren Körper mündeten. Die Krankenschwestern streichelten ihr Haar, wechselten ihren Verband und lächelten sie herzlich an. Alle sprachen vertraulich, aber niemand sagte ihr, was geschehen war. Sie lächelten nur und behaupteten immer wieder, alles sei gut. Es war, als hätten sie sich miteinander verschworen.
Was war alles? Und was war gut?
Annie war noch zu geschwächt, aber sie verstand inzwischen, dass irgendwas passiert sein musste. In ihren Träumen sah sie sprühende Funken wie aus zerrissenen Stromkabeln. Sie hörte Menschen schreien und dann, wenn es besonders schlimm war, wanderte ihr Geist zu Paul, um sich zu beruhigen.

⚓

»Annemarie, erinnern Sie sich daran, was passiert ist?«
»Ich hatte plötzlich solche Schmerzen«, sie deutete auf ihren Kopf. »Ich erinnere mich, dass ich plötzlich ganz schwach war. Ich glaube, ich bin gestürzt?«
»Hm, so sieht es aus. Das passt auch zu Ihrer Verletzung«, der Arzt schrieb etwas auf und schenkte ihr ein sanftes Lächeln. »Und wo waren Sie, als Sie gestürzt sind?«
»Ich wollte nachhause, aber dann bin ich nochmal umgekehrt«, sie blinzelte, weil ihr Tränen in die Augen stiegen.
»Warum sind Sie umgedreht? Haben Sie etwas vergessen?«
»Nein, ich dachte, dass meinem Freund etwas passiert ist. Ich habe Paul gesucht.«
Ihr entgingen die fragenden Blicke nicht, die der Arzt mit ihrer Mutter austauschte. Niemand konnte wissen, wer Paul war und was er ihr bedeutete. Sobald sie etwas kräftiger war,

würde sie Géraldine von dem Mann erzählen, mit dem sie auf dem Leuchtturm...
«Ist sie wieder eingeschlafen?«
»Annemarie? Hören Sie mich?«
Sie nickte und versuchte sich auf den Arzt zu konzentrieren. Er hatte einen dunklen Bart und freundliche blaue Augen. Sein Gesicht kam ihr bekannt vor, doch sie hatte seinen Namen vergessen.
»Annemarie, können Sie mir ganz genau sagen, wo Sie waren? Waren Sie in einem Zug?«
»Natürlich nicht«, sie schüttelte den Kopf. »Ich war irgendwo zwischen den Klippen und diesem kleinen Wäldchen. Da, wo der Bahnhof steht. Ich weiß nicht genau?«
Sie dachte an die blaue Bogentür, an die Wartehalle mit den geblümten Fliesen und an die Uhr, die über dem Abfahrtsplan hing. Obwohl Paul sich geschworen hatte, damit aufzuhören, würde er dort auf sie warten. Er musste warten - noch ein bisschen - Annie würde sich beeilen. Sie hob die Hand, um sich die Tränen von den Wangen zu wischen. Ihr Blick fiel auf den weißen Verband, unter dem die Kanüle der Infusion steckte.
»Was ist eigentlich mit mir passiert?«
Géraldine öffnete den Mund, doch der Arzt kam ihr zuvor.
»Alles zu seiner Zeit«, erwiderte er ruhig. »Sie hatten einen Unfall, aber wir sorgen dafür, dass Sie bald wieder auf die Beine kommen, Annemarie. Es ist jetzt wichtig, dass Sie sich ausruhen. Versprechen Sie mir das?«
Annie war zu erschöpft, um zu protestieren. Sie nickte, ließ sich zurücksinken und schloss die Augen. Ihr fiel ein, dass die Ziegen überhaupt keine Namen hatten. Paul nannte sie einfach nur Ziegen. Jedes Geschöpf verdiente einen Namen. Annie würde sie taufen, wenn sie zurück war. Sie würde jede einzelne Ziege...

Und weg.

I hold the world but as the world, Gratiano

A stage where every man must play a part

And mine a sad one.

{Shakespeare, The Merchant of Venice}

Kathedrale

Heute war Annie aufgewacht und es fühlte sich an, als habe jemand den Schleier gelichtet. Man hatte sie auf diesen Moment vorbereitet - alles würde stechend klar sein. Und so war es: die Benommenheit war verschwunden. Ihre Gedanken flossen wieder in einem kontinuierlichen Strom, der nicht alle paar Minuten irgendwo versickerte.

»Wo ist Trudi?«, sie zog die Augenbrauen hoch. »Habt ihr sie mitgenommen?«

Géraldine saß an ihrem Bett. Sie war kalkweiß und hatte dunkle Ringe unter den Augen. Es sah aus, als habe sie tagelang nicht geschlafen, doch sie lächelte tapfer. Hinter ihr stand Martin, der eine Hand auf ihre Schulter gelegt hatte. Er versuchte, auch zu lächeln, doch es wollte ihm nicht recht gelingen.

»Oh, Trudi? Tja, klar«, presste Martin hervor und fuhr sich durch das graue Haar, das er immer etwas länger trug. Er nahm seine Brille ab, wischte sich Schweiß von der Stirn und überprüfte dann, ob die Bügel der Brille noch funktionierten.

»Und wisst ihr zufällig etwas von Paul? Ich weiß, ihr kennt ihn nicht, aber vielleicht ja doch?«, fragte sie hoffnungsvoll.

»Habt ihr ihn gesehen?«
»Nein, pardon, wir sind natürlich sofort zu dir gefahren, Schatz.«
»Oh, verdammt. Dann weiß er vielleicht gar nicht, wo ich bin?«, überlegte sie laut und verzog das Gesicht. Sie dachte darüber nach, im Künstlerquartier anzurufen. Martha würde Paul ganz bestimmt eine Nachricht überbringen.
»Das ist jetzt doch nicht wichtig, Annemarie. Du kannst auch noch in ein paar Tagen mit diesem Mann sprechen«, versuchte Martin sie zu beschwichtigen. »Wichtig ist…«
»Kann mir jetzt endlich mal jemand sagen, was passiert ist?«
»Annie, du solltest dich ausruhen«, Géraldine wollte nach ihrer Hand greifen, doch Annie schüttelte sie ab.
»Nein, genug ausgeruht. Ich will jetzt endlich wissen, was passiert ist und warum ich nach Rennes gekommen bin?«
Obwohl ihr Kopf wieder schmerzte und die Wunde unter dem Verband pochte, rappelte sie sich auf und blickte Géraldine eindringlich an.
»Martin?«, ihre Mutter wandte sich um. »Gehst du zu Dr. Lambert und sagst Bescheid?«
»Wieso müsst ihr Dr. Lambert holen, um mit mir zu reden? Hallo? Sagt es doch einfach!«, forderte sie heftiger als beabsichtigt.
»Bitte, Annie, warte einen Moment, ja?«

Plötzlich war Annie umringt von Menschen, von denen sie nur Dr. Lambert kannte. Die Situation war skurril und schüchterte sie ein. Martin und Géraldine saßen neben ihr auf dem Bett und hatten die Arme um sie gelegt als müsste Annie selbst im Sitzen gestützt werden. Die Krankenschwester stöpselte eine neue Infusion an, entschuldigte sich leise, dann huschte sie aus dem Raum.
»So, Annemarie. Jetzt sind Sie also soweit, hm?«
Annie lachte unsicher auf. Das Herz schlug ihr bis zum Hals

und ihre Gedanken rasten so schnell durch ihren Schädel, dass sie nicht danach greifen konnte – ihr war schwindelig.

»Dann wollen wir uns Ihnen mal vorstellen, damit Sie wissen, mit wem Sie es hier zu tun haben. Mesdames et messieurs?«

Ein Notfallseelsorger, eine Psychologin und ein Anästhesist reichten ihr nacheinander die Hand und Annie verstand, dass etwas sehr Ernstes vorgefallen sein musste.

»Sie wissen natürlich schon, dass Sie eine Verletzung am Kopf haben.«

»Nicht zu übersehen«, Annie betastete den Verband. »Und es tut noch ziemlich weh.«

»Ja, ganz normal. Sie haben eine Gehirnprellung. Wir sprechen von einer *Contusio cerebri* mit kleinen Einblutungen. Wirklich winzig. Wir mussten nicht mal operieren.«

»Oh, prima«, Annie schluckte und kämpfte mit den Tränen. »Nicht mal operieren.« Sie versuchte in den Gesichtern irgendeine Reaktion zu erkennen, doch es war das gleiche eingemeißelte Lächeln, das sie schon kannte.

»Keine Sorge. Das wird heilen«, er zwinkerte ihr zu. »Sie sind eine bemerkenswerte Patientin. Sie machen das wirklich toll, aber wir wundern uns, wissen Sie?«

»Sie wundern sich«, wiederholte sie und warf ihrer Mutter einen ratlosen Blick zu.

»Annemarie, Sie haben schlimme Träume. Das ist doch wahr, oder? Aber Sie wissen nicht, woher diese Träume kommen. Sie erinnern sich nicht daran?«

Ihre Lippen waren wie zugenäht. Es war ihr unmöglich, etwas zu erwidern. Stattdessen senkte sie den Blick und studierte das Gewebe der Bettdecke. Dicht gewebte Baumwollfäden.

»Wir nennen dieses Phänomen kongrade Amnesie. Also, nicht die Träume, sondern die Tatsache, dass Sie sich nicht mehr an die Ursache dieser Träume erinnern.«

»Aber ich erinnere mich doch?«, kroch eine dünne Stimme aus ihrem Mund, dann hörte sie ein Schluchzen. Géraldine saß vornübergebeugt neben ihr und schnäuzte in ein Taschentuch.

»Wissen Sie, wie wir Ärzte das bezeichnen, was mit ihnen passiert ist?«, Dr. Lambert trat einen Schritt auf sie zu. »Es ist eine Zauberfunktion des menschlichen Gehirns. Es vergisst den Schrecken und ersetzt ihn durch schöne…«

»Zauberfunktion?«, sie schüttelte den Kopf. »Was reden Sie da?«

»Annemarie, Sie sind Opfer eines Zugunglücks, das sich vor fünf Tagen in…«

»Was reden Sie da?«, sie kniff die Augen zusammen und machte sich darauf gefasst, dass die Anwesenden jeden Moment in schallendes Gelächter ausbrechen würden.

»Als Sie nach Brest gefahren sind, ist der Zug mit einem Lastwagen zusammengestoßen. Zwei Waggons sind entgleist und…«

»Das stimmt nicht«, fauchte Annie und warf bitterböse Blicke in die Runde. »So ein Schwachsinn! Ich weiß sehr wohl, wo ich vor fünf Tagen war.«

»Sie haben ganz tief geschlafen, damit wir ihren Körper runterkühlen konnten, sodass die Schwellung in Ihrem Kopf zurückgeht«, fuhr der Arzt unbeirrt fort. »Sie können wirklich von großem Glück sprechen, denn…«

»Was ist mit Trudi?«

»Oh Schatz, es tut mir so leid.«

Annie wünschte nichts sehnlicher als wieder weg zu dämmern.

⚓

»Es tut mir sehr leid, Annemarie, aber Sie haben es an diesem Tag nicht nach Crozon geschafft. Nicht mal nach Brest«, erklärte die Psychologin, die sich ihr als Madame

Cadoret vorgestellt hatte, nun schon zum dritten Mal. »Nach dem Unfall sind Sie von den Rettungskräften sofort hierher gebracht worden.«
»Nein, das stimmt nicht. Ich war bei Martha im Künstlerquartier. Sie können sie doch fragen? Anton war auch da. Er hat die Hütten repariert, weil ein Sturm die Dächer...«
»Du wolltest zu Martha ins Quartier fahren, um mit ihr deine Dissertation durchzugehen, ja«, Géraldine presste die Lippen aufeinander, dann schluckte sie und fuhr fort. »Aber du warst nicht dort. Martha hat dich seit fast drei Jahren nicht mehr gesehen, mein Schatz.«
Ihre Gedanken rasten. Sie verstand kein Wort von dem, was ihre Mutter da sprach. Anton stand in seiner blauen Latzhose vor ihr und drehte sich eine Zigarette, Martha fädelte Muscheln auf eine Schnur, um daraus Windspiele zu basteln. Wie sollte das möglich sein? Es fühlte sich an, als würde sie nicht Speichel, sondern Steine schlucken, die sie immer tiefer hinabzogen.
»Mama, und was ist mit dem Fischerhaus?«, frage Annie verzweifelt.
»Das kleine Häuschen an den Klippen mit der blauen Tür?«
»Oh, du erinnerst dich?«
Annie lachte und konnte trotzdem nichts gegen die Tränen machen, die ihr über die Wangen strömten.
»Natürlich. Steht das denn noch dort oben?«, Géraldine lächelte sie liebevoll an.
»Du hast es doch gekauft, Mama. Und wir waren so erleichtert, dass es keine Bruchbude ist. Im Gegenteil. Es ist wirklich wunderschön. Der Blick aufs Meer, die alte Pferdetränke. Ich habe es dir doch erzählt, als wir telefoniert haben.«
»Es tut mir leid, Annie. Es tut mir so leid«, ihre Mutter warf der Psychologin einen hilfesuchenden Blick zu. Die Frau mit dem pechrabenschwarzen Haar, das sie streng nach hinten gebunden hatte, saß ihnen gegenüber und deutete Géraldi-

ne fortzufahren, doch Annie kam ihr zuvor.
»Ich habe dich von Madame Quéméneur angerufen. Weißt du nicht mehr?«, sie griff nach den Händen ihrer Mutter. »Es hat so heftig geregnet an dem Tag und wir haben darüber gesprochen, dass wir das Haus für den Winter…«
»Den Laden gibt es schon seit vielen Jahren nicht mehr.«
»Sie waren nicht dort, Annemarie. Sie lagen hier im Krankenhaus«, schaltete sich nun auch wieder Madame Cadoret ein und schlug mit ihrem Kugelschreiber so kräftig auf das Klemmbrett als wäre nun ein Urteil gefällt.
»Was? Wollt ihr mir ernsthaft erklären, dass es das alles nicht gibt, oder was?«, herrschte Annie die Frauen an. »Seid ihr verrückt oder bin ich es?«
»Niemand ist verrückt«, Géraldine streichelte über ihre Wange, doch Annie schlug ihre Hand fort. Sie presste die Zähne so fest aufeinander, dass sie glaubte, sie müssten jeden Moment zersplittern.
Ihr Herz drehte sich taktlos um sich selbst…
Es dauerte drei Tage, in denen die Psychologin nicht von ihrer Seite wich und in denen sie mit Beruhigungstabletten gefüttert wurde, bis Annie einigermaßen verstehen konnte, was sich zugetragen hatte.
An dem Tag des Unglücks war sie in eine andere Welt abgetaucht. Die Psychologin sprach von einer Schutzwelt, der Neurologe von einer Zauberfunktion ihres Gehirns.
Am Ende war es egal.
Man sagte ihr, dass Trudi seit dem Unglück verschwunden war und seither auch nicht in den umliegenden Tierheimen gefunden werden konnte. Man sagte ihr, dass es Paul nur als fragmentarische Kindheitserinnerung gab. Er hatte sie nie geküsst und das letzte Mal, dass er mit ihr gesprochen hatte, war an einem Tag im August 1987. Alles, was danach kam, waren Traumbilder und es fühlte sich an, als hätte man die Welt einfach umgeklappt.

Nach vielen Tagen, in denen mit ihr alle möglichen neurologischen Screenings durchgeführt wurden, in denen sie ihre Muskulatur trainiert und unzähligen Gespräche mit unzähligen Menschen geführt hatte, wurde Annie schließlich aus dem Krankenhaus entlassen. Sie war nicht bereit und sie wusste nicht, ob sie jemals bereit sein würde.

Jeder Mensch hat eine Geschichte, weil er sich an die Vergangenheit erinnern kann. Es kommt vor, dass einzelne Sequenzen ins Unterbewusstsein abgleiten, aber das ist nicht schlimm: man fühlt sich trotzdem noch ganz - trotzdem noch heil. Die Vergangenheit passt zur Gegenwart und die Gegenwart ist eine logische Konsequenz der Vergangenheit. Und dann sitzt man bei einem Glas Wein mit Freunden beisammen und plaudert ein wenig von »Weißt du noch?« – alle werden zustimmend nicken, weil auch sie sich erinnern. Irgendwann wird jemand die Hand heben und einwenden, dass man »Die Verwandlung« von Kafka nicht in der Mittel-, sondern erst in der Oberstufe gelesen hat. Dem Stirnrunzeln folgt die Frage: »Ach echt?« Danach wird mit den Schultern gezuckt – zum Glück nur ein unwichtiges Detail. »Kann schon sein. Ist ja auch egal.«

Gelächter und die wohltuende Gewissheit, dass trotz der feinen Unterschiede alle diese Geschichten wahr sind. Das vertraute Gefühl einer gemeinsamen Realität.

Wenn die Gegenwart eine logische Konsequenz der Vergangenheit sein sollte, dann müsste Trudi auf ihrem Schoß schlummern, während Annie neben Paul auf dem Bahnsteig säße und einen Pfau bestaunte, der sein prächtiges Gefieder in der Sonne zur Schau stellte. Wenn die Vergangenheit nahtlos in die Gegenwart übergehen sollte, dann würden sie sich über irgendwelche Strandräubergeschichten krumm lachen und mit klopfenden Herzen an die Leuchtturmnacht denken. Ja, wenn! Annie irrte durch ein Labyrinth aus Erinnerungen, Träumen, Medienberichten und Dingen, die man ihr erzählte.

+++ Schweres Zugunglück in Frankreich +++

RENNES. – Beim Zusammenstoß eines Zuges mit einem Lastwagen in Frankreich sind nach Behördenangaben 8 Menschen ums Leben gekommen und 67 verletzt worden. Frankreichs Verkehrsminister Villeneuve zeigte sich tief erschüttert und berichtete in einem Fernsehinterview an der Unglücksstelle, dass alle verfügbaren Rettungskräfte der näheren Umgebung im Einsatz seien.
Das Unglück ereignete sich am Donnerstag gegen 16:15 Uhr an einem unbeschrankten Bahnübergang nahe der Gemeinde Le Vieux Marché.
Ein Lastwagen mit zwei Anhängern habe versucht, die Schienen zu überqueren, sagte der Minister. Dabei habe sich der Fahrer bei der Länge seines Gespanns verschätzt. Der Lokomotivführer konnte nicht mehr rechtzeitig bremsen und so stieß der Zug, mit dem hunderte Menschen reisten, mit dem Lastwagen zusammen. Mehrere Waggons entgleisten und kippten um. Dabei rutschten sie einen Abhang hinab, was dazu führte, dass in einem Waggon ein Feuer ausbrach. Die Rettungsarbeiten dauerten auch Stunden nach dem Unglück an: Bergungsteams suchten nach Passagieren, die noch in den entgleisten Waggons eingeklemmt sein könnten. »Es befinden sich immer noch bewusstlose und verletzte Menschen in den Waggons«, sagte Bahnvertreter Fournier der Nachrichtenagentur BreN zwei Stunden nach dem Unglück.

+ Breaking + Die Zahl der Toten bei dem schweren Zugunglück in Frankreich ist auf 9 gestiegen, darunter zwei Kinder. Das berichtete der französische Rundfunk unter Berufung auf den Katastrophenschutz des betroffenen Départements Côtes-d'Armor.

In ihrem Tagebuch sammelte Annie jeden Artikel über das Zugunglück, den sie finden konnte. Auch wenn sie wusste, dass es sinnlos war, suchte sie auf den wenigen Fotografien, die es von dem Zugunglück gab, nach seinem Gesicht. Sie schaute sich die Fernsehbeiträge immer wieder an und studierte die Bilder, um ihn irgendwo zwischen den Menschen zu entdecken.

Natürlich erkundigte sie sich auch bei der Bahngesellschaft nach einer Passagierliste, doch aus datenschutzrechtlichen Gründen sei es leider nicht möglich, ihr eine Auskunft zu erteilen. Sie solle bitte Verständnis haben, denn »Confidentialité« und »Protection de la vie privé« stünden selbstverständlich an allererster Stelle. Schließlich tippte Annie seinen Namen in die Suchmaschine ein. Nichts. In einer Zeit, in der jeder Mensch im Internet irgendwelche Datenspuren hinterließ, gab es keinen einzigen Anhaltspunkt, den Annie hätte verfolgen können. Er schien einfach nicht zu existieren. Irgendwann tief in der Nacht, als sie wieder ziellos durchs Internet streifte, stolperte sie jedoch über einen Artikel einer französischen Zeitung, in dem knapp berichtet wurde, dass der Spross eines national bekannten Künstlerpaares nun als Novize in einem Konvent leben würde.

Die Flucht vor der Welt, titelte das Blatt.

Obwohl es nicht Landévennec war, so war es doch eine Bruderschaft. War das nur ein Zufall? Lange dachte Annie darüber nach, dort anzurufen, doch am Ende fehlte ihr der Mut. Vielleicht, weil sie Angst davor hatte, mit eigenen Ohren zu hören, dass auch Paul nicht wusste, wovon sie sprach. Vielleicht, weil sie es selbst nicht mehr genau wusste.

Jeden Moment, den sie an der Küste erlebt hatte, schrieb sie nieder und manchmal – nein, eigentlich immer – verlor sie sich in diesen Geschichten. Auch wenn sie ihr immer abstruser vorkamen, erfüllte sie eine bittersüße Wehmut.

Es war nicht das Zugunglück, das sie traumatisiert hatte. In Wahrheit war es vielmehr die Erkenntnis, in einem Traum gelebt zu haben. Es war die Lücke, die Trudi hinterlassen hatte, und die Ungewissheit, was mit dem kleinen Hund geschehen war. Es waren Gefühle für einen Menschen, der sich als Halluzination entpuppte.

Das Glück war einfach zerronnen, weil auch die Momente, in denen es entstanden war, sich als Hirn- und Herzgespinste herausgestellt hatten. Während ihr Körper in einem Krankenbett lag, war ihr Geist ausgeflogen und hatte eine Traumwelt erschaffen, in der es Strandräuber gab und in der sie Nächte in alten Bahnhöfen und Leuchttürmen verbrachte, die sie aus ihrer Kindheit kannte.

Annie taumelte von »Tja, dein Gehirn hat dich wohl ganz schön reingelegt! Es ist ein Fluch, so eine blühende Phantasie zu besitzen, was?« zu einem rebellischen »Nein, verdammt! Egal, was sie sagen! Du kennst die Wahrheit!« – aber die selbstsicheren Momente wurden seltener.

⚓

»Warum glaubst du mir denn nicht?«, wollte sie von Géraldine wissen, die nach einem ihrer zahllosen Gespräche wieder hilflos vor ihr stand und nicht mehr weiter wusste.

»Du hast eine schreckliche Tragödie erlebt. Der Doktor hat uns doch erklärt, das wäre die Zauberfunktion und...«

»Zauberfunktion, Zauberfunktion. Gott, ich kann es nicht mehr hören«, Annie ließ sich weinend in den Sessel fallen und schüttelte den Kopf. »Es war so echt, verstehst du? Alles war so real. Paul war so real. Wenn wir miteinander gesprochen haben – alles war logisch. Ich konnte alles fühlen.«

»Ich weiß und das glaube ich dir auch«, Géraldine setzte sich auf die Armlehne und fing an, tröstend über ihr Haar zu streicheln. »Du hast dich wohl daran erinnert, dass ihr euch als Kinder getroffen habt und dann hat dein Gehirn daraus diese Träume gesponnen. Das Gefühl war echt und deswegen kannst du die Realität jetzt nicht…«

»Das Gefühl ist echt und ich weiß nicht, wann ich jemals so glücklich gewesen bin«, Annie fühlte sich auf einmal völlig kraftlos und sank in sich zusammen. »Ich kann einfach nicht glauben, dass ich nur phantasiert habe.«

Géraldine betrachtete sie eine Weile, dann seufzte sie auf.

»Ich habe dich mit meinen eigenen Augen im Krankenhaus gesehen. Ich habe tagelang deine Hand gehalten. Warum kannst du es nicht einfach akzeptieren?«

»Weil es sich wie ein Märchen anhört und so falsch anfühlt.«

»Es war nur ein Traum, Annemarie. Verstehst du das nicht?«, entgegnete Géraldine mit ruhiger Stimme und man spürte deutlich, wie viel Kraft es sie kostete, nicht die Beherrschung zu verlieren. »Merkst du denn nicht, dass deine Geschichte keinen Sinn ergibt? Wie kannst du irgendwo sein, wo dich kein Mensch gesehen hat? In einem Haus leben, das ich nie gekauft habe? Wie?«

»Ich weiß es doch selbst nicht«, erwiderte Annie erschöpft.

»Wo sind denn diese ganzen Menschen, von denen du ständig sprichst? Wo bist du die ganze Zeit gewesen?«

»Ich weiß es nicht? Ich war irgendwo, ich weiß nicht. Anderswo«, Annie stand auf und verließ den Raum. Sie war sich nie lächerlicher vorgekommen. Géraldine musste glauben, sie hätte den Verstand verloren. Jeder musste das glauben. Und ja, vielleicht stimmte es auch? Annie verlor das Gefühl.

Manchmal gestattete sie sich noch, Paul zu vermissen. Manchmal weinte sie sich noch in den Schlaf und fühlte sich hilflos, weil es ihr so schwer fiel, zwischen Traum und Wirklichkeit zu unterscheiden. Manchmal hatte Annie das Gefühl, in einer Kapsel zu leben.

Doch die meiste Zeit konnte sie sich beherrschen. Annie war sehr streng mit sich – sie passte sich an und versuchte, sich einfach in den Alltag einzufügen. Das klappte immer besser und sorgte dafür, dass Géraldine sich allmählich wieder beruhigte.
Jetzt hat sie endlich aufgehört zu spinnen, schien ihre Mutter zu denken, wenn sie von dem Zugunglück sprachen und Annie mit keiner Silbe erwähnte, wovon sie geträumt hatte.
Annie vertraute nun anderen Menschen und akzeptierte die Wahrheit, die von der Mehrheit geteilt wurde, auch wenn sie sich nicht daran erinnern konnte.
Es war wie das Aufwachen nach der Narkose: nach und nach gewöhnte sie sich an die Geschichte, die man ihr tagein tagaus erzählte.
Sie dachte daran, was Dr. Lambert ihr erklärt hatte: Paul, das Fischerhaus, der Bahnhof – all das war eine Zauberfunktion ihres Gehirns, um sie vor der Realität zu schützen, in der sie miterleben musste, wie Menschen blutüberströmt aus Trümmerhaufen kletterten, wie sie mit letzter Kraft nach ihren Müttern schrien und wie sie apathisch auf dem Boden saßen – goldene Wärmedecken über den Schultern – und vor und zurück wippten, um sich irgendwie zu beruhigen. Die Alpträume, die sie gequält hatten – das war die Realität, vor der Annie geflohen war.
»Zauberfunktion«, sie lachte verächtlich auf. »Sie reden, als wäre das etwas Gutes.«
»War es denn nicht schön? Dort, wo Sie waren?«
Annie starrte ihn paralysiert an und plötzlich sah sie dunkelblaue Augen und dunkles Haar, das der Wind verwirbelte. Sie hörte das Tosen der Wellen und konnte den würzigen Duft riechen, den die Algen verströmten, die bergeweise am Strand lagen. Das Herz schlug ihr bis zum Hals, als Paul lächelte.
»Doch, sehr schön«, murmelte sie und spürte einen dump-

fen Schmerz, der sich von ihrem Herzen ausgehend in ihrem ganzen Brustkorb ausbreitete.

»Du siehst sehr hübsch aus«, Géraldine zupfte an einem ihrer Ohrringe und bedachte sie mit einem liebevollen Lächeln.

Tatsächlich hatte sich die Friseurin verkünstelt, damit man die Stelle, an der das Haar wegen der Verletzung abrasiert werden musste, nicht sah. Annie trug ein knielanges Etuikleid in Mitternachtsblau. Es war klassisch, schlicht und unaufgeregt. Dazu trug sie ein feines Kettchen mit Süßwasserperlen und Ohrringe, die Géraldine ihr ausgeliehen hatte.

»Du siehst auch schön aus, chère Maman«, Annie erwiderte das Lächeln und schulterte ihre Handtasche. »Gott, ich bin ganz aufgewühlt. Siehst du, wie ich zittere? Ich…oje…hast du Taschentücher dabei?«

Sie waren in einem Hotel unweit der Kathedrale *Saint Pierre* untergekommen, wo der Gedenkgottesdienst für die Opfer des Zugunglücks stattfinden würde. Es hatte lange gedauert, bis Géraldine sie davon überzeugen konnte, sie zu begleiten. Eigentlich wollte Annie sich so wenig wie möglich mit dieser Tragödie befassen, weil sie viel zu sehr damit beschäftigt war, ihre persönliche Tragödie zu bewältigen. Es kam ihr immer noch so vor, als würde sie dieses Zugunglück nicht wirklich betreffen. Annie hatte Angst, den Menschen zu begegnen, die nicht in eine Traumwelt abgetaucht waren und für die es nur eine Realität gab.

»Meinst du, es wird viel Presse vor Ort sein?«, fragte sie mit gesenkter Stimme, als sie nebeneinander durch den dunklen Hotelflur gingen.

»Davon ist auszugehen«, ihre Mutter strich sich eine goldene Haarsträhne hinters Ohr und betätigte den leuchtenden Knopf, um den Fahrstuhl kommen zu lassen. »Das Interesse ist groß. Ich denke, der Gottesdienst wird live übertragen.«

Géraldine und Annie setzten sich in ein Café in der Altstadt. Es war noch Zeit, bevor sie ins Gemeindezentrum gehen würden, wo verschiedene Vertreter aus Politik und von der Bahngesellschaft in geschütztem Rahmen zu den Opfern und Angehörigen sprechen wollten. Annie war unglaublich nervös. Sie konnte nichts dagegen tun, dass Hoffnung in ihr aufkeimte. Obwohl sie wusste, wie absurd es war – ihr Herz hoffte, Paul zu sehen, weil es immer noch nicht kapiert hatte, dass es nur auf Traumbilder reingefallen war. Schweigend tranken sie ihren Kaffee, beobachteten die vorbeihuschenden Menschen und bestaunten die Kathedrale, deren Türme hoch in den wolkenlosen Himmel ragten. Auf den ersten Blick wirkte das Gotteshaus sehr schlicht, doch beim genaueren Hinsehen entdeckte man überall kleine Säulen, reich verzierte Balustraden und Statuen irgendwelcher Patronen. Die großen Buntglasfenster, die zu dem hellen Stein ziemlich düster aussahen, würden von innen bestimmt prächtig leuchten. Und dieses Leuchten war auch bitter nötig, wenn man in die betrübten Gesichter der Menschen blickte, die sich allmählich vor der Kathedrale versammelten.

⚓

Auf den marmornen Treppenstufen vor dem Altar standen unzählige Kerzen. Es war ein flackerndes Lichtermeer, das sich vor dem Altar ausbreitete, auf dem silberne Bilderrahmen mit den Portraits der Verstorbenen standen. Annie konnte die Gesichter aus der Entfernung nicht richtig erkennen, doch allein dieser verschwommene Anblick berührte sie so sehr, dass sie weinen musste, bevor auch nur ein Wort gesprochen war. Während das Kirchenschiff sich langsam mit dunkel gekleideten Menschen füllte, schlichen Fotografen durch die Kirchenbänke, wurden Scheinwerfer ausgerichtet und Mikrophone installiert. Der Chor in seinen weißen Roben stellte sich auf. Die Musiker des Orchesters bereiteten sich vor.

Bestürzte Gesichter und gesenkte Häupter, wohin man auch blickte. Annie wusste, dass sie Paul hier nicht entdecken würde und trotzdem suchten ihre Augen nach ihm. Fremde Menschen. Annie tastete nach der Hand ihrer Mutter, die ein feuchtes Taschentuch umklammert hielt.

Getragene Orgelklänge erfüllten die Kirche und die Stimmen des Chors erhoben sich für das *Domine Iesu Christe*. Es dauerte nur wenige Takte und ihre Augen füllten sich wieder mit Tränen. Als ihr Blick die silbernen Bilderrahmen streifte, empfand Annie plötzlich eine überwältigende Dankbarkeit dafür, am Leben zu sein. In den letzten Wochen hatte sie oft mit sich gekämpft, weil sie das Gefühl hatte, nicht hierher zu gehören - doch jetzt spürte sie mit Gewissheit, dass der Schmerz vergehen würde und dass sie irgendwann ganz bestimmt auch damit aufhören würde, sich nach diesem Anderswo ihrer Träume zu sehnen. Annie musste sich auf das konzentrieren, was greifbar war. Dieses kostbare Leben, das von einem Augenblick auf den anderen vorbei sein konnte. Diese Menschen mit ihren Verletzungen – innen und außen – das war die Welt, in der sie lebte.

»*Dann sah ich einen neuen Himmel und eine neue Erde; denn der erste Himmel und die erste Erde sind vergangen, auch das Meer ist nicht mehr*«, las eine Frau aus der Offenbarung des Johannes.

»Auch das Meer ist nicht mehr«, Annie kniff die Lippen zusammen und zwang sich dazu, die Erinnerungen fortzuschieben, indem sie anfing, ziellos im *Livret de chants liturgiques* zu blättern. Irgendwann nahm Géraldine ihr das Gesangsbuch aus der Hand und bedachte sie mit einem sanften Lächeln. Annie lehnte sich zurück und schloss einfach die Augen. Sie wollte nicht, dass ihr Blick sich verirrte und an einem Gesicht hängen blieb, das Hoffnungen weckte, die bei genauerem Hinsehen enttäuscht werden würden. Annie wollte sich nie wieder täuschen und so hielt sie die Augen geschlossen und lauschte den Worten. Es waren viele Worte aus vielen Mündern. »...ein Licht, das uns leitet und begleitet durch die Finsternis unseres Lebens. Ein Licht, auch wenn das Weiterleben sich manchmal wie eine Last anfühlen mag.« Annie hielt die Augen geschlossen, selbst wenn sie vor Rührung weinen musste. Erst als *In Paradisum* ertönte und Géraldine sie in den Arm nahm, wagte sie, die Augen wieder zu öffnen.

⚓

Géraldine war schon hinaus geeilt, um eine Zigarette zu rauchen, ihre Tränen zu trocknen und ihre Nerven zu beruhigen. Annie wollte jedoch wie viele andere zum Altar gehen, wo die Portraits der Opfer standen und in das Kirchenschiff blickten.

Sie wollte die Gesichter der Menschen sehen, die an diesem Tag ihr Leben verloren hatten - es fühlte sich an, als wäre sie ihnen diese Begegnung schuldig. Mit einem Kloß im Hals stand sie vor ihnen und ließ den Blick wandern. Neun Menschen. Neun Geschichten. Ein Mann mit langem Haar und Lederkutte. Eine freundlich lächelnde Frau mit silbernem Haar, das sie zu einem Zopf geflochten hatte, der ihr locker über die Schulter fiel. Ein rothaariges Mädchen mit Sommersprossen, das frech... Annie sog scharf die Luft ein und trat einen Schritt zurück. Ihr Herz hämmerte und die Hand, die sie sich vor den Mund schlug, zitterte. Ein rothaariger Junge mit Sommersprossen. Mit schokoladenverschmierten Mündern saßen die Kinder auf den Polstern und malten, während ihr Vater leise schnarchte und die Welt in atemberaubender Geschwindigkeit an ihnen vorbei rauschte. Annie konnte sich noch ganz genau daran erinnern, wie das Mädchen plötzlich neben ihr stand und fragte, ob sie Trudi streicheln dürfte. Ihre süße Trudi. Annie schluchzte auf. Gedankenlos stolperte sie die Treppe hinab und flüchtete vor der Menschenmenge, die zum Altar drängte. Irgendwohin. Hauptsache, sie konnte kurz durchatmen. Sie öffnete die nächstbeste Tür und landete in einer kleinen Seitenkapelle. Hier knieten drei ältere Frauen vor der Pieta und beteten murmelnd den Rosenkranz.

Mit dem Rücken lehnte sie sich gegen die Tür und schloss für einen Moment die Augen. Bilder wirbelten durch ihren Kopf, ihr Herz raste. Trotz der Kälte in diesem sakralen Bau bildeten sich Schweißperlen auf ihrer Stirn. Eisige Schauer liefen ihren Rücken hinab. Ihr ganzer Körper bebte. Mit angehaltenem Atem wartete Annie darauf, dass ihr Herz sich beruhigte.

Alle Reisenden, die mit ihr in diesem Abteil gesessen waren, waren bei dem Unglück gestorben. Nur sie nicht. Sie lebte. Plötzlich sah sie das weiße Ticket, das durch die Nachtluft flatterte und irgendwann verschwand. Was war mit Paul?

Sie schüttelte heftig den Kopf – sie musste endlich damit aufhören, an ihn zu denken, als wäre er real gewesen. Ihr Blick fiel auf einen gusseisernen Lichtständer, wo einige Andachtskerzen flackerten.

»Die Kinder waren dort«, schoss es ihr durch den Kopf. »Die Kinder waren echt. Du musst dich an die Menschen erinnern, die wirklich da gewesen sind.«

Mit klammen Fingern fischte sie nach ihrem Portemonnaie, schmiss ein paar Münzen in den Opferstock und griff dann nach zwei Kerzen.

In diesem Moment hörte sie, wie die Holztür aufgestoßen wurde. »Mince!« Leises Fluchen. Empörtes Räuspern aus drei Frauenkehlen.

»Pardonnez-moi«, flüsterte eine Stimme in die Stille der Kapelle. Annie blickte sich kurz um, dann fiel ihr Herz in sich zusammen. Paralysiert glotzte sie in ein ausgebranntes Teelicht. Der krumme Docht sah aus wie ein halbes Herz.

Doubt thou the stars are fire

Doubt that the sun doth move

Doubt truth to be a liar

But never doubt I love.

{Shakespeare, Hamlet's letter to Ophelia}

Mohn

Wahrscheinlich hatte sie so sehr gehofft, Paul heute zu sehen, dass allein der dunkle Haarschopf des jungen Mannes, der gerade die Kapelle betreten hatte, ausreichte, um sie in Aufruhr zu versetzen. Beim zweiten Blick, den sie wagte, kam die Ernüchterung. Sie hätte es besser wissen müssen. Auch wenn Paul irgendwo lebte, war er nicht der Mensch, den sie in ihrer Phantasie kennengelernt hatte. Sie hatte ihn nur erfunden und trotzdem wünschte Annie sich nichts sehnlicher, als ihm zu begegnen und in seinem Gesicht lesen zu können, dass er sie erkannte. Sie blieb noch eine Weile vor den zwei Kerzen stehen, die sie für das kleine Mädchen und seinen Bruder angezündet hatte. Aus irgendeinem Grund hatte sie das Bedürfnis zu beten und obwohl ihre Gedanken am Anfang noch um die Kinder kreisten, landeten sie schließlich wieder bei Paul. Vermutlich waren es die lebhaften Erinnerungen an die Zugfahrt, die automatisch auch Bilder des Fahrscheins heraufbeschworen. Bilder einer blutbesudelten Jacke, eines alten Kalenders, einer Imkerpfeife, eines Zaunes aus Kastanienholz - Annie hob die Hand und warf einen Blick auf ihren Daumen, als müsse sie überprüfen, ob immer noch ein Spreißel darin steckte.

Gott, wie war es nur möglich, dass Träume so real erschienen?

Als Annie aus der Kathedrale trat, dauerte es nicht lange, bis sie Géraldine unter einem steinernen Torbogen entdeckte. Ihre Mutter war nicht alleine. Dr. Lambert stand neben ihr – auch er rauchte – und sprach mit zwei Männern in dunkelgrauen Habits. In Frankreich war es nicht ungewöhnlich, Menschen in Ordenstracht zu sehen, aber Annie konnte sich nie so recht an den Anblick gewöhnen. Vermutlich hatte sie zu oft »Im Namen der Rose« gesehen, einen düsteren Klassiker von Umberto Eco, und empfand deswegen eine gewisse Furcht vor den Männern, die in ihren dunklen Kutten wie aus der Zeit gefallen schienen. Sie hatten etwas an sich, das alt, mystisch und erhaben wirkte. Fremdartig und deplatziert.

Annie wollte nicht unfreundlich sein, aber sie hatte gerade nicht das geringste Bedürfnis, mit fremden Menschen zu sprechen. Eigentlich wollte sie überhaupt nicht sprechen.

»Mama?«

»Oh, da ist sie ja«, Géraldine lachte sie an. »Sieh nur, wen ich hier getroffen habe.«

Nachdem Annie den vollbärtigen Arzt begrüßt hatte, legte er ihr den Arm um die Schulter. Sie ahnte, was jetzt kommen würde und jeder Muskel ihres Körpers spannte sich an. Es gefiel Annie nicht, wenn das Überleben eines Unglücks wie eine persönliche Leistung hervorgehoben wurde. Schon gar nicht, wenn man in Zeiten des Unglücks insgeheim das größte Glück erlebt hatte und es kaum schaffte, das Ereignis, um das alle weinten, in die eigene Lebenslinie einzufügen. Es erschien nur als Fußnote am unteren Rand – und wer las schon Fußnoten?

»Das ist Annemarie«, stellte Dr. Lambert sie vor. »Sie ist an dem Tag ebenfalls zu uns ins Hôpital gekommen. Wie bei allen Überlebenden kann man auch bei ihr getrost von ei-

nem Wunder sprechen, denke ich.«
Die Männer strahlten sie an, reichten ihr die Hände und beglückwünschten sie überschwänglich. Aus unmittelbarer Nähe sahen sie viel jünger aus, weniger mystisch und vor allem weniger erhaben. Beide hatten kurzgeschorenes Haar, durch das man die glänzende Kopfhaut sah. Der kleinere Mann trug eine Brille, die er einem Uhrmacher aus dem letzten Jahrhundert von der Nase geklaut zu haben schien, und mit der er vorzüglich in das Skriptorium eines Klosters passte.
Kurz sprachen sie darüber, dass Annie vorerst wieder bei Géraldine und Martin lebte und die Dissertation erst im Herbst verteidigen würde, dann – Annie war froh darum – gingen sie jedoch dazu über, sich mit gesenkter Stimme über den Gedenkgottesdient zu unterhalten. Wie sich herausstellte, waren sehr viele Opfer von Dr. Lambert behandelt worden. Er fühle sich als Arzt deswegen auch in besonderem Maße betroffen.
»Es würde mich freuen, wenn Sie sich irgendwann wieder bei mir melden. Einfach ein kleines Lebenszeichen. Das wäre schön«, sagte er zum Abschied.
»Bien sûr, Monsieur. Ich werde es nicht vergessen. Haben Sie vielen Dank.«
Annie reichte auch den zwei Ordensbrüdern die Hand und ging dann schon ein wenig voraus, während Géraldine sich noch verabschiedete. Die Abschiedszeremonien ihrer Mutter waren ausschweifend, weil ihr immer noch eine Kleinigkeit einfiel, die sie zum Schluss noch loswerden musste. Und aus Kleinigkeiten wurden Ausschweifungen. So auch jetzt.
Annie versuchte diskret einen Blick auf ihr Telefon zu werfen, weil es schon während des Gottesdienstes einige Male in ihrer Tasche vibriert hatte. Als sie den Namen las, der auf dem Display stand, rümpfte sie die Nase.
Alexander hatte versucht, sie zu erreichen. Wer auch sonst?

Er rief jeden Tag an und irgendwann würde sie sich dem Gespräch stellen müssen, aber Annie war noch nicht in der Verfassung. Schon gar nicht heute.
»Es war nett Sie kennengelernt zu haben, Frères. Ich wünsche Ihrem Bruder alles Gute. Ich weiß, er ist bei Dr. Lambert in den allerbesten Händen«, Géraldine nickte in die Runde. »Au revoir.«
»Vielen Dank, Madame. Wir haben großes Vertrauen«, der dunkelhaarige Bruder mit der ulkigen Brille verneigte sich leicht. »Au revoir.«

⚓

Als ihre Mutter schließlich zu ihr aufgeschlossen hatte, winkte Annie den Männern ein letztes Mal zu, dann hielt sie Géraldine das Telefon unter die Nase.
»Hast du vor, irgendwann mit ihm zu sprechen?«
»Muss ich wohl.«
Géraldine glaubte immer noch, dass Alexander anrief, weil die Disputation verschoben wurde - die gesamte Kommission hatte den neuen Termin jedoch brav abgenickt und Annie wusste, dass es andere Gründe für die Anrufe gab. Außerdem rief er nicht mit dem Telefon aus dem Institut an, sondern mit seinem Mobiltelefon. Das war eindeutig ein Indiz dafür, dass...
»Mesdames, veuillez attendre!«
Der Mönch mit der Brille rannte ihnen über das Kopfsteinpflaster entgegen. Er hatte seinen Habit etwas hochgerafft, sodass man die Sandalen erkennen konnte, in denen seine nackten Füße steckten.
»Ihr Feuerzeug, Madame! Sie haben ihr Feuerzeug verloren«, keuchte er, als er vor ihnen zum Stehen kam.
»Oh, wirklich? Sie schickt der Himmel, wissen Sie das? Sie retten mein Leben, Frère. Ich danke Ihnen«, Géraldine drückte sich das Feuerzeug ans Herz und blickte den Mönch

mit glühenden Wangen an. Es war ihr anzusehen, wie erleichtert sie war. Martin hatte die feine Gravur selbst gestichelt und nächtelang daran gearbeitet – die Feuerzeughülle war von unschätzbarem Wert für Géraldine.
»Ich rette Ihr Leben, Madame? Das ist mir eine Ehre«, er lachte und sah plötzlich fast jungenhaft aus. »Nun wünsche ich Ihnen eine gute Heimreise. Sie fahren doch nicht etwa mit dem Zug?«
»Oh doch, natürlich. Man muss der Angst doch begegnen, um sie zu bekämpfen. Oder etwa nicht?«, Géraldine verstaute das Feuerzeug wieder in ihrer Handtasche.
»Wenn Sie es sagen? Dann werde ich mit meinem Bruder wohl eine Zugreise unternehmen müssen, sobald es ihm wieder besser geht.«
»Die Strecke von Rennes nach Brest ist sehr zu empfehlen«, murmelte Annie und dachte an den Fahrschein mit der Sitzplatzreservierung.
»Nicht so zynisch, Fräulein«, zischte Géraldine, dann schenkte sie dem Mönch ein strahlendes Lächeln.

»Woher kamen die Mönche?«
»Aus einem Kloster natürlich«, antwortete Géraldine geistesabwesend, weil sie gerade damit beschäftigt war, den Fernsehkanal zu finden, auf dem ihre französische Lieblingsserie lief.
»Und wo ist das?«
Annie lag auf dem Bett, dachte fieberhaft über die Begegnung vor der Kathedrale nach und versuchte die Worte, die sie aufgeschnappt hatte, zu rekapitulieren.
»Weiß ich leider auch nicht.«
Als Géraldine den richtigen Kanal gefunden hatte, lehnte sie sich mit einem zufriedenen Grinsen zurück und griff nach dem Plastikbecher, in dem ein billiger Rotwein schwappte,

den sie sich auf dem Nachhauseweg an einem *Kiosque* besorgt hatte .

»Und warum waren Sie heute bei dem Gottesdienst? Wegen ihrem Bruder, ja?«

»Er war auch im Zug. Jetzt liegt er noch im Krankenhaus. Es hat ihn wohl schlimm erwischt. War ein Wunder, dass er noch lebt, sagte Dr. Lambert«, erwiderte ihre Mutter, dann deutet sie begeistert auf den Bildschirm. «Ach ne! Da ist das Centre Pompidou!«

Annie verkrampfte innerlich und ihr liefen kalte Schauer den Rücken hinab. Am liebsten wäre sie sofort aufgesprungen und ins Krankenhaus gefahren. Sie wusste nicht, ob sie sich wünschen sollte, dass es Paul war, oder hoffen, dass er unversehrt in irgendeinem Kloster saß.

»Wie heißt er?«

»Keine Ahnung. Frère Irgendwas. Wie die Gottesmänner eben heißen: Pius, Petrus«, Géraldine deutete wieder auf den flimmernden Bildschirm. »Die Folge spielt in Paris, Schatz. Kann ich jetzt bitte vierzig Minuten einfach nur…«

»Was haben sie denn geredet? Dr. Lambert und die Männer?«

Ihre Mutter stöhnte genervt auf und wandte sich zu ihrer Tochter um. Innerhalb einer Minute ratterte sie runter, woran sie sich erinnern konnte. Die zwei Brüder waren zu Dr. Lambert gekommen, um sich zu bedanken. Er habe ihrem Bruder das Leben gerettet. Daraufhin meinte der Arzt, dass es vor allem Gott gewesen sein musste, der den Mönch gerettet habe, denn aus medizinischer Sicht wäre es wohl wahrscheinlicher gewesen, zu sterben, als zu leben. Sie sprachen von einem Wunder, von Gnade und davon, dass der Mönch bald entlassen werden konnte.

»Weißt du wirklich nicht, wie er hieß?«, fragte Annie tonlos und legte die Hand auf ihre Brust, um sicherzustellen, dass ihr Herz noch schlug.

»Warum interessiert dich das, Kind?«
Noch ehe Annie antwortete, hob Géraldine den Zeigefinger und funkelte sie an: »Wenn es das ist, woran ich denke, dann...«
»Blödsinn, aber ich habe damals in der *Bibliothèque nationale* viel mit einem Mönch zu tun gehabt. Er hat mir sehr geholfen. Seitdem habe ich eine kleine Schwäche für Menschen seiner Art«, log sie und wunderte sich darüber, dass es sie keinerlei Mühe kostete. Géraldine warf ihr einen kritischen Blick zu, doch verkniff sich einen Kommentar. Fadenscheinige Erklärungen waren im Angesicht des Fernsehprogramms wohl ausreichend.

Annie brachte kein Auge zu. Unruhig wälzte sie sich von einer Seite auf die andere. Irgendwann stand sie auf und setzte sich vor das Fenster, von dem aus man auf die triste Fassade des gegenüberliegenden Hauses blickte.
Ihre Gedanken kreisten und obwohl sie anfänglich noch versuchte, sie zu beherrschen, gab sie irgendwann nach: sie dachte daran, wie Paul sie mit seinem weißen Transporter abgeholt hatte. Er war aus Landévennec gekommen. Er hatte ohnehin viel Zeit dort verbracht. Er schwärmte von der Stille dieses Ortes, vom Geruch des Weihrauchs, dem alten Gemäuer und den üppig blühenden Pflanzen. Karamellisierte Butter, die auf der Zunge zerging. Sonore Männerstimmen, die das Pater Noster beteten, Einkäufe auf dem Wochenmarkt und Frère Guillaume, mit dem Paul im Schneckentempo hinab zum Meer spazierte, wenn die Sonne schien und die gebrechlichen Knochen es erlaubten.
Es waren bunte Geschichten und bunte Bilder gewesen. Landévennec – wie war Annie ausgerechnet auf diese Benediktinerabtei gekommen? Warum keine Franziskaner? Keine Dominikaner? Warum überhaupt ein Kloster? Sie war nie sonderlich fromm gewesen und hatte sich die großen Fragen

des Lebens nach Sinn und Wahrheit für einen unbestimmten Zeitpunkt in der Zukunft aufgehobenen. Vielleicht war der Zeitpunkt nun gekommen?
Dann dachte Annie wieder an das Abteil, in dem sie mit den Kindern und ihrem Vater gesessen hatte. Paul hätte dort sitzen sollen. Hatte er sich geirrt oder war sie es gewesen? Nein, nein. Schluss damit.
Aber vielleicht handelte es sich bei diesem Bruder, der noch immer im Krankenhaus lag, ja doch um Paul? Er war doch Novize? So unwahrscheinlich es auch sein mochte, bestand nicht die Möglichkeit, dass er es tatsächlich war? Und wenn er es war? Wenn er wirklich in diesem Zug gesessen hatte und auch verletzt worden war: Was würde das bedeuten?

⚓

Géraldine schlummerte noch friedlich, als Annie sich früh am Morgen leise anzog. Bevor sie wieder nach Deutschland zurückkehrten, musste sie nochmal ins Krankenhaus. Würde sie es nicht tun, hätte sie keine Ruhe.
Nachlässig kritzelte sie eine Notiz auf ein Stück Papier – *Kurzer Spaziergang. Gleich zurück* – dann zog sie die Zimmertür hinter sich zu und machte sich auf den Weg.
Obwohl sie das Gefühl hatte, keine Sekunde geschlafen zu haben, war ihr Herz völlig überdreht. Annie eilte so hastig durch die Gassen, dass sie gar nicht mitbekam, wie schön die Stadt im Licht der aufgehenden Sonne aussah.
Wenn Paul auch in diesem Zug gesessen hatte und nun im Krankenhaus lag, würde sie dann mit ihm sprechen können? Und was würde sie sagen?
»Entschuldigung, kennen wir uns nicht? Kann es sein, dass du mit einem Pfau in einem Bahnhof lebst?« – »Wir haben uns in meinen Träumen geliebt. Ja, ich weiß, wie das klingt.« – »Was macht der Honig?«
Annie rannte an der Rezeption vorbei und stiefelte

schnurstracks die Treppe hoch, bis sie schließlich im zweiten Obergeschoss ankam.
Sie war mit dem Flur bestens vertraut – wie oft war sie mit dem Physiotherapeuten hier auf und ab gegangen, bis sich ihr Kreislauf wieder stabilisiert hatte und ihre Muskeln kräftig genug waren? Obwohl es sich nicht gehörte, verzichtete sie darauf, an der Tür zum Schwesternzimmer zu klopfen, um sich anzumelden. Stattdessen stand sie nun vor der Tür zu Dr. Lamberts Büro. Auch mit diesem Raum war sie bestens vertraut – darin befanden sich zwei taubenblaue Sessel und ein gigantischer Schreibtisch, auf dem sich Dokumente zu solch hohen Türmen stapelten, dass man den Arzt dahinter kaum noch sah. Oft hatte sie dort mit ihm gesprochen. Oft hatte er kleine Tests mit ihr durchgeführt und sie zu ihren Träumen befragt.
Keiner antwortete auf ihr Klopfen und als sie die Tür öffnen wollte, war sie verschlossen.
Annie hatte keine Zeit, um auf ihn zu warten – sie wusste ja nicht mal, ob er heute überhaupt Dienst hatte. Schon in zwei Stunden ging der Zug zurück nach Deutschland. Wohl oder übel musste sie mit Dr. Barnett vorliebnehmen. Obwohl sie ihn mochte, war er ein denkbar schlechter Ansprechpartner für ihr Anliegen, denn er war mehr Clown als Arzt und redete so lange um den heißen Brei, bis entweder der Brei kalt oder der Hunger vergangen war. Im schlimmsten Fall beides.
»Oui! Entrez s'il vous plaît!«, hörte sie seine beschwingte Stimme.
«Bonjour Monsieur. Entschuldigen Sie bitte.«
»Annemarie?«, er blickte verwundert auf. »Was machen Sie denn hier? Alles okay?«
»Ja, alles in Ordnung«, sie hatte das Gefühl in Flammen aufzugehen. Nervös strich sie sich das Haar aus dem Gesicht und nahm, ohne dass Dr. Barnett sie dazu aufgefordert hat-

te, auf dem Stuhl vor seinem Schreibtisch Platz. »Es geht überhaupt nicht um mich.«
»Aha?«, er schlug die Akte zu, die er gerade studiert hatte.
»Ich bin gekommen, weil ich gerne wissen würde, wie es dem Bruder geht, Sie wissen schon. Wie geht es diesem Mönch?«
»Von wem sprechen Sie? Meinen Sie einen Patienten oder wie?«
»Ja, genau. Ich meine den verletzten Mönch auf dieser Station. Sie müssten ihn kennen.«
»Ist etwas passiert? Mit Verlaub, aber Sie sehen furchtbar aus.«
»Ach, ich habe kaum geschlafen. War die ganze Nacht auf Achse«, winkte sie ab und versuchte sich an einem Lächeln. »Bevor ich wieder abreise, wollte ich mich noch schnell nach dem Mönch erkundigen. Es wäre mir wirklich wichtig.«
»Aha. Und warum, wenn ich fragen darf?«
Innerlich fluchte sie, weil sie sich im Vorfeld keinerlei Gedanken darüber gemacht hatte, wie sie ihr plötzliches Interesse rechtfertigen sollte.
»Weil ich ihn vielleicht kenne? Er fuhr doch auch mit dem Zug!«
»Weil Sie ihn vielleicht kennen? Einen Mönch, von dem sie nicht mehr wissen, als dass er auch mit dem Zug fuhr?«
»Ich war wegen meiner Dissertation eine Weile in der *Bibliothèque nationale* in Paris beschäftigt und da habe ich einen Ordensbruder kennengelernt. Sie wissen schon: kahlgeschorener Schädel, Sandalen, Kutte? Am Bahnsteig in Rennes dachte ich, dass ich ihn wiedererkennen würde und dann, naja…«, sie seufzte inbrünstig auf und senkte den Blick. Wiedermal war sie äußerst erstaunt darüber, wie gut sie lügen konnte und wie flink ihr die Worte über die Lippen gingen. Die Lüge schien sich wie von selbst in ihre Biographie einzufügen und wenn sie noch ein paarmal davon erzählte, würde sie wahrscheinlich selbst glauben, die Wahr-

heit zu sagen.
»Nein, nein. Der Patient kommt nicht aus Paris«, der Arzt zuckte mit den Achseln. »Sie können ganz beruhigt sein.«
»Aus der Nähe von Paris?«
»Dazu mache ich keine Angaben. Das sind sehr sensible Daten, Annemarie, das wissen Sie doch.«
»Und wie heißt er?«
»Ebenso sensibel, pardon«, Dr. Barnett lehnte sich zurück und verschränkte die Arme vor der Brust. «Ich werde hier keine Patientendaten preisgeben.«
»Bitte, ich bin extra hierher gekommen, weil...«, sie hielt einen Moment inne, bevor sie mit leiser Stimme fortfuhr: »Er hat mir wirklich sehr viel bedeutet.«
»Es tut mir leid, aber dann wenden Sie sich bitte an den Konvent, in dem er lebt.«
»Sie können doch wenigstens nicken, oder? Ich stelle Ihnen Fragen und dann können Sie wie zufällig nicken oder den Kopf schütteln, okay?«, Annie fing seinen Blick auf und lachte ihn an – seine Augen glitzerten und in diesem Moment wusste sie, dass er sich auf das Spiel einlassen würde.
»Ist er schwer verletzt?« – Nicken – »Schwebt er noch in Lebensgefahr?« – Kopfschütteln – »Hat er eine Narbe am Hinterkopf? Hat er Brandwunden?«
»Erreur! Zu konkret, Annemarie. Eine Frage haben Sie noch.«
»Heißt er Paul?«, fragte sie und ballte die Hände zu Fäusten.
»Nein, Annemarie. Das ist nicht sein Name.«
»Okay, klar, jetzt hat er einen Ordensnamen, aber davor? Sein weltlicher Name?«
»Ich dachte, Sie haben in Paris einen Mönch kennengelernt? Sagten Sie das nicht?«, der Arzt warf ihr einen amüsierten Blick zu – einen Blick, der sagen wollte, dass er sie durchschaut hatte. »Er wird sich Ihnen sicher nicht mit seinem weltlichen Namen vorgestellt haben, hm?«

»Nein, natürlich nicht. Ich habe nur vergessen, wie dieser komplizierte...ach...«, sie verstummte.
»Er heißt nicht Paul.«
Dr. Barnett blickte sie eindringlich an, dann griff er nach der Akte und gab ihr somit zu verstehen, dass das Gespräch für ihn an dieser Stelle beendet war. Der kleine Funke Hoffnung, der darauf gewartete hatte, endlich zu zünden, erstarb.
»Ich verstehe. Es war nur...ich dachte...«, Annie stand umständlich auf und schämte sich plötzlich wie selten zuvor in ihrem Leben. »Es wäre vielleicht möglich?«
»Vieles ist möglich, aber in diesem Fall fürchte ich, dass Sie sich getäuscht haben«, der Arzt schenkte ihr ein wohlwollendes Lächeln und spielte mit einem Kugelschreiber.
»Ich täusche mich immer«, presste Annie hervor und spürte einen Kloß im Hals, der ihr jeden Moment die Tränen in die Augen treiben würde. Bevor sie weinen und Fragen ertragen musste, stürzte sie zur Tür.
»Denken Sie an Galileo Galilei - manchmal täuschen sich auch die anderen«, sagte Dr. Barnett, doch da war Annie schon zurück auf den Flur getreten, durch den gerade der klappernde Wagen mit den Frühstückstabletts geschoben wurde.

⚓

Annie wohnte vorübergehend wieder bei Géraldine und Martin. Das lag weniger an der tiefen Traurigkeit, sondern vielmehr daran, dass sie keine Lust hatte, sich das hohle Geschwätz ihrer Mitbewohnerin anzuhören. Tine war zwar ganz nett, aber gewiss nicht der Mensch, dem sie sich anvertrauen wollte. Sie überging die Probleme anderer Menschen gerne mit »Prossecco vielleicht?« und redete lieber über irgendwelche Fernsehformate, die Annie nicht kannte, oder

über Männer, die Annie nicht mochte.
In dem kleinen Nest, in dem sie aufgewachsen war, fühlte sie sich ohnehin wohler als in der Großstadt. Géraldine hatte inzwischen aufgehört, ihr besorgte Blicke zuzuwerfen, sobald sie morgens verschlafen in die Küche trottete. Martin hatte aufgehört, ihr mit seiner Pranke die Schulter zu tätscheln und »Wird schon« zu brummen.
Die äußere Welt regenerierte sich schnell, aber die innere schlingerte immer noch um einen unbestimmten Mittelpunkt. Annie hatte vielleicht nicht das Leben als solches verloren – ein Herz, das Blut durch den Körper pumpte – aber ein Leben.
Sie konnte nicht sagen, wie oft sie in den Tierheimen rund um den Unglücksort angerufen hatte. Trudi war nirgendwo aufgetaucht und Annie musste lernen, sich damit abzufinden, dass sie bei dem Zugunglück gestorben war. Kein klackerndes Geräusch von Krallen auf Parkett, keine feuchte Hundeschnauze, die sie morgens weckte, kein warmes Fell, das sie tröstete. Annie konnte nicht mehr halbgenervt, halbamüsiert nach Trudi rufen und dabei die Leine wie ein Lasso schwingen. Annie konnte sie nicht mehr in einen Weidenkorb setzen, um mit ihr über die Pfade – Stopp – falsche Erinnerung. Es passierte immer wieder, dass sich Traum und Wirklichkeit vermischten. Annie musste sich jedes Mal vor Augen führen, was sie wirklich erlebt und wovon sie nur geträumt hatte. Paul war ein Traum (Hatte er das nicht ständig betont?) und Trudi war tot. Wie auch das kleine rothaarige Mädchen mit ihrem Bruder. Was wohl aus dem Vater geworden war? Und aus der Mutter?
Zum Glück gab es keine Alpträume mehr, die sie Nacht für Nacht überfielen. Dafür gab es jetzt Träume, in denen Annie mit den Kindern über Wiesen spazierte, in denen Trudi mit der Schnauze im Dreck wühlte und in denen Paul kein Traum gewesen war. Sie träumte oft davon, nicht geträumt

zu haben. Paul stand vor ihrer Tür - natürlich mit einem glitzernden Meer im Rücken und Wind im Haar - und fragte sie mit einem leicht spöttischen Grinsen, wie sie auf die absurde Idee käme, dass er nur ein Traum sei?

Fühlt es sich real an?
Dann ist es auch real.
Fühlt es sich real an?
Dann ist es auch real.

Manchmal konnte sie nicht sagen, was für sie quälender war: Alpträume, die sie fürchtete, oder Träume, in die sie wieder zurückkriechen wollte.
Annie hatte sich einen kleinen Salzkristall für ihren Nachttisch gekauft. Wenn es draußen dunkel wurde, saß sie bewegungslos auf dem Bett und starrte den leuchtenden Stein an. Es musste aussehen, als würde sie ihn beschwören.
»Was machen wir jetzt?«
Es gab noch so viele Worte zu sagen. Sie hatte noch so viele Fragen und hätte so gerne mehr von dieser unbekannten Welt entdeckt. Columbus und Amerika. Zumindest hätte sie sich gerne verabschiedet. Und wenn sie nur im Traum Abschied voneinander genommen hätten, so wäre es dennoch ein Abschied gewesen.

⚓

Irgendwann kramte sie einen Notizblock hervor und setzte sich damit in ihren Korbsessel, der auf der Loggia stand. Das war schon immer ihr Lieblingsplatz gewesen. Von hier aus konnte man eine Wiese überblicken, deren Gräser so hoch standen, dass sie sich im Wind sanft wiegten. Gelegentlich streckte wilder Mohn seinen roten Kopf empor, gelegentlich konnte man in der Morgendämmerung Rehe beobachten. Es war ein ausgezeichneter Platz, um seinen Gedanken

nachzuhängen.
»Lieber Paul«, schrieb Annie und strich die Worte gleich wieder durch. »Lieber Monsieur«, verbesserte sie sich, denn sie waren einander fremd.
Nachdenklich kaute sie auf dem Ende des Kugelschreibers herum und versank in Erinnerungen. Wie konnte sie davon erzählen ohne wie eine Wahnsinnige zu klingen?
»Ich weiß nicht, ob du dich noch erinnern kannst, aber vor vielen Jahren sind wir uns begegnet«, schrieb sie, fluchte, und strich die Zeilen wieder durch. »Wahrscheinlich wissen Sie nicht mehr, wer ich bin. Kein Wunder, denn Sie haben in Ihrem Leben schon so viele Namen gehört, so viele Gesichter gesehen. Ich schreibe Ihnen, weil ich mich noch sehr genau daran erinnere, wer Sie sind und wie wir uns getroffen haben. Es war damals im Sommer 1987 in Frankreich. Wir sind zusammen über Felsen geklettert, um in den Steinritzen Muscheln zu suchen. Wenn Sie sich daran nicht mehr erinnern, dann vielleicht an dieses Ereignis: Ich habe Ihre Kopfhörer kaputt gemacht. Naja, eigentlich haben Sie das nur behauptet, weil Sie so wütend waren. In Wahrheit habe ich sie nämlich nicht kaputt, sondern nur dreckig gemacht. Aber dieser Sommer 1987 ist nicht der Grund, weswegen ich Ihnen schreibe. Ich schreibe, weil Sie mir vor nicht allzu langer Zeit in meinen Träumen erschienen sind. Das klingt schräg, ich weiß, aber ich habe halluziniert, während ich...«

Kritzelkratzel!

»Scheiße!«, Annie raufte sich das Haar und war so frustriert, dass sie den Block in hohem Bogen hinter sich warf. Es würde ihr nie gelingen, einen Brief zu schreiben, der klang, als wäre er der Feder einer zurechnungsfähigen Person entsprungen.
»Vergiss es einfach. Schlag es dir aus dem Kopf!«

»Annie, kommst du mal bitte? Es geht um die *Association*«, hörte sie Géraldine aus dem Wohnzimmer zwitschern. »Ich muss dir etwas Grandioses mitteilen!«
Ihre Mutter klang dermaßen euphorisiert, dass Annie das Buch augenblicklich beiseite legte. Eigentlich war sie gerade intensiv damit beschäftigt, sich auf die Disputation vorzubereiten, die kommende Woche stattfinden würde. Eigentlich war sie für jede Ablenkung dankbar. Die Dissertation quoll ihr förmlich aus den Ohren.
»Was gibt's?«
»Es klappt. Ich habe soeben mit Monsieur Chevalier von der Bahngesellschaft gesprochen und er hat der Finanzierung zugestimmt«, ihre Mutter war von ihrem Stuhl aufgesprungen und hüpfte vor Freude in die Luft. »Ich kann es noch gar nicht glauben. Martha ist begeistert.«
»Oh. Das ist toll«, Annie musste allein beim Anblick ihrer aufgedrehten Mutter lachen. »Aber was hat denn bitte Martha damit zu tun?«
»Ihr fahrt ins Künstlerquartier!«, jubilierte Géraldine und es hätte nur noch gefehlt, dass sie dazu Konfetti in die Luft warf.
»Wer fährt ins Künstlerquartier?«
Ihr Herz fing an, wie von Sinnen um sich zu schlagen. Sofort sah sie die Gesichter der Menschen, die sie dort nicht getroffen hatte. Sie hörte Bartosz sonore Stimme und dachte daran, wie er in der Blümchenschürze vor ihr stand.
»Na, die Association, Kind!«, erklärte ihre Mutter und legte ihr beide Hände auf die Schultern. »Die Bahngesellschaft lädt alle ein.«
»Wozu denn?«, Annie bemühte sich, ein freudiges Gesicht zu machen.
»Anstatt sich in einem langweiligen Seminarraum in irgendeinem Hotel zu treffen, trifft sich die Association im Künstlerquartier. Ist das nicht grandios? Dort könnt ihr ein biss-

chen kreativ werden und die Natur genießen. Das wird bestimmt traumhaft. Monsieur Chevalier hat gesagt…«
Während Géraldine munter plapperte, drifteten Annies Gedanken ab. Sie wusste, dass ihre Mutter sich mit Feuereifer der *Association des Victimes du Vieux-Marché* widmete. Eigentlich war es ein Verband, der nach dem Unglück gegründet worden war, um sich auszutauschen. Die Schadensabwicklungen waren sehr mühsam, sehr bürokratisch und aufreibend – es war wohltuend, sich damit nicht allein zu wissen. Aus der Zweckgemeinschaft war mit der Zeit ein eher freundschaftliches Netzwerk entstanden, in dem sich Géraldine sehr engagierte. So war sie auch die treibende Kraft, als es darum ging, ein Treffen zu organisieren.
Annie hatte ohnehin schon Zweifel daran gehabt, ob sie sich wirklich mit anderen Opfern treffen wollte, aber dass sie jetzt auch noch in die Finistère zurückkehren sollte, ließ sie erschaudern. Ausgerechnet in die Finistère – ausgerechnet der Landstrich, der das Ende der Welt bedeutete. War es nicht eigenartig, dass die Welt für Annie dort tatsächlich zu Ende gegangen war? Sie seufzte gequält auf.
»Weißt du, was der Witz ist?«, riss Géraldine sie aus den Gedanken. »Monsieur Chevalier meinte, dass sie Kost und Logis übernehmen, dass aber jeder selbst für die Anreise aufkommen müsse.«
»Es wäre aber auch irgendwie grotesk, wenn sie einen Bummelzug für die Opfer eines Zugunglücks organisieren würden, oder?«

Briefe an Merkur

☿

Fragmente -1

Wenn du mich ansiehst, hoffe ich immer noch, dass du mich erkennst. Wahrscheinlich ist diese Hoffnung ein natürlicher Reflex und ich werde nicht damit aufhören, weil es irgendwie in meiner DNA steckt - das Hoffen. Es ist nicht so, als würdest du durch mich hindurchsehen. Im Gegenteil. Manchmal glaube ich, du siehst ganz tief in mich hinein und trotzdem erkennst du mich nicht.

Mittlerweile geht es mir gar nicht mehr darum, dir alle Geschichten zu erzählen, die ich dir erzählen könnte. Es geht mir darum, mich nicht mehr wiederholen zu müssen. Ich will nicht in deinem Gesicht lesen, dass du glaubst, mich zum ersten Mal zu sehen. Ich will dieses zufriedene Grinsen sehen, weil du mich einordnen kannst, weil du weißt, wer ich bin und weil du spürst, was uns miteinander verbindet. Dieses zufriedene Lächeln, weil du dich erinnerst.

Aber manchmal - selten, aber manchmal - sehe ich in deinen Augen tatsächlich so ein Leuchten und bilde mir ein, dass wenigstens dein Herz mich erkennt. Ich weiß, das klingt pathetisch und ist vermutlich nichts als ein Hirngespinst, aber vielleicht besteht ja doch die Möglichkeit, dass in dem Leuchten ein Funke Wahrheit steckt? Wenn die Leute von Liebe auf den ersten Blick reden, denke ich oft, dass sie sich wahrscheinlich schon länger lieben, als ihnen bewusst ist.
In uns wohnen alte Seelen. Wer weiß, wie lange wir schon hier sind und wen wir schon getroffen haben?

P.S.
Den Merkur sieht man nur bei sehr günstiger Konstellation der Planeten. Die Astronomen kennen diese Zeitpunkte. Ich nicht.
Und wusstest du eigentlich schon, dass es auf dem Merkur einen Krater gibt, der Shakespeare heißt? Eigenartig, nicht wahr?

While these visions did appear.

And this weak and idle theme

No more yielding but a dream

{Shakespeare, A Midsommer Night's Dream}

Windspiel

Annie hatte einen Trauerprozess hinter sich, der sich sehen lassen konnte. Nächte, in denen sie tränenüberströmt wach lag, gefolgt von Tagen, in denen sie sich wie gelähmt fühlte. Doch nachdem sie aus der Schockstarre aufgewacht war, versuchte sie, sich neu zu verankern.

Annie besuchte eine Frau, die sich Hypnosetherapeutin nannte. Die Frau erzählte ihr von der Unsterblichkeit der Seele. Es ginge darum, die früheren Leben zu erkunden, um daraus Schlüsse für das jetzige ziehen zu können. Schließlich ließ sich Annie auf eine vierstündige Rückführung ein. Vielleicht war es esoterischer Quatsch, aber Annie waren alle Mittel recht, um endlich Gewissheit zu haben. Der Erfolg blieb jedoch aus. Alles, was sie erfuhr, schien aus dem Regiebuch einer Märchenproduktion zu stammen.

Doch Annie ließ sich nicht entmutigen. Danach versuchte sie, durch luzides Träumen in die Welt zurückkehren, in der sie Paul getroffen hatte. Nächtelang quälte sie sich mit den Übungen, in denen es darum ging, die Träume zu fokussieren und sich darüber bewusst zu werden, dass man träumte. Es war schlichtweg paradox und in keiner Weise hilfreich. Vermutlich hätte Annie irgendwann auch bewusstseinserweiternde Drogen in Betracht gezogen, wenn sie nicht eines Tages ein Schlüsselerlebnis gehabt hätte.

Zufällig stieß sie spät in der Nacht, als sie wiedermal nicht schlafen konnte, auf einen Film über eine Frau, die von dem Gedanken besessen war, eigentlich einer russischen Zarenfamilie zu entstammen. Verzweifelt versuchte sie, in den Schoß dieser Familie zurückzukehren. Weil sie der wahnhaften Meinung war, die Bundesrepublik müsse ihr dabei helfen, versuchte sie schließlich, die Bundeskanzlerin aufzusuchen. Nicht etwa im Kanzleramt, sondern bei ihrer privaten Adresse. Daraufhin landete die Frau in einer psychiatrischen Klinik. Der Erzähler sagte: »Sie hat sich in einer Welt verloren, die einzig ihrem Geist entspringt. Und obwohl sie Urheberin dieser Welt ist, findet sie sich darin nicht zurecht. Es ist ein hartes Schicksal, zwischen zwei Welten zu stehen, die beide so überzeugend real erscheinen. Schizophrenie…«

Als Annie dieses Wort hörte, sprang sie panisch auf und zog mit solcher Gewalt den Stecker, dass die Fassung aus der Wand brach.

Sie kappte die Verbindung. Es war der Stecker des Salzkristalls, den sie aus der Wand riss.

Nein, es gab keinen Hoffnungsschimmer mehr.

Ja, es wurde stockfinster.

Und ja, selbstverständlich war die Lampe schon immer ein Sinnbild gewesen. Annie schleppte das Teil auf den Dachboden.

Ausgeträumt. Aufgeräumt. Vorbei.

Sie ließ keine Hirngespinste mehr zu. Keine Tagträumereien. Sie musste sich wieder in Gleichklang mit anderen Menschen bringen. Zugegeben, ihr Gehirn war ein verdammt guter Märchenerzähler, aber es war schlichtweg nicht möglich, an zwei Orten gleichzeitig zu sein – zumindest dann nicht, wenn man an die Naturgesetze glaubte.

Gedanklich schloss sie die Akte »Sommernachtstraum«, packte sie in eine Kiste und schob diese Kiste in den hintersten Winkel ihrer Erinnerungen. Annie bewahrte Still-

schweigen und ignorierte jedwede Anwandlung ihres Herzens.
Sie verteidigte ihre Dissertation magna cum laude, schickte Alexander mit bemerkenswerter Selbstsicherheit in die Wüste, besuchte Freunde in Hamburg und fuhr dann mit Rachel, die sie noch aus Schulzeiten kannte, zu einer Ausstellung von *Basquiat*.
Es war heilsam, die Tage mit Menschen und Erlebnissen auszufüllen, denn sie dachte kaum mehr an Paul. Und wenn es doch passierte, dass er vor ihrem inneren Auge auftauchte, dann tat es nicht mehr weh.

⚓

Der Moment, in dem Géraldine vor ihr stand und »Mensch, jetzt freu' dich doch mal« flötete, war der Moment, in dem Annie lieber schreiend aus dem Bahnhofsgebäude gerannt wäre, als in den Zug nach Paris zu steigen. Man mag sich wundern, aber es kostete sie keinerlei Überwindung, eine Zugreise anzutreten. Was sie jedoch seit einem Monat fast wahnsinnig machte, war die bloße Vorstellung, an den Ort zurückzukehren, wo Paul in ihren Träumen gelebt hatte. Annie wollte nicht in Sentimentalitäten versinken.
Es interessierte sie nicht, wie das Fischerhaus aussah und wie es um den alten Bahnhof bestellt war. Wenn sie sich damit auseinandersetzen würde, wusste sie, dass sie in ein Gefühl zurückfallen würde, das ihr schadete. Es würde alles aufwühlen und durcheinanderbringen. Das durfte sie nicht zulassen. Annie hatte sich geschworen, keiner Vergangenheit nachtrauern, die nur eine vermeintliche Vergangenheit war, weil sie nie stattgefunden hatte.
Doch so groß ihre Vorsätze auch waren, so groß war auch der Sog der Erinnerungen. Bis Paris fühlte Annie sich noch souverän. »Ja, ja. Das sind doch nur Kinkerlitzchen!« Doch ab Paris zerbröselte ihre Kühnheit, bis sie schließlich mit

Tränen in den Augen aus dem
Zug stolperte und Martha in die Arme fiel, die dort auf sie wartete.
Die kleine Frau besaß immer noch feuerrotes Haar, das sie locker zu einem Dutt hochgesteckt hatte. Ihre Augen funkelten immer noch in hellem Blau, ihr Lachen klang immer noch verspielt und auch an ihrem außergewöhnlichen Geschmack, was Schmuck anbelangte, hatte sich nichts geändert. An jedem einzelnen Finger steckte ein Ring. Amethysten und Lapislazuli.
»Endlich sehe ich dich wieder!«, Annie drückte Martha einen Kuss auf die Wange. »Ich hätte schon viel früher kommen sollen.«

⚓

»Bekomme ich wirklich ein Einzelzimmer?«, fragte Annie hoffnungsvoll, als sie schließlich neben Martha auf der Rückbank saß, während Anton den klapprigen Honda durch die Straßen manövrierte.
»Ist schon reserviert, chérie. Ich weiß doch, dass du Mehrbettzimmer nicht ausstehen kannst«, Martha kniff ihr sanft in die Wange.
»In der Tat«, Annie grinste schief. »Wie viele Leute kommen denn?«
»Ein paar Künstler sind schon da, aber von eurer Association sind es 32 Personen, wenn ich mich nicht täusche. Das stimmt doch. Oder, Anton?«
»Mit den Frères und diesen komischen Kunsttherapeuten, jawohl. Herrgott, ich kann das ja immer noch nicht verstehen.«
Anton redete sich in Rage. Es ärgerte ihn, dass man Kunsttherapeuten engagiert hatte, weil er der Meinung war, dass Kunst an sich Therapie sei und man niemanden bräuchte, der einem ständig *»Jetzt male das, was du ganz tief im Innern*

spürst« ins Ohr säuselte.
»Aber eigentlich hat Anton natürlich keinen blassen Schimmer von Kunsttherapie«, raunte Martha ihr zu. »Er ärgert sich nur, dass die Therapeuten an sein Werkzeug wollen. Stimmt's?«
»Die bringen alles durcheinander! Ich habe doch gesehen, dass die alles nur in die Kisten schmeißen und ein Klopfholz nicht von einem Stemmeisen unterscheiden können. «
Während Martha und Anton miteinander stritten, blickte Annie aus dem Fenster. Géraldine hatte ihr erzählt, dass eine kleine Seelsorgeeinheit dabei sein würde. Sie hatte allerdings verschwiegen, dass es sich dabei um Ordensbrüder handelte.
Sie wusste ja, dass Paul irgendwo in einem französischen Kloster lebte und gerade das Noviziat absolvierte. Auch er war ein Ordensbruder und könnte genauso gut als Frère irgendwo auftauchen. Allein bei dem Gedanken bekam Annie ein flaues Gefühl im Magen. Sie presste die Lippen aufeinander und versuchte, sich zusammenzureißen. Nein, sie würde nicht hoffen, Paul jemals wieder zu sehen. Sie würde nicht eine einzige Sekunde daran verschwenden, sich vorzustellen, wie seine Augen gefunkelt hatten, wenn...
»Ach! Blühen denn schon die Hortensien?«
Mit schriller Stimme unterbrach sie ihre Gedanken und das Gespräch.
»Hortensien? Die kommen noch. Aber die Mimosen blühen dieses Jahr wie verrückt«, Martha deutete aus dem Fenster. Tatsächlich wurde die Straße von Sträuchern gesäumt, die üppige gelbe Blüten trugen. »Warte, bis wir an der Küste sind. Die Kamelien, oh, das ist die reinste Wonne. Ich kann mich daran kaum satt sehen.«
Es war die Landschaft, die sie liebte. Sanfte Hügel, die sich bis zu den Klippen erstreckten. Gelegentlich ein Haus aus grauem Stein. Heidekräuter, die in der Frühlingssonne

leuchteten. Mimosen, Stechginster, Blaudisteln – die Natur war aus dem Winterschlaf erwacht. Braches Land erblühte zu neuem Leben. Schafe weideten auf den Salzwiesen und manchmal sah man kleine Lämmer wie Wattebäusche zwischen den Gräsern hüpfen.

Alles war hell, prächtig und lebendig.

Annie blinzelte. Einerseits wegen der Sonnenstrahlen, die auf ihrem Gesicht tanzten, andererseits wegen der Tränen, die ihr in die Augen gestiegen waren, als sie das Meer als silbernen Streifen am Horizont ausmachen konnte.

Bevor sie zum Künstlerquartier weiterfuhren, hielten sie am Hafen, um frische Jakobsmuscheln zu kaufen. Annie liebte die handtellergroßen Muscheln und hatte jeden Sommer säckeweise davon als Souvenir mit nachhause genommen. Während Anton mit dem Fischer plauderte – man hatte hier immer Zeit für ein kleines Schwätzchen – setzte sich Annie auf die Bank vor dem Bootshaus.

So wie früher: eine Kugel Pistazieneis in der Waffel, leichter Fischgeruch in der Nase, das leise Knarren des Piers und Schiffsmasten, die sich träge auf dem Wasser wiegten.

Annie atmete tief durch. Es fühlte sich gut an, wieder hier zu sein.

⚓

Je näher sie dem Künstlerquartier kamen, desto schneller schlug ihr Herz. Die schmale Straße war ihr wohlvertraut. Unzählige Schlaglöcher, sodass man mit dem Fahrrad höllisch aufpassen musste. Eine steinerne Brücke, die über einen Bachlauf führte, und von der aus man wunderbar Steine ins Wasser plumpsen lassen konnte. Und dann das Schild, das schon seit Jahrzehnten verbotenerweise an einem Strommast hing, und auf dem in großen Lettern *Quartier des Artistes* stand.

»Es ist immer noch so schön«, flüsterte sie mit glänzenden

Augen. Ihre Stimme besaß einen dumpfen Unterton. Kopfnote Freude, Herznote Wehmut.

Bevor sie auf das weitläufige Gelände fuhren, hielt Anton beim Tor, um die Post zu holen. Es war ein buntes Vogelhaus, aus dem er die Tageszeitung und einen beachtlichen Stapel Briefe zog.

»Alles Rechnungen«, knurrte er. »Die fressen uns die Haare vom Kopf.«

Schließlich tauchten vor ihnen die kleinen Natursteinhäuser auf, in denen die Gäste des Quartiers beherbergt wurden. Annie kniff die Augen zusammen und ließ den Blick prüfend über die Dächer wandern. Es sah nicht so aus als wären sie kürzlich repariert worden, stellte sie nüchtern fest und konzentrierte sich dann auf die Menschen, die überall herum wuselten.

Tatsächlich herrschte ein munteres Treiben auf dem Hof. Menschen, die sie noch nie zuvor gesehen hatte, saßen auf Bierbänken beisammen und plauderten, während über ihren Köpfen Lampions von den Ästen der Eiche baumelten.

»Sind sie das?«

Es hörte sich an, als habe sie gerade ein Insekt entdeckt, das ihr ganz und gar nicht geheuer war. Mit wachsamen Augen studierte sie die Gesichter und stellte fest, dass keines Paul ähnelte. Sie konnte die ambivalenten Gefühle nicht benennen, die sie in diesem Moment durchfuhren. Sie war erleichtert und enttäuscht.

»Das sind deine Leute«, Anton winkte aus dem Fenster und fuhr dann am Hof vorbei zum *Maison des Artistes*. »Aber du musst jetzt erst mal dein Nachtlager beziehen. Begrüßen kannst du sie später.«

»Ich bin auch sehr müde«, beeilte sich Annie zu sagen und war froh, sich nicht sofort ins Getümmel stürzen zu müssen. Es fühlte sich eigenartig an, denn die anderen Menschen teilten eine gemeinsame Erfahrung, die sie zusammen

schweißte. Sie waren Leidensgenossen, während Annie sich nicht mit ihnen identifizieren konnte. Es waren nicht die Erinnerungen, die sie quälten, sondern die Desillusionierung. Annie war mit diesem Gefühl allein.
Als Anton den Honda über die Wiese zum *Maison* lenkte und sie ordentlich durchgeschüttelt wurden, bemerkte Annie, dass auch dieses Haus genauso aussah wie früher.
Kleine Steinskulpturen standen auf den Fensterbrettern, ein rotes Hufeisen hing über der massiven Holztür und unzählige Windspiele baumelten von der Regenrinne hinab. Annie würde das leise Bimmeln der Glöckchen bestimmt hören können, wenn sie nachts im Bett lag.
»Du wohnst übrigens unter dem Dach«, verkündete Anton, nachdem er den Wagen geparkt und sich den großen Koffer geschnappt hatte. »Jetzt sollte es dort oben noch nicht zu heiß sein. Die Fledermäuse beschweren sich auch nicht.«
»Wie bitte?«, kicherte Annie und streckte die steifen Glieder.
»Ich meinte natürlich die Marder und Ratten.«
»Anton!«, echauffierte sich Martha. »Er redet Blödsinn. Außer dir wohnen dort oben nur noch die beiden Kunsttherapeutinnen. Die Frères schlafen eine Etage tiefer.«
»Und die haben ein Auge darauf, dass du selig schläfst und keinen Unsinn machst«, brummte Anton, weil er immer das letzte Wort behalten musste.
Es war eine kleine Kammer, in der es außer einem Bett nur eine Kommode gab, auf der zu Annies Entzücken eine alte Waschschüssel aus Porzellan stand. Über dem Bett hing ein getrockneter Lavendelstrauß.
»Beruhigt und hilft beim Einschlafen«, erklärte Martha und schloss die Tür, nachdem Anton das Zimmer verlassen hatte und die Treppe laut pfeifend hinunter polterte. »Geht es dir gut?«
»Ja, ich bin nur ziemlich erschöpft«, Annie ließ sich auf die Matratze sinken. »Und ziemlich nervös, wenn ich ehrlich

sein soll.«

»Ich weiß. Es muss schwer sein«, Martha setze sich neben sie und streichelte ihr mütterlich über die Wange. »Géraldine sagte, du wärst in deinen Träumen bei uns gewesen. Waren es denn schöne Träume?«

»Ach, das waren nur Halluzinationen. Ich erinnere mich kaum«, Annie presste die Lippen aufeinander. Sie wollte keine Worte drüber verlieren.

»Ich verstehe schon«, Martha betrachtete für einen Moment ihre Hände mit der sonnengegerbten Haut. »Ich hoffe trotzdem, dass es schön war, chérie. Ich hoffe, du hast dich wohl gefühlt. Auch wenn es nur Träume waren und du dich kaum daran erinnerst.«

»Ja«, antwortete Annie tonlos. »Es war schön.«

Martha tätschelte ihren Oberschenkel, stand auf und trat zur Tür.

»Kannst du in einer halben Stunde runter kommen? Die Frères wollen euch begrüßen und diese Kunsttherapeuten müssen bestimmt auch noch etwas loswerden.«

»Ich lege nur kurz die Füße hoch, dann komme ich, okay?«

Doch anstatt sich hinzulegen, trat Annie ans Fenster. Von hier oben blickte sie auf den kleinen Hain. Kiefern reckten sich in den Himmel, während Adlerfarn den Boden überwucherte. Als sie das Fenster öffnete, strömte kühle Luft ins Zimmer und erfüllte es mit einem harzigen Duft, der sie an irgendwas erinnerte. Irgendwas Bittersüßes, denn ihr Herz fing an, etwas kräftiger zu schlagen. Annie seufzte und schloss die Augen. Tatsächlich konnte sie das leise Bimmeln der Windspiele vernehmen.

Dann hörte sie knirschende Schritte, die sich dem *Maison* näherten. Annie stellte sich auf die Zehenspitzen und beugte sich weit aus dem Fenster. Drei Männer in schwarzen Habits schlenderten über den Weg. Sie trugen große Rucksäcke auf den Schultern und unterhielten sich munter. Paul war nicht unter ihnen. Natürlich nicht. Was hatte sie nur erwartet? Kurz darauf hörte sie, wie die Frères die Treppe hoch stapften und wie eine Etage unter ihr die Türen aufgerissen wurden.

⚓

Die Menschen, die sich im Künstlerquartier eingefunden hatten, stellten sich glücklicherweise als angenehme Zeitgenossen heraus, die ziemlich diskret waren und nicht sofort in epischer Länge über ihre Leidensgeschichte schwadronieren mussten.

Nachdem sie von einem Ordensbruder, der sich als Frère Émile vorstellte, begrüßt worden waren, erzählten die Kunsttherapeuten von dem Programm, das sie sich für die kommenden Tage überlegt hatten. Bei den Kunsttherapeuten handelte es sich um zwei Frauen mittleren Alters, die das taten, was Annie befürchtet hatte: sie machten ein Spiel, damit sich alle Anwesenden besser kennenlernen konnten. Und so saßen sie tatsächlich in einem Stuhlkreis und warfen sich eine halbe Stunde lang gegenseitig ein Wollknäuel zu, bis Bernadette – sie trug einen eigenartigen Turban aus geblümten Stoff - irgendwann ausrief: »Jetzt haben wir uns ganz schön verstrickt, was?«

Erschöpftes Gelächter.

Annie kam schließlich mit dem Ehepaar ins Gespräch, das ihr gegenüber platzgenommen hatte. Pierre und seine Frau Clara waren kunstinteressierte Pensionäre aus der Nähe von Orléans, die auf dem Weg zu ihrer Tochter gewesen waren, als das Unglück geschah. Clara hatte sich heftige Rippenprellungen zugezogen, doch Pierre war noch schlimmer dran: sein Bein wurde zwischen zwei Metallwänden eingequetscht und musste nach der Bergung in einer siebenstündigen Operation wiederhergestellt werden. Gerade wollte er sein Hosenbein hochraffen, um Annie die Narben zu zeigen,

als ein Ordensbruder aufstand und sich räusperte.
»Verzeihung.«
Er hob eine der Jakobsmuscheln hoch, die zur Dekoration auf dem Tisch lagen. Es sah aus, als würde er der Gemeinde eine Hostie – strenggenommen den Leib Christi - präsentieren.
»Ich möchte eine kleine Anekdote loswerden, bevor wir alle müde in die Betten fallen«, hob er an. »Die Jakobsmuschel hat nämlich eine besondere Bedeutung und davon möchte ich Ihnen noch kurz erzählen. Bestimmt kennen Sie den Jünger Jakobus?«
Frère David erzählte in einem väterlichen Brummton, dass die Menschen im Mittelalter mit Jakobsmuscheln Wasser aus den Bächen schöpften, wenn sie nach *Santiago de Compostela* pilgerten, um dort das Grab des Heiligen Jakobus zu besuchen. Sie steckten sich die Muscheln an den Hut und so wurden sie zum Erkennungszeichen aller Pilger.
»Und auch Sie sind hierher gepilgert, wenn man so will. Vielleicht hat es Sie – nach allem, was geschehen ist - große Überwindung gekostet, diese Reise anzutreten, aber es ist gut, dass Sie gekommen sind. Glauben Sie mir. Diese Tage werden Ihnen bestimmt in guter Erinnerung bleiben und diese Erinnerung wird Sie tragen.«
Als sich Annie später in ihr Bett kuschelte und den Windspielen lauschte, spürte sie einen seltsamen Frieden. Schon lange hatte sie sich nicht mehr so ruhig und zuversichtlich gefühlt.

⚓

Sie konnte den Frieden immer noch spüren, als sie am nächsten Morgen die Augen aufschlug und von dem Gesang der Vögel eingelullt wurde.
»Magnifique«, seufzte sie genüsslich und streckte sich. Sie freute sich auf den Tag, denn nichts würde geschehen, das

ihren Seelenfrieden stören konnte.
Als Annie schließlich hinaus an die frische Luft trat, potenzierte sich dieser Frieden zu einem Glücksgefühl. Es roch nach Meer, Harz und den Kamelien, die vor dem *Maison* blühten. Obwohl es noch recht frisch war, konnte man das leise Summen der Insekten hören, die um die Blütenkelche schwirrten. Gerade wollte sie sich die bunten Steine ansehen, die auf der Fensterbank lagen, als Frère Émile die Tür aufstemmte.
»Ah, bonjour! Was für ein sagenhafter Duft! Diese Würze gibt's nur am Meer, was?«
Sein Gesicht war noch ganz verquollen, doch er lächelte vergnügt.
»Sind Sie bereit für den Tag, Annie?«
Annie war bereit. Nach dem Frühstück ging sie zu Bernadette ins Atelier. Wohin auch sonst? Das Atelier war ihr Revier, doch nun gab die Frau mit dem ulkigen Turban hier den Ton an. Annie verkünstelte sich den ganzen Morgen an einer Vase aus Ton, während sie sich mit den anderen über die Zugfahrt nach Brest unterhielt. Sie sprachen nur bis zum lauten Quietschen der Bremsen, bis zum Krachen und Klirren. Den Schmerz, der darauf folgte, ließen sie außen vor. Und dann kam er: der Gedanke. Paul lag schweißgebadet neben ihr und atmete heftig.
»Sind wir sicher?«
Was hatte er von seinem Traum erzählt? Viel zu schnell, irre Lichter, Schreie und etwas, das ihm gegen den Kopf geknallt war. Vorsichtig tastete Annie über die Narbe, die sich von ihrer rechten Schläfe ausgehend zu ihrem Hinterkopf zog. Das Haar war inzwischen wieder nachgewachsen – jedenfalls war es inzwischen so lang, dass man die Narbe nicht mehr sah.

⚓

Als die anderen aufbrachen, um die Gegend zu erkunden, blieb Annie zurück. Sie wollte keinesfalls in die Nähe der Orte kommen, die in ihr schmerzhafte Erinnerungen wachkitzeln könnten. Jedenfalls nicht, wenn fremde Menschen dabei waren. Diese Orte musste sie allein besuchen. Annie hatte sich gestern fest vorgenommen, zuerst zum Fischerhaus und dann zum Bahnhof zu spazieren, denn sie glaubte, dass es der letzte Schritt war, um endgültig abzuschließen.
Gerade schüttete sie türkisfarbenes Pulver in eine Schüssel, um die Glasur anzurühren, als sie das Knurren eines Motors hörte. Der alte Honda ruckelte über die Wiese und parkte schließlich vor dem Maison.
Anton stieg aus und ging um den Wagen herum. Wahrscheinlich hatte Martha ihn wieder von Pontius zu Pilatus geschickt, um irgendwelche Besorgungen zu machen. Eigentlich wäre Annie gerne mitgefahren.
Als Kind hatte sie es nämlich geliebt, mit Anton unterwegs zu sein. Obwohl er sich jedes Mal Ärger mit Géraldine einhandelte, ließ er Annie immer auf der offenen Ladefläche seines Wagens mitfahren. Am Hafen kaufte er dann eine kleine Tüte mit *sucréries* für Annie und eine Flasche Bier für sich. Damit saßen sie dann eine Weile auf der Kaimauer und blickten über den Hafen hinaus aufs Meer.
Annie goss Wasser in die Schüssel und fing an, mit einem Holzstäbchen gedankenverloren in der türkisfarbenen Suppe zu rühren. Zu ihrer Verwunderung kam jemand die Treppe hochgestapft, dann flog die Tür des Nebenraumes auf.
»Bienvenue cher frère! Du bist ja doch noch gekommen«, hörte sie eine Männerstimme, die sie dem ältesten der Ordensbrüder zuordnete, gefolgt von einem Geräusch, das sich nach Schulterklopfen anhörte.
Es war eindeutig die Stimme eines jungen Mannes, die dumpf durch die Tür drang. Er erwiderte etwas, doch er sprach zu leise. Annie konnte nicht verstehen, was er sagte.

Am liebsten hätte sie die Tür aufgerissen und kurz einen Blick riskiert. Noch mehr Mönche? Wo war sie hier nur gelandet?
Annie fing an, die Glasur auf ihre Vase zu pinseln und grinste still in sich hinein.

⚓

Weil sie sich im Künstlerquartier bestens auskannte, war Annie diejenige, die heute mit zwei Brüdern das Abendessen für die Gruppe zubereiten sollte. Anton hatte am Hafen frische Crevetten besorgt und nun stand Annie mit Martha im Garten hinter dem Haus, um die Kräuter zu inspizieren, während sie gemeinsam überlegten, was man aus den Crevetten zaubern könnte.
»Auf Kräuter musst du wohl verzichten. Die wachsen dieses Jahr einfach nicht gut«, murrte Martha und hob einen kläglichen Petersilienstängel empor.
»Dann machen wir eben Pasteten, oder?«,
»Hat hier jemand Pasteten gesagt?«, Frère Émile rieb die Hände aneinander und trat aus der Küche in den Garten. »Oh là là, hübsch hier.«
In der goldenen Abendsonne sah der kleine Garten hinter dem Haus tatsächlich sehr schön aus. Um die Kräuterbeete herum blühten Kamelien in zartem Rosa und dahinter stand ein kleiner Pavillon, von dem man nur das weiße Dach hervorblitzen sah. Wenn Kinder zu Besuch waren, zog sich Martha immer dorthin zurück, um heimlich zu rauchen.
»Wir könnten auch eine Gemüsepfanne machen?«, schlug Annie vor und wollte gerade das Gemüse aufzählen, das sie in der Speisekammer gesehen hatte, als man aus der Küche verhaltene Männerstimmen hörte.
»Hier draußen!«, rief Martha, stellte sich auf die Zehenspitzen und winkte. Frère Laurent zwängte sich durch die schmale Tür zum Garten. Seine Wangen waren leuchtend

rot. Er lachte vergnügt.

»Sind wir zu spät? Wir waren gerade eine Runde Tischtennis spielen und deswegen…«

Annie stolperte einen Schritt zurück. Ihr Herz platzte, sprudelte über. Sie wurde überschwemmt, wurde fortgespült, rang nach Atem, rang nach Fassung. Und trotzdem stand sie da, stand er da, stand sie da, er, sie. Seine Augen glitten über ihr Gesicht, dann räusperte er sich.

»Bonsoir Mademoiselle«, drang seine Stimme an ihr Ohr. Er streckte die Hand aus. »Ich bin erst vorhin aus Paris gekommen. Frère Jean.«

Das Blut pulsierte heftig in ihren Adern, als sie erst in zwei dunkelblaue Augen und dann auf seine Hand starrte. Annie konnte sich nicht bewegen. Sie konnte nichts sagen. Paul trug das Haar so kurz, dass man nur erahnen konnte, welche Farbe es hatte. Seine Haut war blass, fast durchscheinend, doch seine Ohren glühten. Er hatte sich den Kopf an den Felsen gestoßen. Deswegen die rote Narbe auf der Stirn. Nein, verdammt, er war Opfer eines Zugunglücks. Deswegen die rote Narbe auf der Stirn. Das Pflaster auf der Stirn. Es war die gleiche Stelle. Wie war das möglich? Er hatte sie geküsst. Alles nur geträumt. In dem grauen Habit sah er aus, als hätte er sich verkleidet.

»Mademoiselle?«, er grinste unsicher.

»Annemarie!«, stieß sie hervor, packte seine Hand und ließ sie so schnell wieder los, als hätte sie in glühende Kohlen gegriffen.

Ein Schatten fiel über sein Gesicht, seine Augen wirkten plötzlich wie zwei Schluchten. Dunkel und tief. Was war das? Ein nervöses Zucken der Lider oder bildete sie sich das nur ein? Annie konnte den Blick nicht von ihm abwenden, doch sie dankte dem Himmel, als er einen Schritt beiseite trat, um Martha die Hand zu reichen. Die Narbe an seinem Hinterkopf war deutlich zu sehen. Wie war das noch? Eine

Rahe, der er zu spät ausgewichen war? Ein betrunkener Kriegsveteran in Amsterdam? Alles Märchen.
»Pardon! Ich muss gehen«, würgte sie hervor. «Migräne. Ich muss ins Bett, Mein Kopf…pardon!«
Ihre Stimme zitterte und sie schaffte es kaum, den Kopf zu heben, um in die Gesichter zu blicken. Sie würde die Besinnung verlieren, wenn sie eine Sekunde länger hier bleiben musste. Paul hatte die Hände in den Taschen seines Habits vergraben und nickte kaum merklich.
Ohne eine Antwort abzuwarten, drückte sie Martha die Kräuterschere in die Hand und stürzte in den Schutz des Hauses. Bloß fort von hier. Das Herz ging ihr an die Gurgel – raubte ihr die Luft zum Atmen, schnürte alles ab. Sie rannte die Treppe hinauf, schmiss die Tür hinter sich ins Schloss und ließ sich keuchend auf die Matratze fallen.
»Scheiße«, ächzte sie. «So eine verfluchte Scheiße!«
Plötzlich war er wieder da. Es war, als wäre er nie weg gewesen. Paul und der Schmerz. Wie sollte ihr Herz jemals begreifen, dass es sich getäuscht hatte? Nichts würde heilen, wenn er hier war. Nichts würde besser werden, nur schlimmer.
»Ich muss abreisen«, schoss es ihr durch den Kopf. »Wenn ich nicht gehe, verabschiedet sich mein Verstand!«

Briefe an Merkur

Fragmente -2

Hinter uns verblasst die Welt, weil wir uns so sicher sind, dass sie ewig währt. Wir verlassen uns darauf, dass sie sich dreht, dass sie uns trägt und dass wir nicht haltlos ins Universum fallen. Wir verlassen uns. Aber wohin gehen wir, nachdem wir uns verlassen haben?

Ich war am Anfang so wütend auf dich, weil ich noch nicht verstanden habe, dass du mich nicht erkennen kannst. Ich kann dir kein »Jetzt mach' doch endlich mal die Augen auf!« an den Kopf werfen. Es hätte überhaupt keinen Sinn. Selbst wenn du dich anstrengen würdest, wären da nur verschwommene Sequenzen, an die du dich erinnern könntest. Wenn überhaupt.
Ich halte mich daran fest, dass wir wenigstens die Erinnerung 1987 miteinander teilen. Es ist nur ein Bruchstück, ich weiß, aber wie sagt man so schön: besser als nichts. Schon eigenartig, mit was man sich irgendwann zu-

frieden gibt, findest du nicht? Hauptsache kein Nichts.

Vorhin saßen wir nebeneinander und haben davon geredet, dass man Chancen ergreifen soll, wenn sie sich bieten. «Schluss mit der Warterei!«
Und ich habe heftig genickt. Man wartet viel zu lange und manchmal weiß man nicht mal, worauf man überhaupt wartet. Man wartet, bis der richtige Zeitpunkt gekommen ist. Erwartet man, dass nach der ganzen Warterei der richtige Zeitpunkt vor der Tür steht und sagt: «Hallo, ich bin's: der richtige Zeitpunkt. Wärst du dann soweit?«
Woran erkennt man den richtigen Zeitpunkt? Am Ende ist man sich nie ganz sicher, immer nur kurz davor, immer nur fast. Und so verstreichen die richtigen Zeitpunkte...
Ich habe genug gewartet. Wenn es drauf ankommt, bin ich bereit. Und dann werden wir uns die ganze Nacht Geschichten erzählen. Geschichten vom Finden und Verlieren.

All days are nights to see till I see thee

And nights bright days

when dreams do show me thee.

{Shakespeare, Sonnet 43}

Rosenkranz

Aus der Küche hörte man das Rauschen der Dunstabzugshaube, Geklapper, Stimmen. Annie pirschte sich an der angelehnten Tür vorbei. Sie wollte Anton bitten, dass er sie zum Bahnhof fuhr. Sie war aufgekratzt – und zwar im wahrsten Sinne des Wortes. Die alten Wunden ziepten wieder. Alles, was sie sich in den letzten Monaten aufgebaut hatte, drohte einzustürzen.

Als sie hinaus auf den Hof trat, stand die Sonne tief und blendete sie. Es dauerte ein paar Sekunden, bis sich ihre Augen an die Helligkeit gewöhnt hatten. Plötzlich schoss etwas um die Ecke des Maisons, schrilles Bellen zerriss die Stille und kurz darauf spürte Annie einen warmen Körper, der sich an ihre Beine drückte.

»Theo?«

Sie schüttelte fassungslos den Kopf, dann ließ sie sich auf die Knie sinken. Ihr Mund stand sperrangelweit offen. Um Himmels Willen - wie war das nur möglich?

»Zut! Theo, sofort zurück mit dir!«

Frère David kam schnaufend angetrabt. Er hatte ein hochrotes Gesicht und schwitzte heftig. In der Hand hielt er eine Leine.

»Gott sei Dank haben Sie ihn aufgehalten, Mademoiselle. Ich sollte auf ihn aufpassen, während der Frère in der Küche

ist«, erklärte er, als er die Leine wieder anlegte. »Er ist plötzlich wie von der Tarantel gestochen losgerannt. Ich kam nicht hinterher.«
»Theo?«, Annie blinzelte benommen. Ihr Verstand arbeitete und versuchte die Fragmente zusammenzufügen, damit sich daraus ein Sinn ergab. Wie kam Theo hierher? Er war doch nichts als ein Traumgebilde? Er trug einen Namen, den sie ihm in ihren Träumen gegeben hatte. Wie war das möglich? Während ihre Finger durch das lange Fell fuhren, schmiegte sich der Hund vertrauensvoll an sie.
»Ja, ja. Sie fragen sich bestimmt: wie kommt der Mönch zum Hund, nicht wahr?«, Frère David lehnte sich an die Hauswand und wischte sich Schweiß von der Stirn. «Er ist so etwas wie ein Maskottchen.«
»Ah. Hier ist er! Ich habe das Bellen gehört.«
Plötzlich löste sich Paul aus dem Türrahmen und trat zu ihnen. Ein sanftes Lächeln lag auf seinem Gesicht, als er sich kurz hinab beugte und Theo über den Kopf streichelte.
»Ganz recht, Bruder. Gerade wollte ich der Mademoiselle die Geschichte erzählen, wie der Mönch zum Hund kam. Wie war das nochmal?«
»Naja, eigentlich kam der Hund zum Mönch, nicht andersherum", Paul warf ihr einen kurzen Blick zu, dann lehnte er sich mit dem Rücken gegen die Mauer. "Theo war ein Straßenköter, aber er hat uns jeden Tag besucht und neben dem Ambo geschlafen, wenn der Prior die *Études* gehalten hat. Offensichtlich war Theo am Evangelium nicht sonderlich interessiert. Das Schnarchen war nämlich nicht zu überhören.«
Beim Klang seines Lachens bekam Annie eine Gänsehaut. Die Sonne leuchtete in sattem Gold. In ihrem Licht sah alles so weich und verträumt aus. Wie damals.
»Theo«, wiederholte sie tonlos, als beherrschten ihre Lippen nur dieses eine Wort.

»Ein sehr einfallsreicher Name für einen Klosterhund. Theos ist nämlich das griechische Wort für Gott«, erklärte Frère David, zwinkerte ihr zu und klopfte sich Staub von seinem dunklen Habit. »Ein Geschöpf *mystique, philosophique* – aber vor allem *théologique*, was?«

«Sehr *théo-logique*. Habe ich schon erzählt, dass Theo das halbe Markusevangelium gefressen hat?«

Die Brüder brachen in schallendes Gelächter aus, während Annie ihre Finger tief im Fell des Hundes vergraben hatte. Sie konnte sich nicht mal zu einem müden Lächeln hinreißen lassen.

»Und wie geht es Ihrem Kopf?«

Es dauerte einen Moment, bis sie begriff, dass Paul mit ihr redete.

»Ich weiß nicht?«, stotterte Annie. »Ich meine, nicht gut. Ich brauche eine Tablette.«

»Essen Sie mit uns?«, er machte ein besorgtes Gesicht. »Oder soll Ihnen jemand eine Portion aufs Zimmer bringen? Ich könnte etwas für Sie aufheben?«

»Nein, nein«, sie wurde knallrot. »Vielen Dank, aber ich habe überhaupt keinen Appetit. Die Migräne verdirbt mir alles. Haben Sie einen schönen Abend.«

»Gute Besserung, Annemarie«, hörte sie seine Stimme, als sie sich schon umgedreht hatte und mit einem wild schlagenden Herzen in der Brust davon ging.

Mercury, dachte sie, es heißt: Annie Mercury.

Tatsächlich hatte Annie es sich anders überlegt und war im Künstlerquartier geblieben. Sie hatte Anton noch nicht mal danach gefragt, ob er sie eventuell zum Bahnhof fahren würde, sondern lediglich um eine Kopfschmerztablette gebeten. Die Begegnung mit Theo hatte in ihr etwas ausgelöst, das schwer zu beschreiben war – doch am ehesten konnte

man es wohl Hoffnung nennen.
Mit neun anderen Menschen saß sie nun im Atelier. In der Mitte des Stuhlkreises stand eine Kerze, deren Flamme so wild flackerte, als würde der Wind sie jeden Moment auspusten. Annie konzentrierte sich auf dieses Flackern, weil sie nicht in die Gesichter der anderen blicken wollte. Schmerzverzerrt, ängstlich, tränenüberströmt - gerade hatten sie über das Unglück gesprochen.
»Pardon«, die Tür wurde ganz vorsichtig geöffnet, ihre Blicke begegneten sich und er grinste schief. »Ich bin zu spät, oder?«
Annie hatte das Gefühl, die Zeit würde einfrieren. Selbst die Flamme der Kerze erstarrte.
»Zu spät, Frère«, Carmen nickte und erst jetzt wandte Paul sich zu ihr um. »Aber bitte setzen Sie sich. Wir fangen jetzt mit einer Imagination an.«
Zum Glück ließ er sich einfach auf den nächstbesten Stuhl am anderen Ende des Raumes nieder. Doch er saß ihr gegenüber - sie hatte ihn ständig im Blickfeld und ihr Herz konnte sich kaum beruhigen.
Es ertönte ruhige Musik und Carmen hob die Stimme. Wenn sie sprach, klang es wie die Warteschleifenansage einer Telefonhotline. Es dauerte nicht lang und Annie wurde von dem Singsang eingelullt. Sie schloss die Augen. Das war ohnehin besser.
»Eure Aufmerksamkeit ist jetzt nach Innen gerichtet. Der Ort, an dem ihr euch vollkommen sicher, geborgen und wohl fühlt - wie sieht er aus? Stellt ihn euch vor. Wie riecht es dort? Was könnt ihr hören? Es ist egal, ob ihr schon einmal dort gewesen seid oder ob dieser Ort eurer Phantasie entspringt. Könnt ihr den Ort fühlen? Es kann ein Ort aus eurer Kindheit sein, der schon immer eine heilende Wirkung auf euch gehabt hat, oder ein Farbenmeer. Ganz egal. Wenn ihr diesen Ort in euch spürt, wenn ihr ihn vielleicht sogar sehen könnt, dann versucht ihn zu malen. Findet Far-

ben und Formen für diesen Ort.«

Annie stellte sich vor, dass im Leuchthaus ein kleines Feuer loderte, an dem man sich wärmen konnte. Sie malte sich aus, dass ringsum bunte Kissen auf Lammfellen lagen und dass man außer dem Knistern der Holzscheite nur den Wind hören konnte.

Kurz linste sie zu Paul hinüber, der mit angestrengtem Gesicht vor der Leinwand stand. Er hatte keine Ahnung, was er ihr bedeutete und er wusste nicht, wie viele Erinnerungen mit ihm verknüpft waren.

Noch bevor sie deswegen traurig werden konnte, tauchte sie den Pinsel in braune Farbe und begann den Felsen zu malen, auf dem der Leuchtturm stand. Er ragte über dem Meer in den Nachthimmel und würde alle Schiffe, die noch draußen auf See waren, sicher in den Hafen geleiten.

An diesem Tag wurden sie mit ihren Bildern nicht fertig. Sie verhängten sie mit weißen Laken und gingen schließlich gemeinsam zum Abendessen in den Aufenthaltsraum. Es gab bretonische Fischsuppe. Das ganze *Maison* roch danach. Vielleicht war sogar ein Hauch Rosmarin herauszuriechen.

Annie hörte nur mit halbem Ohr zu, als sie vor ihrem Suppenteller saß und Madeleine ohne Punkt und Komma von ihrer kleinen Boutique in Paris erzählte. Voller Stolz zählte die Grande Dame mit den platinblonden Haaren ihre prominente Kundschaft auf.

»Sie müssen mich besuchen, wenn Sie in Paris sind, Annemarie.«

Gedanklich war Annie jedoch am anderen Ende des Tisches, wo Paul zwischen zwei älteren Herren saß und sich leise mit ihnen unterhielt. Er hatte rosige Wangen und lachte viel - sie musste sich zusammenreißen, um ihn nicht unverhohlen anzuglotzen. Als Annie aufstand, um ihr Geschirr in die Küche zu bringen, wäre sie fast über einen zotteligen

Hund gestolpert, der plötzlich hinter ihrem Stuhl aufgetaucht war.
»Oh Theo, was machst du denn hier?«
»Theo?!«
In diesem Moment hob Paul den Kopf , blickte sich suchend um und verzog das Gesicht, als er Annie entdeckte. »Pardon. Ich habe gar nicht bemerkt, dass er schon wieder abgehauen ist. Theo! Bei Fuß.«
Doch der Hund dachte gar nicht daran. Er trabte neben Annie her und drückte immer wieder seine Schnauze gegen ihr Bein.
Nachdem Annie das Geschirr abgeladen hatte, ging sie vor ihm in die Hocke und blickte ihn lächelnd an. Wenn es Hunde gab, die einen siebten Sinn besaßen, dann war Theo gewiss einer von ihnen.
»Ich erkenne dich auch«, flüsterte sie ihm ins Ohr. »Aber das dürfen wir niemandem verraten. Es ist unser Geheimnis, ja?«
»Um was für ein Geheimnis geht es denn?«, ein blaues Augenpaar blickte zu ihr hinab. »Das klingt spannend. Werde ich eingeweiht?«
»Nein?«, Annie rappelte sich auf. »Das ist eine Sache zwischen Theo und mir.«
»Haben Sie sich etwa miteinander verschworen?«
Obwohl er eine ernste Miene machte, funkelten seine Augen sie vergnügt an. Sie kannte dieses Funkeln nur zu gut. Es kam ihr vor, als würde das dunkle Blau von Leuchtfäden durchzogen, als würde das Leben aus seinem Innersten aufflodern. Erkannte er sie wirklich nicht?

Eigentlich hatte sie sich vorgenommen, ihr Fischerhaus zu besuchen, aber je näher sie ihm kam, desto melancholischer wurde sie. Am Ende brachte Annie es einfach nicht übers Herz. Eine halbe Ewigkeit stand sie auf den Klippen und stellte sich vor, wie das Haus wohl aussehen mochte. Vermutlich war es zerfallen und die Natur hatte das alte Gemäuer zurückerobert. Wenn es noch eine Tür gab, dann war ihr Holz verwittert, die Steine eingesunken und moosbewachsen. Vielleicht bauten Vögel unter dem Dach ihre Nester? Keine Spuren, keine wirklichen Erinnerungen.

Als Annie schließlich den engen Trampelpfad zurück zum Künstlerquartier einschlug, kam ihr ein Mann in dunklem Habit entgegen. Sie erkannte ihn sofort. Wippender Gang, schmale Statur.

Das Herz schlug ihr bis zum Hals und sie überlegte voller Panik, ob sie sich irgendwo verstecken sollte? Nur wo? Es gab nur Dornenhecken, die so dicht waren, dass man selbst wenn man den Schmerz ignorierte, keinen Chance hatte, hindurch zu kommen.

Gerade beschloss sie, einfach kehrt zu machen, als ein lautes Bellen ertönte. Theo flog ihr förmlich entgegen und sprang an ihren Beinen hoch.

»Theo«, flüsterte sie. »Wenigstens auf dich ist Verlass, hm? Erinnerst du dich auch noch an Trudi?«

Theo schmiegte seinen Kopf in ihre Hand. Er hechelte aufgeregt.

Aus dem Augenwinkel beobachtete Annie, wie Paul immer näher kam. Jede Faser ihres Körpers spannte sich an, als er schließlich vor ihr stand.

»Bonsoir Annemarie. Haben Sie einen Spaziergang gemacht?«

»Ich war bei den Klippen«, sie spürte, wie das Blut in ihre Wangen schoss. »Das Meer sieht in der Abendsonne so schön aus.«

»Alles sieht in der Abendsonne schön aus, glaube ich«, er grinste sie an und das Herz sackte ihr in die Hose. »Ich wollte mit Theo auch noch ein bisschen zum Meer, um den Ausblick zu genießen.«

Sie standen unschlüssig voreinander und Annie sehnte nichts mehr herbei, als ein tiefes Erdloch, in das sie auf der Stelle verschwinden konnte. Ihr fiel der Rosenkranz auf, den Paul in den Händen hielt. Es waren schimmernde Perlen – vielleicht Perlmutt – die er zwischen seinen Fingern bewegte.
»Wollen Sie uns vielleicht begleiten? Hätten Sie Lust? Zweimal Meer ist mehr als einmal Meer.«
»Das stimmt«, sie lachte hell auf, doch dann schüttelte sie den Kopf und suchte nach irgendeiner Ausrede. »Aber nein, ich gehe jetzt wieder ins Quartier zurück. Ich will noch lesen.«
»Oh, dann werden Sie nicht mit den anderen in den Pub gehen?«
»Doch, äh, vielleicht«, sie schaute auf ihr Handgelenk, um festzustellen, dass sie keine Armbanduhr trug. »Ich werde wohl davor lesen. Oder danach. Ich weiß es nicht genau.«
»Naja, dann wünsche ich Ihnen auf jeden Fall noch einen schönen Abend und eine gute Lektüre, Annemarie«, er lächelte, doch seine Stimme besaß einen schwermütigen Unterton.
»Und Sie?«
»Und ich?«
»Gehen Sie nicht in den Pub?«
»Nein, nein. Ich werde wohl auch noch ein wenig lesen und dann früh schlafen gehen. Die Klosteruhr tickt auch hier.«
»Ja, natürlich«, sie schenkte ihm ein scheues Lächeln. »Genießen Sie die Abendsonne. Au revoir.«
Er schlenderte mit tief in den Taschen vergrabenen Händen davon, während Theo neben ihm her tänzelte. Ihr Herz protestierte, als sie ihm nachblickte und obwohl sie im selben Moment wusste, dass sie etwas lostrat, das sie nicht mehr würde aufhalten können, rief sie seinen Namen – den neuen Namen. Den Namen, den sie kaum über die Lippen brachte. Es klang falsch, ihn so zu nennen und sie musste

sich die Worte in Gedanken vorsprechen, um keinen Fehler zu machen. Er blieb stehen und drehte sich mit einem strahlenden Lächeln zu ihr um – fast schien es, als habe er geahnt, dass sie ihn rufen würde.

»Warten Sie«, sie beeilte sich. »Ich habe es mir anders überlegt. Der Abend ist so wunderschön. Ich komme mit.«

⚓

»Ihre Narbe«, sie deutete auf seine Stirn. »Sie waren also auch im Zug, als es passiert ist?«

»Ja, allerdings. Mich hat es ziemlich schwer erwischt. Ich lag sehr lange im Krankenhaus. Quetschungen, Prellungen, Verbrennungen. Es waren echt viele Blessuren. Nicht nur körperliche, wie Sie sich bestimmt denken können.«

Annie warf ihm einen verstohlenen Blick zu, dann dachte sie daran, wie sich die vernarbte Haut seiner Brust angefühlt hatte. Gott, sie durfte jetzt nichts Falsches sagen. Er durfte niemals erfahren, dass sie ihn aus Träumen kannte und dass er ihr immer noch so eigenartig vertraut war. Wahrscheinlich wäre er zutiefst schockiert.

»Das tut mir leid«, sie lächelte zaghaft. »Dann sind Sie hier also nicht als Seelsorger wie die anderen Frères?«

»Doch, auch«, er grinste sie an. »Wenn Sie etwas auf dem Herzen haben, können Sie sich selbstverständlich immer an mich wenden.«

Annie dachte daran, dass sie ihn auf dem Herzen hatte. Er wog schwer. Er bedrückte sie und trotzdem vollführte ihr Herz einen Freudentanz – einfach nur, weil er bei ihr war.

»Und Sie, Annemarie? Was ist mit Ihnen passiert?«, erkundigte er sich vorsichtig und musterte sie von der Seite.

»Eine Gehirnprellung. Wahrscheinlich ist mir etwas auf den Kopf gefallen«, sie strich das Haar beiseite und zeigte ihm ihre Narbe. »Ich habe das Bewusstsein verloren. Meine Erinnerungen an das Unglück sind völlig ausradiert worden.«

»Verstehe Das ist womöglich besser so, oder?«
»Womöglich«, antwortete sie knapp und senkte den Blick, weil sie es nicht ertragen konnte, ihn anzusehen.

Sie spazierten gemeinsam über die Pfade, so wie sie es auch damals in ihren Träumen getan hatten. Irgendwann erreichten sie eine kleine Anhöhe. Oben angekommen blieben sie einen Moment stehen und genossen den Ausblick auf eine rotschimmernde Heidelandschaft, die sich bis zu den Klippen erstreckte. Stechginster wucherte entlang des Pfades, der sich hinab zum Meer schlängelte, das sich tosend an die Felsen warf. Es roch ein wenig moderig. Algen, Erde und Salz.
Paul stand dicht an ihrer Seite und Annie hätte gerne seine Hand berührt, nur um zu spüren, dass sie wirklich miteinander hier waren. Sie wollte begreifen.
»Wow, das ist atemberaubend, oder?«, wisperte er. In der Abendsonne sah es aus, als würden seine Augen glühen. Selbst wenn er ihr vertraut erschien – in Wirklichkeit waren sie sich fremd. Vielleicht kannte sie seine Augen und sein Lächeln, doch sein Innerstes, das kannte sie nicht.
»Ich habe das Meer schon immer geliebt. Es gibt keinen anderen Ort auf der Welt, an dem ich jemals so glücklich gewesen bin.«
Er bedachte sie mit einem nachdenklichen Blick.
»Waren Sie schon oft hier?«
»In meiner Kindheit, ja. Den Sommer haben wir eigentlich immer im Künstlerquartier verbracht. Auch später bin ich noch oft hierher gekommen. Ich habe aufgehört zu zählen. Jeder Besuch war traumhaft schön.«
»Traumhaft schön«, wiederholte er, ohne jedoch weiter darauf einzugehen. Er schwieg einfach. Annie fummelte am Reißverschluss ihres Sweaters herum und spielte mit dem Gedanken, jetzt umzukehren, doch dann lachte sie ihn an.

Sie wollte die Zeit nutzen.
»Was ist, Herr Mönch? Gehen wir zu den Klippen oder wollen Sie zurück ins Quartier?«
»Zurück? Jetzt schon?«, er verzog das Gesicht. »Das würde ich nicht übers Herz bringen.«
Theo lag zwischen ihnen, als sie auf der Klippe saßen und hinaus blickten. Im goldenen Licht der Sonne sah es aus, als würde das Meer Funken sprühen. Vor ihnen lag ein funkelnder Teppich, der sich bis zum Horizont erstreckte und nicht vermuten ließ, was für eine tiefe Dunkelheit er unter sich verbarg.
Als Annie die Hand ausstreckte, um Theo zu kraulen, berührte sie warme Haut. Blitzschnell zog sie ihre Hand zurück und wurde knallrot, als Paul sie breit angrinste. Amüsierte er sich über ihre Verlegenheit?
»Wissen Sie was? Eigentlich wollte ich gar nicht kommen«, hob er an und spielte mit den Perlen des Rosenkranzes. »Eigentlich dachte ich, dass ich hier nichts verloren hätte. Deswegen bin ich auch erst später angereist.«
Sie nickte langsam, denn auch in ihr hatte sich am Anfang alles gegen diese Reise gesträubt. Jetzt hatte sich ihr Gefühl allerdings schlagartig gewandelt. Vielleicht hatte es einen Sinn, dass sie Paul hier traf – und vielleicht hatte es sogar einen Sinn, dass er Novize war und ein enthaltsames Leben führte.
»Und wie ist es jetzt? Haben Sie hier etwas verloren?«
»Ja, vermutlich schon«, er schirmte die Augen mit der Hand ab und deutete zu der untergehenden Sonne. »Ich erweitere meinen Horizont.«
»Der Mönch am Meer«, sie lächelte versonnen. »Es gibt übrigens ein ziemlich berühmtes Gemälde, das so heißt.«
Während die Sonne tiefer sank und es kühler wurde, vertieften sie sich in einem Gespräch über Kunst – ein unverfängliches Thema. Schließlich erzählte Annie ihm von ihrem

Studium, den Präraffaeliten und ihrer Dissertation. Es war eigenartig davon zu sprechen, als hätte er diese Geschichten noch nie gehört. Und es war eigenartig, wie interessiert er war und wie viel er über die Präraffaelitische Bruderschaft wusste.

»Soll ich Sie jetzt eigentlich Frau Doktor nennen?«

Seine Augen wanderten forschend über ihr Gesicht, während seine Lippen von einem Lächeln umspielt wurden.

»Oh nein. Bleiben Sie bitte bei Annie. Mit dem Titel will ich nur in Fachkreisen Eindruck schinden.«

»Okay, dann bleibe ich sehr gerne bei Annie.«

Ihre Blicke verhakten sich ineinander - vermutlich nur für den Bruchteil einer Sekunde, aber lange genug, um sie völlig aus dem Takt zu bringen. Die tiefe Vertrautheit, die sie in diesem Moment verspürte, war nur in Träumen entstanden, das wusste sie, doch es fühlte sich anders an.

»Dürfen Mönche eigentlich schwimmen gehen?«, fragte sie hastig, um die Stille nicht bedeutungsschwer werden zu lassen und um ihre Nerven zu beruhigen.

»Was? Natürlich dürfen Mönche schwimmen gehen«, prustete er, doch dann hielt er inne. Obwohl es dämmerte, erkannte Annie, dass sich seine Wangen gerötet hatten. »Aber nicht jetzt, wenn Sie das meinen? Ich sollte...also, nicht, wenn wir...nicht jetzt.«

»Ich verstehe schon. Nicht in Gesellschaft einer Frau.«

»Ich denke, das wäre nicht richtig. Nicht für jemanden wie mich.«

»Es war sowieso nur eine hypothetische Frage. Ich hatte nicht vor, schwimmen zu gehen. Was glauben Sie denn?«, sie lachte höhnisch auf. »Das Wasser ist viel zu kalt und die Wellen viel zu hoch.«

Annie fühlte sich zurückgewiesen, ohne sagen zu können, warum. Paul saß in Ordenstracht neben ihr und hielt einen Rosenkranz in den Händen. Hatte sie sich etwa eingebildet, das sei nur Maskerade, nur ein Spiel?

Kurz darauf traten sie den Heimweg an. Der Wind wehte inzwischen so kräftig, dass Annie sich die Kapuze ihres Sweaters aufzog. Paul tat es ihr gleich. Mit der Kapuze sah er noch fremder aus, als er es in dem Habit sowieso schon tat.

»Was ist?«, er zupfte an dem grauen Stoff. »Stimmt etwas nicht?«

»Doch, doch. Es sieht nur so anders aus.«

»Es ist ja auch ein anderes Leben.«

»Aber warum wollen Sie das?«

Die Frage war ihr einfach aus dem Mund gefallen. Sie hatte überhaupt nicht darüber nachgedacht und hätte sie gerne ausradiert - sie war unangebracht, ja, fast taktlos.

»Warum ich ein anderes Leben will? Meinen Sie das, Annie?«

»Es geht mich überhaupt nichts an. Verzeihung. Ich habe geredet, ohne zu denken. Sie haben bestimmt Ihre Gründe«

»Mhm, ja. Die habe ich.«

Schweigend gingen sie nebeneinander her. Die Lichtstimmung wirkte irgendwie gespenstisch - noch dämmerte es, aber schon bald würde sich die Nacht über das Land legen. Man konnte die ersten Sterne am Himmel erkennen.

»Morgen Abend leite ich übrigens den Lobpreis«, erklärte er nach einer Weile. »Vielleicht haben Sie ja Lust zuzuhören?«

»Bedeutet das, dass Sie morgen nicht ins Atelier kommen?«

»Nein«, er lachte. »Also, doch. Ich bin morgen im Atelier und danach gehe ich zum Lobpreis und fände es sehr schön, wenn Sie kommen würden. Haben Sie Lust?«

Ihr Herzschlag beschleunigte sich allein bei der Vorstellung, ihn morgen wieder zu sehen. Sie hatte so lange darauf gewartet.

»Ich denke schon.«

Annie versuchte sich nicht anmerken zu lassen, wie sehr sie sich darüber freute, doch vermutlich hatte sie ihr dämliches Grinsen verraten.
»Hey Annie, ich habe noch eine Frage«, er blieb stehen und ließ den schimmernden Rosenkranz in seiner Tasche verschwinden. »Wollen wir uns nicht duzen?«

Briefe an Merkur

☿

Fragmente -3

Schätze werden eingegraben, damit sie kein anderer findet. Manchmal würde ich dich auch gerne ganz tief einbuddeln, damit dich keiner mehr finden kann - am allerwenigsten ich. Vielleicht, weil ich mir einbilde, du würdest dann in Vergessenheit geraten.

Als du mich vorhin so schockiert angesehen hast, dachte ich kurz: »Hier ist er: Der Moment, auf den du seit Ewigkeiten gewartet hast! Endlich ist es soweit!« Mein Herz schlug wie **verrückt**. Mir wurde schwindelig und ich hatte das Gefühl, keine Luft mehr zu bekommen. Aber dann hast du gegrinst und irgendwelchen Unsinn geredet. Ich habe nicht mal richtig zugehört, habe mich nur auf deine Stimme konzentriert, und darauf, aus Enttäuschung nicht einfach zu gehen. Ich würde dich am liebsten packen und so lange schütteln, bis du aufwachst. Ich bin nicht mehr wütend, verstehst du? Ich bin verzweifelt, weil meine Hoffnung jedes Mal im Keim erstickt wird. Vielleicht ist das mein grundlegendes Problem: Während andere Menschen alles vergessen, was sie von ihrer vermeintlichen Realität ablenkt, kann ich überhaupt nichts vergessen.

Ich werde älter und dieses unaufhaltsame Fortschreiten macht mir Angst! Was ist, wenn ich niemals ganz der Mensch werde, der ich sein könnte? Wenn ich es nicht schaffe, mich zu entfalten, mich bloßzulegen? Wenn ich einfach vergehe und nichts von mir bleibt? Keine Spuren, keine Erinnerungen. Was ist, wenn du unauffindbar bleibst? Oder unerreichbar?
Niemand weiß, wie viel Zeit ihm gegeben ist. Es ist auch diese Ungewissheit, die uns vorantreibt, aber die Zeit ist nichts, wenn man sie nicht misst. Sie entsteht aus Menschen und Momenten, aus vorbeiziehenden Sternen, nicht aus diesen 365 Tagen, die wir mit matten Gesichtern zur Kenntnis nehmen.

Ich denke, dass wir durch die Zwischenräume der Sterne gefallen sind. In der Ferne sehe ich bunte Nebel und alte Planeten, die ruhig ihre Kreise ziehen. Leuchten. Flackern. Verglühen. Und irgendwo dazwischen bist du.
Wir finden uns dort.

Remember thee!

Ay, thou poor ghost, whiles memory holds a seat

In this distracted globe

Remember thee!

{Shakespeare, Hamlet}

Gebirge

Heute hatten sie den ganzen Tag im Atelier verbracht. Während die anderen längst fertig waren und nach draußen gingen, um zur Küste zu spazieren, malten sie weiter ohne auch nur ein einziges Wort zu sagen. Manchmal, wenn Annie einen Schritt zurück trat, um ihr Werk zu begutachten, begegneten sich ihre Blicke.

Sie lächelten einander an, als würden sie sich darüber freuen, den anderen immer noch in der Nähe zu wissen. Blaue Farbe klebte an seiner Wange. Malte er das Meer?

Annie wagte es nicht, ihn nach seinem Bild zu fragen. Sie wagte es nicht mal, einen verstohlen Blick darauf zu werfen. Nicht mal heimlich, wenn er den Raum verließ, um zur Toilette zu gehen. Sie hatte Angst, seinen sicheren Ort zu stören – diese heilige Stätte zu entweihen. Sie kannte den verkniffenen Ausdruck auf seinem Gesicht, das Murren, wenn etwas daneben ging, und die Art, wie er sich mit der Hand über den Kopf fuhr. Manchmal hatte sie das Gefühl, Paul wollte etwas sagen – manchmal war sie diejenige, die kurz davor war, das Wort an ihn zu richten. Ein Stichwort hätte ja schon ausgereicht, aber sie schaffte es einfach nicht. Es machte sie glücklich, ihn wiederzusehen, doch im selben

Moment war sie unsagbar traurig.
Selbst wenn er kein Novize wäre, wüsste sie nicht, wie sie ihm jemals von ihren Träumen erzählen sollte. Sie hatte Angst davor, dass er mit den Schultern zuckte und sie mitleidig ansah.
Es tut mir leid. Diesen Satz hatte sie schon viel zu oft gehört und aus seinem Mund würde sie ihn nicht ertragen.
Irgendwann kam Bernadette mit einem kunterbunten Turban auf dem Kopf und bat sie zum Ende zu kommen, weil nun Gruppenaktivitäten auf dem Programm stünden.
»Ich weiß, man soll kreative Prozesse nicht unterbrechen. Um es in deinem Jargon auszudrücken, Frère Jean: Es ist sündhaft, nicht wahr? Aber wir brauchen euch ganz dringend.«
Etwas widerwillig packten sie ihre Utensilien zusammen und verhängten die Leinwände mit den weißen Laken.
»Damit der Schutzort geschützt ist, ne?«
»Doppelt hält besser«, Annie kicherte, zog den kunterbunten Kittel aus und löste ihren Pferdeschwanz.
»Ihr habt euch gut unterhalten, wie mir scheint?«, fragte Bernadette, als sie die Pinsel zum Trocknen auf das Gitter über der Spüle legte.
»Haben wir. Annie ist wirklich eine Plaudertasche«, er suchte ihren Blick und zwinkerte ihr zu. Sie kannte diesen Blick und dieses verschmitzte Grinsen. Ihr Herz kollidierte mit ihrem Brustkorb.
Das war nicht fair - warum konnte sie ihn nicht einfach vergessen? Warum war sie diejenige, die sich ständig beherrschen, ständig beruhigen und ständig belehren musste?

Sie trafen sich im *Salle d'Expression*, einem Raum, der sonst für Meditation, Qi Gong und Tanz genutzt wurde. Draußen war es schon dunkel und aus dem Erdgeschoss hörte man,

wie in der Küche gearbeitet wurde. Das Klirren von Besteck, Gelächter und Wasser, das durch die Leitungen rauschte.
Frère Émile war gerade dabei Kerzen anzuzünden und grüßte sie mit einem Lächeln. Annie schlüpfte aus den Schuhen und schlich dann zu einem einzelnen Platz, der sich etwas abseits unter einem Mansardenfenster befand. Neugierig blickte sie sich um. In den Fensterscheiben spiegelten sich die tänzelnden Flammen der Kerzen. Die Wipfel der Kiefern konnte man nur noch schemenhaft erkennen. Längst leuchtete der Mond am Nachthimmel.
Obwohl es warm und behaglich war, fühlte Annie sich unwohl, weil sie nicht genau wusste, was auf sie zukommen würde. Es waren nicht viele Gäste gekommen – nur zwei ältere Ehepaare und ein alleinstehender Herr saßen auf den geblümten Polstern um eine hübsch gestaltete Mitte. Umgeben von Jakobsmuscheln, Kerzen und Strandkieseln lag ein hölzernes Kreuz.
Paul hatte die Einladung zum Lobpreis so charmant vorgetragen, dass Annie sich darüber wunderte, nicht mehr Menschen hier zu sehen. Beim Abendessen war er aufgestanden, hatte vorsichtig mit einem Löffel an sein Weinglas geklopft und dann mit einem strahlenden Lächeln jeden eingeladen, der den Abend in entspannter Atmosphäre ausklingen lassen wollte. »Ich gebe mir heute auch ganz besonders viel Mühe.«
Annie erinnerte sich noch gut daran, wie er neben ihr im Bett lag und die Gitarre auf dem nackten Bauch hielt, während er umständlich darauf herumklimperte. Das Gefühl, das sie damals erfüllt hatte, war immer noch präsent. Geborgen und ruhig. In den letzten Tagen vor dem Weltenwechsel – so nannte sie ihr geheimes Unglück – hatte sie oft mit Spannungskopfschmerzen zu kämpfen. Wahrscheinlich war sie mit geschlossenen Augen neben ihm gelegen, war immer wieder kurz eingenickt und hatte dann mit Verzü-

cken festgestellt, dass er immer noch bei ihr war. Wahrscheinlich hatte sie ihre Finger in seinem Haar vergraben und seinen Kopf gekrault. Wahrscheinlich war sie ziemlich glücklich.
Annie wurde mit einem Mal tieftraurig. Diese Zeit war vergangen, nein, war nie gewesen – nur die Gefühle, die sie für ihn empfand, waren echt. Sie zog die Beine ganz nah an den Körper und stützte das Kinn auf den Knien ab. In diesem Moment schwang die Tür auf, Annie hielt die Luft an und beobachtete, wie Paul mit einer ziemlich ramponierten Gitarre den Raum betrat. Er nickte in die Runde.
Als seine Augen zu ihren fanden, lächelte er und deutete auf Theo, der hinter ihm her wackelte.
Sie erwiderte sein Lächeln und hoffte inständig, dass er in dem schummrigen Licht nicht bemerkte, wie sehr ihre Augen bei seinem Anblick glänzten und wie rot ihre Wangen glühten. Niemand durfte merken, was Paul in ihr auslöste. Annie stand derart unter Strom, als sie den Hund leise zu sich rief, dass ihre Stimme wie die eines Kindes klang.
Theo kam gemächlich zu ihr getrottet und stupste sie mit seiner feuchten Nase an. In seinem Fell befanden sich unzählige Kletten. Wahrscheinlich war er gerade noch mit Paul über die Heide spaziert. Als Theo sich neben ihr zusammengerollt hatte, fing sie an, sein Fell von den Kletten zu befreien. Sie war froh, dass der Hund bei ihr war und sie ein wenig ablenkte.
Paul wählte den Platz an der Stirnseite des Raumes. Er bekreuzigte sich und sagte etwas, das sie nicht verstehen konnte, dann blickte er in die Runde.
»Warten wir noch einen Moment. Ich weiß auch nicht, was die wieder...Ah, da seid ihr ja«, er hob lachend den Zeigefinger. »Ich wollte schon schimpfen!«
Fast lautlos huschten die anderen Brüder auf ihre Plätze. Auch sie bekreuzigten sich und richteten ihren Blick auf

Paul.
»*Veni Sancte Spiritus*«, murmelte er, schloss die Augen und stimmte den ersten Akkord an. Seine Stimme breitete sich wie eine Decke über ihr aus und so schloss auch Annie die Augen. Paul sang so gefühlvoll, dass er damit an ihrem Innersten rührte. Es dauerte nicht lange und die ersten Tränen kullerten über ihre Wangen.
Er legte seine Seele bloß und bot sein Herz dar. Annie konnte die Liebe spüren, die er für Gott empfand. Groß, stark und ehrlich.
Auch wenn sie es schön fand, mit welcher Hingabe er von dieser Liebe sang, verstärkte sich dadurch ihre Resignation. In diesem Moment wünschte Annie sich nichts sehnlicher, als die Kraft, ihn ziehen zu lassen. Er hatte eine größere Liebe gefunden, als die, zu der Menschen fähig waren. *Gott verletzt nicht, Gott enttäuscht nicht, Gott ist nichts als Liebe* – das hatte er gesagt, als sie nebeneinander auf dem Bahnsteig saßen und er ihr erklärte, welche Kraft er aus seinem Glauben schöpfte.
Und jetzt saß er in einem Ordensgewand vor ihr, spielte Gitarre und wiederholte diese Worte. Annie kniff die Augen zusammen und schüttelte den Kopf. Vielleicht konnte man nicht gleichzeitig an verschiedenen Orten sein, aber man konnte an einem Ort gleichzeitig falsch und richtig sein. Warum war sie nicht einfach gegangen? Was, abgesehen von naiven Träumereien, hatte sie gehalten?
Plötzlich spürte sie eine Hand auf ihrer Schulter. Frère David hatte sich fürsorglich zu ihr hinab gebeugt und lächelte sie an.
»So viele Tränen, Annemarie?«
»Ach. Die Musik ist nur so schön«, sie tastete mit den Fingerspitzen über ihre Wangen und spürte, dass sie ganz nass waren. »Ich bin ein bisschen überwältigt.«
»Die schöne Musik? Ganz sicher?«, er zog die Augenbrauen

hoch und ließ sich neben ihr auf das Polster plumpsen. »Sie sind nur ein bisschen überwältigt?«
Sie nickte, dann heftete sie ihren Blick auf die Holzmaserung des Parketts.

⚓

Nachdem die Brüder noch gemeinsam Fürbitten gesprochen hatten, war Annie aufgestanden und hatte sich hastig verabschiedet. Am liebsten hätte sie Theo mitgenommen – ihren einzigen Verbündeten – doch der Hund blickte ihr nur mit großen Augen nach, als sie den Raum verließ.
Nun lag sie auf ihrem Bett und starrte aus dem geöffneten Fenster in den Nachthimmel, wo man vereinzelt Sterne aufblitzten sah, wenn die Wolkendecke vom Wind weitergeweht wurde.
Plötzlich hörte sie, wie in der unteren Etage ebenfalls ein Fenster geöffnet wurde, dann vernahm sie die Stimmen der Frères, die offensichtlich noch beisammen saßen.
Während die Gesprächsfetzen an ihr Ohr drangen, wurde Annie immer ruhiger. Sie schloss die Augen und deckte sich zu. Die Frères sprachen eine Weile über Landévennec und die beschwerliche Arbeit im Garten, in dem immer noch alte Heilkräuter angepflanzt wurden. Dann beschwerten sie sich über die Touristen, die überall ihren Müll hinterließen und keinerlei Scheu besaßen, selbst Brüder in Kontemplation zu fotografieren.
»Es gibt Menschen, denen fehlt jeglicher Takt«, bemerkte Paul. Annie blinzelte, griff nach der Decke und kuschelte sich darin ein.
»Aber dein Taktgefühl ist ziemlich bemerkenswert, Frère Jean. Das muss ich schon sagen. Du bist wirklich eine Bereicherung für jede Liturgiefeier.«
»Danke, Bruder. Jeder hat so seine Gottesgabe, oder?«
»Können wir dich noch abwerben? Willst du nicht lieber

Benediktiner werden?«, scherzte Frère Laurent, den man an seiner nasalen Stimmfarbe deutlich erkannte. »Du hast ja bald die ewigen Gelübde vor dir. Pfingsten, richtig?«
Für einen Moment herrschte Stille, dann hörte man einen eigenartigen Laut.
»Keine leichte Entscheidung, ja, aber irgendwann kommt der Moment und dir leuchtet unmittelbar ein, wohin du gehörst, Bruder. Dann gibt es keine Zweifel mehr.«
»Naja, alles hat zwei Seiten«, erwiderte Paul dumpf. »Und manchmal weiß ich nicht, auf welche ich gehöre. Gerade bin ich wieder…«
Plötzlich erstarb seine Stimme, als das Fenster geschlossen wurde. Annie sprang auf und starrte auf einen dunklen Hof. Einzig das Licht aus dem *Salle d' Expression* bildete ein leuchtendes Rechteck.
Ihr Herz raste und sie lauschte angespannt in die Nacht. Nur das Heulen des Windes, nur knackende Äste und nur gelegentlich ein menschlicher Ton.
Annie musste die ganze Zeit an seine Blicke denken, die er ihr heute im Atelier zugeworfen hatte. Das Beben seiner Lippen war deutlich zu erkennen. Vielleicht wollte er etwas sagen – etwas Unverfängliches. »Das Azurblau ist wirklich kräftig.«
Doch schon dieses Beben hatte ausgereicht, um Annie völlig zu irritieren. Während sie selbst den Pinsel über die Leinwand gleiten ließ, malte sie sich aus, dass Paul jetzt vielleicht ebenfalls einen Leuchtturm malte. Das wäre zwar romantisch, aber gleichzeitig so abwegig, dass sie sich für diesen Gedanken rügte.

⚓

Sie lachte über ihre Naivität, als sie in ihren grauen Strickmantel schlüpfte und leise auf den Flur trat. Wahrscheinlich hatte er einen Altar gemalt, eine kleine Kapelle – irgendwas

Sakrales.
Auf Zehenspitzen schlich sie die Treppe hinab und weiter zum Atelier. Auf dieser Etage schliefen auch die Frères, weswegen sie den Atem anhielt, als sie so behutsam wie möglich die Klinke hinabdrückte.
Sie lauschte in die Dunkelheit - es ertönte nur ein leises Schnarchen, das gelegentlich die Stille zerriss. Annie huschte ins Atelier und schloss die Tür hinter sich, dann atmete sie erleichtert auf.
Obwohl sie schon oft in den Nachtstunden hier gemalt hatte, fühlte es sich kriminell an, als sie nun zwischen den Staffeleien hindurch schritt. Zuerst zog sie das Laken von ihrer eigenen Leinwand. Es war eigentlich ein ziemlich düsteres Bild: ein Leuchtturm, der auf einem dunklen Felsen stand, der vom Meer umspült wurde. Es war Nacht. Im Hintergrund erkannte man ein Gebirge aus Sternen, das sich über dem Himmel aufspannte. Morgen, so nahm sie sich vor, würde sie kräftigere Gelbtöne in das Band der Milchstraße einarbeiten.
Sie schlich weiter, bis sie schließlich vor Pauls Staffelei stand. Gerade wollte Annie das Leintuch anheben, um ein Blick darunter zu werfen, als die Tür geöffnet wurde.
Krallen klackerten auf Holz. Sie duckte sich und erblickte Theo, der mit heraushängender Zunge auf sie zu gehüpft kam.
»Oh nein«, jammerte sie. »War ich zu laut?«
»Ne, du warst zu hell«, Paul schloss die Tür hinter sich und blieb etwas unsicher davor stehen. »Ich habe schon von weitem das Licht gesehen und dich dann hier entdeckt.«
»So spät? Woher kommst du denn?«, fragte sie erstaunt und wich einen Schritt zurück, als würde von ihm eine Bedrohung ausgehen. Ihre Nerven spielten verrückt. Es war Nacht und sie waren allein.
»Ich war mit Theo spazieren. Wir mögen Nachtspaziergän-

ge.«
»Bist du nicht müde?«
»Doch, aber ich habe manchmal zu viele Gedanken, um zu schlafen«, Paul hob die Schultern und setzte sich auf einen Tisch, der an der Wand stand. Offensichtlich hatte er nicht vor, sofort wieder zu gehen. »Und was machst du hier?«
»Ma-malen?«, stotterte sie.
»Ach, tatsächlich? Und du wolltest gnädiger Weise an meinem Bild weitermalen?«, er zwinkerte ihr belustigt zu.
»Oh, nein. Quatsch, ich wollte nur nachsehen«, sie wurde knallrot und suchte händeringend nach einer Erklärung. »Also, ob du vielleicht noch dieses Blau hast. Dieses Kobaltblau?«
»Dieses Kobaltblau?«, er sprang auf und ging auf sie zu. Annie wäre am liebsten verschwunden, weil ihr die Situation unfassbar peinlich war. Als er schließlich vor ihr stand, hielt er ihr seinen Ärmel unter die Nase. Tatsächlich befand sich dort ein kleiner kobaltblauer Farbklecks.
»Ja«, ächzte sie. »Dieses Kobaltblau, genau.«
»Ne, das habe ich nicht«, er lachte sie an, griff nach dem Laken und zog es mit einem Ruck von der Leinwand. »Siehst du - die Tube habe ich komplett leer gemacht.«
Annie stockte der Atem, als sie den Blick über sein Werk wandern ließ. Er vereinfachte. Er abstrahierte. Vielleicht könnte man seinen Stil als naiv bezeichnen, doch schon beim ersten Hinsehen war zu erkennen, wie viele Details sich in dieser Einfachheit versteckten.
Es sah aus, als wäre man weit draußen auf See. Wellen und Wogen in allen erdenklichen Blautönen erstreckten sich bis zur Bildmitte, wo dunkle Felsen emporragten. Und dort stand er: der Leuchtturm, von dessen Spitze aus sich das Licht auffächerte.
»Ah«, entfuhr es ihr.
»Was sagst du als Kunstexpertin?«

Annie war nicht in der Lage, ihm zu antworten. Ihr Herz klopfte so wild und ungestüm, dass sie es lediglich schaffte den Daumen emporzurecken.
»Ich denke, mein Schutzort ist dort, wo Licht ist«, er deutete auf das Leuchthaus, dann blickte er sie durchdringend an. »So weit oben fühlt man sich bestimmt sehr sicher. Man hat den Überblick und die Welt wird ganz klein. Es ist so wie...«
»Wie im Himmel?«
»Mhm, man ist jedenfalls nah dran«, er lachte auf. »Ja, doch, wahrscheinlich fühlt es sich ein bisschen himmlisch an, wenn man dort oben ist.«
»Ich muss dir etwas zeigen.«
Annie ging zu ihrer Staffelei und drehte sie um, dann lüftete sie das Laken. Seine Mundwinkel zuckten und es war ihm deutlich anzusehen, dass die Gedanken hinter seiner Stirn vergebens versuchten ineinander zu greifen. Seine Augen suchten ihren Blick und Annie suchte nach Halt, weil sie plötzlich das Gefühl hatte, auf schwankendem Untergrund zu stehen.
»Ach«, er räusperte sich. »Du magst also auch Leuchttürme?«
Annie blickte ihn fassungslos an. Während Paul neben seinem Leuchtturm stand und dabei den Leuchtturm betrachtete, den Annie gemalt hatte, tapste er durch eine dunkle Welt?
War er wirklich so blind?
Ihr Herz beschwor ihn. Es flehte ihn an, doch er grinste nur. »Das ist schon eigenartig, oder? Zwei Leuchttürme?«
Annie hätte ihm gerne ins Gesicht gebrüllt, dass es ein und derselbe Leuchtturm war, doch sie rang sich nur ein müdes Lächeln ab und verhängte ihr Bild wieder. Sie hätte ihre Enttäuschung nicht in Worte fassen können.
»Ich denke, ich gehe jetzt ins Bett«, flüsterte sie.
»Wolltest du nicht malen?«
»Nein. Nicht mehr.«

»Warst du denn mal auf einem?«
»Was meinst du?«, sie verschränkte die Arme vor der Brust und schaffte es kaum, ihn anzusehen.
»Auf einem Leuchtturm«, er lächelte sie an und trat auf sie zu. Obwohl er immer noch eine Armlänge Abstand hielt, war Paul ihr viel zu nah. »Ich könnte nämlich wetten, dass du als Kind oft auf Leuchttürme geklettert bist, oder?«
»Ja, wenn wir hier Urlaub gemacht haben, bin ich sehr oft dort oben gewesen. Als Kind. Damals.«
Sie sprach die einzelnen Worte so abgehackt aus, als hätten sie überhaupt nichts miteinander zu tun. Misstrauisch blickte sie ihn an.
»Weißt du, ich bin auch nicht zum ersten Mal hier. Ich habe mit meiner Familie einige Wochen dort drüben auf dem Campingplatz gelebt«, er deutete aus dem Fenster, als könne man dahinter nicht nur die finstere Nacht sehen. Seine Augen besaßen einen verschwörerischen Glanz und sie wusste ganz genau, was er jetzt sagen würde. »Es war im Sommer 1987 und ich glaube, du warst…«
»Daran erinnerst du dich?«
Ein ersticktes Lachen drang über ihre Lippen, als er heftig nickte.
»Du bist die kleine Annemarie, die meine neuen *Sennheiser-Kopfhörer* kaputt gemacht hat«, er stieß sie sanft an. »Das waren echte HD 420 und ich war stinksauer auf dich.«
»Nicht kaputt, nur dreckig. Ich kann mich noch gut an deinen Tobsuchtsanfall erinnern.«
»Krass, dann weißt du, dass ich dieser Junge gewesen bin?«
»Naja, nicht wirklich. Es sind nur verschwommene Erinnerungsfetzen. Das ist ja schon ewig her.«
Annie fühlte sich wie versteinert. So sehr sie sich auch bemühte, es gelang ihr einfach nicht, ihre Antwort irgendwie emotional klingen zu lassen. Eigentlich müsste sie überraschter sein und exaltiert kichern. Eigentlich müsste sie sich

über diese schicksalhafte Begegnung freuen, doch es schien ihr, als würde sich die Geschichte einfach wiederholen. Nichts weiter, als eine absonderliche Form von Zeitschleife.
»C'est pas croyable! Vorhin habe ich nämlich den Bus auf der Wiese entdeckt. Du kennst doch dieses Ungetüm?«, er fokussierte sie, während seine Lippen vor Anspannung bebten. »Anton hat mir erzählt, wie er dazu gekommen ist. Weißt du es oder willst du raten?«
»Nein. Ich will nicht raten und ich weiß es nicht«, sie biss sich auf die Unterlippe und erwiderte seinen Blick. Es kam ihr vor, als wäre diese Situation nichts anderes als ein Theaterstück. Alle Worte waren Plastik, unecht, unbedeutend.
»Es ist eigentlich keine große Sache. Er hat ihn damals meinem Vater abgekauft. Naja, Anton hat dann die ganzen Geschichten ausgepackt, an die er sich noch erinnern konnte. Unter anderem hat er mir von einem Mädchen namens Annemarie erzählt.«
»Oh, verstehe. Das ist ja lustig«, sie lachte so künstlich, dass ihr davon schlecht wurde. Annie hatte einfach keine Kraft mehr. Sie konnte Paul nicht das Gefühl geben, ihre Begegnung besäße etwas Magisches. Die Zeiten waren vorbei und die Realität ernüchternd.
»So viele Jahre später. Ist es nicht eigenartig, wie sich unsere Wege nun gekreuzt haben und dass wir uns ausgerechnet an diesem Ort wiedersehen?«, sinnierte er leise. »Meinst du, wir waren mal zusammen auf einem Leuchtturm? Könnte das nicht sein?«
Erschrocken zuckte sie zusammen und blickte ihn mit weit aufgerissenen Augen an.
»Nein.«
»Wir waren bestimmt dort«, er nickte bedächtig. »Auch wenn du dich nicht mehr daran erinnerst.«
»Aha? Woher willst du das wissen?«
»Keine Ahnung«, er lachte. »Aber die Vorstellung gefällt

mir.«

»*There's no time for us. There's no place for us*«, flüsterte er ihr zu und setzte sich mit seinem Frühstückstablett neben sie. »Wir haben damals *Queen* gehört. Weißt du noch?«
Die Schläge ihres Herzens schmerzten, als sie in sein grinsendes Gesicht blickte. Am liebsten wäre Annie aufgesprungen und davon gerannt. Es war einfach unerträglich.
»Nein«, erwiderte sie kühl. »Ich erinnere mich kaum noch an diesen Sommer, kaum noch an dich und erstrecht nicht an irgendwelche Lieder. Tut mir leid.«
»Schade, Annie. Es wäre nämlich echt schön, wenn du dich auch daran erinnern könntest«, er bestrich das Croissant fingerdick mit Himbeerkonfitüre. »Gemeinsame Erinnerungen sind...«
»Dafür kann ich mich an andere Dinge erinnern.«
»Ehrlich? An was denn?«
»Es hat etwas mit einem Zugunglück zu tun. Vielleicht fällt es dir ja wieder ein, wenn du dich anstrengst?«, sie lachte verächtlich auf. Annie ignorierte seinen verdutzten Blick, stand auf und schnappte sich ihr Tablett. Nein, sie war nicht stark genug, um (fair) zu bleiben.

Anstatt heute ins Atelier zu gehen, verkroch sie sich mit Anton in der Werkstatt und half ihm, sein Werkzeug zu putzen und wieder Ordnung in sein System zu bringen, das die »durchgeknallten Kunstfuzzis« ins Chaos gestürzt hatten. Anton konnte schweigen. Es machte ihm überhaupt nichts aus, über Stunden hinweg kein einziges Wort zu wechseln und nur dem Radio zu lauschen.
Irgendwann wurden sie von einem leisen Klopfen aus ihrem Trott gerissen.

»Kann ich dich kurz sprechen?«

Paul stand im Türrahmen und rieb sich den Nacken. Theo stand schwanzwedelnd neben ihm. Paralysiert starrte sie ihn an und vergaß, dass sie gerade immer noch die Flasche in der Hand hielt und unaufhörlich Öl in den Tank der Kettensäge tröpfelte, der jetzt überlief.

»Ne, geht nicht. Grad isses schlecht. Siehst ja, was hier für ein Chaos herrscht«, murrte Anton.

»Ich meinte auch die Mademoiselle, pardon. Hättest du vielleicht eine Minute?«

Annie schluckte, dann nickte sie, wischte die Hände an einem Lappen ab und trat neben Paul hinaus ins Freie. Die Sonne stand tief und ihr Licht war schwächer.

»Was ist los?«

»Gehen wir ein Stück, ja?«

Eine Weile gingen sie nebeneinander her und mit jedem Schritt stieg ihre Anspannung. Ihr Herz war zu dumm, um zu verstehen, dass Paul ihm niemals seinen innigsten Wunsch erfüllen würde – deswegen drehte es jetzt auch wieder durch. Schließlich erreichten sie den kleinen Kieferhain, wo Paul stehenblieb.

»Es tut mir leid, Annie«, erklärte er leise und zupfte unsichtbare Fussel von seinem Habit. »Ich war unsensibel und taktlos.«

»Was meinst du?«

»Du bist hier, weil du die Erinnerungen an das Zugunglück verarbeiten willst, weil du traumatisiert bist, und ich Idiot komme mit diesen Kindergeschichten daher«, er griff nach ihrer Hand. »Es tut mir leid. Ich hätte gar nicht davon anfangen sollen. Für einen Moment war ich nur so überwältigt. Es freut mich einfach, dich wiederzusehen.«

Seine Ehrlichkeit war entwaffnend und seine Berührung versetzte ihren ganzen Körper in Aufruhr. Alles kribbelte. Alle Synapsen feuerten.

»Mich freut es doch auch«, nuschelte sie und blickte hinab zu ihren Händen. »Ich war nur nicht in Stimmung, um in solchen Erinnerungen zu schwelgen.«

»Bist du wegen mir nicht ins Atelier gekommen?«

»Quatsch. Ich wollte Anton sowieso helfen«, Annie kämpfte gegen das nervöse Zucken ihrer Mundwinkel an, indem sie lächelte.

»Okay, dann bin ich beruhigt. Nimmst du meine Entschuldigung an?«

»Mir tut es auch leid. Ich war sehr unfreundlich heute Morgen«, Annie entzog ihm seine Hand und fuhr sich durchs Haar. »Du hast meine ganze Vermuffeltheit abbekommen.«

»Vermuffeltheit?«, er lachte hell auf. »Gibt es das Wort überhaupt?«

»Jetzt schon«, sie stimmte zögerlich in sein Lachen ein.

»Okay, okay«, er nickte. »Dann hoffe ich, dass jetzt nichts mehr zwischen uns steht?«

Ihre Blicke begegneten sich und Annie war sich sicher, dass Paul in diesem Moment den gleichen Gedanken hatte, denn seine Wangen röteten sich: zwischen ihnen war jede Menge.

⚓

Alle hatten sich auf der Wiese hinter dem *Maison* versammelt, um über offenem Feuer Stockbrot zu machen. Dazu aßen sie natürlich französischen Käse und leerten die ein oder die andere Weinflasche. Als es schon sehr spät war, saßen sie eingehüllt in Decken um das Feuer. Frère David zupfte an den Saiten der Gitarre und ließ eine melancholische Melodie erklingen. Manche lauschten mit geschlossenen Augen, manche unterhielten sich leise, manche starrten gedankenverloren in die Flammen. Annie hatte schon den ganzen Abend das Gefühl, dass Paul sie mied. Er wich ihren Blicken aus und richtete nie das Wort an sie, obwohl er mit jedem in der Runde munter geplaudert hatte. Vielleicht war

es besser so. Immerhin lag Theo vor ihren Füßen und ließ sich von ihr kraulen. Sie hatte schon das dritte Glas Wein vor sich stehen und erholte sich gerade von dem Wortschwall, den Madelaine über ihr ausgeschüttet hatte, als sich jemand neben sie setzte.
»Bonsoir«, er lächelte. »Na? Ganz alleine hier?«
»Nein«, sie deutete auf Theo.
»Störe ich?«
»Überhaupt nicht«, ihr Herzschlag beschleunigte sich.
»Jetzt sind es nur noch drei Tage«, seufzte Paul wehmütig. «Die Zeit ist echt schnell vorbei gegangen.«
»Das stimmt. Es gäbe noch so viel...«
«Es gäbe noch so viel und es ist nie genug Zeit dafür.«
Sie schwiegen und beobachteten die Funken, die wie winzige Sternschnuppen in die Luft sprangen und kurz darauf verglühten.
«Wohin gehst du danach?«, fragte sie schließlich.
Er blickte sie nachdenklich an. Die Flammen des Feuers spiegelten sich in seinen Augen und es dauerte eine Weile, bis er antwortete. Annie stützte den Kopf auf ihre Knie und riss kleine Grasbüschel aus der Erde.
»Ich gehe zurück in meinen Orden.«
»Und dann?«
»Was meinst du damit? Und dann?«
»Jetzt bist du noch Novize, aber was ist danach? Weißt du schon, wie es weitergeht? Wie sieht dein Leben in ein paar Jahren aus?«
»Versuchst du gerade ein seelsorgerisches Gespräch zu führen?«, wich Paul aus und zwinkerte ihr zu. »Das ist doch eher mein Job.«
»Ich stelle dir interessierte Fragen?«
»Aha? Okay, wenn das so ist?«, er knetete seine Hände und starrte ins lodernde Feuer. Offensichtlich hatte sie einen wunden Punkt getroffen. Auch jetzt dauerte es eine Weile,

ehe er fortfuhr.
»Wir sprechen von einer Lebensübergabe an Gott. Es ist die größte Entscheidung, die ich jemals treffen werde, denke ich. Und ich habe echt Schiss davor.«
»Warum bist du damals denn eingetreten?«
Seine Augen wanderten über ihr Gesicht und er lächelte.
»Aus Liebe«, lautete seine schlichte Antwort. Annie wagte nicht, ihn nach dieser Liebe zu fragen.
Sie saßen noch lange beieinander und unterhielten sich ein wenig, aber die meiste Zeit schwiegen sie.
Nach und nach löste sich das Grüppchen auf, bis außer ihnen nur noch Frère David und Pierre an dem Feuer saßen, das mittlerweile fast heruntergebrannt war.
»Hier, für dich«, er drückte ihr etwas in die Hand und rappelte sich auf. »Das wollte ich dir noch geben, bevor ich gehe.«
Überrascht blickte sie auf einen dunklen Beutel, dessen Leder abgegriffen war und sich ganz weich anfühlte. Selbst in der Dunkelheit glänzte es.
»Aber wohin gehst du?«
»Ins Bett? Es ist schon sehr spät«, er nickte in Richtung seines Bruders, dessen Kinn auf die Brust gesunken war. »Und ihn nehme ich mit ins Haus, sonst kommt er hier nicht mehr weg.«
»Und was ist das?«, sie hob den Lederbeutel empor.
»Ein kleines Souvenir.«
Plötzlich überfiel sie Panik. War es möglich, dass sie morgen in einer anderen Welt aufwachte? Wie konnte sie jemals sicher sein, dass die Welt beständig war? Niemals!
Niemals!

Briefe an Merkur

☿

Fragmente -4

Manchmal kommt mir die Welt vor wie ein Karussell, das sich in irrsinniger Geschwindigkeit dreht. Alles rauscht vorbei und ich will mich an Bäumen festklammern, um nicht fortgeschleudert zu werden. Aber eigentlich ist es die Welt, die ich festhalten will. Ich will nicht, dass sie vergeht. Ich will dort bleiben, wo du bist.

Man muss fortgehen, um irgendwo anzukommen - das hast du oft gesagt. Bedeutet das nicht auch, dass man loslassen muss? Dich zum Beispiel?

Ich denke, es wäre gut, wenn ich akzeptieren könnte, dass wir es niemals schaffen werden. Vielleicht verlaufen unsere Wege asymptotisch: sie kommen sich näher und näher und manchmal sind die kurz davor, sich zu kreuzen, aber nie wirklich, immer nur fast.

Auch wenn es so sein sollte - ich kann nicht loslassen, weil ich sonst fallen würde. Ich weiß nicht, wohin, aber ich weiß, dass es tief wäre.

Wusstest du, dass Merkur die Fähigkeit besessen hat, Menschen von den Botschaften träumen zu lassen, die er ihnen überbringen sollte? Eigentlich tun Menschen ja nichts anderes - sie träumen, um irgendwann aufzuwachen und darüber zu lachen, was sie geträumt haben. Alles ist so wahnsinnig witzig, wenn man nicht versteht, was vor sich geht - wer keine Erklärung findet und überfordert ist, lacht. Wir haben viel gelacht, erinnerst du dich?

Aber Träume sind keine Träume. Sie sind Wirklichkeiten - zumindest für einen Moment sind sie wahr.

Mittlerweile geht es mir nicht mehr darum, dir alle Geschichten zu erzählen, die ich dir erzählen könnte. Es geht mir darum, mich nicht mehr wiederholen zu müssen. Ich will nicht in deinem Gesicht lesen, dass du glaubst, mich zum ersten Mal zu sehen. Ich will dieses zufriedene Grinsen sehen, weil du mich einordnen kannst, weil du weißt, wer ich bin und weil du spürst, was uns miteinander verbindet. Dieses zufriedene Lächeln, weil du dich erinnerst.

Hast du schon mal gesehen wie ein Kleinkind mit beiden Händen in die Luft schlägt, um einen Ball zu fangen? So kommt es mir vor, wenn ich versuche, Erinnerungen in dir zu wecken. Ich gebe dir Hinweise und versuche, sie nicht eigenartig klingen zu lassen, aber du schlägst sie aus - ohne böse Absicht, unbeholfen und arglos - und dennoch trifft mich jeder Schlag.

Stellst du dir auch manchmal die Frage, ob wir die bloße Fähigkeit nicht allzu oft mit Willenskraft verwechseln?
Was hält dich wirklich zurück? Prüfe!
Es gibt Lahme, die wollen nicht gehen - aus Angst vor dem Weg. Es gibt Blinde, die wollen nicht sehen - aus Angst vor den Bildern.
Lieber verharren wir mit geschlossenen Augen.
Ich habe es versucht - Stillstand und Ignoranz - aber was ist ein Leben, wenn man es nicht spüren kann?
Lieber zerbreche ich und kehre mein Innerstes nach außen, als hohl zu sein und nichts in mir zu tragen. Auch wenn es schmerzt. Lieber bleibe ich ruhelos und ein ewig Suchender, als das Leben vorbeiziehen zu lassen und wie ein Stein immer tiefer in den Morast zu sinken. Und deswegen kann ich mich auch nicht von dir verabschieden.

My lord, I have remembrances of yours

That I have longèd long to redeliver.

I pray you now receive them.

{Shakespeare, Hamlet}

Staub

Annie wusste nicht, wohin mit sich. Sie war aufgeregt und wartete den ganzen Morgen darauf, Paul zu sehen, um mit ihm sprechen zu können. Doch er tauchte nicht auf.
Er kam nicht zum Frühstück und ließ sich auch nicht im Atelier blicken, wo Carmen sie heute zu meditativer Musik ein Gruppenbild malen ließ.
Der Stein lag in ihrer Hosentasche. Immer wieder zog sie ihn hervor, um ihn mit klopfendem Herzen zu betrachten.
Zur Erinnerung. Woran?
Paul hatte sich damals etwas von ihr gewünscht, das sie mochte. Stundenlang hatte sie sich den Kopf darüber zerbrochen, weil es so viele Dinge gab, die sie ihm hätte geben wollen. Schließlich entschied sich Annie für einen Stein, auf den sie mit Acrylfarben das Meer gemalt hatte. Kunst und Meer. Paul legte diesen Stein auf seinen Nachttisch - das war schon immer ein Ort für besonders wichtige Dinge gewesen.
Und gestern, als Annie den Lederbeutel geöffnet hatte, war ihr ebenfalls ein Stein entgegen gekullert. Es war ein weißer Strandkiesel, den das Meer rundgewaschen hatte. Paul hatte darauf in schwarzer Farbe ein Männchen gemalt. Auf seinem kleinen Körper saß ein überdimensional großer Kopf mit einer Mütze, die an eine jüdische Kippa erinnerte. Auch wenn sein Mund ein Lächeln andeutete, wirkte es irgendwie

verzweifelt, irgendwie verloren. »*Ein Reisender*« stand auf der Rückseite. Annie erinnerte sich noch gut daran, wie Paul ihr erklärt hatte, weswegen der Bahnhof so gut zu ihm passte:
Er sei schon immer ein Reisender gewesen. Ein Weltenbummler – ja, vielleicht war er das wirklich? Vielleicht bummelte er zwischen den Welten? Er lebte dort, wo Reisen ihren Anfang nahmen, wo Reisen zu Ende gingen. Aufbruch und Abschied, Ankommen und Innehalten auf dem Weg. War das möglich?
War der Stein sein Abschiedsgeschenk?
Annie musste unbedingt mit ihm sprechen und herausfinden, was er ihr damit sagen wollte. Es war nicht nur ein Stein und es war nicht nur ein Männchen, das jemand hastig aufgepinselt hatte.
Sie saß wie auf glühenden Kohlen und hielt ständig nach ihm Ausschau. War es möglich, dass er ohne einen Abschied verschwunden war?
Auch nach dem Mittagessen, als sie alle zusammen im Hof saßen, den Windspielen lauschten und die warmen Sonnenstrahlen genossen, fehlte von ihm jede Spur. Noch nicht mal Theo stromerte wie sonst im Quartier umher. Weder sah man ihn den Mäusen im Geräteschuppen hinterher jagen, noch schwanzwedelnd vor der Küchentür stehen. Paul hatte ihn scheinbar mitgenommen. Wohin auch immer.
Annie spürte, dass sie allmählich ängstlich wurde. Niemand schien ihn zu vermissen. Niemand nannte auch nur seinen Namen. War es möglich, dass sie sich schon wieder getäuscht hatte? War Paul schon wieder als Geist in ihrem Leben aufgetaucht?

Den Stein hielt sie fest umschlossen, als sie sich zu Frère Émile gesellte, der etwas abseits auf einer Holzbank saß und in einem Buch schmökerte.

»Darf ich mich einen kurzen Moment zu Ihnen setzen, Frère?«

»Klar. *Juan de la Cruz* kann warten. Der ist ja schon im Himmel«, er schlug das Buch zu, lachte über seinen eigenen Witz und klopfte auf den Platz neben sich. »Was haben Sie denn auf dem Herzen?«

»Ach, es ist keine große Sache«, sie setzte sich neben ihn und betrachtete ihre ledernen Bootsschuhe, die ziemlich durchgelaufen waren und die obendrein von einer beachtlichen Staubschicht bedeckt wurden. »Ich frage mich nur, wo dieser junge Bruder ist? Heute habe ich ihn nämlich noch gar nicht gesehen.«

»Sie meinen bestimmt Frère Jean, oder?«

Ein freudiges Lächeln huschte über ihr Gesicht. Annie war heilfroh, ihn den Namen aussprechen zu hören. Paul war kein Hirngespinst. Sie drückte den warmen, runden Stein in ihrer Hand noch ein bisschen fester.

»Können Sie mir sagen, wo er ist? Ich würde wirklich gerne mit ihm sprechen.«

»Ihm geht es nicht so gut. Der Bruder braucht gerade Zeit für sich, glaube ich. Nach der Matutin hat er sich ausgeklinkt«, der alte Mann kraulte seinen Bart und warf ihr einen nachdenklichen Blick zu. »Geht es um Seelsorge? Haben Sie sich ihm anvertraut?«

»Nein, noch nicht«, sie warf einen kurzen Blick auf den Stein. »Aber wir haben schon ein paar gute Gespräche geführt. Vielleicht wäre ich nun soweit.«

»Oh, das freut mich zu hören, Annemarie. Leider kann ich Ihnen nicht sagen, wann der Bruder zurückkommt. Bei unserer Statio hat er sich noch offengelassen, ob er zur Komplet erscheint. Wollen Sie derweil mit mir vorliebnehmen?«

»Das ist lieb von Ihnen. Vielen Dank für das Angebot, aber ich…«, verlegen lachte sie ihn an und hob die Schultern. »Ich werde einfach warten.«

»Der Bruder hat schon einen Stein im Brett? Ich verstehe schon«, Frère Émile deutete auf ihre Hand, die den weißen Strandkiesel hielt.
»Es hat nichts mit Ihnen persönlich zu tun, bitte verstehen Sie das nicht falsch.«
»Sorgen Sie sich nicht um mich. Ich bin nicht eitel«, er zwinkerte ihr zu. »Sie teilen eine ganz besondere Erfahrung und können sich dadurch auch naturgemäß auf einer ganz anderen Ebene austauschen. Das kann ich gut nachvollziehen.«
Annie steckte den Stein zurück in ihre Hosentasche und klemmte die Hände unter ihre Oberschenkel. Eine Weile saß sie schweigend neben dem Ordensmann und beobachtete, wie die Wolken über den Himmel zogen und Schatten über den Hof tanzen ließen. Obwohl die Sonne schien, wehten kräftige Böen vom Meer her und ließen die Windspiele klingen. Vögel zwitscherten im Geäst der Bäume und schließlich hörte man sogar das Läuten der Kirchturmglocken aus dem Dorf. Das geschah sehr selten – nur, wenn der Wind sehr günstig stand.
Annie musste daran denken, wie Paul vor ihr saß und sie mit Wattebäuschen seine Wunde abgetupft hatte. Er trug diese Narbe auf der Stirn. Auch jetzt noch.
»Frère, glauben Sie, dass wir nur in dieser Welt leben?«
»Wie bitte?«, er rückte seine Brille gerade und blinzelte sie verwundert an. »Pardon, mit so einem profunden Thema habe ich jetzt nicht gerechnet. Sie fragen, ob es noch andere Welten gibt?«
Als sie nickte, ließ er sich zurück sinken und faltete die Hände über dem Bauch. Es verstrichen einige Sekunden, ehe er sich räusperte und die Stimme erhob.
»Ich denke, dass wir sterben und dass diese Welt vergeht und dass wir dann in einer neuen Welt leben werden - so Gott will natürlich.«

»Und was ist mit der Realität? Gibt es nur eine Wirklichkeit?«
»Oh nein, ganz sicher nicht. Es gibt mindestens so viele Realitäten wie es Lebewesen gibt, die über ein Sinnessystem verfügen, um die Welt wahrzunehmen.«
»Das müssen ja unfassbare viele Realitäten sein. Dann ist es ein großes Glück, wenn man seine Realität mit anderen teilen kann, oder nicht? Wenn die Realitäten übereinstimmen.«
»Ein großes Glück, ja. Das hat der Herr fein eingerichtet. Die Konformität gibt uns Sicherheit. Was davon abweicht, schürt Angst. Oder schlimmer noch: was abweicht wird doch allzu oft als Geisteskrankheit bezeichnet, nicht wahr?«
Betroffen starrte sie den Frère an und schluckte trocken. Sie dachte an das verwirrte Gesicht ihrer Mutter und das Gefühl, in der falschen Welt gelandet zu sein.
»Halten Sie es prinzipiell für möglich, dass es parallele Welten gibt und dass es vorkommen kann, dass man versehentlich in eine andere Welt rutscht?«
»Mon Dieu, Annemarie, das sind keine Themen für einen alten Mönch«, er schlug sich lachend auf den Oberschenkel.
»Meinen Sie so eine Art Wurmloch? Die *Einstein-Rosen-Brücke*, über die man in eine andere Zeit gelangt?«
»Naja, eher eine Passage, durch die man in eine andere Welt reisen kann? Ist so etwas möglich? Ich meine, wenn es Wunder gibt, dann vielleicht auch das?«
»Ich bin ein einfacher Mann. Das ist viel zu hoch für meinen Kopf«, er tippte sich an die Stirn. »Solche Gedanken müssen sich die Wissenschaftler machen.«
Als sie das vergnügte Funkeln in seinen Augen sah, bereute sie, ihm die Frage gestellt zu haben. Annie fühlte sich wie ein Kind, über dessen Fragen die Vernunft lachte.
»Wissen Sie, ich halte mich an die Worte von Meister Eckhart. Und die gehen so:«, Frère Émile richtete sich auf,

nahm seine Brille ab und fing an, die Gläser mit dem Stoff seines Skapuliers zu polieren. »Die wichtigste Stunde ist immer die Gegenwart, der bedeutendste Mensch immer der, der mir gerade gegenübersteht und das notwendigste Werk ist immer die Liebe.«

»Das sind schöne Worte«, murmelte sie.

»Und sie sind so schön einfach, nicht wahr? Diese Welt verwirrt den Geist doch ohnehin schon genug. Welche Rolle spielt es für Ihr Leben, ob es hypothetisch gesehen noch andere Welten geben könnte?«

»Ja, es ist völlig irrelevant. Eine Welt genügt«, Annie lächelte tapfer. »Das war eh nur eine Spinnerei. Wahrscheinlich habe ich mich zu viel mit Science Fiction beschäftigt.«

Annie stand hektisch auf und strich die Sitzfalten ihrer Jeans glatt.

»Ich kann Ihnen dieses Buch wärmstens empfehlen. Nicht wissenschaftlich, aber sehr spirituell«, Frère Émile wedelte mit dem lädierten Taschenbuch.

»Ich werde daran denken, wenn ich das nächste Mal nach einer Lektüre suche. Jetzt muss ich aber zum Töpfern. Die anderen haben schon längst angefangen.«

»Dann aber hurtig, Mademoiselle. Sonst ist der Ofen aus, bevor Sie fertig sind.«

Annie hatte sich schon einige Schritte entfernt, als der alte Mönch nochmal nach ihr rief.

»Wissen Sie, was wir in Landévennec immer sagen?«

»Nein?«

»Wenn Sie an der Küste stehen, was sehen Sie dann?«

»Das Meer?«

»Genau das!«, er klatschte begeistert in die Hände. »Wir sagen immer: Zwischen Himmel und Erde ist Meer. Das ist gewiss.«

Es dauerte einen Moment, bis Annie verstand, was er ihr damit sagen wollte, doch dann lächelte sie beseelt und taste-

te nach dem Stein.
Ihre Gedanken kreisten und Annie hatte keine Chance, sich ihrer zu erwehren.
Vielleicht war es kein Traum? Vielleicht war Paul auch in diesem Anderswo gewesen, das sonst niemand kannte? Vielleicht war es möglich, dass sie zusammen geträumt hatten? Zwischen Wellen, zwischen Welten?
Annie musste ständig darüber nachdenken, was der Stein wohl zu bedeuten hatte. Sie fragte sich, wo Paul gerade war, was er machte und wann sie ihn wiedersehen würde. War er der Reisende, den er für sie gemalt hatte? Vielleicht konnte sie sich ja wirklich ein Herz fassen und ihm alles erzählen, bevor sich ihre Wege wieder trennten? Annie hatte nichts mehr zu verlieren.

Während neben ihr Aschenbecher und Vasen getöpfert wurden, knetete Annie gedankenverloren an dem braunen Tonklumpen herum. Sie bohrte ihre Finger hinein, drückte ihn platt, riss ihn in Stücke – irgendwann kam sie sich völlig bescheuert vor und blickte sich hilfesuchend um.
»Ich habe keine Ahnung, was ich machen soll«, jammerte sie wahrheitsgemäß. Sie wusste weder, was sie mit dem Klumpen, noch was sie mit dem Mönch anstellen sollte.
»Bei dir geht es heute eben um die haptische Erfahrung«, Bernadette zuckte lässig mit den Schultern. »Das ist doch super. Wir verkopften Menschen wollen immer alles zerdenken, aber manchmal geht es darum, einfach zu machen, einfach zu fühlen. Es muss nicht immer Sinn ergeben und dem Verstand einleuchten.«
Annie blickte in das lächelnde Gesicht der Kunsttherapeutin und blinzelte. Die Worte erinnerten sie an ihren ersten Besuch bei Paul. Sie konnte sich noch gut an die Situation erinnern – sie standen in der Wartehalle seines Bahnhofes

und Annie hatte ihm gerade schmunzelnd erklärt, dass von dort keine Züge mehr fahren würden. Er hatte gelacht und verkündet, dass er eh damit aufhören wollte, zu warten. Abrupt stand sie auf.
»Ich denke, ich muss ein bisschen an die frische Luft«, verkündete sie und drückte Bernadette den Tonklumpen in die Hand. »Wartet nicht auf mich. Ich gehe zum Meer. Das dauert.«
Entschlossen stapfte Annie hinauf in ihre Kammer und schnappte sich ihren Mantel, dann machte sie sich auf den Weg. Eigentlich hatte sie sich den Besuch für den letzten Tag aufgespart, aber sie konnte nicht länger warten.

Die Sonne hatte sich hinter dunklen Wolken verkrochen. Die Luft war schwer und voller Gerüche. Möglich, dass es bald regnete, denn die Vögel flogen tief. Annie hoffte die ganze Zeit, irgendwo einen Mann in grauem Habit zu sehen, aber das Quartier war wie leergefegt. Weder auf der Straße, noch auf den kleinen Pfaden begegnete ihr eine Menschenseele. Sie hatte die Arme um den Oberkörper geschlungen und marschierte zügig durch die Heide. Immer wieder drängten sich Traumbilder auf und sie seufzte schwermütig auf.
»Ach Trudi, wenn du wüsstest, in welchen Schlamassel ich geraten bin«, flüsterte sie in den Wind und wischte sich mit einem Zipfel ihres Schals über die Augen.
Bald schon erkannte sie das dunkle Kieferwäldchen. Es war ein Nachtschrecken, der sie noch manchmal besuchte: sie träumte, wie sie zwischen den Bäumen herum irrte und nach Paul gesucht hatte. Der Ruf des Käuzchens, lautlose Schritte auf einem Bett aus Tannennadeln, ihre aufkeimende Angst und der Geruch von Harz.
Annie presste die Lippen fest aufeinander und ging weiter.

War es wirklich nötig, mit eigenen Augen zu sehen, dass der Bahnhof nur noch ein Trümmerhaufen war? Musste sie sich wirklich damit konfrontieren?

»Kneifen gilt nicht«, zischte sie und ließ die Hand in ihre Tasche gleiten. Es tat gut, den Stein zu spüren. Auch wenn sie nur phantasiert hatte, so konnte sie sich wenigstens damit trösten, dass es Paul wirklich gab. Er war echt, real, greifbar – doch Annie war sich noch nicht ganz sicher, ob das für ihre Gefühlswelt einen Unterschied machte.

Schließlich gelangte sie zu der Lichtung. Mit wild klopfendem Herzen trat sie zwischen den Bäumen hervor und ließ den Blick langsam über das große Gebäude wandern. Es bot sich ihr ein Bild grauer Tristesse. Die Fensterscheiben waren allesamt zerschlagen, die Fassaden mit irgendwelchen Krakeleien beschmiert. Den Bahnhof aus ihren Träumen gab es nicht – was hatte sie sich nur gedacht? Kalte Schauer liefen ihren Rücken hinab, als sie das halbeingestürzte Dach sah. Alles verkommen und verfallen.

Sie hätte umkehren können, aber Annie hatte das Bedürfnis, alles zu sehen. Tränen sammelten sich in ihren Augen und trübten ihren Blick, als sie wie damals die Treppe zum Portal emporstieg. Doch anstatt durch die gusseisernen Gitter in ein goldenes Licht zu blicken, glotzte sie in Schwärze. Jugendliche hatten ihre Initialen in das Holz geritzt. Herzchen und Telefonnummern. Vorsichtig schob Annie die schwere Tür auf. Ihre Augen hatten sich kaum an die Finsternis gewöhnt, als sie plötzlich eine dunkle Gestalt aufspringen sah. Ihr entfuhr ein spitzer Schrei und sie taumelte zurück.

»Mon dieu«, keuchte er und warf ihr einen bitterbösen Blick zu. »Was machst du denn hier, verdammt nochmal?«

Paul hatte einen knallroten Kopf und klopfte sich mit beiden Händen Staub von seinem Habit. Annie rang nach Luft. Ihr war schwindelig und sie hatte das Gefühl, einfach zu zerbröseln. Es hatte keinen Sinn, auch nur eine Sekunde zu versuchen, sich zusammenzureißen. Alles was von ihr übrigbleiben würde, wären kleine Stückchen. Zusammengerissene Stückchen. Sie lehnte sich an die Wand und ignorierte Theo, der sich freudig an ihre Beine drückte.

»Bist du auf dem Boden gelegen?«, fragte sie tonlos.

Sie betrachtete für einen Moment die geblümten Fliesen und richtete den Blick dann empor zur Decke, auf der sich Risse wie Sternbilder ausbreiteten. Das Herz sprang ihr an die Kehle. Sie standen wieder voreinander - wie früher. Die Tafel mit den Abfahrtszeiten kündigte keinen Zug an und die Uhr stand still - wie früher.

»Wollte ein bisschen alleine sein«, er vergrub die Hände in den Taschen und man hörte das leise Klackern der Rosenkranzperlen, die er zwischen seinen Fingern bewegte.

»Du warst den ganzen Tag fort. Ich habe dich gesucht.«

Sie blickten sich starr in die Augen und Annie spürte, dass sich etwas verändert hatte. Um sie herum herrschte Totenstille. Man hörte nicht mal den Wind ums Haus streichen.

»Ich hätte dir sagen sollen, wohin ich gehe. Tut mir leid.«

»Wo warst du denn?«

»Ich war im Dorf zur Beichte«, er senkte den Blick und schob mit den Füßen Staub und Dreck über die Fliesen. »Danach bin ich spazieren gegangen und irgendwann habe ich den Bahnhof gefunden.«

»Du hast irgendwann den Bahnhof gefunden?«, sie lachte leise auf und spürte, wie Tränen in ihre Augen stiegen. »Einfach so gefunden?«

»Nein, das stimmt nicht«, er hob die Schultern und ließ sie seufzend wieder fallen. Seine Augen glitten über ihr Gesicht, als würden sie darin etwas suchen. Annie konnte keinen klaren Gedanken mehr fassen. Es kam ihr vor, als wäre es ihren Lungen nicht mehr möglich, ausreichend Sauerstoff aufzusaugen, als wäre die Luft ein zähflüssiger Sirup. Das

war dieser eine Moment. Das war dieser eine Zeitpunkt.
Das Klopfen ihres Herzens war inzwischen zu einem einzigen Rauschen angeschwollen. Unzählige Gefühle kollidierten miteinander.
»Was stimmt dann?«
»Ich wollte hierher kommen, weil ich...«, seine Stimme erstarb. Er fing an, seine Hände zu kneten.
»Bitte sag' mir, warum du hierher gekommen bist?«
Annie bemühte sich nicht mehr, die Tränen vor ihm zu verbergen. Weinend blickte sie ihn an und hoffte inständig, dass er sich genau so erinnerte und dass sie endlich damit aufhören konnten, sich voreinander zu verstecken.
»Annie, ich...ich weiß nicht, wie?«
Er sprach die Worte so vorsichtig aus, als hätte er Angst, sie könnten noch in seinem Mund zerbrechen. Langsam zog Annie den Stein aus ihrer Hosentasche, legte ihn auf ihre Handfläche und streckte ihn Paul entgegen.
»Das ist ein Souvenir.«
Sie wusste nicht, wie man das Gefühl nannte, das in seinem Blick aufflammte, aber sie konnte es in ihrem Herzen spüren. Der Reisende trat auf sie zu und umschloss ihre Hand mit seiner.
»Du hast mir gefehlt«, flüsterte sie und erkannte nun, dass auch in seinen Augen Tränen glitzerten.
Seine Mundwinkel zuckten, als versuchte er zu lächeln, doch es wollte ihm nicht gelingen. Er atmete tief durch.
»Du mir auch.«
Sie starrten sich fassungslos an. Annie hatte ihr Zeitgefühl verloren, aber Gott im Himmel – Raum, Zeit - sie hatte ein anderes Gefühl wiedergefunden und konnte nicht aufhören zu weinen. Ihre Welt war aus den Fugen geraten, doch jetzt rückten die Elemente wieder an ihren Platz. Niemand konnte ermessen, wie groß die Erleichterung war, die Annie in diesem Moment empfand.

»Kannst du dich erinnern?«, fragte er mir belegter Stimme.
»An alles.«
»Was ist das? Dein Alles?«
Er presste die Lippen so kräftig aufeinander, dass ihnen jegliche Farbe entwich, seine Kiefermuskeln spannten sich an, als würde er die Zähne zusammenbeißen. Gedanken, die als Schatten, über sein Gesicht zogen. Misstrauisch blickte er sie an. Mittlerweile war er kreidebleich geworden.
»Du bist doch Strandräuber, oder?«, fragte sie unbeholfen.
Ein kurzes Flattern der Lider, dann lachte er auf, schlang die Arme um sie und drückte sie so fest an seine Brust, dass sie für einen Moment das Gefühl hatte, keine Luft mehr zu bekommen. Er roch so wie früher. Er roch nach Harz und dem Honig seiner Bienen, Salz und Erde.
»Woran erinnerst du dich noch, Annie? Ich muss es wissen.«
»Wir waren zusammen auf dem Leuchtturm, den wir gemalt haben. Wir waren die ganze Nacht dort oben. Du hast mir von Kräutern erzählt. Rosmarin bedeutet Erinnerung. Und Liebe. Und wir haben…«
»Annie«, er küsste ihr Haar und schob sie wieder von sich, um ihr ins Gesicht zu sehen. »Du erinnerst dich wirklich?«
»Ich habe nichts vergessen.«
»Dann weißt du noch, wer hier gewohnt hat? Genau hier?«
»Züge?«
»Das ist nicht witzig!«
»Natürlich weiß ich noch, wer hier gewohnt hat«, sie streichelte behutsam über seinen Kopf. Das kurze Haar fühlte sich ganz samtig an. »Du hast mich immer Annie Mercury genannt. Ich erinnere mich an jedes Detail. Du hast mir ein Glas Honig geschenkt und dort hinten stand deine Kommode. Muscheln und Treibholz. Ich weiß noch genau, wie es hier ausgesehen hat.«
Annie deutete zu dem großen Loch in der Wand gegenüber, durch das man in einen hellen Raum blicken konnte. Auf

dem Boden lag Geröll und Müll.
»Wir waren hier!«
»Wir waren hier!«, sie wischte sich mit dem Handrücken über die nassen Wangen. »Weißt du noch, wo ich gewohnt habe?«
»Da war ich vorhin«, er nickte heftig. »Aber leider ist nicht mehr viel davon übrig geblieben. Offensichtlich haben wir in Ruinen gelebt.«
Sie hatten keine Spuren hinterlassen – außer in Erinnerungen. Das Herz pochte dumpf in ihrer Brust und schon wieder stiegen Tränen in ihre Augen.
»Ist das hier echt, Paul? Ist jetzt echt?«
»Es war schon immer echt.«
Seine Finger glitten durch ihr Haar. So wie früher, wenn sie sich im Arm gehalten hatten.
»Hast du dich schon die ganze Zeit an mich erinnert? Schon am ersten Tag, als wir uns hinter dem *Maison* gesehen haben? Im Kräutergarten?«
»Natürlich, ich habe mich immer erinnert«, er lachte bitter auf. »Aber ich war mir so unsicher. Am Anfang habe ich noch gehofft, dass du mich erkennst und etwas sagen würdest, aber von dir kam einfach nichts und ich wollte mich nicht lächerlich machen.«
»Ich hatte auch Angst davor, dass du mich auslachst.«
Paul löste sich ein wenig von ihr und blickte sie aus glasigen Augen an, dann griff er nach ihrer Hand und küsste sie.
»Ich wünschte, wir könnten irgendwohin«, murmelte er und blickte sich suchend um. "Nur du und ich."
»Mir reicht es, wenn wir hier bleiben. In dieser Welt.«
Annie hatte lange geglaubt, sich in den dunklen Winkeln ihres Unterbewusstseins verirrt zu haben, doch in Wirklichkeit hatte es immer Licht gegeben. Selbst in der Finsternis sprang irgendwo ein Funke als ein stiller Gruß der Hoffnung. Jetzt zündete er. Das Glück entstand in ihrem Bauch

und brannte sich wie an einer Zündschnur ihre Wirbelsäule hinauf. Annie stand in Flammen. Sie weinte und lachte und wusste nicht, wann sie jemals glücklicher gewesen war.

Sie waren getrennt voneinander zurück zum Quartier gegangen und hatten getrennt voneinander den Abend verbracht. Annie wandelte wie auf Wolken – es fühlte sich an, als würde sie träumen und tatsächlich schreckte sie immer wieder auf und ließ ängstlich den Blick durch den Raum wandern. Man merkte Paul kaum etwas an. Nur selten erwiderte er ihren Blick, nur ein einziges Mal ließ er ein Lächeln durchscheinen, aber seine Ohren glühten. Er spielte zwei Partien Schach, verlor zweimal und verabschiedete sich früh, um in seinem Zimmer zu lesen. Annie wartete ungeduldig, bis es endlich Mitternacht geworden war, dann schlich sie sich hinaus.

Der alte Bus stand schon seit vielen Jahren hinter dem Maison auf der Obstwiese. Früher musste Anton hier schlafen, wenn er zu laut schnarchte oder wenn er aus anderen Gründen in Ungnade gefallen war, aber seit er vor zwei Jahren einen Bandscheibenvorfall gehabt hatte, durfte er bei Martha bleiben.

Es war falsch und verwegen, aber es gab keine andere Möglichkeit. Paul war tausend Tode gestorben, als er hinter ihr in den Bus gekrabbelt war.

»Ich war erst heute Morgen wegen dir bei der Beichte«, jammerte er.

»Wegen mir?«

»Was glaubst du denn? Seitdem ich dich hinter dem Maison gesehen habe, spielt alles verrückt.«

»Ehrlich?«, sie drehte sich mit einem strahlenden Lächeln zu ihm um.

»Ja, ehrlich. Es ist eine harte Probe.«

Ihr Verstand stolperte kurz über die *harte Probe*, doch dann übernahm ihr Herz wieder das Kommando und sie kroch auf die Matratzen, die hinten im Bus lagen. Zum Glück gab es Vorhänge, die sie ein wenig vorziehen konnten. Gerade so weit, um keinen Verdacht zu wecken. Annie war sich darüber bewusst, dass sie sich nicht küssen durften, aber es würde ja schon ausreichen, wenn jemand sah, wie sie so dicht beisammen lagen.
»Erzählst du mir, was mit Trudi passiert ist?«, er zog sie noch näher zu sich.
»Sie hat es nicht geschafft. Ich denke, dass sie gestorben ist. Wir haben sie nirgendwo gefunden.«
»Dann müsst ihr vielleicht anderswo suchen? Theo hat sich fünf Kilometer weiter in einer Scheune versteckt«, er streichelte über ihr Haar, dann hauchte er einen Kuss darauf. »Die Brüder haben ihn in einem Tierheim gefunden. Vielleicht können wir hoffen, dass Trudi auch irgendwo untergekommen ist?«
»Wir haben schon alle Tierheime im Umkreis abgeklappert. Sie ist spurlos verschwunden. Meine große Hoffnung ist, dass Trudi irgendwo lebt. Die Vorstellung hilft mir ein bisschen.«
»Bestimmt, Annie, bestimmt ist es so. Trudi hat sich durchgekämpft.«
Sie schwiegen eine Weile. Annie lauschte seinem Herzschlag und stellte sich vor, dass Trudi in diesem Moment auf einer altmodischen Couch lag und von einem Silbertellerchen Gänseleber fraß. Kurz darauf sah sie Trudi bibbernd unter einer Brücke liegen, völlig abgekämpft und ausgehungert. Sobald ein Zug über ihr hinwegrollte, fing sie an, wie Espenlaub zu zittern.
»Warum bist du damals überhaupt nach Brest gefahren?«, fragte Annie schnell, um ihre Gedanken zu zähmen.
Paul erzählte ihr, dass die klösterlichen Gemeinschaften in

Frankreich gut vernetzt wären. Deswegen wollte er nach Landévennec fahren, um den Benediktinern bei einer ökumenischen Jugendmesse unter die Arme zu greifen.
Annie runzelte die Stirn und spielte mit dem hölzernen Rosenkranz, der an seinem Gürtel hing, während sie angestrengt nachdachte.
»Du warst kein Mönch, als wir uns getroffen haben«, stellte sie fest und suchte seinen Blick. »Du warst doch schon hier, lange bevor ich kam. Ich verstehe das nicht? Wie bist du hierher gekommen?«
»Ich kann es dir nicht erklären, Annie. Es war so und ich habe keine Fragen gestellt. Das war einfach mein Leben.«
»Ja, meins auch«, sie lächelte traurig. »Es war auch einfach mein Leben und ich habe nie danach gefragt, ob die Dinge wirklich geschehen oder ob es nur Hirngespinste sind.«
»Es waren keine Hirngespinste. Ganz bestimmt nicht. Weißt du, was ich im Bahnhof gefunden habe?«
Er fummelte eine Weile in den Taschen seines Habits herum, fluchte leise und hob ihr schließlich etwas Winziges unter die Nase. Vorsichtig griff sie danach.
Es war eine Flaumfeder. Auf den ersten Blick war daran nichts Ungewöhnliches festzustellen, doch wenn man sie zwischen Daumen und Zeigefinger drehte, schillerte sie selbst in der Dunkelheit mal blau mal grün.
»Wie in Gottes Namen ist das möglich?«
»Keine Ahnung. Ich stehe vor einem Rätsel. Vorhin habe ich nach deinem Stein gesucht und dann die Feder zwischen dem ganzen Müll gefunden.«
»Oh!«, ihre Augen leuchteten auf. «Du meinst den Stein mit den Wellen? Hast du ihn gefunden?«
Paul schüttelte den Kopf und fing wieder an, über ihr Haar zu streicheln.
»Du und ich - wir erinnern uns an etwas, das man mit den Naturgesetzen nicht erklären kann«, er grinste zu ihr hinab.

»Vielleicht haben wir in einer anderen Welt gelebt? Ich weiß, es klingt verrückt, aber vielleicht sind solche Dinge möglich?«
»Wer könnte das besser bezeugen als wir? Weißt du, was Frère Émile heute zu mir gesagt hat?«, sie stützte sich ein wenig auf, um ihm ins Gesicht sehen zu können.
»Hören Sie auf, dem jungen Bruder nachzustellen, sonst hole ich die Gendarmerie?«
»Sehr witzig«, sie stieß ihm kichernd den Ellbogen in die Seite. »Nein, im Ernst: er meinte, es gäbe so viele Realitäten, wie es Menschen auf der Welt gibt. Und es ist unser Glück, dass diese Wirklichkeiten in den meisten Fällen übereinstimmen. Jeder konstruiert seine eigene Welt, verstehst du?«
»Verstehe. Was ist mit unserer Wirklichkeit?«, er senkte den Kopf und blickte sie aus verklärten Augen an.
»Bis heute war ich mit dieser Wirklichkeit alleine, aber jetzt teile ich sie mit dir«, sie hob die Feder hoch. »Ich denke nicht, dass ich jemals begreifen kann, was mit uns geschehen ist, aber es macht mir keine Angst mehr.«
Seine Hand suchte nach ihrer und sie verschränkten die Finger ineinander. Heute waren endlich die Mauern gefallen, hinter denen sie sich die ganze Zeit versteckt hatten. Sie versuchten nicht länger, einen vermeintlichen Schutz aufrecht zu erhalten. Annie fühlte sich nun zwar schutzlos, aber sie war nicht mehr alleine. Paul lag neben ihr. Ebenso schutzlos.

Briefe an Merkur

Fragmente – 5

Der Seemann vergisst niemals seinen Heimathafen. Nirgendwo gräbt sich der Anker so tief wie bei dem Menschen, den man liebt.
Ich habe versucht, andere Menschen auf diese Art zu lieben und mein Herz frei zu machen, damit mir das gelingt. Dabei habe ich in viele Augen gesehen, viele Hände gespürt, viele Stimmen gehört. Andere Geschichten. Alles nicht du. Alles nur eine Imitation.

Weißt du, worüber ich heute nachgedacht habe? Ist die halbe Wahrheit weniger wahr als die ganze Wahrheit? Nein, denke ich. An der Qualität ändert sich ja nichts. Und ist man moralisch dazu verpflichtet, immer die ganze Wahrheit zu sagen? Nein, denke ich. Manchmal bedeutet Verantwortung, den anderen vor der Wahrheit zu schützen. Manchmal bedeutet Liebe, zu schweigen und manchmal ist es notwendig, die Wahrheiten nur in Ausschnitten preiszugeben.
Ich könnte die ganze Wahrheit ohnehin nicht in

Worte fassen, weil ich sie nicht verstehe. Ich bin an irgendeinem Punkt in meinem Leben ausgerutscht und dann einfach reingeschlittert. Erst an die Küste, dann nach Paris und wieder zurück... Ich schlittere immer noch.

Irgendwann habe ich angefangen, dir diese Briefe zu schreiben, weil es so viele Dinge gibt, die ich dir sagen will, und weil ich nicht weiß, ob ich jemals die Gelegenheit dazu haben werde.
Wahrscheinlich gibt es viele Gründe, die dazu geführt haben, dass ich Nacht für Nacht irgendwo sitze und irgendwas schreibe. Diese Briefe füllen mittlerweile schon zwei Schuhkartons und obwohl ich manchmal darin herumkrame, habe ich es noch nie geschafft, alle diese Briefe nochmal zu lesen. Wäre auch nicht so spannend, geschweige denn erkenntnisreich. Vieles wiederholt sich, weil meine Gedanken kreisen. Ich glaube, ich habe schon alles Denkbare gedacht.

Es gibt ein walisisches Wort, das in keine andere Sprache übersetzt werden kann.
Hiareth. Manche sagen, es bedeutet Sehnsucht nach dem Ort, an welchem die Seele lebt. Heimweh nach einem Zuhause, das nicht mehr existiert, das nie gewesen ist oder zu dem man nicht mehr zurückkehren kann.
Hiareth begleitet mich und wenn es stimmt, dass immer etwas bleibt, dann vielleicht auch dich.

Viele Menschen leben mit Geistern. Sie wohnen in Gedanken und Gefühlen. Manche von ihnen begleiten uns seit unserer Kindheit. Manche haben sich erst später als Schatten über uns gelegt. Man kann sie spüren. Nicht immer, aber oft genug. Sie sind lautlos, sie sind Wind. Aber manchmal lassen sie die Ketten rasseln, mit denen sie uns gefangen halten. Man kann sie hören. Nicht immer, aber oft genug.

Früher dachte ich, du wärst mein Geist. Aber das stimmt nicht. In Wahrheit bin ich deiner. Ich gehe durch Wände, warte in Zwischenräumen. Manchmal will ich dich erschrecken, damit du mich ansiehst - mit weit aufgerissenen Augen. Manchmal würde ich lieber der Schreck in deinen Knochen sein, als diese vage Silhouette, die du kaum wahrnimmst.

Good night, good night!

parting is such sweet sorrow

That I shall say good night till it be morrow.

{Shakespeare, Romeo & Juliet}

Nacht

Tau lag auf den Wiesen und glitzerte in der Sonne, die zaghaft hinter dem Kiefernhain hervor blinzelte. Im Quartier rührte sich noch nichts, nur Theo scharrte an der Tür und verlangte nach draußen gelassen zu werden.

Sie hatten die ganze Nacht wach gelegen – sie waren viel zu sehr damit beschäftigt, sich gemeinsam zu erinnern, zu wundern und ihren aufgeregten Herzen zu lauschen. Es wäre unmöglich gewesen, die Augen zu schließen.

In der Morgendämmerung schlichen sie zurück ins *Maison*. Zuerst Annie, etwas später dann auch Paul. Er wollte direkt zur Matutin – dem frühmorgendlichen Gebet der Brüder. Obwohl sie den Tag in seiner Nähe verbringen würde, fiel es ihr unfassbar schwer, sich von ihm zu verabschieden. Sie wollte seine Hände nicht loslassen und den Blick nicht von ihm abwenden. Nicht eine Sekunde.

»Treffen wir uns später wieder, wenn alle schlafen? Hier im Bus?«

»Was ist das für eine Frage? Natürlich. Ich muss dich doch sehen, Annie«, er küsste ihre Wange, umfasste ihre Taille und zog sie nah an seinen Körper. »Am liebsten würde ich mich mit dir hier einschließen und alles andere sausen lassen, aber wenn wir beide fehlen…«

»Du könntest doch krank werden?«

»Und du wirst meine Krankenschwester, hm? Wie unauffällig«, er lachte. »Nein, das geht nicht. Wir dürfen uns nichts anmerken lassen, okay?«
»Dürfen wir uns nicht mal küssen? Nicht mal ein bisschen?«, säuselte sie in sein Ohr.
»Nein, Annie! Das kann ich nicht«, er presste die Lippen aufeinander und schien gleichzeitig entsetzt, bekümmert und verlegen zu sein. Seine Wangen röteten sich.
»Willst du nicht?«
»Doch, aber - Himmel, es geht nicht.«
»Die Zeit nach dem Unfall war ein Alptraum, weißt du das? Als hätte ich den Verstand verloren. Und mein Herz noch dazu. Du hast mir so gefehlt«, sie drückte sich an ihn.
»Du mir doch auch«, er stöhnte gequält auf und wischte sich mit dem Ärmel Schweiß von der Stirn. »Ich muss ständig daran denken, wie es wäre, dich zu küssen. Meine Gedanken sind voll davon und ich muss deswegen ständig zur Confession. Aber bitte verstehe doch, dass ich jetzt in einer Bruderschaft lebe und gelobt habe mich an die Regeln zu halten. Ich muss treu bleiben.«
Paul griff nach dem Rosenkranz und hielt ihn ihr demonstrativ unter die Nase. Er hob hilflos die Schultern. Annie verstand, in welcher Klemme er steckte und obwohl alles in ihr protestierte, trat sie einen Schritt zurück. Das Lachen war ihr vergangen – der Habit war kein Kostüm, sondern ein anderes Leben.
»Pardon, ich wollte dich nicht in Versuchung führen.«
»Ja, klar!«, er zwinkerte ihr zu.
»Nein, wollte ich nicht«, sie blickte ihn mit ernster Miene an. »Ich will nichts Sündhaftes sein, weswegen du beichten gehen musst. Meine Güte. Ich will nur, naja, ich will wieder deine Annie sein.«
»Oh du«, er neigte den Kopf zur Seite und schenkte ihr ein so liebevolles Lächeln, dass ihr Herz vor Rührung in sich

zusammensank. »Du bist schon immer meine Annie gewesen.«
Paul griff nach ihrem Arm, zog sie wieder zu sich und küsste ihre Stirn.
»Bitte versteh' mich«, flüsterte er und sie nickte.
Sie brachte es einfach nicht übers Herz, ihn nach der Zukunft zu fragen. Sie war noch viel zu überwältigt, viel zu glücklich und beseelt. Unwillkürlich dachte sie an die Worte von Dr. Barnett: Manchmal täuschen sich auch die anderen. Ja, auch wenn es noch so unwahrscheinlich schien, bestand doch die Möglichkeit, dass sich Unwahrscheinliches bewahrheitete. Columbus hielt Amerika im Arm – wer brauchte schon die ganze Welt? - das war im Moment genug.

⚓

Beim Frühstück setzte sich Paul neben sie. Ihre Beine berührten sich und sie rückte ein wenig von ihm ab. Annie warf ihm einen entsetzten Blick zu, doch er nickte unbekümmert in die Runde und fing an, irgendwelchen Unsinn zu erzählen, über den sich Madelaine halbtot lachte.
»...und dann habe ich dem alten Prior versehentlich einen Schneeball an den Kopf geworfen. Mon Dieu, plötzlich wurde es ganz still und ich dachte, jetzt bekomme ich so richtig eins auf den Deckel. Bekam ich auch. Es war eine Ladung Schnee mitten ins Gesicht. Danach ging's richtig ab. Man hat nur noch Schneebälle durch die Luft fliegen sehen.«
Es war schön, ihm zuzuhören, ihn neben sich zu spüren und mit ihm eine ganz andere Geschichte zu teilen. Das war ihr Paul. Keiner wusste davon, dass sie die ganze Nacht aneinander gekuschelt im Bus gelegen hatten. Das war ihr Geheimnis. Annie grinste vor sich hin, als sie gedankenverloren an ihrem Cappuccino nippte.
Plötzlich spürte sie eine warme Hand auf ihrem Oberschen-

kel und sie hätte sich vor Schreck fast an dem heißen Getränk verschluckt. Paralysiert starrte sie auf ihren Frühstücksteller und versuchte sich nichts anmerken zu lassen. Erdbeerkonfitüre und helle Krümel. Nur eine kurze Berührung – ihr Herz feuerte - dann stand Paul auf und verneigte sich leicht.
»Messieurs dames, der Mönch geht nun zur *Lectio Divina*. Wir sehen uns später.«
Er ging davon ohne sich nochmal umzublicken. Theo schwänzelte um seine Beine und Annie wäre ihnen am liebsten gefolgt. Stattdessen blieb sie jedoch bei den anderen sitzen und lauschte mit halbem Ohr einer leidenschaftlichen Diskussion über die Schadensersatzforderungen gegenüber der Bahngesellschaft. Seit Paul im Quartier aufgetaucht war, stand alles wieder auf dem Kopf.
Alles war irgendwie andersrum und seit gestern war alles wieder Anderswo.
Es war nicht mehr viel Zeit. Morgen würde Paul in einen anderen Zug steigen, der ihn zurück in seinen Konvent brachte. Allein der Gedanke daran, ihn nicht mehr zu sehen, machte sie fast wahnsinnig. Wie konnte er nur?
Wenn Annie ihre Gedanken nicht kontrollierte, dann schrien sie danach, dass er sich augenblicklich den Habit vom Leib riss, seine Tasche packte und voller Inbrunst verkündete, sie für immer zu lieben und sie deswegen zu heiraten und mit ihr ans Ende der Welt zu ziehen – hierher, nach Finistère. In ein Fischerhaus oder in einen Bahnhof. Vielleicht auch in einen Leuchtturm.
Doch Annie beherrschte ihre Gedanken. Sobald sie wilde Blüten trieben, wurden sie gestutzt. Stattdessen konzentrierte sie sich darauf, dass ihnen noch eine Nacht im Bus bevorstand. Es war doch nur ein Wimpernschlag vergangen, seitdem es ihr noch utopisch erschienen war, überhaupt nur mit Paul darüber zu sprechen, was sie geträumt hatte. Ihre

größte Hoffnung war sein Verständnis, doch er schenkte ihr ein Wunder: Paul erinnerte sich und sie musste für jeden Augenblick dankbar sein. Was wäre gewesen, wenn sie sich niemals zu erkennen gegeben hätten? Kaum auszumalen.

⚓

Annie wollte den Pinsel gerade wieder in das Gelb tauchen, mit dem sie die Milchstraße besprenkelte, als jemand neben sie trat.
»Hey Frère«, rief Bernadette und hob den Zeigefinger. »Das ist keine Ausstellung. Bleib' bei deinem eigenen Bild.«
»Oh, pardon. Aber ich muss Annemarie etwas Wichtiges mitteilen«, er hob seinen Rosenkranz hoch und ließ das hölzerne Kreuz schwingen.
»Ihr Gottesmänner«, Bernadette schüttelte zwar den Kopf, konnte sich ein Grinsen jedoch nicht verkneifen, dann widmete sie sich wieder ihrer Zigarette, die sie aus dem Fenster qualmte.
Die Sonne strahlte ins Atelier und man sah kleine Partikel in der Luft tanzen. Es war ungewöhnlich warm für diese Jahreszeit. Paul kniff die Augen zusammen, dann schirmte er sie mit der Hand ab und trat noch etwas näher. Unsicher blickte Annie sich um, doch die anderen Maler waren ganz versunken und nahmen keine Notiz von ihnen.
»Was gibt's?«, fragte sie mit gesenkter Stimme und lehnte sich an die Fensterbank.
»Kann ich dein Bild haben?«
»Was?«
»Wir tauschen unsere Bilder?«, er verzog das Gesicht, weil die Sonne ihn so sehr blendete.
»Oh, die Idee ist wunderschön!«, verzückt lächelte sie ihn an. »Ich nehme deinen Leuchtturm mit nachhause?«
»Morgen, ja«, brummte er missmutig. »Ich kann nicht aufhören daran zu denken, dass wir uns morgen schon wieder

verabschieden müssen. Am liebsten würde ich dich in meine Klosterzelle schmuggeln.«

Ihr Herz schlug wie verrückt. Annie wollte ihm gerade die Hand auf den Arm legen, als er einen Schritt zurück trat.

»Nicht«, er straffte die Schultern und erhob die Stimme: »Das wird schon! Sie sind auf einem sehr guten Weg, Annemarie. Nur nicht aufgeben. Immer weiter so.«

Annie lachte laut auf und starrte ihm ungläubig nach, als er davon ging. Als sie wieder nach dem Pinsel griff, begegnete ihr der Blick der Kunsttherapeutin – Bernadette nickte in die Richtung, in der Paul verschwunden war, verdrehte die Augen und tippte sich mit dem Zeigefinger an die Stirn.

Sie sprachen beim Abendessen nicht miteinander. Auch danach, als alle beisammen saßen und angeregt miteinander plauderten, wechselten sie nur innige Blicke, aber blieben auf Abstand. Je näher die Nacht rückte, desto schwerer wog der Stein auf ihrem Herzen. Annie war nicht nur traurig, sie war fast panisch. Am liebsten würde sie sich an seinem Rockzipfel festklammern und ihn bitten, nie wieder zu gehen.

Wie gewonnen, so zerronnen. Nein, sie konnte einfach nicht glauben, dass er ernsthaft die Gelübde ablegen wollte? Vielleicht fand sie den Mut, ihn danach zu fragen.

Irgendwann schnappte sich Paul die ramponierte Gitarre, deren Holz unter dem Schallloch von den vielen Anschlägen so abgewetzt war, dass man den dunklen Innenraum durchschimmern sah.

Er fing an, die Stimmung anzuheizen und schon bald wurde getanzt oder zumindest geklatscht. Annie fühlte sich völlig verloren, weil die Euphorie nicht auf sie überschwappte. Halbherzig wippte sie mit den Füßen und hob immer wieder das Weinglas, wenn ihr jemand zuprostete.

Irgendwann stimmte Paul jedoch ruhigere Töne an, um den Abend ausklingen zu lassen. Frère Laurent ergriff die Gelegenheit und richtete das Wort nochmal an die Gruppe: »Danken wir dem Herrn für diese wunderschöne Zeit hier im Künstlerquartier. Besinnen wir uns auf das, was wir miteinander erleben durften. Bewegen wir die schönen Momente in unserem Herzen, auf dass sie uns auch zuhause Kraft geben und Trost spenden.«
Paul schloss die Augen und schien vollkommen versunken. Als sie ihn mit dem kahlgeschorenen Schädel und in seinem Habit, an dessen Seite der Rosenkranz hinabbaumelte, dort sitzen sah, und als sie die Worte hörte, die er mit den anderen Frères sang, kamen ihr die Tränen. Alle Durstigen sollten zur Quelle kommen, um ihre Herzen in die Fluten des Lebens zu tauchen - um sich von Kummer und Schmerz reinwaschen zu lassen.
Es waren aber nicht nur die Worte, die sie berührten, sondern auch das Herzblut, mit denen sie gesungen wurden – aus den Kehlen Verdurstender. Es war ihre Erinnerung, die Angst und das Wunder und alles andere. Es war schlichtweg zu viel.
Annie stand ruckartig auf und verabschiedete sich von Martha, die neben ihr saß und von der Musik sichtlich sehr bewegt war. Nicht nur ihr Haar leuchtete, sondern auch ihre Wangen.
»Nein, Annie«, bedauerte sie. »Geh' noch nicht. Nur noch ein bisschen.«
»Pardon, aber mein Kopf platzt gleich. Ich muss unbedingt schlafen. Wir sehen uns doch morgen noch. Ich reise ja erst abends ab.«
Sie gab Martha einen Kuss auf die Wange und drückte sich hinter den Bierbänken an der Wand entlang. Paul hatte offensichtlich registriert, dass sie aufgestanden war. Seine Augen folgten ihr bis zur Tür.

Annie hatte sich auf das Fensterbrett ihres Zimmers gesetzt und gedankenverloren in den Innenhof gestarrt, während sie darauf wartete, sich in den Bus zu schleichen. Sie beobachtete, wie nach und nach die Lichter in den Zimmern erloschen. Sie hörte, wie die Geräusche leiser wurden und irgendwann verstummten. Der Wind hatte sich gelegt. Es war nur ein Lufthauch, der ins Zimmer wehte und mit den Vorhängen spielte.

Irgendwo knirschten Kiesel. Irgendwo raschelte ein Tier durch den Farn. Irgendwo brachen Wellen an den Felsen und irgendwo schickte der Leuchtturm sein Licht in die Dunkelheit, damit die Schiffe sicher in den Hafen fanden.

Auch Annie könnte ein Licht gebrauchen.

Sie kletterte zurück auf den Stuhl und stand kurz darauf vor dem Waschbecken, um sich frisch zu machen. Aus dem Spiegel blickte ihr eine junge Frau mit rotumränderten Augen entgegen. Ihre Haare waren zerzaust und sie sah ziemlich mitgenommen aus.

Nicht, dass sie besonders eitel gewesen wäre, aber eitel genug, um ihre Kosmetiktasche hervorzukramen und zur Bürste zu greifen.

Es war mucksmäuschenstill im Maison. Auf Zehenspitzen schlich sie die Treppe hinab und blieb nach jedem Knarren stehen, um angespannt in die Stille zu lauschen. Sie pirschte sich gerade an der Küche vorbei, als die Tür aufschwang.

»Herrgott!«

Martha stand in einem unförmigen Nachthemd vor ihr und hielt ein Glas mit Schokoladencreme in den Händen. Die Haare auf ihrem Kopf erinnerten an ein Storchennest.

»Mince, was machst du hier, Annie?«, fragte sie und nahm den Löffel aus dem Mund. »Es ist Mitternacht oder noch später.«

»Ich gehe spazieren?«
Die Antwort klang nicht ansatzweise überzeugt.
»Aha, und wohin bitteschön?«
»Ach, ich habe kein Ziel. Mal hierhin, mal dorthin«, ihr Gesicht stand in Flammen.
»Schon gut. Weißt du, ich habe mir auch gestern etwas Süßes aus der Küche besorgt, chérie«, Martha klopfte mit dem Löffel gegen das Glas. »Aus dem Fenster sieht man auf die Wiese und auf der Wiese steht der Bus.«
»Ah!«, sie spürte, wie sich ihre Eingeweide zusammenzogen.
»Ich urteile nicht über Liebe, aber du musst verdammt vorsichtig sein.«
»Li-Liebe? Was? Wir reden nur«, wisperte sie. »Wirklich. Nur reden.«
Das Blut rauschte so laut in ihren Ohren, dass sie ihre eigenen Worte kaum verstand.
»Ach, das kümmert mich doch überhaupt nicht, was ihr da im Bus treibt«, erwiderte Martha in einem mütterlichen Ton. »Aber du kümmerst mich. Du musst auf dich aufpassen, Annie. Er ist ein Mönch. Du weißt doch, was das bedeutet.«
»Aber er ist noch nicht...«, sie schluckte. »Nicht richtig.«
»Machst du dir etwa Hoffnungen?««
Annie schaffte es nicht, zu antworten. Sie hob nur die Schultern. Mit einem bekümmerten Seufzen steckte Martha den Löffel in das Glas zurück.
»Und jetzt trefft ihr euch wieder im Bus, um euch dort die Nacht um die Ohren zu schlagen, hm?«
»Mhm. Ein letztes Mal.«
Annie fühlte sich wie eine Schwerverbrecherin. Die versündigte Konkubine des Mönchs.
»Und ich treffe mich mal wieder mit Robert Redford«, bemerkte Martha trocken. «Zum tausendsten Mal.«
»Oh, wirklich?«, Annie lachte unsicher und wollte noch

nicht so recht glauben, dass Martha sie nun tatsächlich entließ.
»Ich kann gut verstehen, dass du verzaubert bist. Er ist wirklich toll, dieser Frère. So charmant und herzlich, nicht wahr? Aber dass er einen gewaltigen Haken hat, weißt du selbst. Es ist ja nicht zu übersehen - dieses graue Gewandt, dieser überdimensional große Rosenkranz, den er ständig mit sich herumschleppt.«
Martha tapste barfuß an ihr vorbei und verschwand hinter der Tür, die zu ihrer winzigen Wohnung führte. Man konnte Anton selbst noch draußen auf dem Flur schnarchen hören. Kein Wunder, dass Martha die Nacht mit Robert Redford und Schokoladencreme verbrachte.
Hastig öffnete Annie die schwere Haustür und stahl sie sich davon.

Als sie kurz darauf auf die Matratze krabbelte, die im Heck des Busses lag, dachte Annie daran, dass es ein Glück war, nur Martha begegnet zu sein. Martha war liberal und trug das Herz am rechten Fleck. Sie würde ihr keine Moralpredigt halten und sie nicht verraten. Trotzdem steckte ihr der Schreck noch in den Knochen.
Ihr Herz schlug heftig, als sie die Vorhänge ein wenig zurück zog und nach draußen spähte. Schwarze Wolken trieben über den Himmel und Annie meinte, ein leises Grollen zu vernehmen. Das Maison war von dem kleinen Busfenster aus kaum zu sehen. Obstbäume versperrten ihr die Sicht. Hatte Paul gehört, dass sie Martha begegnet war? Würde er es trotzdem wagen, sich mit ihr zu treffen?
Nach einer Weile rollte sich Annie auf den Rücken. Man konnte hier nicht aufrecht sitzen. Es war nur eine Schlafkabine, deren Decke Martha mit bunten Tüchern verhangen hatte. Annie fing an den Zeigefinger über den Stoff wandern zu lassen, während sie in die Nacht lauschte. Der Wind war

stärker geworden. Sie hörte ihn um den Bus streichen und in den Bäumen rauschen.

Da rüttelte jemand vorsichtig an der Tür. Annie biss sich auf die Unterlippe und beobachtete, wie fahles Licht ins Businnere fiel. Der Bus wackelte leicht, als jemand einstieg, die Tür hinter sich zuzog und verriegelte.

Ihr Puls raste, als sie Schritte näher kommen hörte.

»Annie«, flüsterte er. »Bist du da?«

»Ich bin hier hinten.«

Er zwängte sich zu ihr und plötzlich war sein Gesicht ganz nah.

»Annie Mercury, wartest du schon lang?«

»Was ist das für eine Frage?«, sie lachte hell auf. »Das kannst du dir doch denken.«

Seine Hand wanderte über ihre Hüfte und wollte gerade unter ihren Pullover gleiten, als er es sich anders überlegte.

»Hast du heute Mittag wenigstens ein bisschen geschlafen?«

»Nur ein bisschen«, sie seufzte und zupfte an seinem Skapulier. »Zuhause habe ich ja noch ausreichend Zeit dafür. Und du?«

»Japp. Deswegen kam ich auch zu spät zur Meditation. Ich habe verpennt.«

»Du meinst, deswegen bist du bei der Meditation eingepennt?«, sie kicherte bei dem Gedanken an das leise Röcheln, das irgendwann aus seiner Ecke ertönt war.

»Genau«, er zwinkerte ihr zu, doch dann verfinsterte sich seine Miene wieder. »Annie, ich bin heute so beschissen drauf. Ich will hier nicht weg.«

»Wann fährst du denn?«

»Sehr früh. Ich fahre mit den Brüdern erst nach Landévennec und von dort aus weiter zum Bahnhof«, er zog am Bund ihres Pullovers, als wollte er dafür Sorge tragen, dass keine nackte Haut aufblitzte.

»Aber wie früh ist sehr früh?«

»Verdammt früh. Frère David hat gesagt, dass es direkt nach dem Frühstück losgeht«, er seufzte inbrünstig auf. »Ich denke nicht, dass wir noch Gelegenheit haben…zu irgendwas.«
»Wir haben nur noch jetzt«, stellte sie mit belegter Stimme fest. Ihre Augen füllten sich mit Tränen. Sie konnte es nicht mal ertragen, ihn davon sprechen zu hören, dass er gehen würde. »Kannst du mir sagen, wie ich das machen soll?«
Paul nahm ihre Hand und presste seine Lippen dagegen.
»Ich brauche nur ein bisschen Zeit. Wir schreiben uns. Vielleicht können wir auch telefonieren und ich werde…«
»Wie lange soll ich warten? Und worauf?«, sie blickte ihn verzweifelt an. »Worauf warte ich denn überhaupt?«
»Ich weiß, was du von mir wissen willst, Annie«, er räusperte sich. »Ich würde es dir gerne sagen, aber es ist nicht so einfach, wie du vielleicht denkst. Ich kann nicht einfach abhauen und alles hinter mir lassen. Ich muss mit dem Prior sprechen.«
»Ja, natürlich, aber…«, sie verstummte und blickte auf ihre Hand, die Paul sich immer noch an die Lippen drückte. »Es fühlt sich so eigenartig an. Für mich steht fest, dass ich mit dir zusammen sein will. Warum ist es für mich so klar, aber nicht für dich?«
»Weil dein Leben es erlaubt, mit mir zusammen zu sein«, antwortete er mit rauer Stimme. »Du kannst dich einfach verlieben und mit…«
»Du auch. Du kannst dich auch einfach verlieben.«
»Ja, das stimmt. Ich habe Unsinn geredet«, er hielt kurz inne. »Ich bin auch verliebt, Annie. Und trotzdem…«
Sie fühlte sich elektrisiert. Alles kribbelte und trotzdem erkannte sie in seinen Augen, dass nichts so einfach war, wie sie sich das in ihrer Phantasie ausgemalt hatte.
Kurz überlegte sie, ob sie ihm ein Versprechen abverlangen sollte. Sie wollte hören, dass er sich zu ihr bekannte. Nachdem ein paar Sekunden verstrichen waren, in denen sie sich

still in die Augen geblickt hatten, drehte Annie sich auf die andere Seite. Ihr Herz war schwer und müde.

»Nimmst du mich einfach noch ein bisschen in den Arm?«

Er deckte sie behutsam zu, kuschelte sich an sie und vergrub sein Gesicht in ihrem Haar.

»Ich will nicht, dass du traurig bist.«

»Wie soll ich nicht traurig sein? Kaum habe ich dich gefunden, verliere ich dich wieder? Ich kann nicht anders.«

Anstatt zu antworten, rutschte er noch etwas näher an sie heran und ließ eine Weile seine Finger über ihren Unterarm wandern.

»Weißt du, gestern hat sich alles wieder auf den Kopf gestellt. Ich muss mich erst noch zurechtfinden. Dass du dich auch erinnern kannst, verändert mein Leben.«

»Du hast es Wunder genannt, weißt du noch? Ich verstehe nicht, dass du jetzt nicht…?«

Annie presste die Lippen aufeinander. Sie hatte sich fest vorgenommen, ihm keine Vorwürfe zu machen. Diese Nacht war ohnehin schon traurig genug.

»Kannst du mir bitte ein bisschen Zeit geben?«

»Denke schon«, hörte sie sich sagen.

Sie blickten hinaus auf eine Wiese mit kniehohen Gräsern, die von silbernem Mondlicht beschienen wurden. Der Wind griff mit unsichtbaren Händen nach den Halmen, strich hindurch und ließ es wie ein Gewässer aussehen, zwischen dessen Wogen Obstbäume standen. Annie suchte den Himmel nach einem Stern ab, doch dort oben waren nur Wolken. Die ersten Tropfen zersprangen an der Fensterscheibe. Man hörte sie schon dumpf auf das Dach fallen. Für einen Moment wurde es hell, als der Himmel von einem Blitz gespalten wurde.

»Ich bin wirklich schon sehr lange in dich verliebt, Annie Mercury.«

Welche Bedeutung hatten diese Worte? Annie schwieg und

schloss die Augen, weil ihr Herz nicht danach fragte. Es pochte nur. Sie wollte in diesem Gefühl bleiben.
Der Donner grollte.
Wie viele Sekunden waren seit dem Blitz vergangen?

»Es wird schon hell«, sie drehte sich um und blickte ihn so flehend an, als könnte er die Nacht wie einen Vorhang zurück über die Welt ziehen. Stattdessen zog er die Decke über ihre Köpfe und rückte so dicht an sie heran, dass sie seinen Atem warm auf ihrem Gesicht spüren konnte. Und dann spürte sie etwas anderes – Lippen, die sie küssten, während er mit den Fingern durch ihr Haar fuhr. Er küsste sie so behutsam und langsam, als hätten sie alle Zeit der Welt.
In diesen Berührungen lag so viel Zärtlichkeit, dass ihr vor Rührung Tränen in die Augen stiegen. Wie lange war es her, seitdem sie das letzte Mal so ergriffen war?
Annie seufzte ergeben, weil sich in diesem Moment alles erfüllte, was ihr gefehlt hatte. Er küsste sie so intensiv, als wüsste er genau, wohin er gehörte. Hierher, nirgendwo sonst.
Hatten sie die Monate einfach übersprungen und kehrten sie nun in die Welt zurück, aus der sie gekommen waren? Annie wäre fast davon überzeugt gewesen, wenn Paul sich nicht irgendwann von ihr losgerissen hätte und wenn sie in seinem Gesicht nicht erkannt hätte, wie verzweifelt er war.
»Pardon.«
»Nein, nein«, Annie blickte ihn verklärt an. »Der Kuss war…«
»Ich habe einfach die Kontrolle verloren.«
»War es für dich nicht schön?«
»Natürlich war es schön, meine Güte«, er fummelte an seinem Skapulier herum und lockerte den Gürtel. »Aber es ist nicht erlaubt. Ich hätte mich beherrschen müssen.«
»Niemand kann verstehen, was wir erlebt haben und was

zwischen uns ist. Auch nicht die Männer, die deine Gesetze geschrieben haben. Wenn wir uns küssen – ist das nicht selbstverständlich?«, flüsterte sie und kraulte seinen Nacken.
»Schau mich an, Annie: Ich bin nicht so frei und kann dich nicht einfach küssen, ohne…«
»Ich verstehe.«
»Es tut mir leid«, er stieß einen langgezogenen Seufzer aus. Ihre Hand ruhte auf seiner Wange und sie wollte gerade etwas sagen, als sich der Abschiedsschmerz in ihren Magen bohrte.
Das Lachen erstarb.
Ungeachtet der Traurigkeit, die Annie empfand, fingen draußen die Vögel an, zwitschernd den Tag zu begrüßen. Die Nacht war vorbei.
Paul küsste sie ein letztes Mal - küsste ihre Stirn, ihre Wangen, ihre Lippen und Hände – dann kroch er wortlos aus der Kabine. Als er seinen Habit glatt strich und den Rosenkranz zurecht rückte, blickte er sie nicht an, doch sie sah Tränen auf seiner Wange glitzern.
Keine Worte, keine Blicke, denn auf diese Weise war es einfacher. Er ging und Annie blieb zurück.
Das war also das große, tiefe Meer, das sich zwischen Columbus und Amerika aufspannte. Annie schluchzte auf und zog den Stein aus ihrer Hosentasche. Er fühlte sich ganz warm an.

Briefe an Merkur

☿

Fragmente -6

Am Tempel von Delphi steht ein Spruch: gnṓthi seautón- Erkenne dich selbst.
Es hat lange gedauert, bis ich den Fokus auf mich selbst gerichtet habe. Davor war mir viel wichtiger, dass andere Menschen mich erkennen. Und zwar so, wie ich erkannt werden wollte: möglichst makellos und auf Hochglanz poliert. Inzwischen ist es mir immer noch wichtig, dass andere Menschen mich erkennen, aber ich habe gelernt, worum es dabei tatsächlich geht: Ich will gesehen werden wie ich bin. Als Mensch. Auf das Wesentliche runtergebrochen - ohne den ganzen Firlefanz und die Maskerade. Ich weiß, dass du mich so erkennen würdest, wenn du mich erkennen könntest. Klingt das komisch? Ja, ich weiß.

Ich habe schon immer gerne über Symbole kommuniziert. Wer nicht eindeutig sagt, was er meint, macht sich nicht angreifbar. Ich kann immer zwischen den Zeilen verschwinden. Ich bleibe immer vage - in vermeintlicher Sicherheit. Aber da war dieser Moment, als du mich so warm angelächelt hast, als deine Stimme wie ein Wiegenlied klang und als ich gespürt habe, dass ich es wagen könnte. Ich wollte mir ein Herz fassen - dein Herz. Wer konnte schon ahnen, dass ich ausgerechnet mit diesem Stein einen Volltreffer lande?

Wir waren schon an vielen Orten, aber der Bahnhof wurde zu unserem Ankerplatz. Kann man das so sagen? Als du dort aufgetaucht bist, dachte ich kurz, dass es schon wieder passiert ist und die Welt sich auf den Kopf gestellt hat. Ich musste mich an meinem Rosenkranz festklammern und habe die Perlen zwischen meinen Fingern so fest gedrückt, dass mir noch Stunden danach die Finger wehgetan haben. Du bist vor mir gestanden. Bleiches Gesicht. Tränen in den Augen. Ich habe deine Angst gespürt. Du warst nicht mehr stark genug, um den Schein zu wahren. Aber was soll ich sagen? Du hast trotzdem so hell geleuchtet wie nie zuvor.

Ich habe es nicht mehr für möglich gehalten, dass du mich jemals erkennen würdest. Ich habe mich mit meinem Schicksal wahrscheinlich schon viel zu lange rumgeschlagen - so ohne dich und allein mit den Erinnerungen, die eigentlich uns beiden gehören. Und jetzt fühle ich mich wie gelähmt. Ich kann mein Glück nicht fassen, kann nicht danach greifen.

Du siehst mich. Aber ich bewege mich in Zeitlupe und ich denke in Zeitlupe - die Zeit läuft mir davon. Wie soll ich jetzt weitermachen?

Ich habe Angst, dass ich dich wieder verliere, weil ich dich bisher immer verloren habe. Es ist ein fragiles Gebilde - diese Welt. Das habe ich gelernt. Erinnerst du dich noch an das Lied, das ich dir damals vorgespielt habe, Annie Mercury?

»Forever is our today!«

For where thou art, there is the world itself

With every several pleasure in the world

And where thou art not, desolation.

{Shakespeare, King Henry VI.}

Porzellan

Sie saßen nebeneinander auf einer Bank vor einem Café, hielten Kaffeetassen in den Händen und warteten darauf, dass der Zug nach Rennes einfuhr.

Sonnenstrahlen fielen durch die Fenster des Deckengewölbes und tauchten die große Halle in ein warmes Licht. Menschen hasteten aneinander vorbei, Koffer ratterten über den steinernen Boden, verhallte Durchsagen - *Mesdames et Messieurs, votre attention s'il vous plaît*. Noch ein letzter flüchtiger Blick auf die Uhr, noch ein kurzes Telefonat mit den Liebsten, die zuhause sehnsüchtig warteten.

»Ich erinnere mich an dieses Gefühl.«

Ihre Silberringe klackerten an das Porzellan, als sie nach der Tasse griff. Das Geräusch ließ Annie aufschrecken. Sie blinzelte.

»Pardon. Ich war in Gedanken. Was meinst du?«

»Das, was du gefühlt hast, als du den Mönch gesehen hast«, Martha lächelte sanft. »Ich kenne das Gefühl, jemanden zu treffen, der irgendwas in dir berührt, das echt tief ist.«

»Das trifft es gut«, Annie nickte langsam. «War es so, als du Anton das erste Mal gesehen hast? Das war beim Hafen, oder?«

»Mais non. Bei Anton war es am Anfang zwar auch schön, aber lange nicht so tief. Unsere Liebe musste mit den Jahren

in die Tiefe wachsen. Aber es gab mal einen anderen Mann.«
»Von wem sprichst du?«, fragte Annie neugierig und beugte sich nach vorne, denn sie war sich sicher, dass sie sogleich einem lang gehüteten Geheimnis lauschen würde.
»Naja, es ist schon viele Jahre her«, Martha senkte die Stimme. Ein verträumtes Lächeln hatte sich auf ihr Gesicht geschlichen. »Ein junger Pole kam ins Quartier und wollte über den Sommer bei uns bleiben. Schon im ersten Moment, wir hatten noch kein einziges Wort gewechselt, wusste ich, dass wir auf eine besondere Art miteinander verbunden sind. Wir waren uns vollkommen fremd und trotzdem hat mein Herz ihn irgendwie erkannt. «
»Oh, dann war es Liebe auf den ersten Blick?«
»Es hat sich damals eher so angefühlt, als hätte ich Szymon schon immer geliebt«, Martha stieß einen wehmütigen Seufzer aus, doch dann kicherte sie. »Jedenfalls habe ich mir das eingebildet. Ich war völlig hypnotisiert von diesem Mann, habe ihn heimlich beobachtet und ständig von ihm geträumt. Wenn er mich gefragt hätte, ob ich mit ihm abhauen und den Rest meines Lebens mit ihm verbringen will, oh, ich hätte es wahrscheinlich getan. Dabei wusste ich nicht viel mehr von ihm, als seinen Namen und woher er kam. Ganz schön schräg, oder?«
»Nein, überhaupt nicht«, stieß Annie entzückt aus. »Das klingt sehr romantisch. Und dann? Was ist passiert?«
»Naja, er hat sechs Wochen lang irgendwelche verrückten Skulpturen gebaut und ist dann wieder nach Katowice abgehauen. C'est tout.«
»Mensch, Martha«, sie lachte auf. »Ich meine natürlich, was sich zwischen euch entwickelt hat? Es muss zwischen euch doch wahnsinnig geknistert haben, oder?«
»Nichts, chérie. Was glaubst du denn? Niemals hätte ich ihm von meinen verworrenen Gefühlen erzählt. Szymon hätte mich doch nur ausgelacht.«

Annie presste die Lippen aufeinander und betrachtete Martha, die in einem grünen Kleid neben ihr saß und die Beine von der Bank baumeln ließ. Man sah zwar schon einen grauen Ansatz, aber ihr Haar leuchtete in der Sonne wie ein Granatapfel. Martha war eine geborene Frohnatur – doch nun wirkten ihre Augen matter und ihre Stimme klang dunkler. Sie lächelte zwar, aber es war ein trauriges Lächeln. Wie viele Chancen ließ man verstreichen, weil man es einfach nicht schaffte, über seinen Schatten zu springen und sich ins Licht zu stellen? Wie würde das Leben aussehen, wenn man damals, als es darauf ankam, die Angst einfach abgelegt hätte? Wenn man sich zu erkennen gegeben hätte?

»Glaubst du nicht, er hätte sich vielleicht darüber gefreut? Was wäre gewesen, wenn sein Herz dich auch erkannt hätte?«

»Wer weiß schon, was geworden wäre? Es ist mühsam, sich solche Fragen zu stellen«, antwortete Martha pragmatisch. «Ich habe meinen Anton, den alten Seebären, und Szymon hat eine Frau in Polen geheiratet. Er arbeitet immer noch als Steinmetz und macht Grabsteine. Ist das nicht trist?«

»Woher weißt du, was aus ihm geworden ist?«

»Ach, sein Sohn kommt manchmal für ein paar Wochen ins Quartier. Das letzte Mal hat er erzählt, dass Szymon ein ziemlicher Säufer geworden ist. Wahrscheinlich war er nie mehr als das: der Mann, von dem ich geträumt habe.«

Plötzlich dachte Annie an einen jungen Mann, der in einer Blümchenschürze im Hof des Quartiers stand und für alle kochen wollte - Pierogi nach Danziger Art. Das war Bartosz, der Blockflötenspieler.

»Schlussendlich ist es bestimmt gut, dass er nur ein Traum geblieben ist, weißt du? Träume können trügerisch sein«, Martha löffelte den letzten Rest Milchschaum aus ihrer Tasse. Annie schluckte und legte die Hand auf die Leinwand, die neben ihr an der Bank lehnte.

Wortwechsel

Hey Annie,

Ich bin wieder im Kloster! Bist du auch gut nachhause gekommen? Ich saß ewig in Saint Étienne fest, weil ein Zug ausgefallen ist und keiner der Brüder mich abholen konnte. Das war aber okay, weil ich sowieso noch Zeit gebraucht habe, um mich mental wieder auf die Klosterfrequenz einzustellen. Es hat sich am Anfang irgendwie falsch angefühlt, dorthin zurückzugehen. Lag bestimmt auch daran, dass ich nicht nur eine Regel gebrochen habe und ein schlechtes Gewissen hatte. Ich dachte, jeder würde mir ansehen, dass ich in Gedanken ständig bei dir bin. Aber zum Glück war es dann so, als wäre ich nie fort gewesen. Die Stimmung ist ziemlich gut, weil das Wetter besser ist und wir viel draußen sind. Alles ist wie immer: wir arbeiten, studieren, beten.
Die Glocke weckt uns zu früh. Wenn Frère Olivier kocht, sollte man darüber nachdenken, ob man nicht lieber fasten will... Alles ist wie immer. Nur ich passe irgendwie nicht mehr in dieses Puzzle. Gerade sitze ich auch im Skriptorium und schreibe dir heimlich, was natürlich schon wieder einen Regelbruch darstellt. Eigentlich müsste ich jetzt einen Text von Teresa von Ávila lesen und mir dazu ein paar Gedanken machen, aber ich kann mich nicht konzentrieren. Ich will nicht warten, dir zu schreiben. Wo wir auch wieder beim Thema wären: warten. Du musst noch ein bisschen Geduld haben. Schaffst du das? Du musst. Mir gehen so viele Dinge durch den Kopf. Ich habe dich ständig vor Augen und ich wünsche mir so sehr, wir könnten einfach zurück in diese Welt – wie hast du es genannt? Anderswo. Das klingt irgendwie gut. Auf der Heimfahrt habe ich das Hohelied Salomons gelesen und musste ständig an dich denken. (»I slept but my heart was awake.«) Ich will wieder

der Mann sein, der in einem Bahnhof auf dich wartet und der sich mit dir auf den Weg macht, wenn du endlich gekommen bist. Ich glaube, dass ich wahrscheinlich nur selten eine schönere Zeit erlebt habe. Dieses Mal war alles perfekt. Als ich jünger war, habe ich mir mein Leben genau so vorgestellt: alternativ, autonom – ein Haus, ein paar Tiere und eine Frau, mit der ich dann irgendwann eine Familie gründen kann. Wenn man mir damals erzählt hätte, dass ich mal als Mönch lebe, hätte ich denjenigen für völlig verrückt erklärt...

Aber mein Leben hat sich ja offensichtlich ganz anders entwickelt, als ich es ursprünglich geplant hatte. Mensch denkt, Gott lenkt (...oder lacht!). Wie du weißt, lebe ich schon lange im Kloster. Das ist mein Zuhause und die Brüder sind meine Familie. Als ich hierher gekommen bin, war ich ein anderer Mensch, aber ich habe hart an mir gearbeitet und sehr viel Gnade erfahren. Jetzt bin ich glücklich, erfüllt und ich habe wirklich geglaubt, dass ich gefunden habe, wofür ich in dieser Welt bestimmt bin. Aber meine Träume haben mich in den ganzen Jahren nie wirklich los gelassen und seitdem du mich erkannt hast, ist sowieso alles anders. Ich bin glücklich und irgendwie verdammt traurig.

Einfach zerrissen.

Natürlich ist mir klar, dass ich mich entscheiden muss. Ich kann nicht im Kloster wohnen und mit dir zusammen sein. Annie, verstehe das nicht falsch. Du hast mein Herz! Aber ich liebe Gott und fühle mich geliebt. Es ist natürlich eine andere Form der Liebe, aber sie wirkt überall in meinem Leben. Ich kann es schlecht in Worte fassen, aber diese Liebe fühlt sich vollkommen an. In Johannes heißt es: Gott ist Liebe, und wer in der Liebe bleibt, bleibt in Gott und Gott bleibt in ihm. Und trotzdem weiß ich nicht - wo soll ich bleiben?

Ich weiß, dass du der einzige Mensch auf der Welt bist, für den ich bereit wäre, hier fortzugehen und diesen Ort hinter mir zu lassen –

Pardon. Ich musste aufhören, weil Frère Clement sich neben mich gesetzt hat und ständig auf das Papier gespickt hat. Jetzt habe ich

nicht mehr viel Zeit, bevor ich ins Bett gehe, aber ich möchte den Brief noch fertig schreiben, damit ich ihn morgen abschicken kann. Du sollst nicht so lange darauf warten müssen.
Wahrscheinlich bist du gerade fleißig dabei, Bewerbungen zu schreiben. Ich drücke dir die Daumen, dass du deinen Traumjob bekommst. Wer dich nicht nimmt, ist bescheuert, Annie Mercury. Du bist ein Geschenk und gerade versuche ich, zu verstehen, was dieses Geschenk für mich zu bedeuten hat...

Que Dieu te bénisse, mon amie

FR. JEAN

Lieber Paul,

Pardon, aber ich kann dich einfach nicht bei deinem Ordensnamen nennen.

Also, Paul, wie geht es dir? Warst du brav und hast den Text noch gelesen? Dein Brief hat es tatsächlich in drei Tagen zu mir geschafft. Das ist ja fast neuzeitlich. Ich habe mich so gefreut, als ich den Absender entdeckt habe. Mir hat noch nie jemand aus einer Klosterzelle geschrieben – geschweige denn ein Mönch. Das hat irgendwie etwas Romantisches. Ich stelle mir vor, dass du bei Kerzenschein eine angespitzte Gänsefeder in ein Tintenfass tunkst, bis tief in die Nacht schreibst und den Brief dann mit einer weißen Taube nach Deutschland geschickt hast. Nein, Spaß beiseite...
Irgendwie erinnere ich mich kaum noch an die Heimreise. Ich weiß nur, dass ich die ganze Zeit das Gefühl hatte, in die falsche Richtung zu fahren. Jeder Meter war zu weit. Ständig musste ich deinen Leuchtturm anschauen, obwohl mich der Anblick ziemlich traurig gemacht hat. Ich hätte nicht dein Bild mit

nachhause nehmen wollen, sondern dich... Apropos: gerade bin ich dabei mein altes WG-Zimmer auszumisten und Altlasten loszuwerden. Unfassbar, wie viel Unrat sich in ein paar Jahren ansammelt. Allerdings ist mir beim Sortieren auch eine uralte Bibel in die Hände gefallen. Sie muss noch meinem Opa gehört haben. Er ist früh gestorben – ich habe ihn leider nie kennengelernt. Jedenfalls habe ich ein bisschen darin geblättert und dabei ist mir etwas klar geworden: meine Liebe für dich kann niemals an der Liebe Gottes gemessen werden. Sie steht außer Konkurrenz. Verglichen mit Gott habe ich natürlich kaum etwas zu bieten. Ich bin nur ein Mensch. Ich bin nicht vollkommen und bestimmt habe ich einige Makel, die dir früher oder später auf die Nerven gehen werden. Ich werde große und kleine Fehler machen und der Himmel wird nicht immer voller Geigen hängen – aber ich würde dir alles geben, was ich zu bieten habe. Wir haben uns verloren und wiedergefunden. Das ist ein Wunder, Paul. Ich glaube, es gibt kein Wort, das besser beschreiben könnte, was mit uns geschehen ist.

Wir sind ein Wunder! Damit kennst du dich doch aus, oder?

Kannst du glauben, dass ich den Job in Hamburg an den Nagel gehängt habe? Nein, sagen wir so: Ich habe freundlich abgelehnt und dem Galerist hat es erst mal die Sprache verschlagen. Ich glaube, er dachte, dass ich völlig durchgeknallt bin - aber ich will mir nicht den Buckel krumm schuften und irgendwelchen Menschen Gemälde andrehen, die ich abscheulich finde. Ich will nicht mit schnöseligen Kuratoren verhandeln müssen, will nicht das große Geld machen, nicht ständig unterwegs sein. Das bin ich nicht und das will ich nicht sein. Jedenfalls ist die Art Gallery in Hamburg passé.

Ich will mehr vom Leben. Und wie sagt man in Landévennec? Zwischen Himmel und Erde ist Meer. Wir waren dort. Ich bin eigentlich immer noch verzaubert von dieser Zeit. Das Gefühl lässt mich wahrscheinlich nie mehr los, aber ich will nicht nur in Erinnerungen schwelgen. Ich will mit dir zurück ans Ende der Welt. Wir renovieren den Bahnhof, kaufen den Leuchtturm – ganz egal - ich will einfach mit dir zusammen sein. Aber ich

weiß, dass ich warten muss.
Du wirst dir die Entscheidung nicht leicht machen. Ich kann auch verstehen, dass du Zeit brauchst, aber ich brauche bald Gewissheit, Paul. Ich muss wissen, wohin ich gehöre.

Ich sende dir ganz viel Liebe in deine kleine Klosterzelle.
Annie

P.S. Ich fahre nach Vieux-Marché, um dort Suchmeldungen aufzuhängen. Vielleicht ist Trudi ja irgendwo untergekommen? Ich brauche einen Lichtblick. Schließt du dieses Anliegen in deine Gebete ein?

Hey Annie,

wow, das sind tolle Neuigkeiten! Es freut mich total, dass du nach Trudi suchst. Wirklich. Ich hoffe sehr, dass du sie findest. Wenn Theo es gepackt hat, dann hat es Trudi auch gepackt. Ich würde dir echt gerne helfen, sie zu suchen, aber du weißt ja: ich komme hier so schnell nicht weg. Aber in Gedanken bin ich immer bei dir und ich bete, dass Trudi zurückkommt.
Falls du dich über meine Handschrift wunderst - ich habe mir heute in der Werkstatt so extrem in die Hand geschnitten, dass ich den Stift kaum halten kann. Ich wollte Lederriemen schneiden und weil ich dafür absolut keine Geduld hatte, ist mir das Messer abgerutscht. Fällt dir eine gute Geschichte dazu ein? Irgendwas, womit ich andere Mönche beeindrucken kann?
Mein Vater hat immer gesagt, man soll nicht jammern, aber noch dazu ist mir schon den ganzen Tag schlecht und ich habe noch keinen Bissen runtergebracht. Mir geht es eigentlich seit Wochen nicht richtig gut. Man kann sich ja denken, was mir fehlt...nein, wer mir fehlt.

Ich weiß, was du jetzt denkst. Es ist logisch und klingt so einfach, aber in Wahrheit ist es so hart.
Früher hat man gesagt, dass Melancholie die Mönchskrankheit wäre. Es hieß bei den Gelehrten lange Zeit, dass der Saturn dafür verantwortlich wäre, dass man diese Schwermut empfindet.
Ich weiß es besser, glaub' mir…es ist der Merkur.
Heute hatte ich mal wieder ein langes Gespräch mit dem Prior. Ich will dir kurz schreiben, um was es ging. Ich habe ihm von dir erzählt. Nicht alles, aber dass es dich gibt und dass ich schon seit langer Zeit sehr intensive Gefühle für dich habe. Er war nicht ansatzweise so schockiert, wie ich gedacht habe. Er meinte, dass du eine Probe für mein Herz bist. Du bist ein anderes Leben, eine Verlockung, eine Ermahnung – jedenfalls bist du der einzige Grund, der für mich dagegen spricht, im Kloster zu bleiben. Dass du mir begegnet bist, sollte mich vielleicht daran erinnern, wohin ich gehöre?
Der Prior hat mir dann etwas vom Heiligen Vater erzählt. Papst Johannes Paul II. hatte nämlich eine sehr gute Freundin, mit der er sich jahrelang Briefe geschrieben hat. Er nannte sie seine Seelenverwandte. Nicht, dass er das Zölibat gebrochen hätte, aber er muss sie sehr geliebt haben. Auf eine andere Art. Du weißt, was ich meine, oder? Ich bin mir noch nicht sicher, aber ich hoffe, dass ich bald die Art meiner Liebe erkenne.
Annie Mercury! Warum hast du den Job nicht angenommen? Was ist los mit dir? Das war doch der Job mit dem krassen Firmenwagen und der Kooperation mit London, oder? Habe ich etwas damit zu tun? Ich ahne es schon. Obwohl ich mich irgendwie darüber freue, bekomme ich jetzt auch ein verdammt schlechtes Gewissen. Du wartest – bis ich komme oder nicht. Du bleibst für mich stehen. Für mich ist alles noch ziemlich diffus, aber du handelst, als wäre es definitiv, weil du definitiv weißt, was du willst. Mann, Annie, ich strenge mich echt an, definitiv zu werden. Ich will dich nicht enttäuschen. Ich sollte vielleicht aufhören, alles in Frage zu stellen und so viel zu grübeln? Und wenn ich versuche, den Kopf auszuschalten,

denke ich sofort an den Leuchtturm! Und wenn ich länger an diese Nacht mit dir denke, muss ich morgen garantiert wieder in den Beichtstuhl!
Was ich dir noch sagen wollte: natürlich bist du nur ein Mensch. Zum Glück, denn soweit ich das beurteilen kann, bin ich auch nichts anderes – wir sind Menschen, wir sind ein Wunder und ich bin mir ganz sicher, dass sich die Liebe zwischen zwei Menschen trotz der ganzen Makel vollkommen anfühlen kann.
Jetzt muss ich wieder runter zu den Brüdern in die Rekreation. Wir machen ein bisschen Musik. Die Brüder aus Afrika haben echt Rhythmus im Blut...oh là là, Annie, das würde dir bestimmt gefallen.

Du fehlst mir. Ich denke immer an dich!

P

Lieber Paul,

es tut mir leid, dass es dir nicht gut geht und ich hoffe, dass du bald wieder auf die Beine kommst und Licht siehst. Letzteres wünsche ich mir übrigens auch.
Ich finde, dass man sich ein bisschen Jammern und Wehklagen ruhig mal gönnen darf - manchmal ist es eben zum Heulen. Wichtig ist ja nur, dass man es schafft, irgendwann wieder damit aufzuhören. Was ist mit deiner Wunde, Monsieur Saturne? Tut deine Hand noch weh? Du bist wirklich ein Pechvogel...
Leider habe ich keine Ahnung, mit welchen Geschichten man Mönche beeindruckt. Mögen Mönche denn keine Strandräuber? Vielleicht so: Beim Nachtgebet ist dir der Rosenkranz gerissen. Alle Perlen sind über den Boden gekullert. Du bist darauf ausgerutscht und hast versehentlich einen wertvollen Kerzenständer vom Altar gestoßen. Als du ihn auffangen wolltest, ist es irgendwie passiert.

Um ehrlich zu sein, steht mir aber überhaupt nicht der Sinn danach, mir irgendwelche lustigen Geschichten auszudenken. Um ehrlich zu sein, schreibe ich dir nämlich mit extrem schlechter Laune, die seit Tagen nicht besser werden will. Ich bin gereizt und könnte wegen jeder Kleinigkeit losheulen.
Ich gehe morgens zum Sport, treffe mich mit Freunden, sitze bis in die Nacht in irgendwelchen Biergärten – das Wetter ist toll. Aber nichts macht mir Freude. Mir kommt gerade alles so sinnlos vor. Auch die Hoffnung, irgendwann mit dir zusammen zu sein, schwindet allmählich... Manchmal lese ich die beiden Briefe und denke, dass du mich nur trösten willst, indem du mir noch ein bisschen Hoffnung lässt. Klar, du schreibst von Liebe und darauf reagiert mein Herz, als würde ich noch mitten in der Pubertät stecken, aber du schreibst auch andere Dinge: Du schreibst von einer verheirateten Frau, die mit dem Pontifex eine Brieffreundschaft geführt hat. Seine Seelenverwandte. Ich habe recherchiert und irgendwie hat mich die Geschichte furchtbar traurig gemacht. Anna schrieb ihm, dass sie sich zerrissen fühlt – daraufhin schreibt er: dass er keine Antwort für sie hätte. Er würde sie aber ständig bei sich spüren. Das klingt ja ganz schön, aber gleichzeitig bleibt doch jeder alleine in seinem Leben. Sie hat nur seine Worte. Mehr nicht...
Von Worten allein werde ich ganz sicher nicht glücklich. Falls du daran auch nur eine Sekunde gedacht haben solltest: Nein.
Ich will mein Leben teilen. Ich will mit dir darüber diskutieren, ob wir den Stromanbieter wechseln und mich darüber ärgern, wenn du mit deinen verdreckten Straßenschuhen durch die Wohnung latschst. Ich will mit dir schwimmen gehen und Zähne putzen, wenn du unter der Dusche stehst. Ich will einfach ganz normale Dinge mit dir tun.
Wahrscheinlich bin ich zu naiv an die Sache rangegangen, denn ich dachte, dass es nur eine Frage der Zeit wäre, bis du dich dafür entscheidest, mit mir zusammen zu sein. Ich war mir so sicher! Aber jetzt ist es eine Gewissensfrage, die größer ist und schwerer wiegt, als ich dachte. Je länger du hinter Klostermauern sitzt und ich darauf warten muss, wie du dich entscheidest,

desto wütender werde ich. Entschuldige meine Worte, aber ich kann gerade kein Süßholz raspeln. Ich würde dir gerne alle Dinge an den Kopf werfen, die ich mit mir alleine ausmachen muss. Ich fühle mich einfach so hilflos und ausgeliefert. Das ist beschissen.
Tut mir leid, dass ich dir nicht freudiger schreibe und dir kein grenzenloses Verständnis entgegen bringen kann. Gerade schaffe ich es einfach nicht. Ich bin echt traurig...muss am Saturn liegen.

Du fehlst mir.
Annie

Lieber Paul,

antwortest du mir nicht, weil du eingeschnappt bist? Oder hast du gerade viel um die Ohren? Ist die Brieftaube abgestürzt? Ich mache mir Sorgen...
In der Zwischenzeit war ich sogar schon in Vieux-Marché. Wir haben überall unsere Fahndungsplakate aufgehängt. Es ist seit dem Unglück so viel Zeit vergangen und die Chancen stehen wirklich schlecht, aber wer weiß? Hoffentlich meldet sich jemand. Und wenn es nur ein kleiner Hinweis wäre – nur eine kleine Spur, damit ich endlich Gewissheit habe, was mit ihr passiert ist...
Jedenfalls ist Vieux-Marché ein winziges, schnuckeliges Örtchen. Wir haben eine Nacht dort verbracht, bevor wir wieder zurückgefahren sind. Ich habe auch den Bahnübergang besucht, wo alles passiert ist. Dort liegen immer noch Blumen und Kuscheltiere. Auch jetzt, wenn ich das schreibe, bekomme ich eine Gänsehaut. Irgendwie hat mich dieser Anblick erschüttert und lässt mich nicht mehr los – nicht mal der Gedenkgottesdienst in Rennes hat mich so berührt wie dieser Ort. Danach bin ich noch in die Kirche gegangen, um ein paar Kerzen anzuzünden. Heute redet man noch, als würde man für immer leben, morgen gibt es

dieses Leben vielleicht schon gar nicht mehr... Weißt du, an welches Lied ich gerade denken muss und erinnerst du dich noch an unser Gespräch, als du mich das erste Mal im Fischerhaus besucht hast?
Naja, jedenfalls habe ich zuhause dann nochmal ziemlich lange über unsere Zugfahrt nachgedacht. Mir ist etwas eingefallen: Das kleine Mädchen aus dem Abteil hat mir zum Abschied nämlich ein Bild geschenkt. Ich schicke dir eine Kopie davon. Paul! Wen hat das Mädchen da bloß gemalt? Ich fresse einen Besen, wenn das nicht du bist? Und der Besen ist kein Besen, sondern eine Gitarre. Ist das möglich? Wir wissen ja schon, dass wir im selben Zugabteil reserviert hatten. Erinnerst du dich noch daran, wie wir uns darüber gestritten haben, wer sich geirrt hat? Ich war so sicher, dass du es gewesen bist, aber jetzt... Wie ist es nur möglich, dass ich mich nicht daran erinnern kann, dass du mit mir im Abteil gesessen bist? Erkläre es mir, Monsieur Saturne!
Ich bin übrigens nicht mehr wütend auf dich, aber wenn ich ehrlich bin, bin ich ziemlich enttäuscht. Dein Zögern irritiert mich. Es irritiert mich sogar so sehr, dass mich manchmal das Gefühl überkommt, es wäre besser, wir würden uns voneinander verabschieden. Aber ich kann nicht, weil mein Herz so an dir hängt. Allerdings werde ich wieder anfangen, mein Leben zu planen. Ich warte nicht mehr so, als würde die Zeit stillstehen, bis du dich entschieden hast. Dieser Standby-Zustand macht mich fertig. Ich bin sicher, dass du das verstehst...

Bitte schreib' mir. Ich vermisse dich.
Annie

Lieber Paul,

ich muss die ganze Zeit darüber nachdenken, weshalb du mir nicht mehr schreibst. Ich kann nicht damit aufhören. Mein Kopf platzt fast, aber trotzdem fühlt es sich so an, als wäre ich innen hohl. Ich weiß nicht, was ich dagegen tun soll? Habe ich etwas falsch gemacht? Habe ich mich zu sehr aufgedrängt, zu viel von dir erwartet? Oder habe ich alles vollkommen falsch interpretiert? Warst du enttäuscht von mir? Ich habe so viele Fragen, doch ich bezweifle, dass ich darauf eine Antwort erhalte. Gerade komme ich von einem Bewerbungsgespräch. Ich habe mich nicht angestrengt, um den Job zu bekommen, weil ich ihn nie wirklich wollte, weil alles irgendwie bedeutungslos geworden ist. Ich saß einfach da – in diesem sterilen Büro, vor diesen strengen Kuratoren - und habe irgendwas geredet, woran ich mich nicht mal mehr erinnern kann. Ich habe ständig Namen von Künstlern verwechselt und konnte kaum etwas zu meiner Dissertation sagen. Ich hatte einfach keine Worte. Innen hohl. Mir geht es schlecht, weil ich glaube, dass du dich dagegen entschieden hast, mit mir zusammen zu sein. Ist das wahr?

Bitte schreibe mir. Wenigstens das.
Annie

Paul,

du fehlst mir, aber vor allem fehlt mir die Kraft, noch länger zu warten. Ich habe keine Ahnung, was mit dir los ist, aber ich vermute, dass du deine Entscheidung gefällt hast und dass dir etwas anderes fehlt als mir: Mut. Den bräuchtest du nämlich, um mir zu sagen, dass du im Kloster bleiben wirst. Wie kannst du nur so still sein? Stört es dich nicht, zu wissen, dass ich hier draußen bin und auf eine Antwort warte? Ich bemühe mich, Verständnis aufzubringen, aber es gelingt mir einfach nicht. Jedes Mal, wenn ich zum Briefkasten gehe, wenn das Telefon klingelt oder jemand vor der Tür steht, ist da dieser hartnäckige Funke Hoffnung, der aber immer wieder erstickt wird, weil es keine Briefe, keine Anrufe und schon gar keine Besuche von dir

gibt. Es gibt nichts. Noch nicht mal an meinem Geburtstag. Dieses unerträgliche Nichts ist alles, was ich habe. Wie paradox, oder nicht?
Nun muss ich einen Weg finden, um Frieden zu schließen. Keine Sorge, das wird mir auch ohne dich gelingen. Oft denke ich darüber nach, hier die Zelte abzubrechen und einfach nach Frankreich zu ziehen. Vielleicht sind das nur Fluchtgedanken, die wieder vorübergehen, aber vielleicht ist es auch ein Zukunftsmodell. Liest du meine Briefe überhaupt noch? Wenn nicht, schreibe ich sie eben für mich. Du hast mich wirklich erschüttert und mein Leben zittert immer noch, verstehst du? Ich brauche einen Abschied. Ich kann nicht damit leben, dass die Dinge zwischen uns nicht geklärt sind. Da du dich jedoch jeder Auseinandersetzung entziehst, muss ich für uns beide Abschied nehmen. Als ich nach dem Unfall aufgewacht bin, habe ich mich schon mal alleine verabschieden müssen. Es war wirklich hart, weil es kein Gegenüber gab, mit dem ich offen sprechen konnte, aber irgendwann habe ich gespürt, dass es leichter wird. Jeden Tag ein bisschen. Warum sollte es jetzt anders sein? Vielleicht hast du irgendwann die Größe, mir zu erklären, weshalb du mich einfach hängengelassen hast. Aber ganz egal - ich akzeptiere dein Schweigen als eine Entscheidung.

Ich hoffe, dass du findest, wonach du suchst.

Annie

Briefe an Merkur

Fragmente - 7

Wir begegnen uns immer wieder. Das liegt daran, dass ich immer wieder nach dir suche - und daran, dass es einfach passiert. Ich erzähle dir nun eine Geschichte, die uns einfach passiert ist. Es sind seither viele Jahre vergangen und ich denke nicht, dass ich dir jemals davon erzählen kann, ohne dass du Angst bekommst - es ist ja auch irgendwie furchteinflößend.

Es war ein stürmischer Herbstabend und ich erinnere mich noch genau daran, wie der Wind das Laub aufgewirbelt und durch die Straßen geweht hat, wie der Regen niederprasselte und wie dunkel die Wolken wurden. Irgendwann waren sie fast schwarz. In den Straßenmulden sammelte sich das Wasser zu riesigen Pfützen und immer mehr Äste fielen von den Bäumen auf den Asphalt. Ich hatte keinen Regenschirm da-

bei und mein Portemonnaie vergessen. Zum Glück.
An den Tischen saßen Menschen unter kleinen Lampen, deren Licht auf aufgeschlagene Bücher fiel. Es war ganz still. Nur manchmal vernahm man ein verhaltenes Hüsteln, das Rascheln von Papier oder das leise Flüstern hinter vorgehaltener Hand.
Eigentlich wollte ich nur warten, bis sich der Sturm etwas beruhigt hat, um dann nachhause zu gehen. Die goldenen Lichter, die man von der Straße aus gesehen hat, haben mich in das Gebäude gelotst und schließlich an den kleinen Tisch im Nordflügel geführt, an dem du im Lampenschein gesessen bist. (Wenn du diese Briefe jemals liest - wirst du nun auch an den Leuchtturm denken?)
Ich erinnere mich noch an deine graue Strickjacke und den rosafarbenen Schal, hinter dem du dein halbes Gesicht versteckt hast, während du in einem Buch versunken warst und immer wieder Notizen auf Papier gekritzelt hast. Ich wollte dich nicht stören, aber genauso wenig wollte ich diesen Moment verstreichen lassen.
Ich war völlig überfordert mit dieser Situation und hatte das Gefühl, vor Angst und Euphorie kaum die Füße bewegen zu können, als ich zu dir gegangen bin. Nach so vielen Jahren sah ich dich plötzlich in Paris wieder? Ausgerechnet in der *Bibliothèque Nationale*?
»Hey«, sagte ich und hoffte, dass du aufspringen und begeistert die Hände vor den Mund

schlagen würdest, aber nichts dergleichen geschah.

»Psssst«, sagtest du und blicktest dich nach den anderen Menschen um.

»Ist hier noch frei?«

Du hast bloß genickt und den Stapel Papier beiseite geschoben. Ich hatte mir irgendein Buch aus dem Regal gegriffen, um wenigstens den Anschein zu erwecken, studieren zu wollen. Es war irgendeine Abhandlung über enthaltsames Leben und wie man durch die Askese zu wahrer Fülle gelangt. Ich war nicht sonderlich interessiert. Während die Buchstaben vor meinen Augen verschwammen, dachte ich die ganze Zeit darüber nach, wie ich dich ansprechen könnte. In Gedanken formte ich Worte, aber sie kamen mir einfach nicht über die Lippen. Irgendwann hast du geseufzt, dich zurückgelehnt und hinauf zu dem großen Dachfenster geschaut.

»Wenn es so weitergeht, müssen wir wahrscheinlich hier übernachten.«

»Ich habe meinen Pyjama vergessen.«

Du hast so laut gelacht, dass sich alle Gesichter zu uns umgedreht haben.

»Pardon!«

Mit hochrotem Kopf hast du dich wieder über dein Buch gebeugt, doch du hast nicht aufgehört, still vor dich hin zu grinsen.

»Was liest du da?«

»Etwas über religiöse Symbole. Und du?«

»Etwas über religiöses Leben.«

Du hast die Augenbrauen hochgezogen und wieder zum Stift gegriffen. Die Bibliothek war kein Ort, um sich zu unterhalten. Es war ein Ort der Stille und so saßen wir eine Weile schweigend nebeneinander. Als ich schließlich einen Blick auf dein Buch geworfen habe, sah ich dort die Abbildung eines Pfaus. »Wofür steht der Pfau? Hat er eine tiefere Bedeutung?«

Im Flüsterton hast du mir aus dem Buch vorgelesen. Ich hätte dir ewig zuhören können. Es war viel mehr deine Stimme, als das, was du sagtest. Irgendwann, nachdem wir zum tausendsten Mal böse Blicke geerntet hatten, hast du mir zugezwinkert und bist gegangen. »Ich muss jetzt gehen. Mein Kopf brummt. Ich kann mich kaum noch auf dem Stuhl halten. Au revoir. Und vergiss nicht - wenn du mal einen Pfau schreien hörst: er warnt vor Gefahr.«

Ich war wie versteinert und habe es nicht geschafft, etwas zu erwidern oder dir zu folgen.

Doch auch am nächsten Tag fand ich dich wieder im Nordflügel der Bibliothek. Ich weiß nicht, wie viele Bücher ich neben dir durchgeblättert habe. Keines davon hat mich je gefesselt. Nach den stillen Stunden sind wir schließlich gemeinsam ins Foyer gegangen. Tatsächlich fand ich den Mut, dich zu fragen, ob du irgendwann mit mir ausgehen würdest - »Oh, oui? Bien sûr! Ich kenne eine ziemlich gute Crêperie in der Rue de la Roquette.«

Doch dorthin sind wir nie gegangen, weil ich dich nie wieder in der Bibliothek getroffen habe. Ich habe keine Ahnung, wohin du verschwunden bist. Du warst einfach fort und bist erst Jahre später bei den Klippen wieder aufgetaucht.

Du erinnerst dich!

We that are true lovers run into strange capers

but as all is mortal in nature

so is all nature in love mortal in folly.

{Shakespeare, As You Like It}

Geist

Die schmale Straße führte vom Herzen der Halbinsel westwärts an die Küste. Der Asphalt war rissig und immer mal wieder klafften große Schlaglöcher im Boden. Es war eine sehr alte Straße, die den malerischen Namen *Rue d'Amorique* trug. Sobald man darauf einbog konnte man in der Ferne schon das Meer sehen. Manchmal glitzerte es in der Sonne so hell, als wäre es nicht Wasser, sondern Silber, manchmal schien es so dunkel, als würde es jedes Photon Licht verschlucken.

Die Straße wurde von einer Steinmauer gesäumt, in deren Spalten Eidechsen lebten, die bei den ersten Sonnenstrahlen sofort hervorgekrochen kamen. Stellenweise wurde die kleine Mauer von Sträuchern gelben Stechginsters überwuchert. Manchmal blühte er so üppig, dass es überall nach Kokos roch. Der Duft erinnerte an die Südsee - vor allem dann, wenn man für einen Moment die Augen schloss, dem Tosen des Meeres lauschte und die Sonne auf der Haut spüren konnte.

Vereinzelt erblickte man zwar kleine Gehöfte, doch es war dennoch eine recht einsame Gegend. Irgendwann gelangte man schließlich zu den Klippen des Kaps. Hier stand eine verfallene Wehranlage, die noch aus den Zeiten stammte, in der das Militär die Halbinsel als strategischen Stützpunkt genutzt hatte. Heute waren davon jedoch nur noch alte Mauerreste und gut versteckte Türen übrig, die ins Innere der Felsen führten.

Wendete man sich nun nordwärts, betrat man einen schmalen Pfad, der sich zwischen Heidegräsern, Brombeersträuchern und Kiefern hindurch schlängelte, bis schließlich ein reetgedecktes Häuschen aus hellem Naturstein auftauchte. Hortensien blühten unter den blauen Sprossenfenstern entlang der Frontseite. Wenn man nah genug herangetreten war, erkannte man zwar, dass von den Fensterrahmen bereits die Farbe abblätterte, aber man konnte auch die winzigen Röschen bestaunen, die jemand mit viel Liebe auf die hölzerne Tür gemalt hatte.

Hinter dem Haus gab es einen wilden Garten, in dem eine verwitterte Hütte stand. Darin befand sich neben allerhand Werkzeug auch eine Drechselbank. Offensichtlich stand dem Vorbesitzer der Sinn eher nach Holz- als nach Gartenarbeit. Die Steinbeete des Gartens waren nämlich moosbewachsen und grasüberwuchert. Hier war schon viele Jahre keine Blume mehr gepflanzt worden. Bis zu seinem Tod hatte ein alter Mann in dem Haus gelebt. Monsieur Primelin – sein Name stand immer noch auf dem Briefkasten. Vielleicht hatte es einst eine Madame Primelin gegeben, die zu Lebzeiten den Garten gepflegt hatte.

⚓

Das Haus Primelin war eine nächtliche Entdeckung. Es graute schon der Morgen, als die Nachttischlampe angeknipst, das Notebook aufgeklappt und eine Flasche Rotwein geöffnet wurde. Bei der Auktion gab es kaum Mitbietende, weil man nur drei winzige Fotografien von dem Haus sehen konnte und weil die Umschreibung »besticht mit äußerst rustikalem Charme« vermuten ließ, dass es wohl noch einiges zu tun gab. Das Haus war auch nicht so günstig, als dass man über den Preis hinweg blinzeln konnte. Der Meerblick, das Abenteuer und natürlich auch die Erinnerungen und Verheißungen, die mit diesem Ort verknüpft waren, hatten jedoch ausgereicht, um Annie zu überzeugen.

Annie wollte etwas machen, das ihr Leben komplett durchschüttelte. Wahrscheinlich hatte sie einen gewissen Fatalismus entwickelt – sie wollte eine extreme Entscheidung treffen. Sie wollte etwas riskieren und alles auf den Kopf stellen, um sich nicht mehr ausgeliefert zu fühlen.

Am Ende gab es natürlich weitaus mehr Gründe, die dagegen sprachen, das Haus zu kaufen, aber Annie entschied aus dem Bauch heraus. Mit zusammengekniffenen Augen hatte sie ihr Gebot abgegeben und war danach minutenlang in Schockstarre vor dem Bildschirm gesessen. Irgendwann fing sie an zu lachen, dann zu weinen. Überwältigt von ihrer eigenen Courage, überfordert und traurig und auch ein bisschen stolz.

»Manchmal muss man eben radikal sein. Ich bin mir sicher, dass es die richtige Entscheidung war«, erklärte sie am nächsten Tag und versuchte dabei möglichst souverän zu klingen. Géraldine hatte die Hände über dem Kopf zusammengeschlagen und sofort versucht, im Künstlerquartier anzurufen, damit zumindest Martha und Anton sich das Haus anschauen konnten, doch da Anton beim Baggern versehentlich die Telefonleitung zerstört hatte, war es gerade unmöglich, sie telefonisch zu erreichen.

Auch Martin war alles andere als begeistert von dem Spontankauf und hatte tagelang recherchiert, wie man aus der Nummer wieder rauskommen könnte. »Das kannst du doch nicht machen. Wofür hast du jahrelang studiert, Annemarie? Wofür die Promotion? Bist du von allen guten Geistern verlassen? Das ist hirnrissig. Im Sommer mag es dort ja ganz schön sein, aber die Sommer sind kurz. Warst du jemals im Winter da? Nein! Das ist nämlich eine ganz andere Geschichte.«

Et voilà. Une autre chose. Ja, von allen guten Geistern verlassen.

Annie hörte nur mit halbem Ohr zu, wenn ihre Eltern ihre Zweifel kundtaten. Sie war fest entschlossen. Nun gab es also ein Haus und es gab ein Leben, das auf offener See trieb – sie warf den Anker aus und zog sich zurück an Land. Sie wollte kein Mensch sein, der sich einem vermeintlichen Schicksal fügte und gelähmt dabei zusah, wie das Leben vorbeizog. Deswegen hatte sie das Geld, das sie von der Bahngesellschaft erhalten hatte, auch kurzerhand in ein neues Leben investiert. Ja, es würde hart werden, weil sie noch nicht so genau wusste, wie sie sich finanzieren sollte, aber sie hatte diesen rigorosen Umbruch bitter nötig.

Anton hatte ihr seinen alten Honda geliehen. Er pfiff zwar aus dem letzten Loch und machte furchterregende Geräusche, aber er fuhr – das war die Hauptsache.

Auf der Rückbank türmten sich Farbtöpfe, Werkzeuge und Einkaufstüten vollgestopft mit so vielen Lebensmitteln, als wollte Annie sich für den Winter rüsten, den sie abgeschnitten von der Zivilisation in der Wildnis verbringen musste.

Sie rauchte aus dem geöffneten Fenster eine selbstgedrehte Zigarette, die sie Anton abgeknöpft hatte, und hatte das Radio voll aufgedreht, als sie über die holprige Straße nachhause fuhr.

Die Sonne strahlte zur Erde hinab, ließ die Farben leuchten und das Meer funkeln. Annie sog die salzige Luft tief in sich auf. Das Herz schlug kräftig in ihrer Brust. Endlich klemmte es nicht mehr zwischen ihren Rippen fest. Endlich freigeschlagen.

»Bin wieder da!«, trällerte Annie, nachdem sie die Tür aufgestoßen und zwei Farbeimer in den Flur gewuchtet hatte.

Sofort hörte sie Krallen über die Dielen klackern, dann sprang ihr ein warmes Fellknäuel in die Arme.
»Nicht anlecken«, mahnte sie lachend und drehte das Gesicht weg, um der Zunge auszuweichen. »Ich bin keine Briefmarke, du Vogel!«
Trudi warf ihr einen anklagenden Blick zu, dann strampelte sie wild mit den Pfoten, um wieder abgesetzt zu werden. Kaum berührte sie den Boden, schoss sie ins Wohnzimmer und schleppte ihren quietschenden Gummiknochen an.
»Später. Ich muss jetzt noch ein bisschen arbeiten«, Annie beugte sich nochmal zu Trudi hinab und kraulte sie kurz hinter den Ohren, da ertönte aus dem Obergeschoss das Knattern der Bohrmaschine.
»Da ist jemand fleißig!«
Sie trabte beschwingt zurück zum Auto, um den Rest auszuladen. Vollbepackt betrat sie die Küche. Ächzend lud sie die Tüten ab und goss sich erst mal ein Glas Wasser ein. Die Wohnküche war wohl der einzige Raum, in dem es fast nichts zu tun gab, weil Annie sich auf den ersten Blick verliebt hatte. Die hölzernen Möbel, die bestimmt selbst gezimmert worden waren, schufen eine sehr behagliche Atmosphäre. In der Ecke neben der Tür stand sogar ein kleiner Ofen, neben dem sich Holzscheite stapelten. In der kalten Jahreszeit war es bestimmt wunderschön, davor zu sitzen und bei einer Tasse Tee ins Feuer zu schauen. Annie hatte jetzt schon vorsorglich ein Lammfell auf den Boden gelegt, das im Moment jedoch noch von Trudi belagert wurde.
Von den Küchenfenstern aus blickte man in den Vorgarten. An der Steinmauer, die das Grundstück umgab, lehnte ein Fahrrad neben einer ramponierten Schubkarre. Wenn Annie sich auf die Zehenspitzen stellte, konnte sie hinter den Sträuchern sogar einen silbernen Streifen erkennen – das Meer.
Aus dem Obergeschoss hörte man ein wütendes Stampfen,

dann fluchte jemand. Es war offensichtlich höchste Zeit für eine kleine Stärkung. Frischer Kaffee und frische Brioche aus der Boulangerie *Méribel*. Gab es etwas Besseres?

⚓

Mit einem Tablett stapfte sie die Treppe hinauf. Annie liebte das knarzende Geräusch, das jeden Schritt begleitete. Trudi schwänzelte aufgeregt um ihre Beine herum und glotzte wie gebannt zum Tablett hinauf. Sie hatte es natürlich auf die Brioche abgesehen. Im ganzen Flur war eine zarte Blümchentapete angebracht – ganz offensichtlich hatte es im Hause Primelin jemanden gegeben, der sich gerne mit Blüten umgab. Annie hatte lange darüber nachgedacht, ob sie die Tapete behalten wollte. Letztendlich hatte sie sich dafür entschieden. Allein schon wegen der ganzen Plackerei. Wenn ihr die Blumen irgendwann auf die Nerven gehen sollten, konnte sie die Tapete ja immer noch abkratzen. Aber wen nervten schon Blumen?

Im Obergeschoss standen Kartons über Kartons und versperrten den Weg. Obwohl Annie kaum etwas mitgenommen hatte, benötigte sie für »kaum etwas« mehr als neun Kartons, zwei Koffer und eine dicke Reisetasche. Géraldine und Martin würden in zwei Wochen angereist kommen und noch mehr »kaum etwas« mitbringen. Bis dorthin wollte Annie unbedingt fertig sein. Sie wollte ihre Eltern beeindrucken. Sie wollte, dass ihnen vor Staunen die Augen übergingen. In ihrer Phantasie sah sie schon sperrangelweit geöffnete Münder, hörte entzückte »Ohs« und erkannte sogar Tränen der Rührung.

Bei dem Gedanken kicherte sie, dann folgte sie dem Knattern der Bohrmaschine und drückte mit dem Ellbogen die Tür auf.

»Na? Wie läuft's, Monsieur?«, zwitscherte sie und stellte das Tablett auf dem Tapeziertisch ab.

»Geht so«, hörte sie ihn brummen. »Die Wände sind echt dünn. Ich glaube, die haben früher nur mit Holz und Stroh gebaut.«
»Das ist ein Steinhaus, du Schlaumeier«, sie griff nach den Tassen und trat neben ihn.
»Aber die Wände wurden später eingezogen, Frau Neunmalklug«, er klopfte zum Beweis an die Wand, dann drehte er sich mit einem triumphierenden Grinsen zu ihr um. Tatsächlich war ein dumpfes, hohles Geräusch ertönt.
»Okay, du hast gewonnen. Sag mal, hast du später vielleicht noch Zeit, dir die Lampen anzusehen?«
»Kann ich machen, aber danach muss ich zurück ins Quartier. Ich wollte noch ein bisschen weiterarbeiten.«
Eine weiße Staubschicht bedeckte sein Haar, das ihm strähnig in die Stirn fiel. Dankbar griff er nach der Tasse und lehnte sich an die Wand.
»Ja, natürlich. Du bist ja eigentlich hier, um Kunst zu machen, nicht um mein Haus zu renovieren«, sie schenkte ihm ein herzliches Lächeln.
»Ach, ich finde, das hat auch etwas Kunstvolles», er griff nach einer Brioche und biss hinein. »Außerdem werde ich hier wenigstens gut versorgt. Seitdem Anton aus dem Quartier eine Ausgrabungsstätte gemacht hat, ist Martha nur noch damit beschäftigt, ihm hinterher zu jagen und den Schaden zu begrenzen.»
»Anton wie er leibt und lebt», Annie verdrehte die Augen und lachte bei dem Gedanken daran, wie Anton eines schönen Tages einfach mit einem Bagger vorgefahren war und damit angefangen hatte, hinter den Künstlerhütten eine riesige Grube auszuheben. Obwohl Martha sich darüber furchtbar aufgeregt hatte, weil er natürlich weder beim Katasteramt angerufen hatte, um sich über den Verlauf der Rohre und Leitungen zu informieren, noch Überlegungen angestellt hatte, woher das ganze Wasser kommen sollte, in

dem er bald baden wollte, würde sie sich ganz sicher freuen, wenn der Badeteich endlich fertig war.

»Was ich schon die ganze Zeit fragen wollte», Bartosz nippte an seinem Kaffee. »Bist du eigentlich wegen diesem Mönch hierher gekommen? Hat er etwas damit zu tun?»

»Was?«, Annie glotzte ihn schockiert an. Sofort verkrampften sich ihre Muskulatur – vor allem ihr Herz.

»Anton hat den Bus hinter die Werkstatt gefahren, damit er Platz für seinen Bagger und die ganze Erde hat. Und bei der Gelegenheit hat Martha dann...»

»Was hat sie dir erzählt?»

»Sie hat nur gesagt, dass der Bus dir bestimmt viel bedeutet, weil du dich dort mit dem...»

»Oh nein», sie verbarg das Gesicht hinter den Händen.

Sie saßen nebeneinander auf der Steinmauer und hielten Bierflaschen in den Händen. Ihre Augen brannten. Es war schon lange her, dass sie so bitterlich geweint hatte. Die ganze Zeit hatte sie es geschafft, sich zu beherrschen, aber jetzt schien wieder alles über ihr zusammengebrochen zu sein.

»Er hat sich einfach nicht mehr gemeldet?«, Bartosz schüttelte den Kopf. »So ein Mistkerl. Schon allein, dass er sich auf dich eingelassen hat. Er versteckt sich hinter seiner Kutte, mimt den Heiligen, aber eigentlich...es ist wirklich unfassbar.«

»Ich habe ihm so viele Briefe geschrieben! Irgendwann habe ich sogar in seinem Kloster angerufen«, schniefte Annie und schüttelte den Kopf, weil sie immer noch nicht begreifen konnte, warum er sie einfach fallengelassen hatte. »Man sagte mir, Frère Jean sei gerade nicht da. Er würde mich aber ganz bestimmt zurückrufen. Hat er nie getan.«

»Weißt du, wie man das nennt? Das ist *Ghosting*.«

»Exakt. Er wurde zum Geist«, sie starrte paralysiert auf den Stein in ihrer Hand. Ohne sagen zu können, warum, trug sie ihn immer noch wie einen Talisman mit sich herum. Eigentlich war er nur eine traurige Reminiszenz. »Vielleicht war er das ja schon immer.«

Es hatte keinen Sinn mehr, sich darüber Gedanken zu machen. Vermutlich war seine Verbundenheit zu Gott so stark, dass er nicht zu ihr kommen konnte. Vermutlich schämte er sich so sehr, dass er es nicht mehr wagte, auch nur ein einziges Wort mit ihr zu sprechen. Er hatte von Liebe gesprochen. Annie zweifelte nicht mal daran, dass er so empfunden hatte – das machte es noch viel schwerer – aber offensichtlich hatte es am Ende einfach nicht ausgereicht.

Vermutlich hatte sie sich getäuscht, war zu blauäugig und verliebt gewesen. Wenn sie sich schon nicht in Anderswo getäuscht hatte, dann eben in Paul.

»Wird schon wieder. Gefühle kommen, bleiben eine Weile, aber dann gehen sie auch wieder«, versprach Bartosz und legte ihr den Arm um die Schulter. Es war eine kumpelhafte Geste, weswegen Annie die Berührung widerstandslos zuließ. Eigentlich war es sogar ziemlich tröstlich mit ihm hier zu sitzen und ihm von Paul zu erzählen.

Bartosz war ihr immer noch vertraut. Auch wenn er sich wohl nicht an sie erinnern konnte, so entstand zwischen ihnen doch schnell wieder eine Harmonie, in der sich Annie wohlfühlte.

Irgendwann, als die Sonne schon fast ins Meer getaucht war, fing Bartosz an, ihr zu erzählen, weshalb er so überstürzt ins Quartier gekommen war und so verbissen an einer Frauenbüste gearbeitet hatte: erst vor einem Monat hatte seine Freundin ihn verlassen, um sich kurz darauf mit seinem Freund zu verloben. Sie hatte ihn einfach ausgetauscht.

»Zu allem Übel ist Marzena jetzt auch noch schwanger. Vermutlich von mir«, bemerkte er grimmig. »Ich weiß nicht, was ich tun soll? Ich kann jetzt doch unmöglich den Kontakt zu ihr abbrechen? Aber es ist so hart, wenn ein anderer Mensch alles bekommt, was einmal dein Leben ausgemacht hat und wenn du plötzlich mit leeren Händen da stehst.«

»Ja, es ist beschissen. Wirklich beschissen. Das tut mir sehr leid, Bartosz. Da haben sich hier ja wirklich zwei Glückspilze getroffen, was?«, sie stieß ihm sanft den Ellbogen in die Seite.

»Wir kommen irgendwann schon wieder auf die Füße. Siehst du? So einfach«, er sprang von der Mauer, wackelte demonstrativ mit seinen Beinen und reichte ihr dann die Hand, um ihr hinunter zu helfen.

⚓

Nachdem Bartosz abgefahren war und Annie alle Türen und Fenster verriegelt hatte, schnappte sie sich ihr Buch und ging hinauf ins Schlafzimmer. Wenn sie nicht gerade im Haus wütete, hielt sie sich am liebsten hier oben auf.

Neben dem alten Kiefernschrank stand eine ebenso alte Kommode, die Annie bei einer Haushaltsauflösung ergattern konnte. Martha hatte ihr zum Einzug einen üppigen Lavendelkranz gebunden, der nun über der Matratze an der Wand hing.

Es duftete betörend – Trudi nieste jedes Mal, wenn sie den Raum betrat. Auf der Weinkiste, die als Nachttisch diente, stand der Salzkristall. Annie warf das Buch auf die Matratze, dann riss sie das Fenster auf.

»Oh nein, wie hübsch. Das musst du dir angucken«, stieß sie aus und nahm Trudi auf den Arm, um ihr das pulsierende Licht zu zeigen, das hinter den Kiefernwipfeln aufleuchtete. Schließlich hob sie den Blick und lächelte beseelt. Die Nacht spannte sich in sattem Violett über der Erde auf. In der Ferne erkannte man zwar noch das letzte Glühen der Sonne, doch schon längst leuchteten Sterne vom Himmel –

die stillen Wächter der Nacht. Annie stand minutenlang an ihrem Fenster und starrte hinauf.

Obwohl der Anblick sie gerade noch so entzückt hatte, fühlte sie sich nun furchtbar einsam. Eigentlich konnte sie sich gut gegen dieses Gefühl wehren, aber im Moment war sie widerstandslos. So wie die Nacht sich über das Land legte, wurden auch ihre Gedanken finster. Sie ging zur Matratze, hob sie an und zog die Briefe hervor, die er ihr geschrieben hatte.

Es dauerte nicht lange und ihr Herz krampfte sich zusammen, Tränen kullerten über ihre Wangen und tropften auf das Papier – nicht zum ersten und gewiss auch nicht zum letzten Mal. Seine Worte waren Pfeilspitzen und trotzdem konnte sie nicht aufhören, in den Briefen zu lesen. Sie hatte all ihre Hoffnung auf ihn gesetzt und am Ende verloren. Wie war es möglich, sich so sehr in einem Menschen zu täuschen?

Trudi kuschelte sich irgendwann auf ihren Schoß und legte demonstrativ den Kopf auf das Papier.

»Ja, ja. Ich weiß, ich muss damit aufhören, ständig in Erinnerungen zu wühlen. Dafür sind wir wieder zusammen. Du bist nämlich das wahre Wunder, nicht er«, sie drückte den kleinen Hund mit einem inbrünstigen Seufzer an sich. »Ich meine, überleg' doch mal…Er hätte uns irgendwann eh genervt. Weißt du noch, wie er immer gelacht hat? Wie ein wieherndes Pferd. Und immer diese mottenzerfressenen Shirts. Furchtbar. Hier fangen wir ein neues Leben an. Nur du und ich. Kannst du es riechen? Es riecht nach glücklicher Zukunft.«

Das Haus Primelin ließ sie neue Hoffnung schöpfen, denn Annie hatte das dringende Bedürfnis nach einer grundlegenden Veränderung. Und hierfür musste sie alles hinter sich lassen: ihr Leben als Doktorandin, als Geliebte, als Opfer eines Zugunglücks, als Weltenbummlerin – aber vor allem ihre Liebe zu Paul. Sie wollte die Spuren verwischen, die er hinterlassen hatte. Es wäre ihr am liebsten, wenn nichts von ihm übrig bliebe. Ihre Enttäuschung war maßlos und der Schmerz wie ein Schatten, der sich über ihr ausgebreitet hatte. Aber dieser Schatten würde mit der Zeit weichen.

Sechs Tage später kam der alte Honda ums Eck geschossen und hielt mit quietschenden Bremsen vor dem Haus. Martha stürzte zur Haustür und klopfte lautstark an. Annie, die alles vom Fenster aus beobachtet hatte und immer noch ihren Pyjama trug, öffnete mit aufkeimender Panik.

»Was ist? Oh mein Gott, ist etwas passiert?«

»Ja! Er hat geschrieben!«, Martha strahlte sie an.

»Was? Wer?«

»Der junge Frère hat dich nicht vergessen. Er hat dir geschrieben. Ich...«

»Wo denn?«, Annie griff nach Marthas Händen und blickte über ihre Schulter zum Auto, als würde sich darin ein vollgestopfter Sack mit Briefen befinden.

»Géraldine hat mich gerade auf dem Handy erreicht, als ich bei Xavier war, um alte Fischernetze abzuholen. Mensch, habe ich mich erschreckt, als dieses Ding so laut gebimmelt hat. Daran werde ich mich wohl nie...»

»Er hat mir geschrieben?», unterbrach sie Martha atemlos.

»In der Tat. Darauf hast du die ganze Zeit gewartet, nicht wahr? Géraldine bündelt die Briefe und schickt sie dann hierher, damit du sie lesen kannst.«

»Er hat Briefe an Mama geschickt?«

»Mais oui! Wohin denn sonst, chérie?«

»Der Nachsendeauftrag, natürlich, aber warum denn erst jetzt?«, Annie schüttelte verständnislos den Kopf. Ihr Herz sprudelte über und es war ihr unmöglich, einen klaren Ge-

danken zu fassen.
Es gab ungelesene Briefe. Es gab Worte, die an sie gerichtet waren. Es gab Antworten und es gab Hoffnung.
Oder waren das seine Abschiedsworte? War alles ein Missverständnis? Hätte sie einfach warten sollen?
Martha erklärte ihr einfühlsam, dass in der vergangenen Woche einige Briefe bei Géraldine eingetroffen waren – allesamt adressiert an Annie, allesamt versendet aus Frankreich. Es wären inzwischen so viele, dass Géraldine sich nun doch mal erkundigen wollte, was es damit auf sich hatte. Annie saß auf dem Treppenabsatz, heulte und lachte. Ihr Herz schlug so heftig, dass es schon eine Qual war, weil jeder Schlag schmerzte.
Was auch immer geschehen war: Paul hatte sie nicht vergessen.
»Ich brauche die Briefe«, keuchte sie und sprang auf. »Ich muss die Briefe lesen! So schnell es geht. Mama muss sie sofort losschicken. Fährst du mich zum Hafen, damit ich sie anrufen kann?«
»Bien sûr, chérie. Und auf dem Heimweg kannst du auch gleich die Stühle mitnehmen. Anton ist bestimmt heute Nachmittag damit fertig, wenn er bis dahin nicht in sein Baggerloch gefallen ist. Oh, ich wünschte, er würde sich stattdessen endlich mal um das Telefon kümmern. Es ist fürchterlich.«

Hey Annie,

Pardon, pardon, pardon! Mir ging es in den letzten Tagen echt schlecht. Ich hatte Fieber und war einfach nicht in der Lage, etwas anderes zu tun, als im Bett zu liegen und zu schlafen. Eigentlich bin ich immer noch nicht richtig fit. Bis ich an die Post gekommen bin, hat es auch ein bisschen gedauert. Es tut mir so leid, Annie. Es gibt keinen anderen Grund, weshalb ich nicht früher geschrieben habe. An meinen Gefühlen hat sich nichts verändert. Ich kann aber deine Gefühle sehr gut nachvollziehen. Ich weiß, wie Ungewissheit sich anfühlt, wie es ist, wenn man eine halbe Ewigkeit wartet, und auch wie es ist, jemanden zu vermissen, der weit weg ist.

Du erwartest endlich ein Bekenntnis von mir. Der Prior übrigens auch. Ich habe versucht, ganz rational an die Sache ranzugehen und bin zwei Tage lang mit dem Gewissensspiegel rumgelaufen, um mich zu prüfen. Aber egal wie viel ich darüber nachdenke und wie groß meine Zweifel sind, am Ende sitze ich da und habe Herzklopfen.

Jetzt musst du sehr aufmerksam lesen, Annie: Ich kann nicht einfach von hier verschwinden, aber ich kann auch nicht bleiben. Es gibt einige Dinge zu regeln und das beansprucht noch etwas Zeit, aber ich will bei dir sein. Soll ich es nochmal schreiben?

Ich will mit dir zusammen sein. Bist du bereit?

Eigentlich habe ich echt überhaupt keine Ahnung davon, aber wenn es dir so wichtig ist, können wir gerne über Stromanbieter diskutieren. Wenn es dir nichts ausmacht, würde ich dann gerne darüber streiten, wer nochmal aufsteht, um das Licht auszumachen. Oder darüber, welchen Radiosender wir beim Autofahren hören. (Das ist mir echt wichtig!) Ich würde echt gerne mit dir streiten. Und alles andere noch viel mehr. Bist du bereit? Ich brauche ein Signal!

P

P.S. Es war gut, dass ich den Text irgendwann tatsächlich noch gelesen habe. Teresa von Àvila schreibt nämlich, dass es nicht darauf ankommt, viel zu denken. Es geht darum, viel zu lieben. »Darum tut das, was in euch am meisten Liebe weckt.« Ich habe dein Gesicht vor mir gesehen, als du mich so charmant zum Muschelessen eingeladen hast. Weißt du noch? Da war für mich alles klar. Wir müssen Muscheln essen.

Auf diesem Bild, das du mir geschickt hast, sehe ich zwei Menschen: dich und mich. Und ich sehe zwei Hunde: Theo und Trudi. Ich habe dir doch gesagt, dass ich im richtigen Abteil gesessen bin. Allerdings kann ich mir nicht erklären, warum du mich nicht gesehen hast, Annie. Was soll ich sagen? Vielleicht hat dir einfach noch das Gespür für mich gefehlt?

Hey Annie,

Ich bin gerade in Paris. Mein Zustand hat sich heute Nacht leider wieder verschlechtert. Ich hatte so heftige Bauchschmerzen, dass mich der Prior vorsichtshalber ins Krankenhaus geschickt hat. Mache dir aber bitte keine Sorgen. Hier bin ich in guten Händen. Vielleicht sind das noch Nachwirkungen des Unfalls? Vielleicht haben sie ein Skalpell vergessen? Nur Spaß. Pardon, wenn ich nicht mehr schreibe, aber ich bin ziemlich kraftlos und kann mich nicht konzentrieren.

Du sollst nur wissen: Ich habe dich nicht vergessen.

Warte auf mich, Annie Mercury.

P

Hey Annie,

wie geht's dir? Gibt es Neuigkeiten von Trudi? Was machen die Bewerbungen? Ich bin immer noch in Paris. Ich habe eine Bauchfellentzündung mit Perforation. Die Details will ich dir lieber ersparen - es klingt nämlich genau so, wie es sich angefühlt hat. Jedenfalls haben sie mich operiert und das Ding geflickt. Fällt dir vielleicht eine gute Geschichte ein, mit der ich dich beeindrucken kann? Ich habe jetzt eine richtig krasse Wunde am Bauch. Die Medikamente machen mich übrigens ziemlich benommen. Dafür habe ich aber nur noch leichte Schmerzen. Das ist gut.

Mein Zimmernachbar heißt Mathieu, schaut den ganzen Tag irgendwelche Sendungen, die mich nicht interessieren, und schnarcht so heftig, dass ich schon darüber nachgedacht habe, auf den Stühlen in der Notaufnahme zu schlafen. Ehrlich. So etwas habe ich noch nie gehört. Dagegen klang das Schnarchen meines Vaters wie das Schnurren einer Babykatze. Das Essen ist auch bescheiden, weil ich Schonkost essen muss. Ich lese in der Bibel oder schlafe. Aber eigentlich denke ich die ganze Zeit an dich und freue mich darauf, dich endlich wiederzusehen. Ich stelle mir vor, wie wir dann wohl leben? Ich kann es nicht erwarten. Hast du dir schon Gedanken gemacht? Bestimmt, oder? Erzähle mir davon. Nicht schreiben – besuche mich! Du hast doch Zeit, oder? Ich bin noch eine Weile hier. Das wäre wirklich ein Traum, Annie. Ich habe schon zu lange nichts mehr von dir gehört.

Ruf mich wenigstens an!

LIEBE

P

Hey Annie,

irgendwas ist hier schief gelaufen. Ich bin heute zurückgekommen und habe mich total gefreut, weil du mir geschrieben hast. Allerdings waren das ziemlich endgültige Worte. Ich kann es mir nicht erklären. Was ist mit meinen Briefen passiert? Ich habe dir aus dem Krankenhaus geschrieben, damit du weißt, was mit mir los ist. Offenbar sind die Briefe verloren gegangen und ich muss die ganze Sache nochmal erklären, denn du scheinst zu glauben, ich hätte mich einfach aus der Affäre gezogen: Annie, ich habe dich nicht vergessen. Keine Sekunde. Ich will mit dir zusammen sein und es tut mir furchtbar leid, wenn du daran gezweifelt hast. Ich verspreche dir, dass ich alles daran setze, um das wieder gutzumachen. Ich würde dich niemals absichtlich in der Luft hängen lassen. In den letzten Wochen war ich im Krankenhaus in Paris. Du weißt ja, dass es mir schon seit längerer Zeit nicht gut ging. Ich habe mich so durchgequält. Es gab ja eine Reihe möglicher Ursachen und ich dachte, dass ich schon wieder auf die Beine komme, wenn ich einfach abwarte. (Man sollte wirklich nicht zu lange warten...) Ich bin nachts dann aber auf dem Weg zur Toilette zusammengebrochen, *weil ich plötzlich tierische Schmerzen hatte. So etwas habe ich noch nie erlebt. Es war eine heftige Bauchfellentzündung. Ich wurde in Paris operiert und musste danach eine Weile dortbleiben. Sie haben nach der Operation den Bauchraum nochmal spülen müssen... Ich weiß nicht, wie viele Wochen ich in diesem Jahr schon in Krankenhäusern verbracht habe. Zu viele! Zu lang! Aber jetzt geht es mir wieder besser. Ich bin bereit! Was ist mit dir? Annie, sei nicht mehr böse!*

LIEBE *P*

Hey Annie,

ich kapiere es nicht mehr. Das ist zu hoch für mich. Gerade habe ich mit einem ziemlich unfreundlichen Mann telefoniert. Ich habe bei der Nummer angerufen, die du mir geschickt hast. Jedenfalls meinte dieser Typ, dass er jetzt in deinem Zimmer wohnt und dass du wieder zurück zu deinen Eltern gegangen wärst. Mehr wusste er aber auch nicht. Warum hast du mir nichts gesagt? Wolltest du nicht nach Frankreich?

Ich werde hier noch verrückt. Wie finde ich deine Eltern? Ich weiß nicht mehr, wie deine Mutter heißt und wo sie wohnt. Du hast es mir mal gesagt, ganz sicher, aber es fällt mir einfach nicht mehr ein. Langsam drehe ich durch.

Ich finde dich und ich bete zu Gott, dass dich diese Briefe irgendwie erreichen. Bitte rufe mich an! Und wenn dir dann jemand sagt, dass ich gerade nicht sprechen könnte – warum auch immer, dann sei hartnäckig. Ich rede mit den Brüdern, dass sie mich in jedem Fall informieren, wenn du anrufst.

Also, Annie, warte nicht länger. Ruf mich an!

LIEBE *P*

Annie,

bei der Post haben sie mir erklärt, dass es einen Nachsendeauftrag gibt, aber sie haben mir nicht gesagt, wohin die Briefe geschickt werden. Datenschutz oder so… Ich vermute, sie werden zu deinen Eltern geschickt? Oder doch nach Frankreich? Oder hast du jetzt einen Job am anderen Ende der Welt? Ich bin kein Detektiv, aber so langsam fühlt es sich danach an. Jedenfalls habe ich auch versucht, im Künstlerquartier anzurufen. Nichts. Ich habe mir von Frère Émile nochmal die Nummer geben lassen, weil ich dachte, ich hätte sie vielleicht falsch notiert? Die Nummer ist korrekt, aber offensichtlich gibt es den Anschluss nicht mehr. Das ist doch verrückt! Was soll ich jetzt machen? Mir gehen langsam die Ideen aus, aber mir fällt schon noch etwas ein. Du kannst ja nicht einfach so verschwinden? Nicht in dieser Welt. Ich schreibe dir weiterhin an diese Adresse. Keine Ahnung, ob du die Briefe jemals lesen wirst. Wo bist du? Ich will nicht mehr warten.

Wir finden uns, Annie Mercury!

LIEBE

P

In der Nacht hatte Annie kein Auge zugebracht. Sie las die Briefe so lange, bis sie Wort für Wort auswendig herunterbeten konnte. Trudi hatte sich an sie gekuschelt und blickte sie voller Mitgefühl an - jedenfalls bildete sich Annie das ein. «Er hat uns nicht vergessen. Natürlich nicht. Wie habe ich nur daran zweifeln können?« Sie weinte, während sie mit pochendem Herzen auf der Matratze saß und aus dem Fenster in den Sternenhimmel starrte. Immer wieder blitzte das Licht des Leuchtturms auf. Ein Hoffnungsschimmer, der sie durch die Nacht begleitete, bis sie sich am nächsten Morgen auf ihr Fahrrad schwingen und zum Hafen fahren konnte.

»Non, Mademoiselle, leider nicht«, lautete die Antwort am anderen Ende der Leitung. Man konnte dem Bruder anhören, dass er es ehrlich bedauerte.

»Wie? Leider nicht?«, wiederholte sie ungläubig und hielt sich ein Ohr zu, weil zwei Fischer gerade lautstark angefangen hatten, sich über den mageren Fang aufzuregen. »Das kann nicht sein.«

»Oh, der Bruder hat den Konvent leider verlassen. Ich bin untröstlich. Gut möglich, dass er keine Zeit gefunden hat, Ihnen das persönlich mitzuteilen. Er war sehr beschäftigt in der letzten Zeit. Wünschen Sie ein Gespräch mit einem...«

»Nein, nein, nein. Das kann nicht sein«, unterbrach sie ihn weinerlich. »Wohin ist er denn gegangen? Wo ist er jetzt?« Annie presste den Telefonhörer so fest an ihr Ohr, dass es schmerzte. Ihr Puls raste und wenn sie sich nicht an der Wand hätte anlehnen können, wäre sie kraftlos in sich zusammengesunken.

»Ich weiß nicht genau, wohin er gegangen ist. Bestimmt zu seiner Familie, nehme ich an. Um was geht es denn?«

»Haben Sie eine Telefonnummer? Ich muss wissen, wie es ihm geht, bitte. Er war doch im Krankenhaus. Es ist sehr wichtig. Bitte!«

»Och, da müsste ich erst mit dem Prior reden und der ist gerade in Montpellier bei einem Symposium. Ich kann ja nicht einfach Daten eines Bruders rausgeben, wissen Sie?«

»Ich muss wirklich ganz dringend mit ihm sprechen!«

»Ich werde ihm ausrichten, dass sie angerufen haben. Der Prior ist aber sehr beschäftigt, wissen Sie? Ich kann ihn nicht wegen so einer Kleinigkeit behelligen. Er führt wichtige…«

»Anderswo.«

»Pardon, Mademoiselle?«

»Anderswo! Sie müssen ihm sagen, dass ich angerufen habe und dass ich anderswo auf ihn warte. Er weiß schon, wo. Ich wohne hier am Ende der Welt. Es ist das reinste Funkloch und ich kann nur vom Hafen aus telefonieren, aber Sie müssen ihm sagen, dass Annie Mercury angerufen hat und dass ich dort bin, wo wir uns das erste Mal…«

»Langsam, langsam«, der Bruder lachte auf. »Ich verstehe nur Bahnhof?«

»Ja, Bahnhof, sagen Sie ihm das! Sagen Sie ihm, dass wir uns dort treffen. Ich werde jeden Tag dort sein.«

This bud of love, by summer's ripening breath
May prove a beauteous flower when next we meet
Good night, good night! As sweet repose and rest
Come to thy heart as that within my breast.

{Shakespeare, Romeo & Juliet}

Felsentreppe

Jeden Tag rief sie im Kloster an und erkundigte sich, ob Paul sich inzwischen dort gemeldet hatte, ob man ihr endlich seine Telefonnummer geben könne - ob es irgendeinen Strohhalm gab (außer frommer Wünsche), an dem sie sich festhalten konnte. «Ich bedauere sehr« war der Satz, den sie jedes Mal zu hören bekam und den sie am liebsten mit beiden Händen zurück in den Telefonhörer gestopft hätte. Wahrscheinlich dachten die Brüder, sie sei besessen, liebestoll, fanatisch. Doch Paul hatte geschrieben, sie solle hartnäckig sein. Er hatte versprochen, dass sie einander finden würden und dass er nicht damit aufhören würde, nach ihr zu suchen. Genauso wenig würde sie aufhören, bis er endlich bei ihr war.

Jeden Tag spazierte sie mit Trudi zum Bahnhof, saß auf den Treppenstufen, las in einem Buch oder lauschte dem Wind und hing ihren Gedanken nach, während sie nach ihm Ausschau hielt. Es war nur eine Frage der Zeit – das redete sie sich immer wieder ein. Sie musste nur noch ein bisschen warten, nur noch ein bisschen Geduld haben.

Bevor sie nachts die Augen schloss, las sie seine Worte, weil sie tröstlich waren und ihr Herz freudig klopfen ließen. Obwohl sie ihn schrecklich vermisste, erfüllte sie ein zartes Glücksgefühl. Alles war einfacher zu ertragen, weil sie wusste, dass Paul noch nicht aufgegeben hatte. Mehr noch - er hatte sogar die Bruderschaft verlassen, um mit ihr zusammen zu sein. Er hatte sein Zuhause für sie aufgegeben.

⚓

Sie saß mit einer Tasse Kaffee vor der Crêperie am Hafen und drückte sich das Telefon ans Ohr. Gerade hatte Géraldine ihr einen Brief vorgelesen, der heute Morgen in ihrem Briefkasten gelandet war. Es waren keine Worte, die da in ihr Ohr gekrochen waren, es war Balsam:
»Ich mache mich auf den Weg. Jérôme schickt mir Geld und ein paar Klamotten und dann kaufe ich mir ein Zugticket nach Crozon. Vielleicht gehe ich zuerst nach Landévennec? Oder soll ich sofort weiter ins Künstlerquartier fahren? Martha weiß bestimmt, wo du bist. Ich bin noch nicht sicher, wie ich es mache, aber ganz egal: ich bin auf dem Weg zu dir!«
»So weit ist Paris doch gar nicht entfernt?«, warf Géraldine ein. »Müsste er nicht längst da sein? Bis der Brief hier in Deutschland angekommen ist, hat es ja bestimmt auch ein paar Tage gedauert.«
Annie war gar nicht auf die Idee gekommen, sich zu fragen, warum er so lange brauchte. Paul war auf dem Weg - diese Nachricht genügte, um sie mit Endorphinen zu überfluten, die jeden Zweifel, jeden Funken Argwohn ertränkten.
»Ach, vielleicht hat es einfach eine Weile gedauert, bis er an Geld gekommen ist?«, Annie seufzte. »Als Mönch hat er ja überhaupt keine persönlichen Besitztümer gehabt.«
»Ich hoffe, dass er hält, was er verspricht und dass du dir nicht wieder umsonst...«
»Er kommt«, unterbrach sie ihre Mutter. »Er kommt ganz sicher.«
»Oui, oui. Pardon, mein Schatz. Seitdem dein Gehirn diese

Zauberfunktion durchgeführt hat, mache ich mir einfach Sorgen. Alles hat sich so rasend schnell verändert.»

»Ich habe mich eben verändert», Annie blinzelte in die Sonne und verfolgte mit dem Blick eine Möwe, die sich ohne Flügelschlag vom Wind durch die Luft tragen ließ. Federleicht schwebend - genau so fühlte sie sich.

»Meine Tochter hängt ihre Karriere an den Nagel, kauft ein Haus im Nirgendwo und verliebt sich dann auch noch in einen Mönch, der sie mit Briefen bombardiert», Géraldine lachte ungläubig auf.

»Och, aber das klingt doch wunderschön», sie lächelte beseelt und nahm einen letzten Schluck Kaffee. »Und bald kannst du ihn kennenlernen. Ich glaube, ihr würdet euch prächtig verstehen, Mama Mercury. Außerdem heißt es nicht Nirgendwo, sondern Anderswo.»

»Wie bitte?»

»Schon gut. Ich muss jetzt aufhören. Ich will noch einkaufen. Die Schiffe kommen gerade zurück und es gibt frischen Fang. Ich muss mich doch auf einen Besuch vorbereiten, weißt du?»

»Wenn du ohnehin schon einkaufen gehst, solltest du unbedingt einen Briefkasten einpacken, ja? Und du könntest vielleicht auch mal daran denken, dich endlich umzumelden.»

»Ich habe doch schon einen Briefkasten und außerdem gibt es am Hafen doch...»

»Ach, tatsächlich? Den Briefkasten könntest du deinem Besuch ja mal zeigen. Wie wäre das?», Géraldine kicherte. »Für die Zukunft.»

Das Haus Primelin war inzwischen zu einem Zuhause geworden. Vor den Fenstern hingen Windspiele aus Treibhölzern und Muscheln, die Martha aus dem Künstlerquartier

mitgebracht hatte. Sobald Annie das heimelige Geräusch vernahm, seufzte ihr Herz auf. Die Windspiele klangen nach Kindheit und das war wohl die schönste Melodie, die sie kannte. Im Wohnzimmer stand ein kleiner Holztisch, den Anton vor vielen Jahren aus einer alten Tür gebaut hatte. Das Holz war zerfurcht und zerfressen. Die Farbe unregelmäßig und wettergegerbt. Ganz genau so, wie Annie es mochte: vom Leben gezeichnet.
Ohnehin entwickelte Anton gerade eine außergewöhnliche Kreativität. Er hatte ständig neue Ideen und setzte sie ohne zu zögern um. So stand seit gestern auch ein uraltes Weinfass im Wohnzimmer. Anton hatte es kurzerhand halbiert, um ein paar Regalbretter einzusetzen. Es war ein echter Hingucker und stand nun unter dem goldgerahmten Spiegel, den Annie von zuhause mitgebracht hatte.
Annie zündete ein paar Kerzen an, schaltete Musik ein und fläzte mit Trudi auf der Couch. Es war ein arbeitsreicher Tag und sie hatte das Gefühl, sich kaum noch bewegen zu können, weil jeder Muskel schmerzte. Als Paul den Bahnhof renoviert hatte, war es ihm bestimmt nicht besser ergangen. Am Ende hatte sich die Mühe ausgezahlt - in Gedanken schritt sie durch die Wartehalle. Es wäre wunderschön, wenn sie irgendwie an die goldene Uhr kommen könnte? Oder wenigstens an ein paar geblümte Bodenfliesen?
Annie fragte sich, ob Paul wohl bei ihr einziehen würde? Wie war es wohl, den Alltag miteinander zu verbringen? Dann dachte sie lange darüber nach, ob er wohl Theo mitgenommen hatte? Wenn sie es damals richtig verstanden hatte, so war Theo eigentlich der Klosterhund. Allerdings hing Paul so sehr an ihm, dass er bestimmt nicht ohne Theo aufgebrochen war. Die beiden waren unzertrennlich – das konnte jeder sofort spüren, der sie miteinander erlebte.
Annie seufzte wehmütig auf. Wie lange musste sie noch darauf warten, ihn endlich wiederzusehen? Es war kaum

noch auszuhalten.
Nachdem sie einen Schluck Wein getrunken hatte, kraulte sie Trudi, die sich auf ihrem Bauch zusammengerollt hatte, und fing an, ihr von den Tagen im Künstlerquartier zu erzählen. Das hatte sie zwar schon tausendmal getan, aber sie zehrte von den Erinnerungen. Die Begegnung im Bahnhof, die Nächte im Bus. »Es war ziemlich komisch. Er hatte so ein graues Gewand an und trug immer einen riesigen Rosenkranz mit sich herum. Manchmal kam es mir vor, als hätte er sich nur verkleidet. Aber klar, ich habe dann schon kapiert, dass es sein bitterer Ernst ist. Aber dann waren wir im Atelier und...«
Was war das? War das ein Klopfen?
Annie scheuchte Trudi unsanft von der Couch, stand auf und stellte die Musik aus. Ängstlich lauschte sie in die Stille und überlegte währenddessen, ob tatsächlich alle Türen und Fenster verschlossen waren? Ja, ganz sicher. Sie wagte es kaum zu atmen, als sie auf Zehenspitzen durch das Zimmer zum Flur schlich. So sehr sie sich auch bemühte, sich lautlos zu nähern: die Dielen knarrten. Vorsichtig drückte sie die Klinke hinab und öffnete die Tür einen Spalt.
Wie angewurzelt blieb sie stehen.
Ihr Herzschlag setzte aus, doch ihr Puls raste.
Licht! Das war Licht! Es fiel von draußen durch das Oberlichtfenster der Tür in den dunklen Gang. Jemand war hier und hatte den Bewegungsmelder ausgelöst.
Jemand schlich ums Haus.
Annie starrte wie gebannt zur Haustür. Sie schaffte es nicht, sich auch nur einen Millimeter zu bewegen. Trudi tapste währenddessen unbeeindruckt an ihr vorbei, um kurz darauf die Nase auf die Dielenbretter zu drücken und wie wild zu schnuppern. Ihre Rute reckte sie wie eine Antenne empor und schnüffelte dann eine halbe Ewigkeit an der Tür.
»Komm' zurück«, beschwor sie den Hund. «Psst. Da ist Nie-

mand. Zurück!«

Doch in diesem Moment fing Trudi an, mit der Pfote an der Tür zu scharren. Ihre Rute wedelte vor Aufregung. Ihr ganzer Körper stand unter Strom. Annie musste jetzt schnell reagieren. Jeden Moment würde Trudi anfangen, zu bellen und dann...oh Gott...sie waren ganz alleine hier draußen. Und wenn es Paul war? Sie verwarf den Gedanken wieder. Nein, ausgeschlossen.

Annie nahm all ihren Mut zusammen, düste zur Tür, schnappte sich Trudi und stürzte die Treppe hoch ins Schlafzimmer. Nachdem sie die Tür hinter sich abgeschlossen hatte, pirschte sie an das Fenster, von dem aus man in den Garten blickte. Vor ihr schwamm die Nacht. Alles, was sie in der Dunkelheit ausmachen konnte, war das sanfte Wiegen der Kiefern im Wind, Sterne und ein schmaler Sichelmond. Ansonsten war dort draußen nichts als Schwärze, in die alles eintauchen konnte, das nicht gesehen werden wollte. Das Licht vor dem Haus war mittlerweile erloschen.

Doch Annie war nicht beruhigt. Ihr Herz tobte und sie konnte nicht aufhören, ängstlich hinaus zu spähen. Irgendwer musste dort herumschleichen. Irgendwer, der nicht im Tageslicht kam, weil er nicht erkannt werden wollte. So verging fast eine halbe Stunde, in der nichts geschah, das ihre Angst nährte. Allerdings hatte der Wind zugenommen. Schwarze Wolken zogen über den Himmel und verdeckten die Sterne.

»Trudi, jetzt beruhigen wir uns mal wieder. Das war sicher nur ein Tier. Hier leben Rehe, glaube ich. Rehe sind harmlos«, erklärte sie schließlich und wandte sich ihrer Dackeldame zu, die es sich schon längst auf der Matratze gemütlich gemacht hatte. Bevor Annie sich ebenfalls ins Bett legte, überprüfte sie nochmal, ob die Tür auch tatsächlich abgeschlossen war, dann schob sie ihre Kommode davor.

Die Nacht war ohne Vorkommnisse verstrichen und Annie hatte tatsächlich friedlich geschlafen. Wie jeden Tag kochte sie sich mit der Espressokanne einen starken Kaffee. Während die gemahlenen Bohnen in der ganzen Küche ihren Duft verströmten, bereitete Annie sich ein Müsli zu. Sie summte vergnügt vor sich hin. Gleich würde sie mit dem Fahrrad zum Hafen fahren, um dort ein Baguette und zwei Croissants zu kaufen. Oder Muscheln. Für den Fall der Fälle.

Sie schickte kleine Stoßgebete zum Himmel: vielleicht war heute der Tag, an dem Paul hier auftauchen würde? Und wenn er heute kam, wäre es dann nicht schön, Muscheln im Haus zu haben? Wie an jenem Abend, als er ihr das erste Mal seine Strandräubergeschichten erzählt hatte? Oh, diese Märchen. Sie hatte es so sehr geliebt, ihm zu lauschen und sich dabei alte Männer in zerrissenen Hosen vorzustellen, die Rumfässer über die Pfade rollten und dabei schräge Seemannslieder sangen. Muscheln und Strandräuber.

Als sie schließlich am Tisch saß und frühstückte, dachte sie daran, dass Géraldine unbedingt das Leuchtturmbild mitbringen musste. Sie würde es in die Küche hängen. Das Haus würde noch mehr Zuhause sein, wenn es mehr Anderswo wurde. Annie war heilfroh, dass sie das Bild in ihrer Wut nicht einfach kaputtgemacht, sondern nur auf den Dachboden verbannt hatte.

»Ja, ja. Ich bin doch schon fertig, du Nervensäge«, beschwichtigte sie Trudi, die aufgeregt durch die Küche tänzelte und winselte. Annie stand auf und ging in den Flur, um die Tür zu öffnen und von einer heftigen Windböe begrüßt zu werden. Sofort flitzte er Dackel an ihr vorbei, flog förmlich durch die Luft und verschwand dann zwischen den Hortensien, deren Farben inzwischen schon ziemlich verblasst waren.

Der Wind trug das Sprudeln und Rauschen des Meeres bis hierher und ließ die Windspiele tanzen. *Klongklingklong.* Annie erkannte weiße Schaumkronen auf den Wellen. Es war ein grauer Tag. Dunkle Wolken verdeckten die Sonne und rotteten sich zusammen. Es würde bestimmt bald regnen.

Gerade wollte sie sich umdrehen, als ihr Blick auf eine Jakobsmuschel fiel, die auf der ersten Treppenstufe lag.

»Paul?«, sie lachte fassungslos auf und blickte sich um. Nichts. Es fühlte sich an, als würde ihr Herz zerfließen, als sie mit zitternden Fingern nach der Muschel griff. Darunter befand sich ein zusammengefaltetes Stück Papier, doch Annie konnte nicht still stehen, um es zu lesen. Sie rannte zum Pfad und blickte sich suchend in alle Himmelsrichtungen um.

»Paul? Bist du hier?«

Als würde der Wind antworten wollen, ließ er die Blätter in den Baumkronen rauschen.

»Hallo? Bist du da?«

Inzwischen war Trudi herangetrabt gekommen. Aus dunklen Kulleraugen blickte sie zu Annie hinauf und erwartete wohl, dass sie nun zu einem Spaziergang aufbrechen würden.

»Er war hier. Er hat mich gefunden!«

Mit zitternden Fingern entfaltete sie das Papier und bereitete sich darauf vor, einen Brief zu lesen, doch da stand nur die Strophe eines Liedes:

Tell her to meet me at the tower by the shore
Parsley Sage Rosemary and Thyme...
Erinnerst du dich, Annie?

P

In diesem Moment fielen die ersten Regentropfen vom Himmel. Die Kräuter verschwammen und Annie stürzte lachend zurück zum Haus.
In Windeseile zog sie sich an. Paul hatte sie endlich gefunden und sie wusste, wo er auf sie warten würde.
Sie wusste es mit einer untrüglichen Gewissheit.
Obwohl es regnete verfrachtete sie Trudi in den Korb, den Anton für sie an ihrem Fahrrad befestigt hatte, und machte sich auf den Weg. So schnell sie konnte fuhr sie über die Pfade. Annie konnte nicht aufhören zu lachen. Auch wenn ihr Wind und Regen ins Gesicht peitschten, war sie lange nicht mehr so entflammt gewesen. Die Gerüche, die von dem feuchten Erdboden aufstiegen, waren schwer und würzig. Der Ozean tobte. Der Wind strich durch die Heidekräuter, bog die Sträucher, ließ die Bäume wanken. Alles bewegte sich. Annie hätte ihr Glück am liebsten laut rausgeschrien. Jeder sollte wissen, dass sie einander wiedergefunden hatten.
Der Leuchtturm ragte unbeeindruckt ob des Sturmes vor ihr in die Höhe und schien sich nach den Wolken auszustrecken, die über ihn hinweg zogen. Würden sie sich dort oben das erste Mal wiedersehen?
Bei den Ginsterbüschen sprang sie vom Rad, setzte Trudi auf den Boden und flitzte zu den Felsen. Inzwischen hatte der Regen zugenommen und prasselte unbarmherzig zur Erde hinab. Auch wenn Annie schon viele Stürme und Regengüsse an der Küste erlebt hatte, trug sie nur ihren dünnen Parka. Sie war jetzt schon pitschnass, doch das kümmerte sie wenig. Ihr Herz galoppierte voraus und sie rannte ihm eilig hinterher. Auf den Stufen, die in den Stein gehauen worden waren, rutschte sie aus und wäre fast gestürzt, wenn sie sich im letzten Moment nicht an einem Grasbüschel festgehalten hätte.
Wo war er?

Sie nahm die hohen Wellen, die an Land schlugen, kaum wahr. Auch die Seevögel, die kreischend durch die Lüfte schossen, interessierten sie nicht. Kurz warf sie einen Blick hinauf zum Leuchthaus und hoffte inständig, dort sein Gesicht zu sehen, doch die Fenster gafften schwarz und leer zu ihr hinab.
Die Tür des Turmes war verschlossen. So sehr Annie auch daran rüttelte, sie ließ sich nicht öffnen.
Hatte sie sich geirrt? Wollte er sich woanders mit ihr treffen? Panik stieg in ihr auf. Nicht schon wieder. Sie musste ihn sehen. Sie konnte nicht länger warten. Sie wollte gerade um den Turm herumgehen, als sie Trudi bellen hörte.
Als sie herumwirbelte, sah sie den kleinen Hund gerade noch zwischen den Felsen verschwinden. Lauteres Bellen, das zu schrillem Gekläffe anschwoll. Trudi hatte jemanden aufgespürt. Das Herz schlug ihr bis zum Hals, als sie den Geräuschen folgte. Bevor Annie ihn sah, hörte sie seine Stimme.
»Trudi?«, lachte er ungläubig. »Wie ist das möglich?«
Annie trat auf den Pfad. Ihre Knie waren weich und der Boden schien unter ihren Füßen nachzugeben. Da stand er im strömenden Regen und hatte sich über Trudi gebeugt, die sich an seine Beine geschmiegt hatte, um sich von ihm kraulen zu lassen und vielleicht auch, um ein wenig Schutz zu suchen.
Das dunkle Haar war nass und klebte an seinem Kopf, doch es war bereits ein wenig gewachsen – man sah die Kopfhaut nicht mehr hindurchschimmern. Er trug eine schwarze Jacke und grüne Gummistiefel, an denen bis obenhin Schlamm klebte. Offensichtlich hatte er sie noch nicht bemerkt, denn er sprach immer noch leise auf Trudi ein und streichelte über ihren Kopf. Annie blinzelte und trat einen Schritt auf ihn zu.
»Paul«, wisperte sie. Als er hochschreckte, zog sich alles in

ihr zusammen. Er war so furchtbar dünn geworden. Seine Wangenknochen waren hervorgetreten und die Konturen seines Gesichts wirkten scharf und kantig. Doch seine Augen leuchteten auf, als sich ihre Blicke begegneten. Er lächelte und Annie spürte plötzlich eine irrsinnige Wärme in sich aufsteigen.

Wie lange hatten sie auf diesen Moment gewartet? Wie verzweifelt war sie gewesen, weil sie nicht wusste, ob es ihn wirklich gab, ob sie den Verstand verloren hatte? Das Bangen, weil sie nicht wusste, ob er wirklich zu ihr kommen würde? Die langen Nächte, in denen sie wachgelegen und von ihm geträumt hatte.

Hier stand er nun.

Er öffnete den Mund, schloss ihn wieder. Je näher sie einander kamen, desto tiefer versank sie in seinen Augen. Er schien sie vollkommen in sich aufzusaugen.

»Paul«, wiederholte sie unter Tränen, als er sie in seine Arme schloss. Er roch nach Ginster, Harz, Wind und Wasser.

»Gott, endlich. Ich habe dich überall gesucht«, flüsterte er in ihr Ohr und drückte sich so fest an sie, dass sie meinte, seinen Herzschlag an ihrem zu spüren. Er drang durch alle Schichten. »Ich habe dir immer geschrieben. Es sind so viele Briefe, Annie. Ich habe nie damit aufgehört.«

»Ich weiß. Ich habe sie alle gelesen. Es tut mir so leid, dass ich gezweifelt habe und so wütend war«, sprudelte es aus ihr heraus, während sie mit beiden Händen über seine Wangen streichelte. »Ich hatte keine Ahnung, was mit dir passiert ist. Die ganzen Briefe – erst seit letzter Woche weiß ich davon. Ich war doch schon hier. Oh, du hast mir so gefehlt. Ich dachte, du hättest dich gegen...«

»Nein, nie.«

Er legte die Hand in ihren Nacken und küsste sie. Trotz des Regens und der Tränen fühlten sich seine Lippen warm und samtig an. Alles fühlte sich in diesem Moment warm und

samtig an. Angekommen. Sie waren endlich angekommen. Paul löste sich von ihr, um sie anzusehen. Das Blau seiner Augen irisierte und Annie glaubte, das wogende Meer darin zu erkennen.
»Wir sind wieder hier. Du und ich. Ich weiß, das klingt ziemlich pathetisch, aber du bist meine Welt, Annie. Das bist du eigentlich schon immer gewesen.«
Ihr Herz hielt einen Moment inne, wiederholte seine Worte und fing dann an, Pirouetten zu drehen.
»Schon immer?«, fragte sie mit belegter Stimme.
»Mhm, wenn nicht sogar noch länger.«
Er lachte und küsste sie wieder, dann nahm er sie in den Arm. So standen sie lange zwischen den Ginsterhecken. Engumschlungen, versunken. Es gab keine Gedanken, denen ihr Geist folgen konnte. Sie konzentrierte sich einfach auf seinen Atem, auf seine Hände, die über ihr Haar streichelten und auf die Wärme seines Körpers. Angekommen. Annie hätte ewig in dieser Umarmung bleiben können, doch irgendwann griff Paul nach ihrer Hand.
»Zeigst du mir jetzt dein Haus?«
»Aber wollten wir nicht hoch?«, sie deutete zum Leuchthaus.
»Später, Annie Mercury. Wir sind klatschnass. Wir müssen ins Warme, sonst holen wir uns noch den Tod.«

Paul war mit einem Transporter gekommen, der unweit der Felsentreppe vor einem Menhir parkte. Obwohl er das Fahrrad schob, hielt er sie fest im Arm. Annie war nicht in der Lage, einen aussagekräftigen Satz zu formulieren. Annie konnte nicht mal einen klaren Gedanken fassen. Sie strahlte und ihr Herz schäumte über. Nichts lag mehr zwischen ihnen. Keine Klostermauern, keine anderen Dimensionen. Sie waren zusammen in der richtigen Welt.
»Warte ab, Trudi. Für dich habe ich auch noch eine Überraschung«, verkündete Paul, als sie schließlich vor dem Auto

standen. Kaum hatte er die Wagentüren aufgerissen, sprang Theo ihnen entgegen. Es war ein stürmisches Wiedersehen. Die Hunde jagten durch die Sträucher. Freudiges Bellen zerriss das monotone Prasseln des Regens – kurz darauf kamen zwei Matschklumpen mit rosafarbenen Zungen auf sie zu gerannt.

⚓

»Du warst schon gestern Nacht hier? Ist das dein Ernst? Warum hast du denn nicht einfach geklingelt?«, fragte sie entrüstet, als sie schließlich nebeneinander saßen und Paul den Wagen langsam über die schlammigen Wege manövrierte.
»Naja, ich habe kein Licht mehr gesehen. Es war so spät und ich wollte dich nicht mitten in der Nacht überfallen. Ich dachte, es wäre vielleicht besser, wenn ich dir eine Nachricht hinterlasse.«
Er warf ihr einen kurzen Blick zu und hob die Schultern. Als er um eine enge Kurve bog, wurde Annie an ihn gedrückt, doch sie rückte sofort wieder von ihm ab.
»Und dann bist du zurück ins Künstlerquartier gefahren und hast dich seelenruhig ins Bett gelegt, während ich hier war und keine Ahnung hatte, dass du ganz in der Nähe bist?«, sie schüttelte den Kopf und lachte ihn ungläubig an.
»Ich habe letzte Nacht keine einzige Sekunde geschlafen. Daran war gar nicht zu denken. Ich stand total unter Strom. Erst habe ich mit Bartosz ein paar Bier getrunken und dann habe ich angefangen, die Stunden zu zählen und mir vorzustellen, wie es wird, wenn wir uns endlich wiedersehen.«
»Dann hast du Bartosz endlich mal kennengelernt?«, ihre Augen leuchteten auf.
»Endlich?«, er runzelte die Stirn.
»Weißt du denn nicht mehr? Bartosz, der Pole aus dem Künstlerquartier? Die Blockflöte? Ich habe dir schon mal von ihm erzählt.«

»Ach, er war auch dort? Ehrlich?«
»Anderswo, genau«, sie nickte. »Aber er erinnert sich nicht mehr daran. Er hat überhaupt keine Ahnung.«
»Das hätte mich auch sehr gewundert«, er atmete tief durch, dann hellte sich sein Gesicht auf. »Ich denke, nur wir können uns daran erinnern.«
»Warum ist das so?«, sie schmiegte sich wieder an ihn. »Nur du und ich? Was ist mit den anderen Menschen dort? Warum erinnern sie sich nicht?«
»Zwischen uns ist eben mehr, denke ich«, er linste zu ihr hinab und grinste verschwörerisch. »Irgendwas Mächtiges scheint uns zu verbinden. Ich komme gerade nur nicht drauf, was das sein könnte?«
»Ist es womöglich so etwas wie Liebe?«, säuselte sie, griff nach seiner Hand und küsste sie.
»Mir fällt spontan jedenfalls nichts Mächtigeres ein.«

»Es ist völlig verrückt, aber du hast echt ein schönes Haus ersteigert, Annie Mercury«, trotz des Regens blieb er stehen und ließ den Blick langsam über die Fassade wandern. »Vielleicht ein bisschen klein, findest du nicht?«
»Klein? Es gibt vier Zimmer. Mit der Küche sogar fünf. Was glaubst du denn bitte, was ich damit vorhabe?«
»Naja, Annie. Jetzt, wo ich hier bin…« Plötzlich war sein Gesicht so nah, dass sie seine Wimpern hätte zählen können. Er zupfte an einer Haarsträhne und strich sie ihr dann liebevoll aus der Stirn. »Sehr wahrscheinlich werden wir sehr viele Kinder bekommen, oder?«
»Sehr wahrscheinlich«, sie hob amüsiert die Augenbrauen.
»Und wir brauchen ein paar Tiere. Zumindest einen Pfau, der das Haus bewacht«, er gab ihr einen Kuss, nahm sie an der Hand und führte sie zum Haus, als wäre er hier schon längst zuhause.

Während Paul duschte, zog sich Annie schnell um und tänzelte dann in die Küche, um den Ofen zu befeuern und Tee zu kochen. Die Hunde lagen in seliger Eintracht nebeneinander auf dem Lammfell und schliefen, während Annie Holzscheite aufstapelte. Als sie gerade das Streichholz entzündet hatte, hörte sie aus dem Badezimmer ein vergnügtes Pfeifen. Wasser rauschte durch die alten Leitungen – Paul war kaum zwanzig Minuten hier und schon beschlich Annie das wohlige Gefühl eines gemeinsamen Zuhauses.
Sie betrachtete für einen Moment wie das Feuer nach den Fichtenhölzern griff, dann verriegelte sie die Ofentür und seufzte selig auf. Alles war gut. Alles hatte sich gefügt. Alles befand sich an seinem Platz.
Als Annie die Teekanne auf den Herd gestellt hatte und gerade darüber nachdachte, ob sie noch schnell zur Boulangerie fahren sollte, hörte sie das Knarren der Treppenstufen. Tapsende Schritte. Die Küchentür flog auf.
»Da bist du ja.«
»Das bin ich. Deo gratias. Ich kann es noch gar nicht richtig glauben. Wir sind wirklich hier«, raunte er ihr zu und trat hinter sie.
»Mhm. Wir sind wirklich und wir sind hier.«
Als sie sich zu ihm umdrehen wollte, schloss er sie fest in die Arme und vergrub sein Gesicht an ihrer Halsbeuge. Sie spürte das feuchte Haar und seinen Atem, als er sprach.
»Ich suche übrigens ein Zuhause«, er küsste ihren Hals. »Eigentlich dachte ich, dass ich vielleicht den Bahnhof kaufe und renoviere, aber…«
»Nein, dort warst du doch schon. Bleib hier«, Annie löste sich aus seiner Umarmung, um ihn anzusehen. »Du brauchst jetzt keinen Bahnhof mehr.«
»Hat die Reise etwa ein Ende, ja?«
»Nein, das vielleicht nicht, aber das Warten«, sie zog am

Gürtel ihres plüschigen Bademantels, den er sich übergezogen hatte. »Und die Abschiede.«

Draußen stürmte es so heftig, dass sie die Fensterläden schließen mussten. Der Wind rüttelte daran, heulte und ließ den Regen hart auf das Dach prasseln. Doch während draußen die Welt unterging, hatten sie sich unter einer Decke aneinander gekuschelt.

»Seine Tochter meinte, dass er schon lange nicht mehr so glücklich gewesen wäre. Früher hat er wohl auch Dackel gehabt«, seufzte Annie. »Er hat es geliebt, mit ihr auf dem Schaukelstuhl zu sitzen und fernzusehen. Ich frage mich zwar, wie er es geschafft hat, Trudi ruhigzustellen, aber offensichtlich hatte der Monsieur…«

»Kennst du den Namen?«, unterbrach Paul sie. »Wie hat er sie denn genannt?«

»*Grenouille*. Er nannte sie *Grenouille*.»

»Er nannte sie Frosch?!«

»Ich finde das irgendwie sehr niedlich«, sie kicherte. »Es tat mir so leid, Trudi wieder mitzunehmen. Ich war hin- und hergerissen. Der alte Monsieur hat sie wirklich ins Herz geschlossen, das habe ich gespürt. Er ist bestimmt einsam und nun vermisst er sie. Ach, ich weiß ja, wie sehr man einen Hund vermissen kann. Es ist schrecklich.«

»Ja, das kann ich nachvollziehen. Die Gesellschaft hat ihm bestimmt auch sehr gutgetan, aber Trudi gehört einfach zu dir…«, er deutete auf den verschlungenen Fellknäuel, der vor der Matratze auf dem Boden lag, dann lachte er. »Naja, vor allem gehört Trudi jetzt zu Theo. Ich weiß, es ist unmöglich, aber es scheint fast so, als hätten sie sich nicht erst heute kennengelernt.«

»Theo hat eben eine magische Aura, mit der er jeden in seinen Bann zieht«, fabulierte sie. «Eine ganz besondere An-

ziehungskraft. Mehr als Gravitation. Nicht von dieser Welt, du weißt schon.«
»So wie ich, stimmt's?«, er küsste ihre Schulter und als wäre das ihr Kommando, drehte sie sich zu ihm um. Ihr Blick wanderte von seinem Gesicht mit der Narbe auf der Stirn über die verbrannte Haut seiner Brust, hinab zu der tiefroten Narbe, die nun seinen Bauch zierte, dann strich sie vorsichtig mit dem Finger darüber. Das waren die Spuren seines Lebens, das waren Geschichten.

Briefe an Merkur

☿

letzte Fragmente

Vorhin haben wir Freddie mit diesen Singperlen gefüttert, die man eigentlich Kanarienvögeln gibt. Géraldine hat sie uns geschickt - ich weiß nicht, ob dir klar ist, dass es nur ein Scherz war? Gerade sitzt du nämlich unten auf der Mauer und wartest darauf, dass Freddie endlich ein paar Töne von sich gibt. Quelle dommage, Annie! Er wird niemals singen. Auch nicht für dich.

Wir wollen gleich zum Hafen, um Muscheln zu kaufen. Ich weiß jetzt schon, wie die Fahrt dorthin verläuft. Du zwingst mich wieder »Fisch frisch vom Schiff« ganz oft und ganz schnell hintereinander zu sagen und lachst dich darüber schlapp, weil ich mich schon nach der zweiten Silbe verhasple. Sehr lustig! Siehst du, was es mir gebracht hat, dass du dich endlich an etwas erinnern kannst, Annie Mercury?

Das Fenster steht offen und ich höre dich mit den Hunden plaudern. Ich muss nicht mehr auf dich warten und auch nicht mehr nach dir suchen, weil du hier bist. Deswegen denke ich, dass dieser Brief mein letzter sein wird. Weißt du noch, als du wissen wolltest, was ich für ein Buch schreibe? Das ist es. Eine lange Reise und viele Geschichten, erinnerst du dich?

Aber bevor ich aufhöre, dir diese Briefe zu schreiben, muss ich dir noch von den Anfängen berichten: Du weißt ja, dass die unterste Sprosse der Leiter fehlt. Ich will dir erzählen, warum, denn ich glaube, du weißt es nicht mehr.
Es waren einmal ein paar Kinder, die schon den ganzen Nachmittag über die Felsen geklettert sind und «Räuber und Gendarm« gespielt haben. Der Junge gehörte natürlich zu den Strandräubern - wohin sonst? - und hatte die Arme voller Diebesgut. Als die Gendarmerie ihnen irgendwann dicht auf den Fersen war, wurden die Strandräuber panisch und verloren sich dabei aus den Augen. Der kleine Junge rannte allein weiter und entdeckte schließlich den Leuchtturm. Er wusste nicht, wohin er sonst fliehen sollte, um seine Beute sicher zu verstecken. So kletterte er die Leiter hoch. In einer Hand hielt er Treibhölzer und Jakobsmuscheln, während er mit der anderen die Sprossen festhielt. Er war fast oben. Er hatte es fast geschafft. Doch er musste

sich beeilen, weil er die Gendarmerie schon nach ihm rufen hören konnte.
Das Letzte woran sich der Junge dann noch erinnern konnte, war das Gefühl zu fallen, ohne jemals irgendwo aufzuschlagen. Und dann blickte er plötzlich in das Gesicht eines süßen Mädchens, das ihn anlächelte. Hinter ihrem Kopf schien die pralle Sonne und es sah irgendwie so aus, als hätte das Mädchen einen Heiligenschein. Der Junge kannte die Geschichten vom Sterben, die ihm sein Vater erzählt hatte: er dachte, er wäre tot, das Mädchen wäre ein Engel und er wäre nun im Himmel.
Es war dein Gesicht, Annie Mercury. Du hast mir geholfen, mich hinzusetzen und dann hast du mir die Hölzer und Muscheln in den Schoß gelegt, weil ich sie beim Sturz verloren hatte.
Du wolltest wissen, ob ich mir sehr wehgetan hätte, weil ich hinten aus dem Kopf bluten würde. Ich habe wahrscheinlich erst ganz tapfer gegrinst, aber dann musste ich weinen, weil ich furchtbare Schmerzen hatte und ziemlich geschockt war. Du hast dann einfach behauptet, dass es nicht schlimm wäre, viel zu bluten, wenn man viel trinken würde. Prompt hatte ich deine rosafarbene Trinkflasche in der Hand. In diesem Moment wurde mir übrigens auch klar, dass du wohl doch kein Engel bist.
Du hast dich neben mich gesetzt und mich einfach ganz fest in den Arm genommen. Ich weiß noch, dass mich deine Haare gekitzelt haben und dass du eine Zuckerperlenkette getragen hast. So ein Ding, das man am Kiosk kaufen

konnte, erinnerst du dich? Erst fand ich es eigenartig, dass mich ein fremdes Mädchen in den Arm nimmt.
Ich hatte Angst, dass uns jemand sieht und sich darüber lustig macht, aber diese Umarmung war genau das, was ich in diesem Moment gebraucht habe. Du hast mir sonderbare Pferdemärchen ins Ohr geflüstert, um mich abzulenken. Natürlich war ich schon zu alt und zu cool dafür, aber es war tröstlich, dir zuzuhören.
Dann wolltest du wissen, wieso ich auf den Leuchtturm geklettert bin. Du hast gelacht, als ich dir erzählt habe, dass ich die Beute dort oben verstecken wollte. Ja, klar, du kanntest natürlich viel bessere Verstecke. Das nächste Mal wolltest du auch Strandräuber spielen und hast mir versprochen, mir deine Geheimverstecke zu zeigen. Meine Güte, Annie, du warst so ein süßer Wildfang.
Irgendwann bist du dann aufgestanden und hast mich gefragt, ob wir uns später nochmal treffen wollten, weil du jetzt zum Abendessen gehen müsstest. Als ich wissen wollte, wo, hast du mir mit leuchtenden Augen von einem Bahnhof im Wald erzählt. Das wäre sowieso ein viel besseres Versteck als der Leuchtturm. Mit Gleisen, auf denen man balancieren kann. Niemand würde uns dort finden.
Naja, Annie, ich konnte leider nicht kommen, weil ich im Krankenhaus lag und erst zwei Tage später wieder aufgewacht bin. Die Narbe trage ich noch heute. Aber ich habe nichts vergessen. Ich habe mich immer erinnert, ich

habe dich immer gesucht und ich habe dir immer geschrieben. Es sind so viele Briefe, dass du Wochen bräuchtest, um sie zu lesen... Vielleicht wirst du das irgendwann.
Jetzt weißt du jedenfalls, warum sie die unterste Sprosse der Leiter abgesägt haben: ein kleiner Junge ist vom Leuchtturm gestürzt.
Das war im August 1987.
Und jetzt weißt du auch, warum ich in einem Bahnhof gelebt habe: du hast damals gesagt, dass wir uns dort wiedersehen würden. Obwohl ich mich an alles erinnern kann und jeder Moment in meinen Gedanken einbetoniert wurde, hat es lange gedauert, bis ich verstanden habe, wo ich auf dich warten muss. Ich bin mir ganz sicher, dass die Welt dieses Mal nicht aus den Fugen gerät. Wir bleiben...

...IN LIEBE

P

Man macht der Finsternis ein Ende und findet zuletzt das Gestein tief verborgen...

Love's not time's fool, though rosy lips and cheeks
Within his bending sickle's compass come;
Love alters not with his brief hours and weeks,
But bears it out even to the edge of doom.

{Shakespeare – Sonnet 116}

Gravur

»Man macht der Finsternis ein Ende und findet zuletzt das Gestein tief verborgen. «
Sie legte den letzten Brief zurück in den Schuhkarton, dann griff sie nach der Hand, die ein Taschentuch umklammerte, auf dem filigrane Kornblumen aufgestickt worden waren. An einem Finger funkelte ein goldener Ring, der inzwischen viel zu groß geworden war. Er war schlicht und nach den vielen Jahren hatte er seinen Glanz verloren. Keine Brillanten und keine Gravur zierten ihn. Ja, ihre Eltern hatten nie viel Wert auf Symbole dieser Art gelegt – sie hatten ihre ganz eigenen Symbole.
»Er bat mich darum, sie dir vorzulesen, wenn der richtige Zeitpunkt dafür gekommen ist.«
Ihre Mutter, deren schneeweißes Haar mit einer Spange zurückgesteckt war, lächelte und tastete über die Matratze. Schnell griff sie nach der Hand und drückte sie sanft.
»Der richtige Zeitpunkt? Ach, dein Vater...«, ihre Mutter tätschelte ihren Handrücken und atmete tief durch. »Und nun ist es also soweit? Das hier ist der richtige Zeitpunkt?«
Sie war erstaunt darüber, mit wie viel Beherrschung ihre Mutter sprach. Auch wenn das Alter sie gezeichnet hatte und ihr schmächtiger Körper zwischen der aufgeplusterten Decke und den vielen Kissen fast versank. Auch wenn im-

mer wieder Tränen über ihre Wangen gekullert waren, als sie den Worten gelauscht hatte, die ihr Mann für sie aufgeschrieben hatte, wirkte sie so friedlich, als wäre da nichts mehr, das sie beunruhigen könnte.

»Ich war mir nie wirklich sicher. Irgendwie hatte ich Angst davor, dir seine Briefe vorzulesen, weil ich nicht einschätzen konnte, wie du darauf reagierst?«

Sie bemerkte einen bitteren Geschmack, weshalb sie die Hand losließ und zu dem Wasserglas griff, das auf dem Nachttisch stand. Ihre Mutter lächelte und richtete sich ein wenig auf.

»Ich habe schon immer gewusst, dass er mir etwas verheimlicht. Aber jeder Mensch hat ein Recht darauf, Geheimnisse zu hüten, stimmt's? Ich wollte nicht alles wissen, was es zu wissen gegeben hätte.«

»Wie bitte?«, sie ließ das Glas sinken und taxierte ihre Mutter, deren Lächeln sich nun auf ihrem ganzen Gesicht ausgebreitet hatte. »Du hast von den Briefen gewusst?«

»Nein, aber ich habe zugehört, wenn er gesprochen hat. Außerdem kannte ich diese zerfledderten Kartons, die er wie seinen Augapfel gehütet hat«, die alte Frau hob gleichmutig die Schultern. »Ich hatte oft das Gefühl, dass er sich an mehr erinnern kann und dass es noch so einige Geschichten gibt, die er mit sich herumträgt.«

»Ich wäre vor Neugier geplatzt. Meine Güte. Wie fühlt sich das an? Eigentlich hast du ihn ja nie so wirklich gekannt. Ganz gekannt, meine ich, durch und durch.«

»Ach, wer kennt schon einen ganzen Menschen? Wer kennt schon sich selbst? Es war doch ohnehin schwer genug. Ich wollte meinen Geist nicht noch mehr verwirren. Wahrscheinlich habe ich deswegen versucht, alles auszublenden, was unseren Frieden stören könnte - diesen träge vor sich hin plätschernden Zeitstrom.«

»Aber Mama...«

»Weißt du, dass ich jede Nacht mit der Angst ins Bett gegangen bin, am nächsten Morgen aufzuwachen und festzustellen, dass sich schon wieder alles verändert hat?«

»Du meinst, dass ihr schon wieder in irgendwelchen Zwischenräumen gelandet seid?«

»In Zwischenträumen, ja. Ich wusste einfach nicht, woran ich mich festhalten soll? Woher konnten wir denn jemals wissen, dass wir nun hier bleiben würden? Ich wollte nicht wieder aus diesem Leben gerissen werden. Dieses Gefühl, seinen Verstand verloren zu haben, weil sich plötzlich die ganze Welt verschoben hat... Ich war davon ziemlich traumatisiert, denke ich.«

»Natürlich, wer wäre das nicht? Es muss so schwer für euch gewesen sein«, sie seufzte und betrachtete das Bild, das auf dem hölzernen Nachttisch neben dem Bett stand:

Hinter den beiden Menschen, die nebeneinander auf einem grauen Felsen saßen, tauchte die Sonne bereits ins Meer. Der Tag war müde gewesen, doch in ihren Adern pulsierten das Leben und die unbändige Lust, dieses Leben voll auszuschöpfen. Man konnte diese Lust spüren, wenn man in ihre Gesichter blickte. Ihr Vater, damals noch ein junger Kerl mit windgepeitschtem Haar, hatte den Arm um ihre Mutter gelegt, die selig auf einen Blumenstrauß hinablächelte. Sie trug ein einfaches Kleid aus weißen Leinen mit einem Glockenrock, der vom Wind ein wenig aufgebauscht wurde. Heute lag dieses Kleid in einem Karton irgendwo auf dem Dachboden des *Maisons*. Genauso wie die Hosenträger, die ihr Vater damals getragen hatte. Oh, er sah so verdammt glücklich aus. Seine Augen funkelten heller als die Sonnenstrahlen, die auf der Wasseroberfläche tanzten. Verschmitzt, ergriffen und voller Träume. Er hatte gefunden, wonach er gesucht hatte. Er war endlich angekommen.

An diesem Tag hatten ihre Eltern die Ringe ausgetauscht und danach im Künstlerquartier ein großes Fest gefeiert.

Rosalie hatte es immer geliebt, wenn ihre Mutter von diesem Tag erzählte. Genauso liebte sie es, diese alte Fotografie anzusehen.
Ihre Eltern hatten irgendwann im August geheiratet. Auch Rosalie war damals dabei gewesen. Im Bauch ihrer Mutter, als ungeborenes Leben – an diesem Tag, der die Hoffnung besiegelte, endlich zusammen bleiben zu können. Sie hatten es geschafft.
Die Jahre vergingen und waren ausgefüllt mit gemeinsamen Erinnerungen, in die sich ihre Mutter nun immer öfter zurückzog.
»Es war schwer«, sie nickte und strich mit faltigen Händen über die Bettdecke. »Man kann sich in der Angst verlieren. Sie ist ja auch groß genug, um nie wieder herauszufinden. Aber irgendwann habe ich mich dagegen entschieden, Angst zu haben. Ich wollte jeden Moment genießen, der mir geschenkt wurde. Die Gegenwart war schließlich alles, wonach ich greifen konnte.«
»Es kann so schnell vorbei sein.«
»Ja, sicher. Aber durch die Vergänglichkeit wird alles so kostbar. Wir wissen nicht, wie viel Zeit uns gegeben ist und deswegen müssen wir versuchen, unsere Zeit auszufüllen, solange wir sie haben.«
»Papa hat auch immer gesagt: die Zeit ist erschöpflich. Und dass man sie sich nicht wirklich nehmen kann, nur nutzen.«
»Mhm. Und wir hatten so viel Glück und so viel Zeit miteinander«, ihre Mutter blinzelte und kurz erkannte man die milchigen Pupillen unter ihren Lidern. »Wir haben dich bekommen und wir haben miterleben dürfen, wie du groß geworden bist. Ich wünschte, ich könnte dich nochmal sehen. Nur ein einziger Augenblick. Einmal noch dein Gesicht sehen. Du warst für uns ein Wunder, eigentlich das größte Wunder unseres Lebens.«

»Euer ganzes Leben war ein Wunder, Mama. Alles, was ihr erlebt habt. Wenn ich nicht euer Kind wäre, würde ich an allem zweifeln, aber ich weiß, dass es mehr gibt. Ich weiß es. Diese Briefe…«, sie blickte hinab auf den lädierten Schuhkarton, in dem ihr Vater über zweihundert Schriftstücke aufbewahrt hatte. Auf dem Küchentisch stand ein anderer Karton. Auch er quoll fast über. Wahrscheinlich hatte ihr Vater sich mit diesen Briefen getröstet. Er hatte sich vorgestellt, dass irgendwann eine Zeit anbrechen würde, in der jemand seine Zeilen las und sich mit einem Lächeln erinnerte. Jemand, der wusste, dass es mehr gab, als der menschliche Geist je begreifen könnte. Jemand, der zwischen den Wellen gewesen ist.

»Ich danke dir, dass du sie mir vorgelesen hast. Du kennst ja deinen Vater. Er war kein Mensch, der viel geredet hat, aber er hat schon immer viel geschrieben. Kleine Botschaften, die ich dann plötzlich in meiner Handtasche entdeckt habe. Irgendwelche Zettel, die morgens am Badezimmerspiegel hingen. Ich habe es immer geliebt, seine Worte zu lesen.«

»Diese Briefe sind einfach wunderschön. Darin steckt so viel von ihm. In jeder einzelnen Zeile. Da steht sein ganzes Leben. Oh, er hätte sie dir selbst vorlesen sollen.«

»Vermutlich dachte er, es würde keine Rolle mehr spielen«, dürre Finger tasteten über den Nachttisch, tasteten über den Bilderrahmen, die lederne Bibel, eine Jakobsmuschel und das silberne Pillendöschen. Der Nachttisch sei ein Ort für Wesentliches – das hatte ihre Mutter immer gesagt. Schließlich fanden die Hände, wonach sie gesucht hatten. Es war ein weißer Strandkiesel. Wenn man ihn sich dicht vor das Gesicht hob und die Augen ein wenig zusammenkniff, konnte man dunkle Linien erahnen. Verblasste Spuren eines kleinen Männchens, das ihr Vater vor vielen Jahren auf diesen Stein gemalt hatte. Es war eine Botschaft an ihre

Mutter gewesen. Es war der Stein, der alles ins Rollen brachte.

»Man kann ihn nicht mehr sehen, oder?«, ihre Mutter fuhr mit dem Zeigefinger über den Stein und schien nach seinen Konturen zu suchen.

»Nur noch ein bisschen. Die Farbe ist leider ausgeblichen«, sie beugte sich vor und berührte die Schulter ihrer Mutter, die sich unter dem Nachthemd erschreckend knochig anfühlte. »Willst du ihn besuchen, Mama?«

»Natürlich, sehr gerne sogar.«

»Ich habe den Kindern versprochen, dass wir morgen Windspiele basteln, aber danach könnten wir zu ihm fahren?«

»Oh, du möchtest sein Grab besuchen?«

»Was dachtest du denn?«

»Naja, dein Vater war schon immer ein Reisender und er war mir schon immer einen Schritt voraus, was solche Reisen anbelangt. Für einen Moment dachte ich, du würdest einen anderen Ort meinen.«

»Was? Einen anderen Ort?«, erschrocken blickte sie in das Gesicht ihrer Mutter. Sie lag mit geschlossenen Augen da. Ein leichtes Lächeln umspielte ihre Lippen. Ihre Haut wirkte im fahlen Licht der Nachttischlampe pergamentartig, fast durchscheinend. Sie war so furchtbar alt geworden. Zart und zerbrechlich. Doch manchmal, wenn sie lächelte wie jetzt, sah sie immer noch so aus, wie die junge Frau auf der Fotografie. Stürmischer Geist. Stürmisches Herz.

»Dein Vater war kein Mensch, der gerne gewartet hat, aber er hat es trotzdem getan. Er hat immer gewartet.«

»Er wartet ganz bestimmt auf dich, Mama«, flüsterte sie und wurde von einer Melancholie ergriffen, die sich als Tränen in ihren Augen sammelte. »Er ist nur voraus gegangen. Er ist schon Anderswo.«

Holly ♡

- mag Gewitter, dunkle Wälder & Kirchen
- hört am liebsten melancholische Musik
- wäre früher gerne Detektivin geworden
- ist sehr nah am Wasser gebaut
- denkt, Hermann Hesse wäre ihr Seelenverwandter
- liebt Wortspiele & Kaffee
- träumt von Alaska & Polarlichtern
- redet seit Jahren davon, einen Ratgeber zu schreiben: *«Herz, Hirn, Humor – und Kaffee!«*
- hört besonders gute Lieder gerne in Endlosschleife
- textrovertiert & gedanklich reichlich verwildert
- hat eine tiefe Abneigung gegenüber überfallsartigen Anrufen mit unterdrückter Rufnummer
- liebt Symbole und alles, was mysteriös ist
- glaubt an Gott & Meerjungfrauen
- hat eine große Schwäche für Mr. Bean
- ist eine hoffnungslose Romantikerin

WIR FINDEN UNS

Anderswo

Und wenn's mit Anderswo nicht klappt:

OH.HOLLY

ohhollyholly@gmail.com